# ZUFLUCHT FÜR CORA

Die Zuflucht in den Bergen, Buch 4

## SUSAN STOKER

Besuchen Sie Susan im Netz!
www.stokeraces.com
facebook.com/authorsusanstoker
twitter.com/Susan_Stoker
bookbub.com/authors/susan-stoker
instagram.com/authorsusanstoker
Email: Susan@StokerAces.com

# EBENFALLS VON SUSAN STOKER

*Ein Beschützer für Brenae*
*Ein Beschützer für Sidney*
*Ein Beschützer für Piper*
*Ein Beschützer für Zoey (1 Sept)*
*Ein Beschützer für Avery (1 Dec)*
*Ein Beschützer für Kalee (1 Mar)*
*Ein Beschützer für Jane (1 Apr)*

## Die SEALs von Hawaii:

*Die Suche nach Elodie*
*Die Suche nach Lexie*
*Die Suche nach Kenna*
*Die Suche nach Monica*
*Die Suche nach Carly*
*Die Suche nach Ashlyn*
*Die Suche nach Jodelle*

## Delta Team Zwei

*Ein Held für Gillian*
*Ein Held für Kinley*
*Ein Held für Aspen*
*Ein Held für Jayme*
*Ein Held für Riley*
*Ein Held für Devyn*
*Ein Held für Ember*
*Ein Held für Sierra*

## Mountain Mercenaries:

*Die Befreiung von Allye*
*Die Befreiung von Chloe*
*Die Befreiung von Morgan*
*Die Befreiung von Harlow*
*Die Befreiung von Everly*

*Die Befreiung von Zara*
*Die Befreiung von Raven*

## Ace Security Reihe:

*Anspruch auf Grace*
*Anspruch auf Alexis*
*Anspruch auf Bailey*
*Anspruch auf Felicity*
*Anspruch auf Sarah*

## Die Delta Force Heroes:

*Die Rettung von Rayne*
*Die Rettung von Emily*
*Die Rettung von Harley*
*Die Hochzeit von Emily*
*Die Rettung von Kassie*
*Die Rettung von Bryn*
*Die Rettung von Casey*
*Die Rettung von Wendy*
*Die Rettung von Sadie*
*Die Rettung von Mary*
*Die Rettung von Macie*
*Die Rettung von Annie*

## SEALs of Protection:

*Schutz für Caroline*
*Schutz für Alabama*
*Schutz für Fiona*
*Die Hochzeit von Caroline*
*Schutz für Summer*
*Schutz für Cheyenne*
*Schutz für Jessyka*
*Schutz für Julie*

# KAPITEL EINS

Pipe starrte geradeaus, während er mit einem Dutzend anderer Männer in einer Reihe stand und zuhörte, wie der Moderator das Publikum anheizte, als er den nächsten zur Versteigerung stehenden Mann vorstellte.

Er fragte sich zum hundertsten Mal, warum er sich überhaupt dazu hatte überreden lassen. Im Rampenlicht zu stehen war buchstäblich sein wahr gewordener Albtraum. Pipe hatte so viel Zeit seines Lebens im Schatten verbracht, dass es ihm das Blut in den Adern gefrieren ließ, vor so vielen Menschen auf der Bühne zu stehen.

Aber seine Freunde Brick, Tonka und Spike hatten jetzt Frauen und Familien, für die sie sorgen mussten. Und von den verbleibenden Besitzern der *Zuflucht* hatte Pipe buchstäblich den Kürzeren gezogen ... also war er hier.

Bald würde der Ansager ihn vorstellen. Er würde Gebote von Leuten aus dem Publikum entgegennehmen, die bereit waren, für ein Abendessen mit *ihm* zu bezahlen. Es war lächerlich.

*Es ist für einen guten Zweck*, erinnerte er sich im Stillen.

Und das war der einzige Grund, warum er in Washington, D. C. war. Um Geld für Veteranen zu sammeln.

Er beobachtete, wie der Typ vor ihm auf der Bühne herumstolzierte und mit dem Publikum spielte, das jeden Moment seines Posierens und Muskelspiels genoss. Pipe hatte den flüchtigen Eindruck, dass der Mann dachte, er sei in einem Stripklub oder so etwas, bevor der Moderator aufgeregt verkündete, dass das Bieten vorbei sei.

Die Frau, die ihn gewonnen hatte, stieß einen kleinen Schrei aus und drehte sich zu ihren Freundinnen um, die sie umarmten, während sie vor Aufregung auf und ab sprangen. Pipe konnte sich davon abhalten, die Augen zu verdrehen ... gerade so. Die Frau hatte eine Verabredung zum Essen gewonnen, keinen Freund oder Ehemann oder was auch immer es war, für das sie zu bieten glaubte.

Er war zynisch, das stand fest. Umso mehr hätte es Owl sein sollen, der hier oben stand, und nicht er.

Oder ... nein. Nicht Owl. Sein Freund und Miteigentümer der *Zuflucht* war zu introvertiert. Er war immer noch misstrauisch gegenüber den meisten Menschen, nachdem er Jahre zuvor beim Abschuss seines Hubschraubers in Gefangenschaft geraten war.

Alle Männer, mit denen Pipe arbeitete, waren auf ihre eigene Art und Weise versehrt. Das war einer der Gründe, warum er im Moment hier war. Er wollte Geld für andere Veteranen wie ihn und seine Freunde sammeln, die alles für ihr Land gegeben hatten und dafür seelisch gebrochen waren. Es war nicht so, dass er nicht glaubte, dass die Machthaber in den USA – oder in seinem Fall in Großbritannien – für den Dienst ihrer Militärangehörigen dankbar waren. Zum größten Teil schon. Aber es war eine Herkulesaufgabe, ein Land zu regieren, sich um die aktuellen Soldaten zu kümmern und mit den Hunderttausenden von Männern und Frauen Schritt zu halten, die ins zivile Leben zurückgekehrt waren.

Hier kamen Veranstaltungen wie diese Wohltätigkeitsauktion ins Spiel. Sie sammelten Geld, um Veteranen zu unterstützen, die sich nach ihrem Dienst wieder in die Gesellschaft integrieren wollten. Pipe und seine Freunde hatten einander und *Die Zuflucht*, aber viele Menschen hatten überhaupt keine Unterstützung.

Letztendlich war das der Grund, warum Pipe dort war. Er fühlte sich unwohl und fehl am Platz und war definitiv nicht begeistert davon, sich vor einem Raum voller übermäßig schick gemachter Männer und Frauen zu präsentieren, die ihn nur nach oberflächlichen Kriterien beurteilten. Er wusste, was sie sahen. Einen Mann mit zu langen Haaren, einem zu buschigen Bart und Tätowierungen an Händen und Fingern, von denen viele annahmen, dass er im Gefängnis gewesen war. Das war das schlimmste aller Klischees, und er hatte es schon zu oft erlebt, um es zu zählen.

Ja, er trug einen Smoking, aber es war für jeden offensichtlich, dass er nicht hierhergehörte. Nicht einmal ansatzweise. Diese Leute würden ihn nicht einmal ansprechen, wenn sie ihn auf der Straße oder im Supermarkt sähen. Wahrscheinlich würden sie sogar die Straße überqueren oder den Gang verlassen, um nicht in seiner Nähe zu sein. Das war definitiv paradox.

Aber er hatte gesagt, dass er dieses Ding durchziehen würde – er würde *Die Zuflucht* repräsentieren und hoffentlich mehr Aufmerksamkeit auf ihr Geschäft in New Mexico lenken –, und er hielt immer sein Wort.

Viel zu schnell schlenderte der Mann vor ihm von der Bühne, um die Frau kennenzulernen, die einen Haufen

Geld für seine Zeit bezahlt hatte. Und jetzt war Pipe an der Reihe.

Da es viel zu spät war, um aus dieser Farce auszusteigen, trat er nach vorn in den Kreis, der auf dem Boden der Bühne abgeklebt war und in dem alle stehen sollten, wenn sie an der Reihe waren. Anders als der Mann vor ihm lächelte Pipe nicht, als er vorgestellt wurde. Er starrte ins Publikum und Schweißperlen standen ihm an den Schläfen, als er sich vorstellte, dass jemand im Publikum, den er wegen der hellen Lichter in seinem Gesicht nicht sehen konnte, ein Gewehr auf seine Stirn richtete.

»Der Nächste ist Bryson ›Pipe‹ Clark. Er ist zweiundvierzig und einer der sieben Besitzer des weltberühmten Resorts *Die Zuflucht* in New Mexico. Ich weiß, dass Sie alle schon von dieser erstaunlichen Einrichtung gehört haben, die sich um Menschen kümmert, die an einer posttraumatischen Belastungsstörung leiden. Er und seine Mitbesitzer sind wahre Unterstützer unserer Militärs. Mr. Clark war Mitglied des berüchtigten Special Air Service im Vereinigten Königreich und bietet derjenigen, die das Glück hat, den Zuschlag zu erhalten, an, sie zum *The Inn* in Little Washington zu begleiten. Wie Sie sicher alle wissen, ist das *The Inn* das erste und einzige Restaurant in unserer Gegend, das drei Michelin-Sterne und einen zusätzlichen grünen Stern hat. Das Essen ist unvergleichlich und die Atmosphäre gemütlich und intim, mit Platz für nur zwölf Gäste. Also, wer möchte mit dem Bieten beginnen?«

Einen Moment lang war es still im Raum und Pipe hatte die Hoffnung, dass vielleicht, nur vielleicht, niemand auf ihn bieten würde und er unbeschadet aus dieser lächerlichen Situation herauskommen könnte. Im Gegensatz zu vielen anderen in seiner Lage wäre das für ihn der Idealfall.

Er würde sich nicht gedemütigt oder zurückgewiesen fühlen, wenn er keine Gebote bekäme ... er wäre erleichtert.

Doch dann rief eine Frau in der ersten Reihe: »Eintausend Dollar.«

Das Gebot war nicht gerade beeindruckend in Anbetracht der Tatsache, dass die sechs Männer vor ihm zwischen zwei- und siebentausend Dollar erzielt hatten, aber die Chance, dass er gehen konnte, ohne eine Fremde zum Essen einladen zu müssen, starb mit ihrem Gebot.

Pipe versuchte, durch das helle Licht, das ihm in die Augen schien, zu blinzeln, aber er konnte die Frau nicht so gut erkennen ... bis sie näher an die Bühne herantrat. Sie war nicht sehr groß, soweit er das beurteilen konnte, und hatte langes braunes Haar. Sie trug ein einfaches Kleid, das ihr bis zur Mitte des Oberschenkels reichte, und im Gegensatz zu den anderen Frauen im Saal war sie weder gut frisiert noch trug sie eine Menge auffälligen Schmuck. Sie war einfach eine weitere Frau in einem kleinen schwarzen Kleid. Wäre das Gebot nicht gewesen, hätte er gedacht, dass sie versuchte, nicht aufzufallen. Er hätte wahrscheinlich direkt an ihr vorbeigeschaut, wenn sie nicht etwas gesagt hätte.

»Ein guter Anfang für diesen tapferen Briten. Wer bietet zweitausend?«, lockte der Moderator.

Es gab noch ein paar andere Gebote, aber die erste Frau erhöhte ihr Angebot jedes Mal um hundert Dollar, wenn jemand sie überbot.

Je länger Pipe die Frau in dem schwarzen Kleid beobachtete, desto interessierter wurde er. Er war sich nicht sicher, was sein Interesse an ihr geweckt hatte – vielleicht ihr unauffälliges Auftreten in einem Raum voller Glitzer oder ihre ruhigen, entschlossenen Gebote –, aber plötzlich drückte er ihr die Daumen. Er wollte, dass sie tatsächlich gewann, damit er eine der wenigen Frauen im Raum kennenlernen konnte, die ... normal aussahen.

Und diese Art von Reaktion war für *ihn* nicht normal. Er hatte das andere Geschlecht weitgehend aufgegeben. Das zu haben, was ein paar seiner Freunde vor Kurzem gefunden hatten. Aber er konnte nicht leugnen, dass die Frau in dem schwarzen Kleid sein Interesse weckte ... und etwas tief in ihm, das er schon lange für tot gehalten hatte, wurde wach und nahm Notiz davon.

Pipe hätte nicht mitbekommen, was als Nächstes geschah, wenn er die Frau in dem schwarzen Kleid nicht so aufmerksam angestarrt hätte. Eine andere Frau – eine große, wunderschöne Rothaarige, die zehn Zentimeter hohe Absätze und ein waldgrünes Kleid trug, das sich an jeden Zentimeter ihres kurvigen Körpers schmiegte – trat neben die Brünette und stieß sie so heftig an, dass sie fast umfiel.

»Zehntausend«, rief die Rothaarige und klang dabei gelangweilt.

Der Ansager wurde sehr aufgeregt, da dies das höchste Gebot des Abends war. Pipe behielt die Brünette im Auge und sah, wie die Verzweiflung in ihrem Gesicht aufblitzte, bevor sie sich auf die Lippe biss und den Blick senkte. Ihre Schultern sackten leicht nach unten ... ein Zeichen dafür, dass das Gebot zu hoch war, als dass sie es hätte überbieten können.

Die Rothaarige grinste sie an und schaute nicht einmal auf die Bühne.

Pipe runzelte verwirrt die Stirn. Warum hatte sie auf ihn geboten, wenn sie sich nicht im Geringsten dafür zu interessieren schien, wofür sie verdammt viel Geld ausgab? Er beobachtete, wie die Rothaarige sich hinunterbeugte und etwas zu der anderen Frau sagte, die die Stirn runzelte und sich abrupt umdrehte, um sich durch die Menge zu drängen und von der Bühne wegzugehen.

Dann, und erst dann, blickte die Rothaarige mit einem sehr zufriedenen Grinsen im Gesicht auf.

Abscheu schwamm durch Pipes Adern. Es war offensichtlich, dass sie nur auf ihn geboten hatte, damit die andere Frau *nicht* gewinnen würde. Das bedeutete, dass die beiden Frauen sich wahrscheinlich kannten und eine gemeinsame Vergangenheit hatten.

Ihm wurde klar, dass er sich viel zu sehr für die Dynamik zwischen den Frauen interessierte, als er es sollte. Aber er konnte nicht umhin, sich an den hoffnungsvollen Blick in den Augen der Brünetten zu erinnern, als sie kurzzeitig den Zuschlag erhalten hatte ... und an ihre Enttäuschung, als sie realisierte, dass das Gebot ihre finanziellen Möglichkeiten überstieg.

»Sieht so aus, als sei die Gewinnerin Miss Eleanor Vanlandingham. Herzlichen Glückwunsch! Ich wünsche Ihnen viel Spaß beim Abendessen!«

Der Moderator gab Pipe ein Zeichen, nach links von der Bühne zu gehen. Er tat es, aber die Frau in dem schwarzen Kleid ging ihm nicht aus dem Kopf, denn sie passte so gar nicht zu dieser Veranstaltung. Woher er das wusste, war Pipe sich nicht sicher. Hauptsächlich beurteilte er ihr Äußeres – genau das, was die Leute mit *ihm* machten. Trotzdem lag er mit seinen Einschätzungen über andere selten falsch. Das war eine wichtige Fähigkeit, die man als Soldat der Spezialeinheit haben musste, und er war immer derjenige, auf den sein Team sich verließ, wenn es herausfinden musste, ob sie einem Informanten vertrauen konnten oder nicht.

Er glaubte auch nicht, dass er mit seiner Einschätzung

dieser Frau falschlag – immerhin hatte sie Tausende von Dollar auf einer Auktion zu verpulvern.

Die Tatsache, dass sie ein solcher Widerspruch war, faszinierte Pipe. Dass sie ihm aus genau den Gründen auffiel, aus denen sie anderen *nicht* auffiel. Und dieser Funke von ... etwas längst Vergessenem ... flammte wieder auf. Es war ein seltsames Gefühl, aber er war nicht bereit, es zu ignorieren.

Er musste mehr über die Frau in dem schwarzen Kleid erfahren. Sie hatte die Verabredung mit ihm vielleicht nicht gewonnen, aber Pipe würde sie aufspüren, sobald er die Bühne verlassen hatte ... und versuchen herauszufinden, warum er sich so zu ihr hingezogen fühlte.

# KAPITEL ZWEI

Es kostete Cora Rooney jedes Quäntchen Stolz und Kraft, nicht in Tränen auszubrechen. Sie hatte den heutigen Abend so sorgfältig geplant. Als sie hörte, dass einer der Besitzer der *Zuflucht* in Washington, D. C. an einer Wohltätigkeitsauktion teilnehmen würde, war sie ganz außer sich gewesen. Wie die meisten Menschen kannte sie das Resort für Menschen, die an einer posttraumatischen Belastungsstörung litten. Als die Einrichtung eröffnet wurde, gab es viele Artikel über sie und die Männer, denen sie gehörte, und auch jetzt, mehr als fünf Jahre später, wurden sie immer noch interviewt und die Presse berichtete, weil sie so großzügig mit ihrer Zeit und ihrem Geld umgingen.

Sie war verzweifelt genug, um einen Teil ihres hart verdienten Geldes für eine Karte für die Gala heute Abend auszugeben. Sie hätte es lieber vermieden, wollte jeden Cent horten, um ihn für ihr Hauptziel zu verwenden, aber die Gala war ein Mittel zum Zweck ... nämlich die Chance, ein Gespräch mit einem der ehemaligen Soldaten der Spezialeinheit zu führen, denen *Die Zuflucht* gehörte.

Es war eine Verzweiflungstat. Sie hatte sich an Privatdetektive gewandt, die alle zu viel Geld wollten, um sich ihres Falls anzunehmen. Private Sicherheitsfirmen kamen aus dem gleichen Grund nicht infrage. Cora hatte sogar im Internet nach einem ehemaligen Polizisten oder FBI-Agenten gesucht, den sie zu Rate ziehen konnte, aber bei den wenigen, die sie gefunden hatte, sträubten sich ihr die Nackenhaare, und das nicht auf eine gute Art. Sie boten schnell ihre Hilfe an, verlangten aber, wie alle anderen auch, Tausende von Dollar im Voraus. Das führte dazu, dass sie dachte, es seien Betrüger.

Wenn es eine andere Möglichkeit gegeben hätte, Hilfe zu bekommen, ohne Geld zu benötigen, das sie nicht hatte, hätte Cora sie ergriffen. Aber sie hatte keine Optionen mehr. Auch wenn der Repräsentant der *Zuflucht* sich geweigert hätte, ihr zu helfen, hätte sie wenigstens sagen können, dass sie alles versucht hatte.

Wenn sie darüber nachdachte, warum sie überhaupt auf dieser Auktion war, wurde ihr ganz schwer ums Herz.

Lara.

Sie kannte ihre beste Freundin, seit sie Teenager waren, also seit über zwanzig Jahren. Lara war das einzige Mädchen an der Schule gewesen, das versucht hatte, sich mit Cora anzufreunden, als sie als Neue in der zehnten Klasse eingestiegen war. Cora hatte überhaupt nicht in die Schule der Oberschicht gepasst. Ein Pflegekind ohne Designerklamotten, mit einer negativen Grundeinstellung, die sie wie einen Schutzschild trug, und der Erwartung, dass alle sie sofort hassen würden. Mit dem letzten Punkt hatte sie nicht ganz unrecht gehabt ... außer bei Lara.

Lara Osler hatte ihr buchstäblich das Leben gerettet. Sie hatte über ihren Geldmangel, ihre fehlenden Eltern und ihr mangelndes Vertrauen zu allen und jedem hinweggesehen und sie einfach unter ihre Fittiche genommen, ohne sich darum zu scheren, dass ihre Mitschüler sich hinter ihrem Rücken über sie lustig machten.

Sie waren in vielerlei Hinsicht so gegensätzlich. Lara war fast einen Meter achtundsiebzig groß, Cora dagegen nur etwa einen Meter fünfundsechzig. Cora hatte langweiliges braunes Haar, während Laras Haar leuchtend blond war. Cora war frech und zögerte nicht, ihre Meinung zu sagen. Lara war viel diplomatischer und fast schüchtern. Trotzdem verliebte Lara sich schnell in Männer und war davon überzeugt, dass jeder von ihnen ihr Happy End bedeuten könnte, während Cora zu misstrauisch war, um den meisten Männern mehr als eine Nacht zu bieten.

Sie waren wie Wasser und Öl, aber irgendwie hatten sie sich sofort verstanden. Trotz ihrer Unterschiede, oder vielleicht gerade deswegen, waren Cora und Lara beste Freundinnen geworden. Sie verdankte Lara alles.

Deshalb hatte sie sich ein Kleid und fünf Zentimeter hohe Absätze gekauft, versucht, sich zu schminken, und war zu dieser schicken Feier gegangen.

Und sie hatte versagt.

Sie war sich nicht sicher, ob sie überhaupt genügend Geld haben würde, um den Mann aus der *Zuflucht* zu gewinnen. Die sechstausend Dollar, die sie zusammengeschnorrt hatte, waren das meiste Geld, das sie jemals auf ihrem Bankkonto gehabt hatte. Und sie würde jeden Cent ausgeben, um Lara zu helfen, auch wenn niemand außer Cora glaubte, dass sie wirklich Hilfe brauchte. Und als die meisten Gebote für die Männer vor ihm in ihrem Bereich lagen, dachte sie, dass sie eine Chance haben könnte.

Als das Gebot bei fünftausend Dollar zum Stillstand kam, dachte Cora eine Sekunde lang, sie hätte es geschafft. Dass sie gewonnen hätte. Dass sie einen Schritt näher dran war, ihrer Freundin zu helfen.

Dann erschien Eleanor Vanlandingham und zwang Cora praktisch zu Boden. Als sie merkte, wer neben ihr stand, wusste Cora sofort, dass ihre Erzfeindin aus der Highschool ihr alles verderben würde ... und sie hatte recht behalten. Sie wusste nicht, warum die andere Frau sie so sehr hasste. Sie war schon in der Highschool ein Miststück gewesen und war es auch zweiundzwanzig Jahre später noch. Sie liefen sich nicht oft über den Weg, aber wenn, dann kam nichts Gutes dabei heraus.

So wie heute Abend.

Eleanor hatte Coras Plan mit zwei kleinen Worten zunichtegemacht. Zehntausend Dollar waren weit mehr, als sie ausgeben konnte ... mehr, als sie auf dem Konto hatte. Sie hatte versagt. Sie würde nicht in der Lage sein, mit Mr. Clark zu sprechen, sie würde nicht versuchen können, ihn zu überzeugen, ihr zu helfen.

Cora hätte am liebsten geweint ... und sie war keine Heulsuse. Es half nie, sie fühlte sich dann nur aufgedunsen und schwach und sah dann auch noch miserabel aus.

Es war ja nicht so, dass Eleanor überhaupt eine Verabredung mit dem Mann haben wollte. Er war nicht ihr Typ. Nicht einmal annähernd. Zu ungehobelt, zu viele Tattoos. Nicht hübsch genug. Kein Millionär. Die Liste ließe sich endlos fortsetzen.

Aber das spielte keine Rolle. Eleanor wollte nicht zulassen, dass Cora etwas gewann, das sie sich so sehr gewünscht hatte.

Sie atmete tief durch, als sie sich blindlings durch die Menge drängte. Sie musste da unbedingt rauskommen. Auf keinen Fall wollte sie Eleanor die Genugtuung gönnen, sie weinen zu sehen.

Nach dem Weg zur Garderobe im hinteren Teil des großen Ballsaals und einen kurzen Gang hinunter zu den

Toiletten schloss Cora sich in einer der Kabinen ein und lehnte sich an die Wand, während sie versuchte, sich nicht von ihrer Verzweiflung überwältigen zu lassen.

Sie war sich so sicher, dass sie Bryson Clark überzeugen konnte, ihr zu helfen. Sie brauchte nur eine Stunde oder so, um mit ihm zu reden. Um ihren Fall zu schildern. Die Polizei hatte ihr nicht geglaubt. Laras Eltern hatten ihre Bedenken, ohne zu überlegen, abgetan und sie hatte alle anderen Möglichkeiten ausgeschöpft. Aber Cora wusste bis ins Mark, dass ihre Freundin in Gefahr war. Ein ehemaliger Soldat der Spezialeinheit könnte leicht an Lara herankommen. Mit ihr reden. Herausfinden, ob sie in Sicherheit war oder nicht.

Cora holte tief Luft und richtete sich auf. Gut, Eleanor mochte ihre Pläne für heute Abend ruiniert haben, aber sie hatte immer noch sechstausend Mäuse. Sie könnte nach New Mexico fliegen, persönlich zur *Zuflucht* gehen und versuchen, mit einem der Männer zu sprechen, denen der Laden gehörte. Noch besser wäre es, wenn sie eine der Hütten reservieren könnte, um wie ein Gast zu erscheinen, aber das war unmöglich. Sie waren auf Monate im Voraus ausgebucht.

Cora wusste nicht einmal genau, warum sie so auf die Männer fixiert war, die *Die Zuflucht* betrieben. Sie waren nicht mehr beim Militär. Sie alle litten unter verschiedenen Graden von posttraumatischer Belastungsstörung. Außerdem waren sie jetzt Besitzer des Resorts und nicht mehr Söldner oder so etwas. Aber schon in dem Moment, in dem sie ihre Webseite besucht hatte, ihre Bilder gesehen und ihre Biografien gelesen hatte, hatte etwas an den Männern sie gefesselt und sie war tief berührt gewesen. Sie hatten alle gelitten, und doch hatten sie sich bemüht, anderen zu helfen. Und aus den Nachrichtenberichten, die sie über die jüngsten Situationen mit einigen der Frauen, die jetzt in der *Zuflucht* lebten und arbeiteten, gelesen hatte, schienen die Besitzer ein Faible für Frauen in Gefahr zu haben.

Vielleicht, nur vielleicht, wären sie also bereit, sich Laras Situation anzunehmen. Einen Versuch war es wert. Cora würde alles tun, was nötig war, um ihrer Freundin zu helfen.

Sie verwarf die Idee, direkt nach Phoenix zu fahren und zu versuchen, Lara selbst zu besuchen, denn sie hatte das Gefühl, dass das ein großer Reinfall werden würde. Sie hatte weder die Kraft noch die Fähigkeiten, es zu schaffen. Nein, sie brauchte jemanden wie Mr. Clark oder einen der anderen Männer, die in der *Zuflucht* arbeiteten.

Cora beschloss, dass es ohnehin besser war, *Die Zuflucht* aufzusuchen, als zu versuchen, die Auktion zu gewinnen, und griff in die Tasche, die sie vorhin gepackt hatte, um sich umzuziehen. Sie war noch nie jemand gewesen, der sich über die schlimmen Dinge in seinem Leben aufregte, sonst wäre sie nicht in der Lage gewesen, normal zu funktionieren. Ihr Leben war noch nie einfach gewesen, und warum sie erwartet hatte, dass es heute Abend anders sein würde, war ihr ein völliges Rätsel.

Cora zog sich schnell die Jeans, das T-Shirt, das alte, bequeme Sweatshirt und die Turnschuhe an, die sie mitgebracht hatte, und stopfte das schwarze Kleid und die hohen Schuhe in die Tasche. Sie war nicht so dumm, mit so etwas Schönem in ihr beschissenes Viertel zurückzukehren. Bevor sie auch nur blinzeln konnte, würde sie von einem der vielen Drogendealer oder Widerlinge, die in der U-Bahn nach Opfern Ausschau hielten, abgefangen werden.

Sie ging sicherheitshalber auf die Toilette und verließ dann die Kabine. Nachdem sie sich die Hände gewaschen hatte, stieß Cora die Toilettentür auf und ging den Flur entlang, der zurück in den Ballsaal führte. Ihr Plan war es, unbemerkt von der Menge zu verschwinden, deren Aufmerksamkeit immer noch auf die Bühne und die laufende Auktion gerichtet war. Aber natürlich sollte auch dieser Plan scheitern, wie alle ihre sorgfältig ausgearbeiteten Pläne an diesem Abend.

Eleanor Vanlandingham und zwei ihrer Barbie-Freundinnen warteten schon auf sie, als sie in das schummrige Licht des Ballsaals trat.

Eleanor sah natürlich wunderschön aus in dem dunkelgrünen Kleid, in das sie sich geworfen hatte. Auch die beiden Schlampen, die sie flankierten, Valentina und Scarlett, sahen in ihren fast identischen trägerlosen schwarzen Kleidern und den Schuhen mit den hohen Absätzen so perfekt aus wie immer. Ihr Make-up war perfekt auf ihre mit Botox versetzten Gesichter aufgetragen. Valentina sah toll aus mit all ihren Kurven und füllte ihr kleines Schwarzes aus wie ein Marilyn-Monroe-Double, während Scarlett das Gegenteil von ihr war: dünn wie ein Laufstegmodel.

Das Trio mochte äußerlich schön sein, aber die drei waren durch und durch verdorben. Sie nutzten jede Gelegenheit, um jeden zu verletzen, den sie für minderwertig hielten ... und das waren so ziemlich alle.

Eleanor gab Cora keine Gelegenheit, etwas zu sagen, sondern begann sofort mit den Beleidigungen, die sie jedes Mal benutzte, wenn sie den Mund aufmachte. Wenn Worte Farben wären, wäre Eleanors Farbe Pechschwarz gewesen.

»Ja, genau, du blöde Kuh, geh zurück in das Loch, aus dem du gekrochen bist. Ich weiß nicht, wie du eine Eintrittskarte für die Veranstaltung heute Abend bekommen hast, aber du bist nicht gut genug, um hier zu sein.«

»Komisch, mein Geld ist genauso viel wert wie deins, El«, erklärte Cora und straffte ihre Schultern. Jetzt, da sie

Kleidung anhatte, in der sie sich wohler fühlte, fühlte sie sich selbstsicherer. Als hätte sie ihre Rüstung wieder angelegt.

»Welches Geld?«, spottete Eleanor. »Dein Kleid war von *Walmart*, und die Schuhe, die du anhattest? Hast du die bei *Payless* gekauft?«

Valentina und Scarlett gackerten, als hätte Eleanor das Lustigste überhaupt gesagt.

Cora wollte sich nicht dafür schämen, dass Eleanor mit ihren Vermutungen, woher sie ihr Kleid und ihre Schuhe hatte, goldrichtig lag. Sie hatte ihr Geld für wichtigere Dinge gespart.

»Warum bist du so ein furchtbarer Mensch?«, fragte Cora. »Ich meine, ernsthaft, ich hätte gedacht, dass du nach deinem Schulabschluss nicht mehr so ein gemeiner, zickiger, hochnäsiger Snob bist. Stattdessen bist du mehr als zwei Jahrzehnte später nur noch schlimmer. Die Welt dreht sich nicht um dich, El.«

»Hör auf, mich so zu nennen«, knurrte Eleanor und trat einen Schritt näher.

Cora blieb hart. Sie würde auf keinen Fall vor dieser dummen Tussi zurückweichen. Wenn sie sich hier und jetzt prügeln wollte, war Cora bereit. Sie wünschte sich sogar, sie würde es tun. Eleanor würde vor allen Leuten den Hintern versohlt bekommen, so wie sie es verdiente. Sie könnte es mit dieser hochnäsigen Tussi in ihren Stöckelschuhen und ihrem engen Kleid im Handumdrehen aufnehmen. Verdammt, sie könnte es auch mit den beiden Tussis aufnehmen, die neben ihr standen. Sie wollte nur, dass Eleanor den ersten Schritt machte.

Sie hatte auf die harte Tour gelernt, dass es nach einem Kampf für den Angreifer immer schlecht ausging ... aber wenn es darum ging, sich selbst zu verteidigen, war das eine andere Geschichte.

Aber natürlich würde Eleanor keine körperliche Gewalt anwenden. Ihre Worte waren ihre Waffen.

»Du bist Abschaum und wirst es immer sein, Cora Rooney«, zischte Eleanor. »Du bist so wahnsinnig peinlich. Alle haben dich heute Abend ausgelacht und sich gefragt, warum du hier bist und wer den Fehler gemacht und dir eine Eintrittskarte verkauft hat. Selbst wenn du einen Mann nur dazu bringen könntest, dich zweimal anzuschauen, indem du ihn kaufst, hättest du nie diese Auktion gewonnen. Als wir dich sahen, dachten wir, wenn du auf jemanden bietest, wärst du die Verliererin, die du ohnehin schon bist.«

Das alte Gefühl der Ablehnung traf Cora hart. Keine ihrer Pflegefamilien wollte sie je behalten, also wurde sie von Heim zu Heim und von Schule zu Schule geschoben. Deshalb war es unmöglich, Freunde zu finden. Die Leute, von denen sie dachte, sie würden zu ihr stehen, wandten sich von ihr ab, sobald jemand Interessanteres auftauchte.

Außer Lara. Es war Cora lange Zeit schwergefallen, ihr zu vertrauen, aber wann immer sie etwas tat oder sagte, um sie zu vertreiben, hatte Lara nicht einmal mit der Wimper gezuckt. Sie hatte ihr immer wieder beigestanden. Sie hatte ihr geholfen, einen Job zu finden, als sie dringend einen brauchte, und sie bei sich wohnen lassen, als sie kurz davor war, auf der Straße zu leben.

Cora verdrängte den Schmerz über Eleanors Worte und starrte sie an. »Halts Maul«, presste sie zwischen zusammengebissenen Zähnen hervor.

»Oh ja, du hast ja wirklich Klasse«, entgegnete Eleanor und verdrehte die Augen. »So stilvoll. Warum stirbst du nicht einfach?«, fügte sie hinzu. »Niemand mochte dich in der Highschool und niemand mag dich jetzt. Du bist seltsam, hässlich und erbärmlich!«

*Diese* Worte taten nicht weh. Keine von ihnen war eine neue Beleidigung von Eleanor. Sie gab schon seit Jahren den gleichen Mist von sich. Außerdem war Cora tatsächlich seltsam, so unscheinbar, dass viele Leute sie wahrscheinlich für hässlich hielten, und sie war im Laufe der Jahre öfter erbärmlich gewesen, als sie zugeben wollte.

»Warum bist du hier, Eleanor?«, fragte sie. »Es ist ja nicht so, dass du dich für andere interessierst. Du interessierst dich nur für dich selbst. Obdachlose Veteranen, unsere drogen- und alkoholabhängigen Militärhelden, die psychiatrische Hilfe brauchen? Das ist nicht dein Ding. Ich kann mir nicht vorstellen, dass du diesen Menschen *Geld* geben willst.«

Eleanor lachte. »Du hast ausnahmsweise mal recht. Ich gebe überhaupt nichts auf sie. Sie sind alle ein Haufen verdammter Verlierer, die ihre sogenannte posttraumatische Belastungsstörung als Mittel zum Zweck benutzen, um Geld und Dienstleistungen von der Regierung zu bekommen. Wenn sie sich einfach einen Job suchen würden wie wir anderen auch, bräuchten sie keine Almosen.«

»Als ob du einen Job hättest«, murmelte Cora, weil sie einfach nicht anders konnte.

»Du blöde Kuh, ich bin eine Influencerin. Ich habe mehr Follower, als du dir überhaupt vorstellen kannst. Weißt du, wie viel Geld ich jeden Tag verdiene? Mit jedem Video, das ich poste, könnte ich das Höllenloch kaufen, in dem du wohnst«, entgegnete Eleanor spöttisch.

Die dummen Kühe Eins und Zwei neben ihr nickten einstimmig.

»Das ist kein Job«, informierte Cora sie.

»Und ob das einer ist!«, protestierte Eleanor. »Ich arbeite

verdammt hart, um schön zu sein. Geistreich. Lustig. Drei Dinge, die du nicht bist und nie sein wirst.«

»Du hast recht. Ich möchte lieber ein guter Mensch sein. Mitfühlend. Eine loyale Freundin. Jemand, auf den man sich verlassen kann. Du bist *nichts* von alledem.«

»Als würde mich das interessieren«, erwiderte Eleanor mit einem Kopfschütteln.

Cora war es leid. Sie hatte es satt, sich mit Eleanor zu streiten. Die Frau würde sich nicht ändern. Niemals. Und Cora musste sich überlegen, was sie als Nächstes tun wollte. Sie musste versuchen, ein günstiges Flugticket nach New Mexico zu bekommen, ein günstiges Hotel in der Nähe der *Zuflucht* zu finden und herauszufinden, wie sie auf das Gelände gelangen und zehn Minuten mit einem der Besitzer sprechen konnte.

»Gut«, bemerkte Cora achselzuckend. »Wie auch immer. Zumindest deine zehntausend Dollar werden der guten Sache dienen, auch wenn dein Herz so schwarz ist wie deine Seele.«

»Du bist so was von naiv«, bemerkte Scarlett lachend.

»Dumm«, stimmte Valentina zu.

Cora runzelte die Stirn. »Inwiefern?«

»Ich werde niemandem Geld geben.«

»Das musst du aber. Du hast den Zuschlag erhalten«, erklärte Cora nachdrücklich.

»Na und? Niemand kann mich zwingen zu zahlen. Ich wollte nur *dich* überbieten. Das ist nicht schlimm. Außerdem bist du verrückt, wenn du glaubst, dass du mich in der Nähe dieses Freaks mit den Tattoos sehen lassen würde. Ich würde auf keinen Fall meinen Ruf beflecken, indem ich mit jemandem gesehen werde, der wie ein Bandenmitglied aussieht. Nein. Ich werde einfach ein paar Tränen vergießen und verwirrt tun, wenn ich mein Scheckbuch nicht finden kann. Dann ignoriere ich ihre Bemühungen, das Geld einzutreiben. Es ist ja nicht so, dass sie es für irgendetwas verwenden würden, was sie versprochen haben. Es wird direkt in die Tasche irgendeines hohen Tieres wandern.«

Cora sah rot. Was für eine verdammte hinterhältige Tussi. Am liebsten wäre sie zu dem Tisch marschiert, an dem das Geld eingesammelt wurde, und hätte den Veranstaltern ihre sechstausend Dollar gegeben, um das auszugleichen, was Eleanor nicht zahlen wollte ... aber sie brauchte jeden Cent, um nach New Mexico zu kommen.

»Du kommst direkt in die Hölle«, platzte Cora heraus. »Und der Mann auf der Bühne ist hundertmal mehr wert als du. Er hat sein Leben für sein Land riskiert. Er hat sich in Gefahr begeben. Er hat gelitten, um anderen zu helfen. Was hast *du* jemals für jemand anderen als dich selbst getan? Nicht das Geringste. Du beurteilst jeden nach seinem Aussehen, obwohl du der hässlichste Mensch bist, der je gelebt hat. Seine Tattoos, sein Bart und seine langen Haare machen ihn weder zu einem Bandenmitglied noch zu einem gewalttätigen Menschen, so wie dich das *Fehlen* von Tattoos nicht zu einem guten Menschen macht. Und ich persönlich? Ich finde seine Tattoos verdammt sexy. Sie zeigen mir, dass er ein Mann ist, der sich einen Dreck darum schert, was andere Leute denken. Leute wie *du*, die ihn wegen ein paar Tätowierungen verachten. Du würdest *seinen* Ruf ruinieren, wenn man ihn mit dir sieht.«

Eleanor verdrehte die Augen. »Du bist so ein dummes Miststück, Cora. Du hast keine Ahnung, wie die Dinge in meiner Welt laufen. Geh zurück in die Gosse, wo du hingehörst.«

Cora ballte die Hände zu Fäusten. Es war lange her, dass sie sich mit jemandem geprügelt hatte, und es juckte sie in den Fingern, dieser dummen Tussi ins Gesicht zu schlagen. Aber das hätte nichts geändert. In vielerlei Hinsicht hatte Eleanor recht. Sie gehörte nicht hierher. In ihrem billigen Kleid und ihren Schuhen und mit einer menschlichen Seele.

Es gab so viel, was sie sagen wollte, aber nichts hätte einen Unterschied gemacht. Eleanor und ihre dummen Freundinnen waren so, wie sie waren. Fiese Tussis, die wirklich glaubten, die Welt drehe sich nur um sie. Sie würden sich nicht ändern, schon gar nicht, nur weil sie etwas gesagt hatte.

Mit Laras Worten in den Ohren, dass sie sich über diejenigen erheben solle, die sie auf ihr Niveau herunterziehen wollen, wandte Cora sich zum Gehen.

Doch sie blieb stehen, als sie zwei Männer sah, die etwa drei Meter entfernt standen.

Sie erkannte sie sofort. Es waren Bryson, der Mann, auf den sie erfolglos geboten hatte, und Callen Kaufman, der laut der Webseite der *Zuflucht* den Spitznamen Owl trug.

Sie starrte die beiden verwirrt an. Was taten sie da? Und wie lange standen sie schon da?

Dann errötete sie und erinnerte sich daran, dass sie ihre zerschlissenen Jeans und ihr Sweatshirt trug.

Eleanor drehte sich um, um zu sehen, was sie anstarrte, und Cora spürte die Veränderung in der Frau. Sie hatte ihre Maske wieder aufgesetzt und lächelte die Männer an, wobei sie verführerisch die Hüfte schwang.

»Oh! Hallo, meine Herren. Ich freue mich schon so auf unsere Verabredung«, säuselte sie.

Cora war angewidert. Von Eleanor, der Auktion und der Menschheit im Allgemeinen. Sie hatte genug. Eleanor hatte gewonnen, wie sie es immer tat. Bryson konnte von ihr aus mit der Hexe ausgehen und sie heiraten. Es gab andere

Männer in der *Zuflucht*, die ihre Bedürfnisse genauso gut befriedigen konnten.

Natürlich fühlte sie sich zu ihnen nicht so hingezogen wie zu Bryson, aber was solls.

Sie wollte sich nicht eingestehen, dass sie sich zu dem Mann, auf den sie geboten hatte, hingezogen fühlte. Sie hatte seine Kurzbiografie auf der Webseite der *Zuflucht* studiert, bis sie sie auswendig kannte, und dann im Internet so viele Informationen wie möglich über ihn gesammelt. Auf einem bestimmten Bild waren die Tattoos auf seinen Armen gut zu sehen. Er sah ganz anders aus als seine Freunde, was Cora faszinierte. Er hatte eine gewisse Ausstrahlung, die ihr schon immer gefallen hatte. Sie wollte keinen hübschen Jungen. Sie wollte jemanden, der die Leute dazu brachte, in die andere Richtung zu gehen, wenn sie ihn sahen. Jemanden, der sich nicht gefallen ließ, wenn jemand Mist redete.

Jemanden, der so aussah, als könnte und *würde* er seine Frau beschützen.

Innerlich verdrehte Cora die Augen und machte sich auf den Weg zum Ausgang des Ballsaals. Romantik war nichts für sie. Sie war nicht die Art von Frau, die Männer attraktiv fanden, was ihr mehr als einmal in ihrem Leben klargemacht worden war. Sie brauchte sowieso keinen Mann, auf den sie sich verlassen konnte. Sie hatten sie immer nur enttäuscht. Sie hatte mehrere Pflegeväter und -brüder gehabt, die ihr das bewiesen hatten.

Es gab in ihrem ganzen Leben nur ein Mensch, der sie nie enttäuscht hatte. Lara. Und Cora würde alles tun, um ihr jetzt zu helfen.

# KAPITEL DREI

Pipe biss die Zähne so fest zusammen, dass es sich anfühlte, als würde ihm ein Zahn abbrechen. Er konnte nicht glauben, was die rothaarige Tussi da sagte.

Er hatte die Frau in den Jeans und dem Sweatshirt gar nicht erkannt, bis die Rothaarige genug geredet hatte, dass ihm klar wurde, dass sie die Frau im schwarzen Kleid war. Diejenige, die überboten worden war.

Ihm gefror das Blut in den Adern, als er die schrecklichen Dinge hörte, die die Rothaarige – offenbar hieß sie Eleanor – über Veteranen gesagt hatte. Was sie wirklich von ihnen hielt. Pipe wusste, dass es Menschen auf der Welt gab, die so dachten wie sie, aber er hatte wirklich nicht erwartet, dass solche Menschen heute Abend hier wären oder tatsächlich ein Gebot abgeben würden.

Und zu hören, dass sie nicht die Absicht hatte, das versprochene Geld zu zahlen, war das Allerletzte. Jeder Muskel in seinem Körper war angespannt und er war kurz davor, auf die Rothaarige loszugehen.

»Ganz ruhig, Pipe«, beschwichtigte Owl ihn und packte ihn am Arm.

»Kümmerst du dich für mich um die Sache?«, fragte er seinen Freund.

»Natürlich. Ich werde dafür sorgen, dass die Organisatoren wissen, dass sie nicht die Absicht hat, ihr Gebot zu bezahlen, und dass du nicht mehr verpflichtet bist, sie zum Essen auszuführen. Ich werde das Geld im Namen der *Zuflucht* spenden. Mach schon. Lauf der anderen nach.«

Pipe hätte überrascht sein sollen, dass Owl genau wusste, was er im Kopf hatte, aber er war es nicht. Sie hatten zwar nicht zusammen gedient, aber sie arbeiteten schon jahrelang Seite an Seite. »Danke, Mann.«

»Nicht dafür«, erklärte er und legte seine Finger für einen Moment um Pipes Arm. »Damit das klar ist: Ich mag sie.« Er nickte in Richtung der Frau – Cora, wie die Tussi sie genannt hatte –, die gerade die Türen des Ballsaals erreicht hatte.

Etwas in Pipe entspannte sich, als er die Zustimmung seines Freundes hörte. Es ergab keinen Sinn, außer, dass er Owls Meinung schätzte. Er nickte und warf Eleanor einen kurzen Blick zu, bevor er sich umdrehte und in Richtung des Ausgangs eilte, wohin Cora verschwunden war.

Eigentlich sollte er nach der Versteigerung des letzten Mannes wieder auf die Bühne kommen, um zu verkünden, wie viel Geld er eingenommen hatte, und um die Schlussworte zu sprechen, aber Pipe hatte kein schlechtes Gewissen, weil er vorzeitig ging. Er durfte die Frau nicht aus den Augen verlieren, die sich nicht nur für ihn eingesetzt hatte und der die Veteranen, die sie unterstützen wollte, wirklich am Herzen lagen, sondern zu der er sich auch seltsam hingezogen fühlte, seit er sie zum ersten Mal in der Nähe der Bühne stehen gesehen und sie so deplatziert gewirkt hatte.

Er musste mit ihr reden. Er musste herausfinden,

warum sie so verzweifelt versuchte, eine Verabredung mit ihm zu bekommen. Er musste ihre Geschichte erfahren.

Er war sich nicht sicher warum, aber er hatte den seltsamen Gedanken, dass er etwas Wertvolles verlieren würde, sollte sie ihm entwischen.

Pipe sah sich in der Halle vor dem Ballsaal um, konnte aber keine Spur von Cora entdecken. Sie war schnell gegangen, und er wusste instinktiv, dass er nur wenige Sekunden Zeit hatte, um sich zu entscheiden, in welche Richtung er gehen sollte, um sie zu finden. Links oder rechts?

Nach rechts. In Richtung des Eingangsbereichs. Er hatte das Gefühl, dass Cora nicht in diesem schicken Hotel wohnte.

Zu seiner Erleichterung erwies sich sein Instinkt als richtig, als er um die Ecke bog. Er sah Cora auf der anderen Seite der Eingangshalle, wo sie sich mit einem Mann unterhielt, der am Eingang des Hotels stand. Er lächelte sie an, und als Pipe in ihre Richtung ging, griff Cora in ihre Gesäßtasche und reichte dem Mann etwas Geld.

Als sie dem Türsteher ein Trinkgeld gab, stieg Pipes Respekt vor ihr noch mehr.

Er hatte das gesamte Gespräch der Frauen mitgehört und das Einzige, womit diese dumme Tussi Eleanor recht hatte, war die Qualität der Kleidung, die Cora getragen hatte. Er war kein Experte, aber selbst er wusste, dass ihr Kleid von vorhin kein Designerkleid war. Die Jeans und das Sweatshirt, die sie jetzt trug, sahen bequem und abgetragen aus. Ja, sie hatte ziemlich viel Geld für ihn geboten, aber er hatte das Gefühl, dass jeder Cent hart erarbeitet worden war.

Pipe beschleunigte das Tempo und lief auf sie zu. Er machte so viel Lärm, dass sowohl Cora als auch der Türsteher sich umdrehten und ihn ansahen. Pipe freute sich, als der Mann sich vor Cora stellte, als wollte er sie beschützen. Er hatte nicht vor, ihr wehzutun, ganz im Gegenteil, aber das wusste keiner von beiden.

Er wurde langsamer, als er sich näherte, und streckte subtil die Hände aus, damit beide sahen, dass er unbewaffnet war. Das stimmte zwar nicht ganz, aber er hatte auch nichts dabei, was ihnen schaden könnte.

»Cora, richtig?«, fragte er.

Sie sah überrascht aus. Dann misstrauisch. »Ja?«

»Ich bin Pipe, wie du wahrscheinlich weißt. Darf ich dich nach Hause begleiten?«

Anstatt erleichtert oder beeindruckt auszusehen, wuchs das Misstrauen in ihrem Blick. »Warum?«

»Weil es schon spät ist. Und dunkel. Und du solltest nicht allein unterwegs sein.«

»Ich kann auf mich selbst aufpassen«, entgegnete sie und hob ihr Kinn leicht an.

Zu seiner Überraschung fand Pipe ihre Hartnäckigkeit erfrischend. Vielleicht lag es daran, dass er heute Abend schon so viele Frauen gesehen hatte, die über alles, was er sagte, kicherten. Er hasste Frauen, die sich verstellten, und er hatte das Gefühl, dass diese Frau lieber sterben würde, als sich vor einem Mann zu verstellen.

»Richtig. Dann kannst du mir vielleicht einen Grund geben, von hier zu verschwinden, anstatt zurück in den Ballsaal zu gehen und etwas zu sagen oder zu tun, was ich später bereuen werde, als Antwort auf diese Tussi, die kein Problem damit hat, Veteranen zu bescheißen, die ihr Leben für ihr Land riskiert haben.«

Sie starrte ihn einen Moment lang an, bevor sie fragte: »Das hast du gehört?«

»Ich habe alles gehört«, sagte Pipe zu ihr.

Er sah die Bestürzung und Verlegenheit in ihren Augen,

bevor sie die Schultern straffte. »Nichts für ungut, aber mit dir im Smoking wäre ich eine größere Zielscheibe, als wenn ich allein wäre«, erklärte sie mit einem Hauch von Humor in ihren Augen.

Ohne zu zögern, zog Pipe die Smokingjacke aus. Er riss sich die blöde Fliege vom Hals und hielt beides dem Türsteher hin, der wahrscheinlich an die Allüren der wohlhabenden Leute gewöhnt war, die Veranstaltungen in dem protzigen Hotel besuchten. Der Mann nahm sie ohne ein Wort entgegen. Pipe öffnete die Knöpfe oben am weißen Hemd, nahm seine Manschettenknöpfe ab und steckte sie in seine Tasche. Er krempelte die Ärmel des schicken Hemdes hoch und entblößte die Tattoos an beiden Armen. Schließlich fuhr er sich mit der Hand durch die Haare und zerzauste sie. »Gegen die glänzenden Schuhe kann ich nichts machen, aber vielleicht ist es so besser?«

Seine Haut prickelte, als sie ihren Blick über ihn gleiten ließ. Er sah kein Urteil in ihren Augen, sondern hatte das Gefühl, dass sie ihn so besser fand als in seinen teuren Klamotten. »Ich wohne nicht in der Nähe. Ich muss die U-Bahn nehmen«, warnte sie ihn.

Pipe zuckte mit den Schultern. »Nicht in der Nähe ist gut. So habe ich mehr Zeit, mich zu beruhigen.«

Einen Moment lang dachte er, sie würde sich weigern. Sie würde ihm sagen, dass sie sehr wohl in der Lage sei, allein nach Hause zu kommen, woran er nicht den geringsten Zweifel hatte. Er hatte das Gefühl, dass diese Frau alles, was sie wollte, ohne fremde Hilfe schaffen konnte. Aber aus irgendeinem Grund wollte er für ihre Sicherheit sorgen. Er wollte jemand sein, auf den sie sich verlassen konnte, wenn auch nur für heute Abend. Für den Zeitraum, den er benötigte, um sie nach Hause zu bringen.

»Okay«, gab sie schließlich nach.

Erleichterung durchflutete Pipes Adern. Es war ein überraschendes Gefühl. Seit er aus dem Militärdienst ausgeschieden war, war er meistens wie betäubt. Die meisten seiner Tätowierungen hatte er sich machen lassen, um etwas zu spüren, wenn auch nur für einen Moment. Selbst wenn es der Schmerz einer Nadel war. Er dachte schon, er würde für immer in diesem seltsamen Nichts festsitzen.

Aber irgendwie hatte diese Frau innerhalb weniger Augenblicke geschafft, was Therapeuten in jahrelanger Arbeit und Tätowierungen nicht geschafft hatten: Sie hatte das Eis, das sein ganzes Wesen umhüllte, durchbrochen, und zwar völlig mühelos.

Das war verwirrend und aufregend zugleich.

Pipe wandte sich an den Türsteher. »Ich habe einen Kumpel, sein Name ist Owl ... Entschuldigung, Callen Kaufman. Rote Haare ... Bart. Er sieht ein bisschen aus wie Ed Sheeran. Wenn Sie ihm mein Jackett und meine Krawatte bringen könnten, wird er Ihnen beides abnehmen.«

»Haben Sie ein Zimmer hier im Haus, Sir? Ich könnte die Sachen dem Personal an der Rezeption geben und sie auf Ihr Zimmer bringen lassen.«

»Nein, habe ich nicht. Ist das ein Problem?«, fragte Pipe.

»Nein, überhaupt nicht. Ich werde Ihren Freund finden.«

»Danke.«

»Das ist mein Job«, entgegnete der Türsteher.

Pipe hätte es dabei belassen können, aber er tat es nicht. »Nein, das ist es nicht. Nicht wirklich. Und es ist mir nicht entgangen, wie Sie sich vor Cora gestellt haben, um sie zu beschützen, als ich mich ihr näherte. Die Arbeit in der Dienstleistungsbranche ist nicht einfach. Das weiß ich, weil ich selbst in der Branche tätig bin. Ich weiß es zu schätzen, dass Sie mir helfen und mit mir zusammenarbeiten, damit diese Frau sicher nach Hause kommt.« Er zog seine Brieftasche heraus, nahm einen Fünfzigdollarschein heraus und hielt ihn dem Mann hin.

Der Türsteher sah überrascht aus, griff aber nach dem Trinkgeld. Er nickte Pipe zu. »Danke.«

Pipe erwiderte das Nicken und drehte sich dann zu Cora um.

Sie starrte ihn mit einem verwirrten Blick an. War es so überraschend, dass er ein anständiger Mensch war? Er hatte das Gefühl, dass es so war. Zumindest für sie ... was ihn wütend machte. »Fertig?«, fragte er und deutete auf die Straße vor der Tür.

Sie zuckte zusammen, als sei sie von dem Wort überrascht, dann nickte sie und wandte sich der Tür zu. Der Türsteher öffnete sie sofort und hielt sie ihnen auf.

»Passen Sie auf sich auf«, erklärte er, als sie in die Nacht hinausgingen.

Cora bog nach links ab und ging in schnellem Tempo weiter. Pipe verlängerte sofort seine Schritte, bis er ihre rechte Seite erreichte, die der belebten Straße am nächsten war. Sie gingen ein oder zwei Minuten schweigend nebeneinander her, bevor sie zu ihm aufsah.

Pipe war mindestens einen Kopf größer als Cora, aber aus irgendeinem Grund wirkte sie überlebensgroß. Ihr Gang war selbstbewusst, mit den Augen suchte sie ständig ihre unmittelbare Umgebung ab, und er konnte sich ein Grinsen nicht verkneifen, als sie nicht zur Seite trat, als sie sich zwei Männern näherten, die auf sie zukamen. Sie liefen beide fast direkt in sie hinein, bevor sie nach rechts auswichen, um sie zu umgehen. Offensichtlich waren sie daran gewöhnt, dass Frauen ihnen auf dem Bürgersteig den Vorrang lassen. Das war zwar extrem sexistisch und frauenfeindlich, aber so sehr in der Gesellschaft verankert, dass alle es einfach akzeptierten.

Alle, außer Cora anscheinend.

Pipe schaute nach unten und fing ihren Blick auf, bevor sie ihre Aufmerksamkeit wieder auf den Bürgersteig vor sich richtete. Er hatte das Gefühl, dass sie sich darauf vorbereitete, ihm etwas zu sagen, und er hatte nicht unrecht. Wenige Augenblicke später begann sie zu sprechen. Schnell und stakkatoartig, so als würde sie kneifen und gar nichts sagen, wenn sie nicht sofort loswurde, was sie zu sagen hatte.

»Ich bin heute Abend gekommen, um auf dich zu bieten und *nur* auf dich. Ich habe im Internet nach dir gesucht. Nach dir und deinen Freunden. Ich weiß, dass du Mitbesitzer der *Zuflucht* in New Mexico bist. Dass du bei der Spezialeinheit warst. Und ich habe sogar die Nachrichtenartikel über Alaska Stein, Jasna McClure und Reese Woodall gesehen und darüber, was jede von ihnen durchgemacht hat. Ich habe jeden Cent gespart, um bei der Auktion zu gewinnen.«

»Doch dann hat die blöde Kuh gewonnen«, erklärte Pipe in einem flachen Ton, etwas misstrauisch, dass sie so viel über ihn und seine Freunde zu wissen schien.

Cora schnaubte leise. »Ja. Sie hasst mich seit der Highschool. Sie würde alles tun, um mir das Leben schwer zu machen.«

»Warum?«

»Warum sie mich hasst? Ähm ... weil sie eine gemeine Tussi ist?«, erklärte Cora achselzuckend.

»Nein, sie ist mir verdammt egal. Warum hast du gerade auf mich geboten?«

Cora blieb stehen und Pipe drehte sich um, um sie anzusehen. Sie holte tief Luft und sagte: »Ich brauche deine Hilfe.«

»Wobei?«, fragte Pipe.

Anstatt zu antworten, seufzte Cora und blickte an ihm vorbei. »Verdammt. Das läuft nicht so, wie ich es mir vorgestellt hatte.«

Seine Lippen zuckten amüsiert. »Was dachtest du denn, wie es laufen würde?«

»Du hast ja eine Menge Fragen«, hielt sie ihm vor.

Pipe zuckte mit den Schultern und merkte, dass er sich tatsächlich amüsierte. Er hatte nicht gedacht, dass irgendetwas an dieser Reise Spaß machen würde, aber diese Frau zu treffen war so angenehm wie schon lange nichts mehr. Sie war so ungewöhnlich, und mit jedem Wort war er mehr und mehr von ihr fasziniert. »Ja, die habe ich. Aber ich bin nicht derjenige, der bereit war, fünftausend Dollar auszugeben, um mit mir essen zu gehen, nur um mich um Hilfe zu bitten.«

»Sechs«, murmelte sie.

»Wie bitte?«

»Ich hatte sechstausend Dollar«, gab sie zu und sah ihm in die Augen. »Und wenn ich mehr hätte auftreiben können, hätte ich das auch ausgegeben.«

»Was ist so wichtig, dass du bereit warst, so viel auszugeben?«, fragte Pipe.

»Nicht was. Wer«, korrigierte Cora.

Überraschenderweise war Pipe enttäuscht. Seiner Vorstellung nach gab es nur einen Meschen, für den Cora so viel Geld ausgeben würde, nämlich für jemanden, den sie liebte. »Alles klar, ich denke, wir sollten dieses Gespräch woanders führen, nicht mitten auf dem Bürgersteig im Dunkeln.«

Als könnte sie seine Gedanken lesen und wüsste, dass er

mental einen Schritt von ihr zurückgetreten war, legte Cora ihre Hand auf seinen Arm. »So ist es nicht«, betonte sie.

»Ich weiß nicht, was du meinst.«

»Ihr Name ist Lara Osler. Sie ist meine beste Freundin. Der einzige Mensch auf der Welt, dem ich von ganzem Herzen vertraue. Sie ist in Schwierigkeiten und niemand will mir zuhören. Keiner glaubt mir. Nicht ihre Eltern, nicht die Polizei. Sie halten mich alle für verrückt und denken, dass ich nur traurig bin, weil sie die Stadt verlassen hat und ich sie nicht mehr um mich habe, um sie auszunutzen. Nicht dass ich das je getan hätte. Sie ausgenutzt, meine ich. Sie hat mir in der Vergangenheit geholfen, das will ich nicht leugnen, aber sie ist buchstäblich der einzige Mensch auf der Welt, der etwas auf mich gibt, und ich weigere mich zu glauben, dass sie ohne ein Wort verschwunden ist.«

Pipe spürte Anspannung, als er die Verzweiflung und Ehrlichkeit in ihrem Tonfall hörte. Sie war wirklich besorgt um ihre Freundin und glaubte, dass sie in Gefahr war. Sie war so besorgt, dass sie aus ihrer Komfortzone herausging, um eine schicke Junggesellenauktion zu besuchen, nur um mit ihm zu reden. Zumindest konnte er ihr einen Moment seiner Zeit zu schenken. Aber nicht hier. Er mochte die Dunkelheit nicht, schon gar nicht in einer Stadt, die er nicht kannte.

»Komm schon«, erklärte er, legte seine Hand an ihren Rücken und forderte sie auf weiterzugehen.

Sie tat es, ohne zu murren, auch wenn sie die Stirn runzelte.

Sie gingen ein paar Straßen weiter, bis Pipe fand, wonach er suchte. Als sie auf den Eingang der U-Bahn zugehen wollte, lenkte er sie stattdessen nach links.

»Pipe?«

Er konnte sich ein Lächeln nicht verkneifen. Es gefiel

ihm, dass sie ihn so nannte. Brick und die anderen mochten es vielleicht, wenn ihre Frauen ihre Vornamen benutzten, aber er hatte sich nie wie ein »Bryson« gefühlt. Solange er denken konnte, war er Pipe gewesen; es fühlte sich richtig an, dass sie ihn bei seinem Spitznamen nannte.

»Es ist zwar nicht das *The Inn* in Little Washington, aber so wie wir angezogen sind, ist es wohl etwas passender«, erklärte er und nickte zu dem Restaurant an der Ecke.

Cora blieb wieder stehen, und Pipe musste mit ihr anhalten. Sie schaute ungläubig zu ihm auf.

»Was ist? Willst du lieber woanders essen?«, fragte er.

»Nein, ist schon gut. Ich ... du gehst mit mir essen?«

»Ja.«

»Warum?«

»Du wolltest mit mir reden. Ich bin hier und ich bin gewillt, dir zuzuhören.«

»Warum?«, fragte sie erneut, diesmal im Flüsterton.

Pipe beschloss, ihr die Wahrheit zu sagen. »Weil du etwas an dir hast, das mich zu der Überzeugung bringt, dass du durch und durch ehrlich bist. Es macht mich etwas misstrauisch, dass du so viel über mich und meine Kameraden weißt, aber was du über deine Freundin gesagt hast? So geht es mir auch mit den Männern, mit denen ich in der *Zuflucht* arbeite. Wenn ihnen etwas zustoßen würde, würde ich alles tun, um sie zu retten. Ich verspreche dir nichts weiter als eine kostenlose Mahlzeit, aber ich bin neugierig genug, um mehr zu erfahren.«

Cora schluckte schwer und schloss für einen Moment die Augen. Dann riss sie sie auf und starrte ihn mit zu Schlitzen verengten Augen an. »Ich werde nicht mit dir schlafen.«

Pipe runzelte verwirrt die Stirn. »Ich kann mich nicht erinnern, dich darum gebeten zu haben.«

»Viele Männer tun das nicht.«

Pipe verstand einen Moment lang nicht ... dann wurde er wütend. »Dich zum Essen einzuladen gibt mir kein Recht auf Sex. Das gibt *keinem* Mann das Recht auf eine schnelle Nummer.«

»Tut mir leid«, erwiderte sie, ohne dass sie so aussah oder klang, als täte es ihr wirklich leid. »Ich wollte nur sichergehen, dass es keine Missverständnisse zwischen uns gibt.«

Pipe war wütend, dass Cora eine so schlechte Meinung von Männern hatte.

Nein, das war es nicht. Er war wütend darüber, dass sie offensichtlich einen *Grund* hatte, so etwas zu denken, und zwar von Anfang an.

Wenn jemand jemanden brauchte, dem er vertrauen konnte, dann war es diese Frau. Und er wollte diese Vertrauensperson für sie sein. Er wusste ohne Zweifel, dass sie jemanden, der ihren Schutzwall durchdrungen hatte, wie ihre Freundin Lara, bis zum Tod verteidigen würde.

Sie war die Art von Frau, die er sich immer an seiner Seite gewünscht hatte. Jemand, der keine Angst hatte, mit ihm zusammen zu sein, der zu ihm stand und ihn so liebte, wie er war. Es war fast eine Schande, dass er nicht aus D. C. stammte. Nicht dass Cora an ihm interessiert gewesen wäre.

Aber dann ... erinnerte er sich daran, wie sie ihn gegenüber dieser dummen Tussi Eleanor verteidigt hatte, obwohl sie ihn gar nicht kannte.

*Seine Tattoos, sein Bart und seine langen Haare machen ihn weder zu einem Bandenmitglied noch zu einem gewalttätigen Menschen, so wie dich das Fehlen von Tattoos nicht zu einem guten Menschen macht. Und ich persönlich? Ich finde seine Tattoos verdammt sexy. Sie zeigen mir, dass er ein Mann ist, der sich einen Dreck darum schert, was andere Leute denken. Leute wie du, die ihn wegen ein paar Tätowierungen verachten. Du würdest seinen Ruf ruinieren, wenn man ihn mit dir sieht.*

»Es gibt keine Missverständnisse«, erklärte Pipe unwirsch.

Er konnte sehen, wie ihr ganzer Körper sich vor Erleichterung entspannte, und das machte ihn noch wütender, aber er wollte sie auch beruhigen. Ihr sagen, dass sie ihm vertrauen kann, dass er ihr helfen würde. Aber er hielt den Mund, weil er nicht wusste, ob er ihr überhaupt helfen *konnte*. Er brauchte mehr Informationen. Sobald er wusste, wie die Lage war, würde er über seine nächsten Schritte entscheiden.

Sie gingen zur Tür des Restaurants und Pipe hielt sie für sie auf. Die Kellnerin, die sie begrüßte, warf einen Blick auf ihn und stockte leicht. Er wusste nicht genau, was ihr missfiel – seine vollständig tätowierten Arme, sein langes Haar und der buschige Bart oder vielleicht alles zusammen im Kontrast zu der Smokinghose, den glänzenden Schuhen und dem Hemd mit der Knopfreihe.

»Ein Tisch für zwei, bitte«, erklärte Cora mit Nachdruck und lehnte sich sanft an ihn. Ohne nachzudenken, legte er seinen Arm um ihre Taille, während er sein Gesicht so ausdruckslos und unbedrohlich wie möglich hielt.

Er konnte sehen, wie die Kellnerin sich ein wenig entspannte, als sie sagte: »Folgen Sie mir.«

Sie führte sie zu einem Tisch im hinteren Teil des Raumes, nicht in der Nähe der Fenster, was für Pipe in Ordnung war. Er wollte Coras volle Aufmerksamkeit, und hier im hinteren Teil des Raumes, wo das Licht etwas gedämpfter war, würde er sie bekommen.

»Die dumme Frau weiß nicht, dass du derjenige bist, die ihr am ehesten zu Hilfe eilen würde, falls irgendetwas passieren sollte, während wir hier sind.« Sie schüttelte seufzend den Kopf.

Wieder musste Pipe lächeln, als sie ihn verteidigte. Sie war wie eine Maus, die einen Elefanten beschützt, aber irgendwie wusste er genau, dass ihre Loyalität die größte Belohnung sein würde, die er jemals verdienen könnte.

Sie unterhielten sich, während sie sich die Speisekarten ansahen, und gaben bei der Kellnerin ihre Bestellung auf. Als sie wegging, legte Pipe seine Unterarme auf den Tisch und lehnte sich vor. »Du wolltest ein Abendessen mit mir gewinnen, um mir deine Geschichte zu erzählen und um Hilfe für deine Freundin zu bitten. Jetzt sind wir hier. Sprich mit mir. Erzähl mir alles.«

Interessanterweise schien sie jetzt nervös zu sein. Sie spielte mit ihrer Serviette und nippte an dem Wasser, das die Kellnerin gebracht hatte, als brauchte sie unbedingt etwas zu tun. Aber jetzt, da sie aufgefordert wurde, über ihre Freundin zu sprechen, verlor sie etwas von ihrer Nervosität. Sie nahm die gleiche Haltung ein wie er und lehnte sich auf den Tisch, als sie zu sprechen begann.

# KAPITEL VIER

»Um das zu erklären, muss ich etwas ausholen«, sagte Cora zu dem Mann ihr gegenüber am Tisch.

Sie konnte es nicht fassen, dass sie hier war und mit dem Menschen zu Abend aß, den sie halb gestalkt hatte, seit sie erfahren hatte, dass er in D. C. sein würde. Sie war bereit gewesen, viel Geld für diesen Moment zu bezahlen, aber dank Eleanors Zickigkeit – sie wäre stinksauer, wenn sie wüsste, dass ihre große Klappe Cora genau das beschert hatte, was sie wollte, anstatt es ihr vor der Nase weggeschnappt zu haben – saß sie jetzt in einem Restaurant und bekam die Chance, Lara zu helfen, und zwar ohne dafür zu zahlen.

»Ich habe Lara kennengelernt, als ich fünfzehn war. Ich hatte mal wieder die Schule gewechselt und es lief dort nicht gut für mich. Ich passte nicht rein … was nicht wirklich eine Überraschung war, da ich selten irgendwo reinpasste, aber ich passte *wirklich* nicht zu den Schülern an der Harrison High.«

»Warum nicht?«, fragte Pipe.

»Die meisten von ihnen kamen aus reichen Familien.

Aus solchen mit politischen Verbindungen. Ich war ein Niemand. Ein Pflegekind, das von einem Haus zum anderen geschoben wurde. Ich hatte einen riesigen Komplex, und es war mir ziemlich egal, was andere von mir dachten.«

»*Das* glaube ich dir wirklich nicht«, erklärte Pipe mit einem kleinen Lächeln.

Cora betrachtete den Mann und war immer noch ein wenig erstaunt, dass sie mit ihm in einem Restaurant saß. Sein Haar war vorn länger und eine Locke fiel ihm auf die Stirn. Sein Bart und Schnurrbart waren voll und ein wenig ungepflegt. Seine Nase war lang und schmal, seine Wangenknochen hoch und seine dunklen Augen waren mit einer Intensität auf sie gerichtet, die ein wenig verstörend war. Sie wusste instinktiv, dass diesem Mann nicht viel entging, was sie sowohl faszinierte als auch zu Tode ängstigte.

Seine Arme waren mit Tätowierungen bedeckt und sie schauten ebenfalls hinter den wenigen offenen Knöpfen seines weißen Hemdes hervor. Manche Leute hätten sich von all seinen Tätowierungen abgestoßen gefühlt, aber nicht Cora. Sie passten zu ihm.

»Cora?«, sagte er, um sie zum Reden aufzufordern.

Als sie merkte, dass sie Pipe anstarrte, ohne zu sprechen, spürte Cora, wie ihre Wangen rot wurden, und sie zwang sich, den Mann, der ihr gegenübersaß, nicht weiter anzustarren und stattdessen weiterzusprechen.

»Ich möchte mich nicht selbst runtermachen, ich sage nur die Wahrheit. In der Highschool war ich eine durchschnittlich gute Schülerin. Es hat sicher nicht geholfen, dass ich jedes Mal die Schule wechseln musste, wenn ich in eine andere Pflegefamilie kam, aber trotzdem. Ich war gerade mal eine Woche da und die beliebten Kinder, wie Eleanor, hatten mich schon als Zielscheibe auserkoren. Mir war das egal. Ich war es gewohnt, gemobbt zu werden. Ich hatte gelernt, die kindischen Beleidigungen und die Versuche, mich schlechtzumachen, weitgehend zu ignorieren.

Aber an diesem Tag beim Mittagessen hatte Lara anscheinend die Nase voll. Sie setzte sich für mich ein. Sie sagte zu Robbie McCallister, er solle seinen Kopf in einen Eimer mit Kuhmist stecken. Sie hat es auch genau so gesagt«, erklärte Cora mit einem liebevollen Lachen. »Sie ist zu lieb, um richtig zu fluchen. Und sie sieht aus wie ein Engel. Groß, blondes Haar, blaue Augen, schlank ... alle Jungs waren in sie verliebt, und Robbie hat sofort einen Rückzieher gemacht.

Dann hat sie sich neben mich gesetzt und als die Aufmerksamkeit von uns abfiel, fing sie an, ein bisschen zu zittern. Ich dachte, sie hätte einen Krampfanfall oder so etwas. Aber sie versicherte mir, dass es nur eine verzögerte Reaktion sei. Sie *hasst* es, im Mittelpunkt der Aufmerksamkeit zu stehen. Dann bekommt sie buchstäblich eine Panikattacke. Eine Ironie des Schicksals, denn ihr umwerfendes Aussehen ist wie ein Leuchtfeuer für alle um sie herum. Um ihr zu helfen, redete ich mit ihr über dummes Zeug, bis sie sich ein bisschen besser unter Kontrolle hatte.

Schließlich reichte sie mir die Hand und sagte: ›Hi, ich bin Lara Osler. Deine neue beste Freundin.‹ Das war ein Scherz, aber wir wussten nicht, wie sehr sich das bewahrheiten sollte. Wir verbrachten die nächsten zweieinhalb Jahre der Highschool damit, uns gegen die grausamen Tussis zu wehren, die diesen Ort fest im Griff hatten, und sind seitdem dicke Freundinnen.«

Die Worte wirkten so lahm in Anbetracht der Tatsache, wie nahe Cora und Lara sich im Laufe der Jahre wirklich gekommen waren. In ihrem Leben passierte nichts, ohne dass die andere davon wusste ... bis vor Kurzem. Und Cora konnte und *wollte* nicht glauben, dass Lara einfach mit ihrem Leben weitergemacht und sie vergessen hatte. Sie waren seit über zwei Jahrzehnten beste Freundinnen. Eine solche Freundschaft verschwand nicht einfach wegen eines Mannes.

»Keine von uns beiden hatte während der Highschool einen Freund. Ich hatte kein Interesse an den Idioten, die hinter mir her waren, weil sie dachten, ich sei leicht zu haben, und Lara war zu schüchtern und zu sehr darauf konzentriert, gute Noten zu bekommen. Wir verbrachten jede freie Minute miteinander, was ein Geschenk des Himmels war. Nach dem Schulabschluss ging Lara aufs College und ich zog mit ihr um. Ich fand einen Job, um uns zu unterstützen. Wir zogen zusammen in eine kleine, heruntergekommene Wohnung und alles lief ziemlich gut. Nachdem sie ihren Abschluss als Erzieherin gemacht hatte, bekam sie einen Job in einer Vorschule in der Nähe unserer Wohnung. Ich arbeitete in verschiedenen Jobs, während sie immer mehr Verantwortung bekam.

Nach ein paar Jahren beschlossen wir, dass es an der Zeit war, uns jede eine eigene Wohnung zu suchen. Ich hatte kein Problem damit, obwohl ich wusste, dass es schwierig sein würde, die Miete allein aufzubringen. Aber ich merkte, dass Lara wirklich ihre Flügel ausbreiten wollte. Sie hatte endlich ein paar Verabredungen mit Männern, genau wie ich, und es fühlte sich so an, als sollten wir das tun ... erwachsen werden, einen Job finden und eine eigene Wohnung haben.

Eine Zeit lang war es ganz okay. Bis mein bescheuerter Vermieter um zwei Uhr morgens in meine Wohnung kam, um«, sie machte Anführungszeichen in die Luft, während sie sprach, »die Batterien in meinem Rauchmelder zu überprüfen, und in den Lauf meiner Pistole starrte. Er war nicht sehr erfreut. Am nächsten Morgen, nachdem die Polizisten weg waren und ich etwas geschlafen hatte, fand ich einen Räumungsbefehl an meiner Tür.«

»Das ist illegal«, knurrte Pipe.

Cora zuckte mit den Schultern. »Natürlich war es das, aber wer wollte mich schon verteidigen? Ich konnte mir ja nicht mal einen Anwalt leisten. Und niemand in der Wohnanlage hätte sich für mich eingesetzt, denn die anderen brauchten genauso dringend eine Wohnung wie ich. Jedenfalls zögerte Lara nicht lange und nahm mich bei sich auf. Ich habe fast sechs Monate lang auf ihrem Sofa geschlafen und sie hat mir kein einziges Mal das Gefühl gegeben, dass ich ihr lästig bin.« Cora hielt inne, ein leichtes Lächeln auf dem Gesicht. »Du hast keine Ahnung, was für ein Riesending das für jemanden ist, der in Pflegefamilien aufgewachsen ist.

Irgendwann habe ich eine neue Bleibe gefunden und bin wieder ausgezogen. Und natürlich ... verlor ich ein paar Monate später meinen Job. Meine Chefin fand Gefallen an mir, und als ich nicht mit ihr ausgehen wollte, fand sie einen Grund, mich zu feuern.«

Pipe knurrte über den Tisch hinweg. Cora schaute auf und war überrascht, wie wütend er aussah. Ohne nachzudenken, streckte sie ihre Hand aus und ergriff seinen Arm. »Ist schon okay.«

»Es ist *nicht* okay«, presste er zwischen zusammengebissenen Zähnen hervor.

»So ist der Lauf der Welt«, erwiderte sie mit einem kleinen Schulterzucken.

Pipe legte seine Hand über ihre auf seinen Arm. Er lehnte sich noch ein bisschen weiter vor und schüttelte den Kopf. »*Ich* bin noch nie gefeuert worden, weil ich das Interesse von jemandem nicht erwidert habe. *Ich* hatte noch nie einen Vermieter, der mitten in der Nacht in meine Wohnung gekommen ist.«

»Du bist ein Mann«, erklärte sie sofort. »Und du hast Freunde. Ich denke, Ned – und ja, so hieß mein Vermieter wirklich – wusste, dass ich außer Lara nicht viel Besuch hatte. Familie, andere Freundinnen, einen festen Freund und so weiter. Ich war ein leichtes Opfer, und er wusste das. Dasselbe galt für meine Chefin. Die Leute spüren, wenn jemand kein Unterstützungsnetzwerk hat. Besonders in dieser Stadt. *Natürlich* legt sich niemand mit dir an, Pipe. Auch ohne deine knallharten Tätowierungen strahlst du Selbstvertrauen und noch etwas anderes aus, das sagt, man solle sich besser nicht mit dir anlegen.«

Er runzelte noch immer die Stirn.

Und aus irgendeinem Grund wollte Cora ihn unbedingt beruhigen.

»Ich war ein Pflegekind. Ich war nicht erwünscht. Ich hatte vierzehn Pflegefamilien, und keine einzige Familie hat auch nur angedeutet, dass sie mich für immer behalten wollte. Ich war kein schlechtes Kind, ich habe keinen Ärger gemacht, aber trotzdem haben sie mich nach einer Weile immer wieder weggeschickt.«

Als sie sah, was für ein trauriges Gesicht Pipe machte, reckte sie ein wenig das Kinn vor.

»Es ist in Ordnung. *Mir* geht es gut«, versicherte sie ihm knapp. »Ich habe es überlebt, und ich hatte Lara. Ich erzähle dir das alles nicht, damit du Mitleid hast. Ich erzähle es dir, damit du wirklich verstehst, dass Lara alles ist, was ich an Familie hatte. Was ich an Familie *habe*. Ich würde buchstäblich alles für sie tun. Sie ist mein Fels in der Brandung, seit ich fünfzehn bin. Selbst sie weiß wahrscheinlich nicht, wie viel sie mir bedeutet. Sie ist die Schwester, die ich nie hatte, und ohne sie wäre ich heute nicht hier.«

Mit einem Seufzer fuhr sie fort. »Um diese langweilige Geschichte fortzusetzen: Als ich gefeuert wurde, hat sie mir einen Job in der Vorschule besorgt, in der sie arbeitete. Zu diesem Zeitpunkt war sie bereits die Direktorin. Sie stellte mich als Hilfskraft für die Lehrerinnen ein. Das ist so etwas wie die unterste Stufe des Personals, aber ich wollte sie nicht im Stich lassen. Und dann ist etwas Seltsames passiert ...« Ihre Stimme wurde leiser.

»Was?«, fragte Pipe.

Da bemerkte Cora, dass er im Grunde immer noch ihre Hand hielt. Seine große Handfläche lag auf der ihren, die immer noch auf seinem Arm ruhte.

»Mir wurde klar, dass ich es liebe. Ich liebte es, mit den Kindern zu arbeiten. Ich war Kellnerin, Stripperin, Parkwächterin und gefühlte hundert andere Dinge ... aber ich hatte meine Nische gefunden. Kinder, die so jung sind, interessieren sich nicht für deine Hautfarbe, deine sexuelle Orientierung, dein Gewicht oder deine Größe, ob du eine Familie hast oder nicht ... sie interessieren sich nur dafür, ob du nett zu ihnen bist. Ob sie sich in deiner Gegenwart sicher fühlen.

Lara hat sich also nicht nur in der Highschool für mich eingesetzt. Sie hat mir eine Unterkunft gegeben, als ich sie brauchte, sie hat mich durchgefüttert und dann hat sie mir einen Job gegeben, den ich mehr liebe, als ich je für möglich gehalten hätte. Und jetzt braucht sie meine Hilfe – und niemand will mir zuhören.« Ihre Stimme brach bei den letzten Worten.

»*Ich* höre dir zu«, erklärte Pipe sanft.

Cora sah zu ihm auf und starrte ihn einen langen Moment an.

»Also raus mit der Sprache«, befahl er. »Warum glaubst du, dass sie in Gefahr ist? Wo ist sie?«

Cora öffnete den Mund, aber in diesem Moment kam die Kellnerin zurück. »So, jetzt geht's los«, sagte sie fröhlich. Cora war gezwungen, Pipe loszulassen, und lehnte sich zurück, als die Teller auf den Tisch gestellt wurden. »Kann ich euch noch etwas bringen?«

»Nein danke«, erwiderte Cora.

»Wir haben erst mal alles, was wir brauchen«, stimmte Pipe zu.

»Also gut. Lasst es euch schmecken und sagt mir Bescheid, wenn ihr etwas braucht.«

Cora musterte das Essen vor sich, aber ihr war der Appetit völlig vergangen.

»Iss«, erklärte Pipe mit tiefer, knurriger Stimme.

Sie schaute zu ihm auf.

Er nickte in Richtung ihres Tellers. »Dann fühlst du dich gleich besser.«

»Dann fühle ich mich gleich so, als müsste ich mich übergeben«, brummte sie.

Pipes Lippen zuckten amüsiert. »Wann hast du das letzte Mal etwas gegessen?«

Sie versuchte, sich daran zu erinnern, ob sie an diesem Tag zu Mittag gegessen hatte, und stellte fest, dass sie so nervös und aufgeregt wegen der Auktion war, dass sie es nicht getan hatte. »Ich hatte vielleicht Frühstück?«, erklärte sie, wobei es sich mehr wie eine Frage als eine richtige Antwort anhörte.

»Du brauchst ein paar Kalorien«, entgegnete Pipe mit sanfterer Stimme.

»Es fühlt sich falsch an zu essen, wenn ich mich frage, ob es Lara gut geht. Ob sie etwas zu essen bekommt.«

Pipe verspannte sich. »Sieh mich an«, erklärte er in einem Ton, den Cora noch nie gehört hatte. Er war härter, gebieterischer. Sie konnte nicht anders, als zu ihm aufzusehen.

»Würde Lara wollen, dass du hungerst, nur weil sie nicht genügend zu essen bekommt? Würde sie wirklich wollen, dass du mit ihr leidest?«

»Nein«, flüsterte Cora.

»Gut. Iss, Cora. Danach reden wir weiter. Und wenn ich deiner Freundin helfen kann, werde ich es tun.«

Sie machte große Augen. »Das würdest du?«, fragte sie ihn, weil sie einfach nicht anders konnte.

»Ja.«

»Aber du kennst die Situation nicht. Ich meine, ich könnte mich irren. Vielleicht ist mit ihr alles in Ordnung.«

Pipe starrte sie so lange an, dass Cora sich auf ihrem Stuhl wand. »Du irrst dich nicht«, erwiderte er schließlich.

Sie machte die Augen zu, als sie versuchte, das Geschehene zu verarbeiten. *Keiner* hatte ihr geglaubt. Nicht die Polizisten, nicht Laras Familie, nicht ihre Kollegen. Sie alle hatten ihr gesagt, sie sei eifersüchtig, würde überreagieren oder hätte schlichtweg unrecht. Aber sie wusste es besser.

Die extrem kurze E-Mail, die Lara mit ihrem Antrag auf Beurlaubung an die Personalabteilung geschickt hatte, war verdammt dubios gewesen, aber niemand außer ihr schien sich darüber Gedanken zu machen. Lara würde nicht einfach abhauen, ohne vorher mit ihr zu sprechen. Das wusste Cora ganz genau.

Und dieser Mann, dieser Fremde, glaubte ihr, ohne überhaupt zu hören, was passiert war.

»Iss«, entgegnete Pipe noch einmal, diesmal ein bisschen sanfter.

Cora öffnete die Augen und blickte auf das Truthahn-Sandwich, das sie bestellt hatte. Plötzlich hatte sie einen Bärenhunger. Sie griff nach der Ketchupflasche auf dem

Tisch und verteilte das Zeug auf ihrem Sandwich. Sie verteilte es auch über ihre Pommes frites.

Als sie aufblickte, sah sie, dass Pipe sie anlächelte. Die Veränderung in seiner Miene war verblüffend. Es war, als säße ihr ein völlig anderer Mann gegenüber.

»Ich nehme an, du magst Ketchup«, bemerkte er.

»Ich mag ihn nicht nur, ich liebe ihn«, bestätigte sie ihm. »Damit schmeckt alles besser. Als ich klein war und gezwungen wurde, Gerichte zu essen, die ich nicht mochte, habe ich sie mit Ketchup schmackhaft gemacht. Als ich auf mich allein gestellt und knapp bei Kasse war, konnte ich das Zeug auf fast alles tun und fühlte mich dadurch irgendwie satter.«

Darüber runzelte er die Stirn, aber Cora lächelte nur. »Ist schon gut, Pipe. Wirklich. Ich habe überlebt. Vielen Leuten ist es viel schlechter ergangen als mir. Und Ketchup ist wirklich die weltweit beste Zutat.«

Er sah nicht so aus, als würde er ihr das Abnehmen, aber er nahm den Hamburger, den er bestellt hatte, ohne jegliche Soße oder Würze und nahm einen großen Bissen.

Sie aßen in geselligem Schweigen. Als sie mit ihrem Essen fast fertig war, musste Cora lächeln. »Was denkst du, was sie in diesem schicken Restaurant serviert hätten? Ich meine, wenn ich gewonnen hätte und wir jetzt dort wären?«

Als Antwort legte Pipe seinen Hamburger weg und griff nach seinem Handy. Cora runzelte verwirrt die Stirn. Er tippte einen Moment lang, bevor er die Lippen nach oben zog. »Laut ihrer Webseite gibt es ›Carpaccio von der Lammlende in der Kräuterkruste von elysischen Feldern mit Caesar-Salat-Eis‹ oder ›Lendenroulade in der Pekannusskruste mit Pilzfüllung, Senf und betrunkenen Pflaumen‹.«

Cora konnte nicht anders und rümpfte die Nase. »Weißt du überhaupt, was das ist?«

»Nein«, erklärte Pipe lächelnd.

»Was zum Teufel ist Caesar-Salad-Eis? Und betrunken oder nicht, Pflaumen halte ich nicht gerade für ein tolles Essen.«

Diesmal lachte er. »Da bin ich ganz deiner Meinung.« Er steckte sein Handy zurück in die Tasche. »Ich bin viel zufriedener mit meinem Burger und ich glaube nicht, dass Ketchup auf den Pflaumen hilft, nüchtern zu werden.«

Cora lachte. Kaum hatte das Geräusch ihren Mund verlassen, hatte sie ein schlechtes Gewissen. Sie hatte gerade sehr viel Spaß, aß einen fantastischen Burger und hatte keine Ahnung, was Lara durchmachen musste.

»Nicht«, erklärte Pipe und zog die Brauen nach unten.

»Ich kann nicht anders. Ich mache mir solche Sorgen um sie.«

Pipe schob seinen Teller zur Seite und griff nach ihrer Hand. Cora ließ es zu. Mit dem Daumen strich er über die Haut auf ihrem Handrücken, während er sprach.

»Ich kenne deine Freundin nicht, aber wenn sie so viel Loyalität in dir geweckt hat, muss sie ein toller Mensch sein. Und sie ist härter, als du ihr zutraust.«

»Du kennst sie nicht. Sie ist … nicht wie ich«, beendete Cora etwas lahm. »Ich habe keine Angst zu sagen, was ich denke. Sie ist nett. Süß. Ich habe dir ja schon erzählt, dass sie in der Highschool keine Verabredungen hatte, aber auch danach ist sie nicht viel ausgegangen, obwohl sie unbedingt ihren Märchenprinzen finden wollte. Sie sieht immer nur das Beste in den Menschen, und die nutzen sie oft aus. Sie mag es nicht, in einer Beziehung oder in ihrem Berufsleben etwas zu verändern. Ich glaube, so hat Ridge sie an der Angel. Er gab vor, ein Gentleman zu sein. Aber das ist er nicht. Zumindest soweit ich das beurteilen kann.«

Pipe starrte sie einen Moment lang an, bevor er in seine

Tasche griff. Er holte sein Portemonnaie heraus und warf ein paar Zwanzigdollarscheine auf den Tisch. Dann stand er ohne ein Wort auf und griff nach Coras Ellbogen.

Sie war zu überrascht, um sich zu wehren, als er sie auf die Füße zog. Er schnappte sich ihre Tasche und warf sie sich über die Schulter. Mit der Hand immer noch unter ihrem Ellbogen ging er zur Tür. Als sie auf dem Bürgersteig waren, bog er rechts ab, den Weg zurück, den sie gekommen waren.

»Pipe?«, fragte Cora. »Wohin gehen wir? Die U-Bahn ist in der anderen Richtung.«

»In mein Hotel«, erklärte er knapp.

Cora blieb stehen und überraschte Pipe so sehr, dass seine Hand von ihrem Arm rutschte. »Ich habe dir schon gesagt, dass ich nicht mit dir schlafe«, knurrte sie. Enttäuschung machte sich in ihrem Bauch breit. Hatte sie sich wirklich so sehr in diesem Mann getäuscht?

Pipe fuhr sich mit der Hand durch die Haare und zerzauste sie noch mehr. »Ich bin nicht gut in diesen Dingen, Cora.«

»Was für Dingen?«, fragte sie verwirrt.

»Planen. Herausfinden, was los ist. Ich bin eher der Schlägertyp. Ich werde geschickt, um die Drecksarbeit zu machen. Meine Kumpels sind besser für die Details vor der Mission. Ich weiß nicht, was du mir über deine Freundin erzählen willst, aber mein Instinkt sagt mir, dass es besser wäre, wenn Owl dabei wäre ... der Typ, der mit mir nach Washington gekommen ist.«

Cora nickte. »Callen Kaufman. Ehemaliger Night-Stalker-Hubschrauberpilot. Er wurde im Nahen Osten zusammen mit seinem Co-Piloten Jack ›Stone‹ Wickett abgeschossen, der zusammen mit dir und deinen anderen Freunden Eigentümer der *Zuflucht* ist. Sie wurden ein paar

Wochen lang gefangen gehalten, während die Terroristen sie folterten und das Ganze filmten.«

Pipe blinzelte. Dann grinste er. »Du bist echt eine Stalkerin«, scherzte er.

Cora konnte nicht anders, als sein Lächeln zu erwidern, aber sie wurde schnell wieder ernst. »Ich musste mich vergewissern, ob ihr mir wirklich helfen könnt, Lara zu finden und zu retten.«

Pipe hörte auf zu lächeln. »Wenn du wirklich glaubst, dass sie gerettet werden muss, wo auch immer sie ist, und unsere Fähigkeiten gebraucht werden, glaub mir, dann ist es wirklich wichtig, dass Owl deine Geschichte hört. Er hat zwar nicht so viel Erfahrung wie wir anderen im Feld, aber er ist klug. Es wird dir helfen zu hören, was er von der Sache hält.«

Jeder Instinkt sagte Cora, dass sie dem Mann, der vor ihr stand, vertrauen konnte. Er war einfach nur höflich und zuvorkommend. Er hätte sie nicht nach Hause begleiten oder zum Essen einladen müssen. Aber hier war er. Obwohl … sie glaubte keinen Moment lang, dass Pipe eine Rettungsmission nicht allein planen konnte.

»Okay«, erklärte sie nach einer langen Pause. Das war ihr Ziel gewesen, seit sie erfahren hatte, dass einer der Besitzer der *Zuflucht* auf der Auktion sein würde. Sie wollte die Chance haben, mit einem von ihnen zu sprechen, um ihren Fall vorzutragen. Zwei Besitzern der *Zuflucht* zu erklären, was passiert war, war mehr, als sie sich jemals hätte träumen lassen.

Sie gingen weiter und hielten an einem Hotel in der Nähe des Hotels, in dem die Versteigerung stattgefunden hatte. Es war nicht besonders schick. Es war eine Hotelkette, in der Cora selbst manchmal übernachtete, wenn sie auf Reisen war, was nicht oft vorkam.

Pipe öffnete die Tür und führte sie über eine Rolltreppe in das menschenleere Restaurant im ersten Stock zu einem Tisch im hinteren Bereich. Er setzte sich und gab ihr ein Zeichen, es ihm gleichzutun.

»Ähm, dürfen wir hier sein?«, fragte Cora nervös und sah sich die leeren Tische und den halbdunklen Raum an.

»Es ist in Ordnung«, versicherte Pipe ihr. »Ich werde dich nicht auf mein Zimmer bringen, das wäre respektlos«, erklärte er, während er eine Nachricht auf seinem Handy tippte.

Cora starrte ihn überrascht an, als er sich auf den Bildschirm vor ihm konzentrierte. Viele Männer hätten nicht einmal darüber nachgedacht, sie mit auf ihr Zimmer zu nehmen, selbst wenn sie nicht vorhätten, sich an sie heranzumachen. Sie hatte die Erfahrung gemacht, dass die meisten Männer keine Ahnung hatten, was Frauen alles tun mussten, um in Sicherheit zu sein. Sie hatten einfach keinen Grund, sich Sorgen zu machen, wenn sie über einen abgelegenen Parkplatz gingen, mit einem Mann in einen Aufzug stiegen, ein leeres Treppenhaus hinaufgingen, mitten in der Nacht irgendwo allein waren, tanken mussten und eine Million anderer alltäglicher Situationen.

Aber sie hätte Pipe wahrscheinlich nicht unterschätzen sollen. Er war nicht wie die meisten Männer, und genau deshalb hatte sie seine Hilfe gesucht.

»Owl ist auf dem Weg«, sagte er zu ihr.

»Ich weiß immer noch nicht, warum du glaubst, dass es besser ist, wenn er herkommt.«

»Ich sagte doch, ich bin kein guter Planer.«

»Das glaube ich keinen Augenblick lang«, erklärte Cora entschieden. »Du wärst nicht bei der Spezialeinheit gewesen, wenn du in solchen Dingen nicht gut wärst.«

Pipe zuckte mit den Schultern. »Du würdest dich

wundern. Das Militär ist überall auf der Welt gleich. Dort werden Fußsoldaten gebraucht. Männer und Frauen, die bereit sind, ihr Leben zu geben, wenn es nötig ist, ohne Fragen zu stellen. Wie in jeder Organisation gibt es diejenigen, die am besten denken, und diejenigen, die am besten handeln können.«

Cora runzelte die Stirn. »Und du behauptest also, du warst ein gedankenloser Roboter, der einfach getan hat, was ihm gesagt wurde?«

Seine Lippen zuckten amüsiert. »Nicht ganz.«

»Ich weiß, dass du inzwischen weißt, dass ich über dich und deine Freunde Nachforschungen angestellt habe«, bemerkte sie, damit er verstand, warum sie hier bei ihm war.

»Ja, das hast du deutlich gemacht.«

»Ich glaube nicht, dass ich das habe. Pipe, ich lebe in Washington, D. C. Weißt du, wie viele Militärangehörige es hier gibt? Generäle? Mitglieder der Spezialeinheit? Sogar private Sicherheitsleute, die jahrelang den verdammten Präsidenten der Vereinigten Staaten bewacht haben? Nicht dass ich sie persönlich kennen würde, aber ich hätte meine sechstausend Dollar nutzen können, um einen oder mehrere von ihnen anzuheuern. Ich habe es nicht getan. Weißt du warum?«

Jetzt hatte sie Pipes volle Aufmerksamkeit.

»Erstens, weil die Leute, *die* ich kontaktiert habe, nur mein Geld wollten. Sie schienen sich nicht für Lara als Mensch zu interessieren. Aber vor allem, weil ich das Beste wollte. Ich wollte jemanden, der die Sache genauso persönlich nimmt wie ich. Jemanden, der mir glaubt, wenn ich ihm sage, dass meine beste Freundin in Schwierigkeiten steckt. Nicht jemanden, der nur mein Geld nimmt, ihren Verbleib schlecht recherchiert, vielleicht ein bisschen Aufklärungsarbeit leistet und mir dann sagt, dass er mir nicht helfen kann.«

»Woher weißt du, dass ich nicht genau das tun würde?«

»Wegen Alaska«, erklärte Cora leise. »Und Jasna. Und Reese. Du und deine Freunde ... ihr seid Beschützer. Nicht nur für alle Männer und Frauen, die in der *Zuflucht* leben, sondern vor allem für die Menschen, die ihr liebt. Ich habe gelesen, wie ihr eure Fähigkeiten eingesetzt habt, um den Frauen zu helfen, die jetzt mit euch im Resort leben. Und obwohl du weder mich noch Lara kennst, wusste ich instinktiv, dass du alles tun würdest, um mir zu helfen, sie nach Hause zu bringen.«

Pipe starrte sie so lange an, dass Cora Mühe hatte, sich nicht auf ihrem Stuhl zu winden. Aber sie reckte das Kinn trotzig ein wenig höher und weigerte sich, dem Unbehagen nachzugeben, das sie durchströmte. Sie hatte ihr ganzes Leben damit verbracht, beurteilt zu werden, und es war ihr egal, was dieser Mann von ihr hielt, solange er nur zustimmte, Lara zu helfen.

Da sie sich nicht eingestehen wollte, dass es ihr tatsächlich nicht egal war, was Pipe über sie dachte, wartete Cora darauf, dass er etwas sagte.

»Ich kann dir nichts versprechen«, erwiderte er schließlich.

»Ich weiß.«

»Und wir sind nicht mehr beim Militär. Wir sind Zivilisten. Wir können nicht einfach Waffen, Granaten und die Macht der Regierung benutzen, um Gesetze zu brechen.«

»Das weiß ich auch. Das verlange ich auch nicht von dir. Ich bitte dich nur darum, die Taktik, die du gelernt hast, anzuwenden, um mir zu helfen, meine Freundin zu finden und sie vielleicht aus einer misslichen Lage zu befreien.«

»Und du bist sicher, dass sie *in* einer misslichen Lage ist?«, fragte Pipe.

Dankbar, dass er nicht skeptisch, sondern nur neugierig klang, nickte Cora nachdrücklich. »Hundertprozentig.«

Als er nicht antwortete, sagte Cora ein wenig verzweifelt: »Und ich habe immer noch meine sechstausend Dollar. Du kannst sie für Flüge, Vorräte oder was auch immer du brauchst verwenden.«

»Wenn wir uns entscheiden, dir zu helfen, nehmen wir dein Geld nicht«, versicherte Pipe mit Nachdruck.

Cora war sich nicht sicher, wie sie darauf reagieren sollte. Er hatte keine Ahnung, was sie getan hatte, um an so viel Geld zu kommen. Die Tatsache, dass er es nicht nehmen wollte, bedeutete für sie die Welt. Sie konnte es benutzen, um Lara eine Therapie zu ermöglichen, um sie in eine andere Stadt zu bringen ... was auch immer nötig war, um dafür zu sorgen, dass es ihrer Freundin gut ging nach dem, was sie durchgemacht haben würde.

Und das war das Beängstigende daran: Cora hatte keine Ahnung, was mit Lara passiert sein mochte. Vielleicht ging es ihr gut. Vielleicht war sie in Sicherheit und wurde freundlich behandelt.

Sie schnaubte innerlich. Das glaubte sie keinen Moment lang. Was auch immer ihre Freundin durchmachte, es war nicht gut. Daran hatte Cora keinen Zweifel.

Das Geräusch von Schritten ließ sie aufschrecken und sie drehte sich zum Eingang des Restaurants um. Sie erwartete fast, dort einen Angestellten zu sehen, der die Stirn runzelte, aber stattdessen kam der Mann auf sie zu, den sie zuvor am Abend schon gesehen hatte: Owl.

»Er sieht wirklich ein bisschen aus wie Ed Sheeran«, bemerkte sie.

»Wenn du dich bei ihm beliebt machen willst, solltest du

das auf keinen Fall erwähnen«, gab Pipe zu bedenken, bevor er aufstand und seinen Freund begrüßte.

Owl zog einen Stuhl von einer der leeren Seiten des quadratischen Tisches hervor und nickte ihr zu. »Du bist also Cora.«

»Und du bist Owl«, erwiderte sie.

Er grinste. »Das bin ich.« Er wandte sich an Pipe. »Du hast nicht viel verpasst. Der Moderator war ein bisschen sauer, dass du nicht da warst, aber da sie über hunderttausend Dollar für die Veteranen gesammelt haben, wird er darüber hinwegkommen.«

»Und die dumme Tussi?«

»Sie ist mit ihren ebenso dummen Freundinnen abgehauen«, erwiderte Owl achselzuckend.

»Du hast klargestellt, dass ich sie nicht zum Essen einlade?«, fragte er.

Owl grinste. »Ich glaube nicht, dass das jemals zu ihrem Plan gehörte.«

»Stimmt. Was hat sie denn gesagt?«, fragte Pipe und sah Cora an. »»Ich würde auf keinen Fall meinen Ruf beflecken, indem ich mit jemandem gesehen werde, der wie ein Bandenmitglied aussieht.‹ Stimmt's?«

»Ich kann mich nicht an jedes Wort erinnern, aber so was in der Art«, erklärte Cora. Das war eine Lüge. Sie erinnerte sich genau daran, was Eleanor gesagt hatte, als sie Pipe beleidigt hatte. Sein Gedächtnis funktionierte einwandfrei.

Sie zweifelte einmal mehr an seiner Behauptung, dass er kein guter Planer sei. Wer ein so gutes Gedächtnis hatte, musste bei der Planung einer streng geheimen Operation einen Vorteil haben.

»Egal, sie ist weg, ich habe ihr Gebot bezahlt, alles ist gut«, versicherte Owl. »Also ... was ist los?«

Pipe sah Cora an. Es war etwas verwirrend, dass beide Augenpaare auf sie gerichtet waren, aber sie tat, was sie immer tat. Sie straffte die Schultern und zeigte nicht, dass sie eingeschüchtert war.

»Meine Freundin Lara wurde von ihrem sogenannten Freund entführt, und ich brauche Hilfe, um sie zu befreien und nach Hause zu bringen.«

# KAPITEL FÜNF

Pipe war von Coras Äußerung nicht völlig überrascht. Nach dem zu urteilen, was sie vorhin gesagt hatte, ahnte er schon, dass es so etwas in der Art sein würde. »Sprich weiter«, ermutigte er sie.

Er war beeindruckt von der Frau, die ihm gegenübersaß. Die Anschuldigungen, die sie vorbrachte, waren ernst zu nehmen, und er nahm an, dass die Polizei bereits gehandelt hätte, wenn es Beweise für ihre Behauptungen gegeben hätte. Aber obwohl es keine Beweise gab, gab sie nicht auf, kehrte nach Hause zurück und machte mit ihrem Leben weiter, sondern blieb hartnäckig. Es war mehr als offensichtlich, dass sie wirklich glaubte, was sie sagte.

»Vor ungefähr drei Monaten hat Lara diesen Typen kennengelernt. Mir kam das ein bisschen zu willkürlich vor. Sie trafen sich zufällig in dem Café, in das sie jeden Morgen geht. Ich habe ihr mehr als einmal gesagt, dass sie ihre Routine ab und zu ändern solle. Dass sie nicht jeden Tag zur gleichen Zeit zum gleichen Ort gehen solle, dass sie nicht den gleichen Weg nach Hause nehmen solle, dass sie nicht jeden Sonntag um zehn Uhr morgens in den Supermarkt gehen solle und so weiter. Aber Lara war schon immer ein bisschen naiv.

Jedenfalls kam sie ganz aufgeregt zur Arbeit, weil sie einen großen, dunklen und gut aussehenden Mann kennengelernt hatte. Schon nach nur wenigen Tagen verbrachte sie ihre gesamte Freizeit mit ihm. Er sagte die richtigen Dinge und war offensichtlich sehr großzügig. Er überhäufte sie mit Geschenken, was ihr sehr gefiel. Ihre Familie ist reich und sie hat, als sie klein war, immer alles bekommen, was sie wollte. Nicht dass sie verwöhnt wäre, ganz im Gegenteil, aber sie hat nie wirklich Entbehrungen hinnehmen müssen. Ich glaube, dass es ihr sehr geschmeichelt hat, dass dieser Mann ihr kleine Geschenke gemacht hat, weil er sich angeblich um sie sorgte.«

Cora hielt inne und Pipe merkte, dass sie an ihre eigenen Entbehrungen zurückdachte. Er ballte die Hände in seinem Schoß zu Fäusten. Er hasste es, dass diese Frau offensichtlich gelitten hatte. Dass sie seit ihrer Kindheit hart sein und auf sich selbst aufpassen musste. Es war nicht leicht, in einer Pflegefamilie zu leben, und er erinnerte sich an den Schmerz in ihrer Stimme, als sie davon erzählte, dass sie von einer Familie nach der anderen abgelehnt worden war.

»Ich wollte ihn kennenlernen, aber jedes Mal, wenn wir uns verabredet hatten, änderten sich seine Pläne plötzlich. Und das nicht nur ein paarmal, sondern wochenlang immer wieder. Aber Lara schwärmte weiter von ihm. Und um ehrlich zu sein ... er klang einfach *zu* perfekt. Gut aussehend, reich, Lara war ihm schon nach wenigen Tagen völlig verfallen ... nicht dass ich denke, dass sie so einen Typen nicht finden könnte, und sie hat ihn sicherlich auch verdient. Aber als ich in den sozialen Medien nach ihm gesucht habe, war da nicht viel zu finden. Und das wenige, das ich fand, bestand aus Bildern, die ihn mit schönen Frauen zeigten oder auf denen er allein vor teuren Wagen und Booten posierte. Ich verstehe ja, dass soziale Medien nicht das wahre Leben sind, aber es gab nichts, was mich glauben ließ, dass er etwas anderes als ein Playboy ist, geschweige denn eine gute Partie für Lara.

Ich fand es auch ein bisschen seltsam, dass sie sich in jemanden verliebt hatte, der nicht bei ihr bleiben wollte. Anscheinend ist er viel auf Reisen und er war wegen eines Projekts für seinen Vater hier. Das schien nicht die beste Voraussetzung für eine langfristige Beziehung zu sein, besonders da Laras Job hier war.

Ich war schon misstrauisch, was seine Gefühle für sie betraf, aber als er zum fünften Mal unerwartet absagen musste, als wir eigentlich etwas trinken gehen wollten, wusste ich, dass etwas nicht stimmte. Die meisten Männer, die mehr als nur eine flüchtige Affäre wollen, müssten doch die Freundinnen ihrer Partnerin kennenlernen wollen, oder? Aber er tat wirklich alles, um ein Treffen mit mir zu *vermeiden*. Das gefiel mir nicht, aber Lara fand immer neue Ausflüchte für ihn und versicherte mir, dass er sich zwar treffen *wolle*, aber das Timing nicht stimmte. Zu diesem Zeitpunkt war sie schon bis über beide Ohren in den Kerl verliebt und hatte wirklich ihre rosarote Brille auf.

Kurz bevor Lara aus der Stadt verschwunden ist, hat er schließlich zugestimmt, mit uns essen zu gehen. Glaub mir, ich wollte ihm wirklich glauben, denn Lara hatte nur Gutes über ihn zu berichten und sie war verrückt nach ihm. Aber als ich ihn persönlich kennenlernte, zerstreuten sich meine Bedenken nicht. Im Gegenteil, ich war mir sogar noch sicherer, dass er ein totaler Mistkerl ist.«

»Inwiefern?«, fragte Pipe.

»Er hat mir kein einziges Mal in die Augen gesehen,

nicht einmal, als er mir die Hand gegeben hat. Sein Handy klingelte ständig mit Benachrichtigungen und eingehenden Nachrichten, und er legte das verdammte Ding nicht weg, um mit mir oder Lara zu reden. Er machte ein paar anzügliche, unpassende Witze und würdigte Lara subtil herab. Sie hat es nicht einmal bemerkt, aber ich schon. Ich hatte mit einigen Pflegeeltern zusammengelebt, die das Gleiche getan hatten, also erkannte ich sofort, was er vorhatte – ein Machtspiel. Bei allem, was er tat und sagte, ging es um Kontrolle.

Und als unsere Kellnerin an den Tisch kam, konnte er den Blick nicht von ihren Brüsten abwenden. Der Typ machte mir eine Gänsehaut und ich hasste wirklich alles an ihm. Ich konnte nicht fassen, dass Lara nichts davon mitbekommen hatte.

Natürlich hat er kurz vor dem Essen noch eine Nachricht bekommen und Lara gesagt, dass es ihm leidtue, aber dass er gehen müsse. Er hat nicht gesagt warum, sondern ist einfach aufgestanden und gegangen.«

»Bitte sag mir, dass er auf dem Weg nach draußen euer Essen bezahlt hat«, murmelte Owl.

»Natürlich hat er das nicht getan«, schnaubte Cora. »Mir war klar, dass Lara verärgert war, weil er gegangen war, aber sie tat so, als sei alles in Ordnung. Sie sagte mir, er sei ein sehr beschäftigter Mann mit vielen wichtigen Projekten, an denen er arbeiten würde.

Als wir zu ihr zurückkamen, haben wir uns gestritten«, erklärte Cora leise. »Ich habe ihr gesagt, dass er nichts taugt und dass er ihr wehtun wird. Lara wurde nur selten laut, schon gar nicht mir gegenüber. Aber an diesem Abend schrie sie mich an. Sie sagte mir, dass ich nur eifersüchtig sei und dass sie nicht zulassen würde, dass meine Verbitterung das Beste, was ihr je passiert war, kaputt macht. Das tat weh. Ich glaube nicht, dass wir uns jemals zuvor so gestritten hatten. Und ich war *nicht* eifersüchtig. Wenn sie jemanden gefunden hätte, der sie wirklich so liebte, wie sie es verdiente, geliebt zu werden, hätte ich alles getan, um die beiden zusammenzubringen. Ich hätte alles in meiner Macht Stehende getan, um die Beziehung zu fördern. Aber dieser Typ ... nein. Er war egozentrisch, unreif und ein Frauenheld, und ich wollte meine beste Freundin nicht in seiner Nähe wissen.«

»Weißt du, wie er heißt?«, fragte Owl.

»Ridge. Ridge Michaels. Ich habe versucht, mehr über ihn herauszufinden, aber das meiste, was ich im Internet fand, handelte von seinen reichen Eltern. Ich habe herausgefunden, wo er zur Highschool gegangen ist, und ich habe eine Menge Bilder von ihm im Smoking auf einer schicken Veranstaltung nach der anderen gesehen, aber nichts wirklich Aussagekräftiges.«

»Kannst du ihn beschreiben?«, fragte Pipe.

»Natürlich. Er ist jünger als wir, vielleicht um die dreißig. Er ist groß, etwa so groß wie Lara, also eins achtzig oder so. Kurze dunkelbraune Haare, braune Augen. Seine Nase ist irgendwann einmal gebrochen worden, was daran zu erkennen ist, dass sie ein bisschen schief ist. Er ist gut gebaut, muskulös und überhaupt nicht dick. An dem Abend, an dem wir zu unserem erfolglosen Abendessen ausgingen, trug er eine braune Hose mit perfekten Bügelfalten und ein Polohemd. Er sah aus wie ein erfolgreicher Geschäftsmann, aber ...« Ihre Stimme wurde leiser.

»Aber was?«, fragte Pipe.

Cora schüttelte den Kopf. »Ihr werdet es für albern halten.«

»Nein, werden wir nicht«, versicherten ihr beide Männer wie aus einem Munde.

Coras Lippen zuckten amüsiert, bevor sie seufzte. »Ich

bin mir nicht sicher, ob er überhaupt arbeitet. Ich meine, laut Lara gehört ihm angeblich eine Art von Technologieunternehmen … sie hatte allerdings keine Ahnung, was die Details angeht … aber er schien nicht zu wissen, wie man einige Funktionen seines eigenen Telefons benutzt. Verdammt, Lara musste ihm zeigen, wie man die Schriftgröße einstellt, als er sich beschwerte, dass er seine Nachrichten schlecht lesen konnte.

Wie auch immer, unser Streit war an einem Freitagabend. Ich habe das ganze Wochenende nicht mit ihr geredet, weil ich immer noch zu wütend war, dass sie meine Sorgen nicht ernster nahm. Dass sie mir nicht einmal zuhören wollte. Am Montagmorgen wollte ich sie unbedingt sehen. Ich wollte mich bei ihr entschuldigen, auch wenn ich eigentlich nichts hatte, wofür ich mich entschuldigen musste. Ich wollte ein vernünftiges Gespräch über Ridge führen. Ich wollte ihr meine Sorgen schildern und ihr klarmachen, dass sie aus Liebe und Besorgnis entstanden sind, aber sie ist nicht zur Arbeit erschienen.«

Cora schaute erst Owl an, dann Pipe. »Ihr müsst wissen, dass Lara nur sehr selten nicht zur Arbeit kommt, und dann auch nur, wenn sie krank ist, denn sie will die Kinder nicht anstecken. Sie liebt ihren Job, und sie hat etwa drei Monate Urlaub angesammelt. Ich wusste sofort, dass etwas nicht stimmt. Die Kollegen sagten mir, dass es keinen Grund zur Sorge gäbe und dass sie am Samstagmorgen eine E-Mail an die Personalabteilung geschickt hätte, in der stand, dass sie sich beurlauben lassen würde. Ich wusste sofort, dass das Blödsinn war. Lara würde nicht einfach verschwinden, ohne mit mir zu reden.«

»Aber ihr hattet euch zerstritten«, erinnerte Owl sie.

Cora schüttelte vehement den Kopf. »Nein! Ich meine, ja, das hatten wir, aber Lara hätte auf keinen Fall einfach die

Arbeit verlassen, ohne es vorher zu organisieren. Sie ist zu verantwortungsbewusst. Ich habe ihr sofort eine Nachricht geschrieben und sie hat mir geantwortet, aber der Wortlaut ihrer Antwort war irgendwie nicht richtig.«

»Inwiefern?«, wollte Pipe wissen.

Cora schaute kurz weg. »Sie hat keine Satzzeichen benutzt«, entgegnete sie leise. Als Owl ihr einen skeptischen Blick zuwarf, straffte sie die Schultern. »Und bevor ihr mir sagt, dass das kein Beweis ist, ihr kennt Lara nicht so gut wie ich. In der Highschool hat sie in ihrem Englisch-Leistungskurs hundertvier Prozent erreicht. Und im College hat sie in allen Kursen, in denen sie Arbeiten schreiben musste, Einsen bekommen. Moment, ich zeige es euch«, erklärte sie fast verzweifelt.

Sie holte ihr Handy heraus und drückte auf ein paar Tasten, bevor sie es Pipe praktisch vor die Nase hielt. Er nahm es und scrollte durch die Nachrichten auf dem Bildschirm.

»Wenn du zurückgehst, siehst du, dass sie vor ihrer sogenannten Beurlaubung ab und zu Punkte, Kommas und Ausrufezeichen gesetzt hat. Ihre Zeichensetzung ist immer perfekt. Darauf ist sie stolz und ich ziehe sie schon seit Jahren damit auf. Aber in ihren neueren Nachrichten finden sich keinerlei Satzzeichen. Das ist einfach nicht ihre Art.«

Pipe musste zugeben, dass sie nicht ganz unrecht hatte. Er reichte das Telefon an Owl weiter.

»Ich war bei der Polizei. Die Beamten sagten, sie sei eine erwachsene Frau und könne sich entscheiden, mit ihrem Freund spontan Urlaub zu machen, wenn sie wollte. Die Tatsache, dass sie mir eine Nachricht geschrieben hatte, reichte ihnen aus, um daraus zu schließen, dass es ihr gut ging. Sie taten mich ab, als sei ich nur paranoid. Das bin ich aber *keineswegs*. Dieser Ridge hat sie entführt. Er lässt nicht zu, dass sie mit mir spricht. Und ich habe eine Todesangst, dass er ihr etwas Schreckliches antun wird, wenn er es nicht schon getan hat.«

»Wann ist das alles passiert? Wie lange ist sie schon weg?«, fragte Owl.

»Eineinhalb Monate«, flüsterte Cora. »Er hat sie seit fast zwei Monaten in seiner Gewalt.«

Pipe hätte seine nächste Frage am liebsten nicht stellen wollen, aber es musste sein. »Hast du irgendeinen Beweis dafür, dass sie noch am Leben ist? Hast du überhaupt mit ihr gesprochen?«

»Sie ist am Leben. Zumindest war sie das vor zwei Wochen. Ich habe sozusagen gelogen und geschrieben, dass die Polizei in Phoenix an ihre Tür klopfen würde, wenn sie mich nicht anrufen würde, wenn ich nicht selbst sehen oder hören könnte, dass es ihr gut geht. Ich durchsuchte ihre Wohnung – nein, es tut mir nicht leid – und fand eine Adresse von Ridge in Arizona. Zwei Stunden später klingelte das Telefon. Es war Ridge. Er war nicht gerade erfreut. Er sagte mir, dass er Anzeige wegen Belästigung erstatten würde, wenn ich nicht aufhöre, Lara zu kontaktieren. Ich sagte *ihm*, dass ich *niemals* aufhören würde, bis ich mit Lara gesprochen hätte. Er schaltete FaceTime ein, und Lara war da. Sie saßen zusammen auf einem Bett. Sie war nicht sie selbst«, berichtete Cora mit bebender Stimme.

»Inwiefern?«, fragte Owl.

»Sie schien wirklich ... *daneben* zu sein. Ich entschuldigte mich ausgiebig für unseren Streit, obwohl ich mehr denn je das Gefühl hatte, dass ich im Recht war. Ihre Stimme war hölzern. Monoton. Ihr Blick schweifte immer wieder vom Bildschirm ab. Aber sie nahm meine Entschuldigung an und sagte mir, dass sie glücklich sei und nicht nach D. C. zurückkehren wolle. Ich geriet in Panik. Ich meine, sie hat ihr ganzes Leben hier verbracht. Sie hat ihren Job geliebt. Ihre Eltern sind hier. Aber vor allem wirkte sie so emotionslos, als sei sie gar nicht da. Als sei sie nicht wirklich da. Es war Lara, aber sie war es auch wiederum nicht ... wenn das einen Sinn ergibt.«

Pipe nickte.

»Dann richtete Ridge die Kamera wieder auf sich selbst und sagte mir, jetzt, da ich Lara gesehen hätte und wüsste, dass es ihr gut ginge, solle ich sie in Ruhe lassen und sie ihr Leben leben lassen. Er sagte, ich solle mich aus ihren Angelegenheiten raushalten, und hat aufgelegt.«

»Was können *wir* deiner Meinung nach also tun?«, fragte Owl.

Cora drehte sich zu ihm um. »Reingehen und sie da rausholen«, erklärte sie, ohne zu zögern.

Owl runzelte die Stirn. »Wir können sie nicht einfach entführen.«

»Ich weiß! Ich meine, das ist mir *eigentlich* schon klar. Aber ein Teil von mir möchte genau das tun. Er tut ihr weh. Ich weiß es. Die Person, die ich bei dem Videotelefonat gesehen habe, war nicht meine Freundin. Es sah aus, als sei sie unter Drogen gesetzt worden oder so. Und sie will mich beschützen. Daran habe ich keinen Zweifel. Ich glaube, Ridge hat ihr gedroht, damit sie sagt, was sie gesagt hat.«

»Du kannst doch nicht wirklich wissen, dass ...«, fing Pipe an.

»Ich *weiß* es aber!«, unterbrach Cora ihn heftig, dann hielt sie inne und atmete ein paarmal tief durch, um sich zu beruhigen. »Hör zu ... Lara und ich haben mal einen Film zusammen gesehen. Eine Frau wurde von ihrem Mafia-Freund entführt und als Geisel gehalten. Als ihre Mutter sie endlich sehen durfte, schickte sie ihr eine geheime Nachricht, in der sie ihr mitteilte, dass sie nicht aus freien

Stücken dort war. Der Film war furchtbar. Wirklich kitschig und dumm. Aber wir haben ihn uns trotzdem bis zum Ende angesehen ... und dann haben wir darüber gesprochen, was wir tun würden, wenn wir jemals in so einer Situation wären.«

Sie stand auf, als wollte sie ihre nervöse Energie loswerden. Sie ging kurz hinter ihrem Stuhl hin und her und rang ihre Hände. »Natürlich haben wir beide darauf bestanden, dass *wir* nie so dumm sein würden, aber wir hatten Spaß daran, über etwas zu diskutieren, von dem wir annahmen, dass es nie passieren würde. Wir haben uns sogar ein Signal ausgedacht. Etwas, das nur wir beide kennen würden – und als wir uns unterhielten, *gab sie mir dieses Signal.*

Ich bin nicht verrückt, Pipe. Ich bin nicht eifersüchtig auf meine Freundin. Sie steckt in Schwierigkeiten und ich bin die Einzige, die sich dafür interessiert. Ihre Eltern sind sogar *begeistert*, dass sie endlich einen Mann gefunden hat. Die Polizei denkt, dass sie aus freien Stücken dort ist. Aber das ist sie nicht!« Den letzten Satz schrie Cora schon fast.

Pipe fand es schrecklich, sie so aufgebracht zu sehen, auch wenn er bewunderte, dass sie ihre Freundin so vehement verteidigte.

Ihm war es egal, wie die Leute aussahen. Es war ihm völlig egal, wie viel Geld sie auf der Bank hatten. *Was* ihm wichtig war, war Loyalität. Das Fehlen dieser Loyalität war der Grund, warum er die Spezialeinheit schließlich verlassen hatte. Er hatte zu viele Vorgesetzte erlebt, die eigentlich für die Sicherheit der Männer unter ihrem Kommando sorgen sollten und die Entscheidungen trafen, um ihre eigene Karriere voranzutreiben, anstatt die Männer und Frauen im Einsatz zu schützen. Und er hatte mit vielen Leuten zusammengearbeitet, denen es mehr darum ging, ihre eigene Haut zu retten als die Soldaten, die an ihrer Seite kämpften.

Er wusste, dass er nach allem, was er gesehen und getan hatte, an einer posttraumatischen Belastungsstörung litt. Nicht annähernd so schlimm wie einige seiner Freunde in der *Zuflucht*, aber er war trotzdem froh, dass er nicht mehr regelmäßig in eine Situation geriet, in der er im Kugelhagel stand. Oder zu wissen, dass jemand eine Panzerfaust auf seinen Hubschrauber gerichtet haben könnte oder auch nicht. Er war dem Militär gegenüber loyal gewesen, aber zu sehen, wie seine Vorgesetzten sich nicht für das Leben der Soldaten unter ihrem Kommando interessierten, hatte ihn tief getroffen.

Die sechs anderen Männer, denen *Die Zuflucht* gehörte, waren die treuesten Freunde, die er je gekannt hatte, und er hatte endlich das Gefühl, seinen Platz in der Welt gefunden zu haben. Als er nun sah, wie Cora mit aller Kraft für ihre Freundin kämpfte und ihr gegenüber extrem loyal war, obwohl die meisten Anzeichen darauf hindeuteten, dass Lara mit diesem Ridge zusammen war, weil sie es so wollte, wurde ihm ganz warm ums Herz.

»Was war das Signal?«, wollte Owl wissen.

Als er seinen Freund ansah, bemerkte Pipe, dass er sich zu Cora lehnte, als könnte er ihr die Information einfach durch Anstarren entlocken. Außerdem war er sichtlich angespannt. So angespannt, wie Pipe ihn noch nie zuvor erlebt hatte.

Dann machte es klick. Owl war selbst eine Geisel gewesen. Er wusste genau, wie Lara sich fühlte ... wenn sie wirklich gegen ihren Willen festgehalten wurde.

Pipe war sich nicht sicher, was er im Moment glauben sollte. Er war sich ganz sicher, dass Cora glaubte, dass ihre

Freundin in Gefahr war, aber ob sie es tatsächlich war oder nicht, musste sich noch herausstellen.

Cora atmete tief durch und versuchte, die Fassung wiederzuerlangen. Sie umklammerte den Stuhl vor ihr mit beiden Händen, als sie Owls Blick begegnete. »Sie hat sich mit dem kleinen Finger am Ohr gekratzt«, entgegnete sie ruhig, als hätte sie sie nicht gerade eben noch angeschrien.

Pipe runzelte die Stirn.

»So«, erklärte Cora und demonstrierte, was sie meinte. Sie hob ihre Hand, steckte ihren kleinen Finger in ihr Ohr und drehte ihn in einem kleinen Kreis. »Es ging schnell, aber ich weiß, was ich gesehen habe. Und glaubt mir, das macht Lara normalerweise nicht.«

Es war nicht viel ... aber Pipe begann, ihr zu glauben. Wie groß war die Wahrscheinlichkeit, dass Lara genau das Signal benutzen würde, das sie sich ausgedacht hatten, wenn sie *nicht* in Gefahr war?

»Ich bitte euch nur um Hilfe, um sie aus dem Haus in Phoenix zu holen. Ich weiß genau, dass Ridge mir den Zutritt verweigern wird, wenn ich auftauche und an die Tür klopfe. Ich würde versuchen, mich einzuschleichen, aber ich habe die Adresse im Internet nachgeschlagen und mir die Satellitenansicht angesehen. Es ist ein weitläufiges Anwesen. Er hat wahrscheinlich Kameras, Hunde und Stolperdrähte oder so etwas. Ich würde nie in seine Nähe kommen und dann würde ich genauso enden wie Lara und wir wären *beide* aufgeschmissen. Ihr habt eine Ausbildung. Ihr kommt rein und raus, ohne dass jemand etwas merkt. Von da an kümmere ich mich um sie. Ihr müsst uns nicht einmal aus der Stadt bringen. Ich schwöre, ich werde euch nicht weiter belästigen, wenn ihr sie nur aus diesem Haus herausholt.«

Sie warf Pipe einen flehenden Blick zu. »Ich bin *nicht*

verrückt. Und jeder Tag, der vergeht, an dem sie dort ist ...«
Ihre Stimme wurde schwächer und sie verstummte schließlich ganz und sank in sich zusammen, während sie sich an
den Stuhl klammerte und den Kopf sinken ließ.

»Lara ist die einzige Familie, die ich je hatte«, erklärte sie
nach einem Moment mit leiser Stimme. »Und ich werde sie
nicht im Stich lassen.« Sie hob den Kopf erneut und sah
sowohl Owl als auch Pipe an. »Wenn ihr mir nicht helfen
wollt, werde ich mir etwas anderes einfallen lassen. Aber ich
habe das Gefühl, dass ihr meine beste Chance seid.« Sie sah
Owl an. »Ich kann euch bezahlen. Ich habe die sechs
Riesen, die ich bei der Auktion einsetzen wollte, um die
Chance zu bekommen, mit Pipe zu reden. Ich weiß, dass das
nicht annähernd genug ist, aber wenn ihr mir euren Preis
nennt, werde ich es euch zurückzahlen. Selbst wenn ich den
Rest meines Lebens dafür brauche, werde ich es zurückgeben, wenn ihr es möchtet.«

Pipe gefiel die Verzweiflung nicht, die er in ihrer Stimme
hörte. Sie war beunruhigend und einfach ... falsch. Und er
hatte das unumstößliche Bedürfnis, das zu ändern.

»Kannst du Pipe und mich einen Moment allein
lassen?«, bat Owl sie.

Sie nickte, drehte sich sofort um und ging auf die andere
Seite des verlassenen Restaurants, um aus dem Fenster zu
starren. Sie hatte sich kerzengerade aufgerichtet und es sah
so aus, als würde sie in Millionen Stücke zerbrechen, wenn
sie noch eine weitere Belastung auf sich nehmen müsste.

»Was denkst du?«, fragte Owl leise.

Er wandte die Aufmerksamkeit seinem Freund zu. »Sie
sagt die Wahrheit.«

»Das Gefühl habe ich auch. Aber ich weiß nicht, was wir
tun können. Wir können ja nicht einfach nach Phoenix
fahren und das Haus stürmen«, gab er zu bedenken.

»Warum nicht?« Die Worte aus seinem eigenen Mund überraschten ihn, aber er nahm sie nicht zurück.

Owl zog eine Augenbraue hoch.

»Ich habe nicht vor, sie zu entführen. Wenn wir genügend Druck auf diesen Ridge ausüben, indem wir zum Beispiel jeden Tag zu seinem Haus gehen, wird er uns irgendwann zu ihr lassen müssen.«

»Oder er könnte die Polizei rufen und behaupten, wir würden ihn und seine Freundin belästigen, so wie er es Cora angedroht hat«, gab Owl zu bedenken.

»Wir brauchen mehr Informationen«, erklärte er nach einem Moment.

Owl nickte zustimmend.

»Wir wissen nicht einmal, ob er wirklich Ridge heißt.«

Er nickte erneut. »Und wenn ihre Freundin *wirklich* gegen ihren Willen festgehalten wird ... können wir sie nicht im Stich lassen.«

Pipe war nicht überrascht, dass Owl so dachte. Ihm fiele es schwerer als den meisten anderen, wegzusehen, wenn jemand als Geisel festgehalten würde. Er wusste, wie sich das anfühlte. Er und Stone waren durch die Hölle gegangen, und nichts würde ihn davon abhalten, anderen zu helfen, die sich in einer ähnlichen Situation befinden könnten.

»Ich stimme dir zu«, sagte er zu seinem Freund.

»Glaubst du, dass *sie* einverstanden ist, hier in Washington zu bleiben, während wir uns die Sache in Arizona ansehen?«

Pipe schnaubte. »Nie im Leben.«

»Ja, das dachte ich mir schon. Ich werde Stone anrufen. Ich werde Stone anrufen und ihm sagen, was los ist und dass wir wahrscheinlich einen Gast dabeihaben werden. Vielleicht rufe ich Tex an und frage ihn, ob er sich auch um diesen Ridge kümmern kann.«

Pipe nickte und drehte sich zu Cora um. Sie hatte sich nicht gerührt. Sie hatte die Arme um ihren Bauch geschlungen, als wollte sie sich selbst zusammenhalten. Als würde die ganze Welt auf ihren Schultern lasten, und er hätte ihr diese Last am liebsten abgenommen. »Wir treffen uns morgen früh in der Eingangshalle«, sagte er zu Owl. »Ich werde versuchen, sie zu überreden, in D. C. zu bleiben und uns ein paar Erkundigungen machen zu lassen, aber wenn sie sich dagegen sträubt und darauf besteht, mit uns zu kommen, muss sie zurück in ihre Wohnung und packen.«

»Klingt gut. Schick mir eine Nachricht, ob sie mitkommt, und ich kümmere mich darum, dass sie ein Ticket nach New Mexico bekommt.« Dann räusperte Owl sich und Pipe drehte sich zu seinem Freund um.

»Wir sind doch alle dabei, oder?«

»Auf jeden Fall«, erwiderte er mit einem Nicken. »Du hast die Geschichte nicht gehört, wie sie und Lara Freunde wurden. Sie war ein Pflegekind und ist aus dem System herausgefallen, ohne dass jemand sie adoptieren wollte. Lara hat sich in der Highschool mit ihr angefreundet und seitdem stehen sie sich sehr nahe. Sie sind wie Schwestern und wenn Cora sagt, dass Lara in Gefahr ist ... nun, ich fange an, ihr zu glauben.«

»Du hast recht, ich *habe* ihre Geschichte nicht gehört. Aber das brauchte ich auch nicht. Die Sorge und Liebe für ihre Freundin ist leicht zu erkennen. Außerdem, nach dem, was Alaska fast passiert wäre, dreht sich mir der Magen um, wenn ich daran denke, dass jemand anderes so etwas durchmachen muss.«

Pipe nickte, verzog die Lippen und runzelte die Stirn.

»Na gut. Ich lasse dich ihr sagen, was los ist. Sag mir Bescheid, wenn du auf Schwierigkeiten stößt, ansonsten sehen wir uns morgen früh«, verabschiedete Owl sich.

»Verstanden«, erklärte Pipe im Militärston. Bis jetzt war alles ziemlich zwanglos abgelaufen. Er hatte den Abend damit begonnen, seine Neugierde zu befriedigen, warum Cora die Auktion unbedingt hatte gewinnen wollen. Jetzt, da er und Owl beschlossen hatten, Laras Situation offiziell zu überprüfen, fühlte sich alles formeller und dringlicher an.

Er nickte Owl zu und wartete nicht darauf, dass er sich auf den Weg zu den Aufzügen machte, bevor er zu Cora hinüberging.

Sie drehte sich um, als er näher kam. Sie hatte die Arme immer noch schützend um ihre Taille gelegt, aber sie hob ihr Kinn, als bereitete sie sich darauf vor, dass er ihr schlechte Nachrichten überbrachte.

»Wir werden morgen früh abreisen. Owl und ich werden uns mit unseren Freunden in der *Zuflucht* treffen und einen Plan machen, wie wir nach Arizona kommen, um vielleicht mit deiner Freundin zu reden.«

Cora machte große Augen, dann entspannten sich ihre Schultern, was Pipe nur als Erleichterung deuten konnte. »Ihr glaubt mir?«, flüsterte sie.

Pipe starrte sie einen langen, intensiven Moment lang an, bevor er nickte.

Sie schloss kurz die Augen, bevor sie wieder zu ihm aufsah. »Das hat sonst niemand«, erklärte sie in gequältem Tonfall.

»Du kennst deine Freundin besser als jeder andere. Wenn du sagst, dass sie in Schwierigkeiten steckt, warum sollten wir dir nicht glauben?«

»Weil es keine Beweise gibt? Weil sie mir gesagt hat, dass es ihr gut geht? Welche Frau würde sich *nicht* wünschen, dass ein reicher Mann sie erobert und sie in ein Leben voller Luxus entführt?« Ihr Tonfall war etwas bitter, aber Pipe nahm es ihr nicht übel.

»Ich habe mich schon öfter auf mein Bauchgefühl verlassen, als ich zählen kann. Und es hat mich noch nie im Stich gelassen. Wenn du sagst, dass sie in Schwierigkeiten steckt, steckt sie in Schwierigkeiten«, erwiderte er achselzuckend. »Kannst du hier in Washington warten, während wir nach Lara suchen?«

Cora schaute verblüfft drein. »Was? Nein! Ich komme mit!«

Pipe konnte nicht verhindern, dass sich ein kleines Lächeln auf seinen Lippen bildete.

»Was ist so lustig?«, fragte sie ein wenig angriffslustig.

»Tut mir leid, nichts. Ich hatte nur eben das Gefühl, dass du mit uns kommen willst.«

»*Natürlich* komme ich mit euch mit! Meine beste Freundin wurde vielleicht von ihrem Freund entführt. Ich bleibe auf keinen Fall hier, während ihr zu ihr fahrt.«

Pipe nickte. Die Aufregung machte sich in seinem Bauch bemerkbar. Er konnte nicht sauer sein, dass sie mit ihnen nach New Mexico kommen wollte. Er freute sich darauf, mehr Zeit mit der Frau zu verbringen. Sie besser kennenzulernen. Nicht dass daraus etwas werden würde ... sie lebte in Washington und er hatte nicht vor, *Die Zuflucht* zu verlassen. Aber es war schon lange her, dass er sich zu einer Frau so hingezogen gefühlt hatte wie zu Cora.

»In Ordnung«, erklärte er ihr. »Ich begleite dich zurück in deine Wohnung, damit du eine Tasche packen kannst. Ich habe zwei Betten in meinem Zimmer hier im Hotel. Es wäre einfacher, wenn du zurückkommst und hierbleibst, aber wenn dir das unangenehm ist, kann ich dich morgen früh in deiner Wohnung abholen, dann treffen wir uns mit Owl und fahren zum Flughafen.«

Cora nickte, während sie sich dem Ausgang des Restaurants zuwandte. »Du musst mich nicht nach Hause bringen. Ich bin ein großes Mädchen und fahre schon mein ganzes Leben lang mit der U-Bahn, ohne dass es Probleme gibt.«

»Das weiß ich, aber wenn du denkst, dass ich dich allein in der Dunkelheit umherlaufen lasse, waren deine Nachforschungen über mich nicht so gründlich, wie ich dachte.«

Ihre Lippen zuckten amüsiert, dann wurde sie wieder ernst. »Ich will nur nicht, dass du denkst, ich sei eine kleine Mimose, die nicht auf sich selbst aufpassen kann. Ich hatte noch nie jemanden, an den ich mich anlehnen konnte, außer Lara, und so wie ich mich gerade fühle – sauer und frustriert über die ganze Situation –, werde ich mit jedem fertig, der dumm genug ist, sich heute Abend mit mir anzulegen.«

»Aber jetzt hast du jemanden, an den du dich anlehnen kannst«, erklärte Pipe leise und wies mit einer Geste auf den Ausgang hin. »Komm, lass uns von hier verschwinden.«

Sie starrte ihn einen Moment lang an, und Pipe hatte keine Ahnung, was in ihrem Kopf vorging. Sie war sehr gut darin, ihre Gefühle zu verbergen, wenn sie es wollte.

Schließlich nickte sie und ging an ihm vorbei.

Dabei hörte er sie flüstern: »Danke.«

Dieses eine Wort, das so leise und ernsthaft ausgesprochen wurde, hatte eine besondere Wirkung auf Pipe. Die Leute hatten sich schon oft bei ihm bedankt, aber noch nie hatte ein Ausdruck der Dankbarkeit so aufrichtig geklungen.

# KAPITEL SECHS

Cora saß neben Pipe in der U-Bahn, sein Schenkel an ihrem eigenen, und konnte sich nicht erinnern, wann sie sich jemals so sicher gefühlt hatte. Normalerweise war sie, wenn sie öffentliche Verkehrsmittel benutzte, vor allem zu dieser späten Stunde, immer nervös und voll auf der Hut. Aber mit Pipe neben ihr, der knallhart aussah und einen finsteren Blick aufgesetzt hatte, machten die Leute einen großen Bogen um sie.

Sie hätte gelacht, wenn sie nicht so besorgt um Lara gewesen wäre.

Es war schwer zu glauben, dass alles so gut gelaufen war. Als sie an diesem Abend ihre Wohnung verlassen hatte, um zur Auktion zu gehen, hatte sie keine Ahnung gehabt, was passieren würde. Wenn sie den Zuschlag für Pipe bekommen hätte, hätte sie trotzdem nicht gewusst, wann sie zum Essen gehen würden. Sie hatte nicht gewusst, ob er ihr glauben würde oder ob er sie nur für eine paranoide, verzweifelte, kurz vor dem Bankrott stehende Verrückte halten würde.

Sie hasste es, etwas Gutes über die verdammte Eleanor

Vanlandingham zu denken, aber die Frau hatte ihr heute Abend tatsächlich einen Gefallen getan, indem sie sich wie immer schrecklich benommen hatte.

Sie fuhren schweigend mit der U-Bahn, bis sie sich ihrer Haltestelle näherten.

»Bei der nächsten muss ich raus«, erklärte sie Pipe. Der nickte, stand auf und hielt ihr seine Hand hin.

Cora musste seine mit Tätowierungen bedeckten Finger einen Moment zu lange angestarrt haben, denn bevor sie seine Hand nehmen konnte, schob er sie verlegen in seine Tasche.

Sie wollte sich entschuldigen. Sie wollte ihm sagen, dass es nicht so war, dass sie seine Hand nicht nehmen *wollte*, sondern dass sie es nur nicht gewohnt war, dass man ihr half. Sie war nicht die Art von Frau, bei der andere, vor allem Männer, sich die Mühe machten, ihr zu helfen. Sie war weder kokett noch schüchtern, und sie kam definitiv nicht hilflos rüber. Sie kleidete sich bequem, trug kein Make-up und machte sich nichts daraus, mit weiblichen Tricks ihren Willen durchzusetzen ... nicht dass sie welche draufgehabt hätte. Vor allem in dieser Stadt kam ihre Einstellung nicht gut an. Die Leute versuchten immer, andere zu beeindrucken, und wenn man nicht mitspielte, wurde man übersehen.

Aber diesen Mann schien es nicht zu stören, dass sie in einem Kleid aus dem Supermarkt und billigen Schuhen zu einer schicken Veranstaltung gekommen war. Tatsächlich hatte er sie auch nicht anders angesehen, nachdem sie ihre Jeans und ihr Sweatshirt angezogen hatte.

Cora entschied sich im Bruchteil einer Sekunde und griff nach Pipes Arm, um sich in der schwankenden U-Bahn festzuhalten. Er spannte sofort seine Muskeln an und nutzte seine Körperkraft, um ihr zu helfen.

»Danke«, murmelte sie.

Sie stiegen aus der U-Bahn aus und gingen in der Nähe ihrer Wohnung auf die Treppe zu, die fast menschenleer war. Cora blieb stehen, als sie Milton sah, den Obdachlosen, den sie schon seit Jahren kannte. Er verbrachte die kalten Nächte normalerweise hier in der U-Bahn-Station. Sie blieb neben ihm stehen und spürte, wie Pipes Blick sich in sie bohrte, als sie sich neben den anderen Mann hockte.

»Hey, Milt«, begrüßte sie ihn leise.

Der Mann, der nicht viel älter sein konnte als sie, drehte sich um. Als er sie sah, grinste er und setzte sich auf. »Cora. Schön, dich zu sehen.« Was auch immer er sagen wollte, blieb ihm im Halse stecken, als er Pipe hinter ihr entdeckte.

»Das ist Pipe. Er ist mein Freund«, erklärte sie Milton. »Er begleitet mich nach Hause.«

Milton drehte sich wieder zu Cora um und sagte misstrauisch: »Ich habe ihn noch nie gesehen.«

»Ich weiß. Er wird mir helfen, Lara zu finden«, versicherte sie ihm mit leiser Stimme. Sie hatte mit Milton schon ein paarmal über Lara gesprochen, meistens wenn sie ihm etwas zu essen gebracht hatte. Er wusste, dass Cora sich Sorgen machte, dass sie dachte, Lara sei entführt worden. Milton war zwar obdachlos, stank und war oft betrunken, aber er war ein guter Mann und sie betrachtete ihn als Freund. Sie kannte seine Vergangenheit nicht, wie es dazu gekommen war, dass er auf der Straße lebte, aber da sie sich manchmal wie er fühlte, verurteilte sie ihn nicht.

Milton sah zu Pipe auf und verengte die Augen zu Schlitzen. »Du solltest sie besser anständig behandeln«, erklärte er mit einem bedrohlichen Knurren.

Anstatt zu lachen oder die Augen über die leere Drohung in Miltons Stimme zu verdrehen, nickte Pipe einmal. Respekt erfüllte Cora. Nicht viele Menschen schauten zweimal auf obdachlose Männer und Frauen, deren Zahl in Washington von Jahr zu Jahr zu wachsen schien. Der Unterschied zwischen den Wohlhabenden und den Armen wurde in dieser Stadt und in vielen anderen Städten des Landes immer deutlicher.

Cora zuckte mit einer Schulter und drehte ihren Rucksack so, dass sie ihn aufmachen konnte. Sie griff hinein und fummelte an dem weißen Umschlag unter dem Kleid und den Schuhen, die sie an diesem Abend getragen hatte, herum. Sie nahm ein paar Scheine heraus und hielt sie Milton hin. »Hier.«

Er sah auf ihre Hand hinunter und blinzelte überrascht. »Nein«, entgegnete er kopfschüttelnd, ohne nach dem Geld zu greifen.

»Bitte, Milton. Nimm es. Ich werde eine Weile weg sein und ich mache mir Sorgen um dich, weil es kälter wird.«

»Das ist zu viel«, beharrte er. »Ich weiß, dass du es dir nicht leisten kannst.«

»Doch, kann ich«, log Cora.

»Nein.«

»Doch.«

Sie starrten einander einen hitzigen Moment lang an, bevor Milton seufzte. »Du wirst doch nicht aufgeben, oder?«

»Nein. Bitte nimm es. Wenn du es nicht tust, werde ich mir Sorgen machen. Dann höre ich auf zu essen und verschwinde im Nichts«, stichelte sie.

Milton verdrehte die Augen, griff aber nach dem Geld. »Das will ich natürlich nicht«, murmelte er.

»Danke«, bemerkte Cora, beugte sich vor und küsste ihn auf die Wange. Er roch ziemlich eklig und sein Gesicht war schmutzig, aber das war ihr egal. Er war ein anständiger Mann, der Zuwendung und Zuneigung verdient hatte. Sie hatten sich kennengelernt, als er sich eingemischt hatte, als sie von zwei anderen Obdachlosen belästigt worden war. Er hatte sie an diesem Tag gerettet und seitdem waren sie Freunde.

»Pass auf dich auf«, erklärte Milton ernst.

»Das werde ich.« Cora stand auf und lächelte Milton an, dann wandte sie sich an Pipe. »Bereit?«

Sie konnte den Ausdruck auf seinem Gesicht nicht lesen. Er nickte.

Sie gingen noch einmal zur Treppe.

Als sie die Straße erreichten, fragte Pipe: »Wie viel hast du ihm gegeben?«

»Zweihundert Mäuse. Er wird wahrscheinlich in den nächsten Tagen alles für Alkohol ausgeben, aber das macht mir nichts aus.«

»Wie viel gibst du ihm normalerweise?«, fragte Pipe.

Cora schaute ihn an. »Woher weißt du, dass ich ihm *überhaupt* schon mal Geld gegeben habe?«

Er zog als Antwort eine Augenbraue hoch.

Sie seufzte. »Vielleicht fünf Dollar oder so. So viel, dass er sich in einem Laden um die Ecke einen Kaffee und ein Sandwich kaufen kann«, murmelte sie.

»Hmmmm.«

Cora wusste nicht, was dieses Geräusch bedeuten sollte. Ob er fand, dass es zu wenig war, oder ob er der Meinung war, dass Milton kein Geld verdiente. Aber es tat ihr nicht leid. Es brauchte nur ein paar Lebenskrisen und schon konnte jeder jederzeit in seiner Situation landen.

Sie führte sie zu ihrem Wohnhaus, und als sie eintraten, wandte sie sich Pipe zu. »Ich brauche nur ein paar Minuten, um zu packen.«

Er starrte sie mit einem anderen Blick an, den sie nicht deuten konnte. Dann sagte er: »Ich begleite dich nach oben.«

Cora schüttelte den Kopf. »Nein, ist schon gut. Ich komme allein zurecht.«

Aber er rührte sich nicht von der Stelle. »Es ist ein Uhr nachts und nach Mitternacht passiert nie etwas Gutes. Ich bringe dich hoch, Cora.«

Sie straffte die Schultern. »Im Ernst. Warte einfach hier im Eingangsbereich auf mich.«

»Nein.«

Sie starrten einander an, auch wenn die Panik sie überkam. Pipe konnte nicht mit nach oben kommen. Er durfte ihre Wohnung nicht sehen. Obwohl sie den Mann kaum kannte, war sie sicher, dass er nicht begeistert sein würde, wenn er es täte.

»Wovor hast du Angst?«

Sie richtete sich gerade auf. »Vor gar nichts«, sagte sie zu schnell.

Pipe schaute ihr tief in die Augen. »Du lügst.«

Wenn jemand anderes so mit ihr gesprochen hätte, wäre Cora ausgerastet. Er hatte sie nicht nur beschuldigt, ein Angsthase zu sein, sondern auch noch eine Lügnerin. Aber die Wahrheit war, dass er in beiden Punkten absolut richtiglag. Sie wollte *wirklich* nicht, dass dieser Mann ihre Wohnung sah.

Als sie und Pipe sich gegenüberstanden, wurde ihr klar, dass er nicht nachgeben würde. Er war entschlossen, sie zu beschützen, was an sich schon ein seltsames Gefühl war, und er würde sich von nichts, was sie sagte, abschrecken lassen. Diese Hartnäckigkeit war einer der Faktoren, die ihr helfen würden, an Lara heranzukommen. Aber sie begann zu verstehen, dass das nicht gut für ihren eigenen Seelenfrieden war.

Schließlich brach sie den Blickkontakt ab und wandte

sich den Fahrstühlen zu. »Also gut«, entgegnete sie streitlustig.

Zu Pipes Ehrenrettung sei gesagt, dass er ihre Antwort kommentarlos hinnahm. Er blieb einfach neben ihr stehen, während sie auf den Aufzug warteten. Sie fuhren schweigend in ihr Stockwerk. Sie wusste es zu schätzen, dass er sich nicht zu den vielen kaputten Lichtern im Flur, dem üblen Geruch des Teppichs oder der Tatsache, dass das Haus dringend renoviert werden musste, äußerte.

Es war nicht das Taj Mahal, das war klar, aber es war ein Dach über dem Kopf, und damit war Cora zufrieden. Nach all den Höhen und Tiefen, die sie im Laufe der Jahre erlebt hatte, und den vielen Malen, die sie auf Laras Sofa hatte schlafen müssen, hatte sie endlich das Gefühl, dass sie vorankam, als sie sich wieder eine eigene Wohnung leisten konnte.

Und dann war der verdammte Ridge Michaels aufgetaucht.

Sie atmete tief durch und drehte sich zu Pipe um, als sie ihre Tür erreichten. »Wirst du hier auf mich warten?«, fragte sie und hoffte inständig, dass er zustimmen würde.

Er betrachtete ihr Gesicht einen Moment lang, bevor er fragte: »Was soll ich in deiner Wohnung nicht sehen, Cora?«

»Nichts ... ich ... ich kenne dich ja kaum«, beendete sie lahm und log schon wieder.

»Glaubst du, ich will dir wehtun? Dich zwingen, etwas zu tun, was du nicht willst?«, fragte Pipe und trat einen Schritt zurück, um ihr mehr Freiraum zu geben.

Jetzt hatte sie ein schlechtes Gewissen. »*Nein.*«

Pipe starrte sie ein paar Augenblicke lang an, dann nickte er steif und sah weg. »Ich werde hier draußen warten.«

Cora seufzte. Sie wollte nicht, dass er das Gefühl hatte,

sie würde ihm nicht vertrauen. »Nein, ist schon okay. Du kannst reinkommen.« Sie wandte sich der Tür zu und war angespannt. Er würde nicht begeistert sein, wenn er ihre Wohnung sah, aber das war egal. Solange er und seine Freunde ihr helfen würden, war es egal, ob ihre Wohnsituation peinlich war. Sie würde nichts an dem ändern, was sie getan hatte, nicht, wenn sie Lara damit helfen konnte.

Sie entriegelte das Schloss und holte tief Luft, bevor sie die Tür aufstieß. Sie brauchte nicht hinter sich zu schauen, um zu sehen, ob Pipe ihr folgte oder nicht. Sie hörte seine Schritte und das Klicken der Tür, die sich schloss. »Ich bin gleich wieder da«, erklärte sie ihm, während sie sich auf den Weg zu dem einen Schlafzimmer machte.

Ihre Wangen wurden warm und sie wusste, dass sie vor lauter Scham errötete. Aber sie ging zu ihrem Wandschrank, kniete sich hin und öffnete ihren Rucksack. Sie schnappte sich den Umschlag mit dem Geld und ignorierte das Kleid und die Schuhe. Es war ja nicht so, dass sie die in New Mexico oder Arizona brauchen würde. Sie wühlte sich durch die Stapel von T-Shirts, Hosen und langärmeligen Hemden auf dem Boden ihres Schranks und packte sie in eine größere Tasche. Sie schnappte sich eine Handvoll Unterwäsche von einem anderen Stapel sowie Socken und ein paar zusätzliche BHs.

Mit der Tasche ging sie in den Flur und ins Bad, ohne in die Richtung zu schauen, in der sie Pipe in der Nähe der Küche stehen sehen konnte. Sie griff in die Dusche und holte ihr Shampoo, die Spülung und einen Schwamm. Dann nahm sie einige Toilettenartikel von der Ablage.

Wie sie es versprochen hatte, war sie in weniger als fünf Minuten mit dem Packen fertig. Sie ging zurück ins Wohnzimmer und begegnete endlich Pipes Blick. »Ich bin bereit«, sagte sie zu ihm.

Wie sie vermutet hatte, sah er nicht glücklich aus. Aber er sah auch sehr verwirrt aus.

»Wo zum Teufel sind deine Möbel?«, fragte er zwischen zusammengebissenen Zähnen.

Cora sah sich um und versuchte, die Wohnung aus seiner Sicht zu betrachten. Das einzige Möbelstück im Zimmer war ein abgenutztes Bücherregal an einer der Wände mit Bildern von ihr und Lara und ein paar abgegriffenen Taschenbüchern darin. Das war's. Einen Moment lang war sie froh, dass er nicht in ihre Küche gegangen war und die Schränke geöffnet hatte. Er hätte sie genauso leer vorgefunden, ohne Geschirr, Kochutensilien und sogar Besteck.

Als sie Pipes Blick folgte, schaute sie zurück in ihr Schlafzimmer und stellte fest, dass auch dort keine Möbel vorhanden waren. Auf dem Boden lag eine aufblasbare Matratze, die sie sich vor einiger Zeit von Lara geliehen hatte, und das war auch schon alles.

»Cora? Ernsthaft – was zum Teufel? Du wohnst hier?«

Sie straffte die Schultern, fühlte sich defensiv und nickte. »Ja. Ich habe meine Sachen verkauft, um das Geld für die Auktion zu beschaffen«, erklärte sie mit fester Stimme.

»Du hast deine Sachen verkauft«, wiederholte Pipe.

Cora hatte sich noch nie so gedemütigt gefühlt wie in diesem Moment. Aber es dauerte nicht lange, bis sie innerlich den Kopf schüttelte. Sie brauchte sich für nichts zu schämen. Sie hatte getan, was sie getan hatte, um dem einzigen Menschen zu helfen, der sich jemals um sie geschert hatte.

»Ja«, erklärte sie und streckte trotzig ihr Kinn vor.

Pipe fuhr sich mit der Hand durch die Haare und starrte auf ihre fast leere Wohnung.

»Ich hätte dich ja eingeladen, hier zu übernachten, anstatt den ganzen Weg mit der U-Bahn zurück in dein Hotel zu fahren, aber ... na ja ...« Sie deutete mit einer lahmen Geste auf das leere Zimmer.

Als Antwort darauf überraschte Pipe sie, indem er in die Küche ging.

Cora erstarrte, als sie sah, wie er ihren Kühlschrank und einige ihrer Schränke öffnete. Sie wartete auf sein Urteil. Sie wartete auf seine Kommentare über den Mangel an Lebensmitteln und allem, was sie zum Kochen oder Essen brauchte.

Aber er überraschte sie erneut, indem er sich einfach wieder zu ihr umdrehte und sagte: »Hast du alles, was du brauchst?«

»Ja.«

»Gut. Dann lass uns gehen.« Er griff nach ihrer Tasche, schwang sie sich über die Schulter und wies mit einer Geste auf ihre Haustür.

Cora verengte die Augen zu Schlitzen und erwartete, dass er sie zur Rede stellen würde. Dass er ihr sagen würde, sie sei dumm, weil sie all ihr Hab und Gut für eine lächerliche Junggesellenauktion verkauft hatte. Nur für die *Chance*, mit ihm zu reden, und ohne die Gewissheit, dass es tatsächlich passieren würde. Aber er tat es nicht. Er wartete einfach schweigend, während sie ihre Tür hinter sich schloss. Dann legte er seine Hand auf ihren Rücken, während sie zum Aufzug gingen.

Die Fahrt zurück durch die Stadt verlief schweigend. Keiner von beiden sagte ein Wort. Aber Cora entging nicht, wie Pipes Blick unablässig ihre Umgebung absuchte. Als sie wieder in seinem Hotel ankamen, sprach er endlich wieder.

»Ich kann dir ein eigenes Zimmer besorgen.«

Sie schaute zu ihm auf. »Das ist schon okay. Ich meine,

wenn es immer noch in Ordnung ist, dass ich in deinem Zimmer wohne.«

»Ich fände es besser«, erklärte er einfach.

Nachdem er seine Hand wieder leicht auf ihren Rücken gelegt hatte, gingen sie in Richtung der Aufzüge.

Cora war nervös. Unruhig. Die Haut unter ihrem Sweatshirt kribbelte dort, wo seine Hand ruhte. Sie war sich bewusst, dass Pipe so nahe bei ihr war. Sie atmete tief ein und erkannte, dass der kiefernartige Duft, den sie den ganzen Abend über wahrgenommen hatte, von ihm stammte.

Sie konnte dem Drang, ihren Kopf auf seine Schulter zu legen, plötzlich nur noch schwer widerstehen.

Sie gingen einen Flur entlang bis zum Ende, zu einem Zimmer neben einem Treppenhaus.

»Owl ist auf der anderen Seite des Ganges«, bemerkte Pipe und deutete auf die Tür zu ihrer Linken. »Wir wählen immer Zimmer in der Nähe der Treppe. Das ist sicherer.«

Coras Lippen zuckten amüsiert. Das überraschte sie nicht im Geringsten. Diesen Männern war es praktisch in Fleisch und Blut übergegangen, mit Gefahren zu rechnen. Das war einer der Gründe, warum sie gedacht hatte, dass die Männer aus der *Zuflucht* perfekt geeignet wären, um ihr bei der Rettung von Lara zu helfen.

Pipe hatte sich nicht geirrt, sie war so etwas wie eine Stalkerin. Sie hatte alles über jeden der Männer gelesen, was sie in die Finger bekommen konnte. Sie wusste zwar nichts Genaues über die Missionen, an denen sie während ihrer Militärzeit teilgenommen hatten, weil sie offensichtlich geheim waren, aber sie hatte das Gefühl, dass sie durch die Nachrichtenberichte über Alaska Steins Rettung aus Russland und den anschließenden Vorfall in der *Zuflucht* einen guten Einblick in ihre Charaktere bekommen hatte.

Dann, als Reese Woodall von kolumbianischen Kartellmitgliedern entführt und fast über die Grenze gebracht worden war. Und was die Einwohner von Los Alamos über die Männer sagten, als Jasna McClure verschwand und wie intensiv sie bei der Suche nach ihr geholfen hatten.

Ja, man konnte eindeutig sagen, dass sie von Pipe und seinen Freunden beeindruckt war. Das Engagement, mit dem sie sich für die Sicherheit der Frauen auf der Ranch einsetzten, hatte Cora vermuten lassen, dass sie auch bereit sein würden, ihr zu helfen.

Und sie hatte sich nicht geirrt.

Pipe hielt die Plastikschlüsselkarte an den Sensor an der Tür und sie öffnete sich mit einem Klicken. Er stieß die Tür auf und hielt sie für sie auf. Cora atmete tief durch und betete, dass sie sich in ihrer Einschätzung von Pipe nicht geirrt hatte, und betrat den Raum.

Es war nichts Besonderes. Nur zwei Doppelbetten, wie er gesagt hatte, eine Kommode mit einem Fernseher, ein kleiner, unbequemer Stuhl in der Ecke und ein typisches Hotelbadezimmer. Pipe schloss die Tür, schob den Riegel und das kleine Ding darüber, das verhindern sollte, dass die Tür geöffnet werden konnte, dann ging er an ihr vorbei zum Bett am Fenster und stellte ihre Tasche darauf ab. »Willst du zuerst ins Bad?«, fragte er fast beiläufig.

Cora schüttelte den Kopf. Pipe nickte und ging ohne ein weiteres Wort in das kleine Zimmer.

Als er die Tür geschlossen hatte, schlenderte Cora zu dem Bett hinüber, das offensichtlich für die Nacht für sie bestimmt war, und setzte sich darauf. Sie sollte etwas tun, planen, sich Dinge ausdenken, die sie Pipe und den anderen sagen konnte, um Lara von Ridge wegzubringen ... aber plötzlich war sie erschöpft. Sie hatte nicht gut geschlafen, weil sie sich Sorgen um ihre Freundin gemacht hatte und weil sie versuchte, vor der Auktion so viel Geld wie möglich aufzutreiben.

Sie ließ sich auf den Rücken fallen und schloss die Augen, während sie darauf wartete, dass Pipe im Bad fertig wurde.

Cora warf sich reflexartig zur Seite und schämte sich sofort für ihre übertriebene Reaktion, als sie sah, dass Pipe mit erhobenen Händen von ihr zurückwich, als wollte er ihr zeigen, dass er ihr nicht wehtun würde.

»Tut mir leid«, murmelte sie und fuhr sich mit einer Hand über den Nacken. »Ich mag es nicht, wenn mich jemand anfasst, um mich aufzuwecken. Schlechte Erinnerungen.«

Sie hatte keine Angst vor Pipe, als er ihre Worte mit einem finsteren Blick quittierte und tatsächlich ein Knurren in seiner Kehle ausstieß. Stattdessen war sie ... erregt?

Nein, das konnte nicht richtig sein.

Aber das war es. Es war lange her, dass sich jemand für sie eingesetzt und an ihrer Stelle geärgert hatte. Und dieser Mann kannte nicht einmal die Hälfte der Wahrheit.

»Jemand hat dir wehgetan, als du geschlafen hast?«, stieß er hervor.

»Na ja, nicht im Schlaf, aber ... nachdem derjenige mich geweckt hatte. Ja«, entgegnete Cora, ohne seinen Blick zu erwidern. »Das ist schon lange her. Und nein, er hat es nicht geschafft, sein Vorhaben in die Tat umzusetzen. Ich habe nicht ... kooperiert.«

»Gut für dich«, bemerkte Pipe, obwohl er immer noch nicht glücklich klang.

»Stimmt. Aber das Ergebnis war, dass ich am nächsten Tag aus dem Haus geworfen wurde, nachdem der Dreckskerl eine Geschichte erfunden hatte, dass ich Geld aus der Tasche seiner Frau gestohlen hätte.«

»Was für ein Flachwichser«, sagte Pipe leise.

Aus irgendeinem Grund lächelte Cora.

»Was? Das ist nicht lustig.«

»Ich weiß, es ist nur ... Flachwichser?«

Seine Lippen zuckten. »Ich bin schon eine Weile hier in den Staaten, aber manchmal kommen meine regionalen Ausdrücke zum Vorschein.«

»Sieht so aus.«

»Jedenfalls tut es mir leid, dass ich dich ohne deine Erlaubnis angefasst habe. Das nächste Mal werde ich daran denken. Ich bin fertig im Bad.«

Zum ersten Mal bemerkte Cora, dass Pipe die schwarze Hose und das weiße Hemd, die er den ganzen Abend getragen hatte, ausgezogen hatte. Jetzt trug er eine graue Jogginghose und ein schwarzes Unterhemd, das die Tattoos auf seinen Armen und seiner oberen Brust zur Geltung brachte.

Aber es waren nicht seine Tattoos, die ihre Aufmerksamkeit erregten. Die Umrisse seines Schwanzes zeichneten sich in der Jogginghose ab, und sie schluckte schwer, als sie seine Größe sah. Sie versuchte, ihn nicht anzustarren, aber es fiel ihr schwer.

Sie hatte schon viel Sex gehabt, aber sie hatte sich noch nie so sehr nach einem Mann gesehnt wie in diesem Moment nach Pipe. Es war nicht nur die Tatsache, dass sein Schwanz überdurchschnittlich groß war, es waren nicht die Tattoos ... es war das Gesamtpaket, das Bryson Clark ausmachte.

Er war wütend auf sie, als er hörte, wie Eleanor über sie gelästert hatte, er hörte sich an, was sie zu sagen hatte, er war einfühlsam, beschützend, verständnisvoll ... und großzügig. Es war nicht wirklich überraschend, dass Cora merkte, dass sie ihn wollte. Und zwar nicht nur sexuell. Sie wollte alles über ihn wissen. Warum er sich für die Tätowierungen entschieden hatte, die er hatte. Woher die Schatten in seinen Augen stammten, die sie gesehen hatte. Warum er sein Land verlassen hatte und in die USA gezogen war. Wie er mit der *Zuflucht* in Berührung gekommen war. All das.

»Cora?«, fragte Pipe und zog die Stirn in Falten, als er sie ansah. »Du kannst mir vertrauen.«

Es gefiel ihr nicht, dass er dachte, ihr Schweigen bedeutete, dass sie es jetzt doch bereute, mit ihm in diesem Raum zu bleiben.

»Ich weiß«, erklärte sie und zwang sich, den Blick von seinem Schritt abzuwenden. »Ich gehe jetzt und mache mein Ding«, sagte sie etwas lahm und hob ihre Tasche auf.

Pipe trat in die Lücke zwischen den beiden Betten, sodass sie an ihm vorbeigehen konnte, ohne sich Sorgen machen zu müssen, ihn zu streifen.

Als Cora die Badezimmertür hinter sich schloss, lehnte sie sich dagegen und seufzte. »Nimm dich zusammen«, schalt sie sich leise. »Er hilft dir, Lara zu finden. Das war's.«

Sie erledigte schnell ihr Geschäft, zog sich eine kurze Hose und ein übergroßes T-Shirt an und putzte sich die Zähne, bevor sie aus dem Bad ging. Ihre Tasche ließ sie drinnen, denn es war ja nicht so, dass sie sie für die nächsten vier Stunden, in denen sie schlafen würde, brauchen würde – sie sah auf ihre Armbanduhr.

Im Zimmer war es dunkel, bis auf einen kleinen Lichtschimmer, der durch die nicht ganz zugezogenen Vorhänge fiel. Cora zog die Decke zurück und kroch darunter. Sie schüttelte das Kissen hinter sich auf und seufzte zufrieden, als sie sich endlich entspannte.

Die aufblasbare Matratze war gut gewesen, besser als der harte Boden, aber im Moment fühlte es sich himmlisch an, in einem richtigen Bett zu liegen.

»Pipe? Schläfst du schon?«, flüsterte sie.

»Nein. Was ist los?«

»Nichts. Ich ... ich wollte mich nur bedanken.«

»Danke mir erst, wenn wir deine Freundin gefunden haben«, konterte er.

»Nein, im Ernst. Niemand sonst wollte mir zuhören. Oder die Leute hörten mir zu und nannten mit dann einen exorbitanten Preis für nichts weiter als ein paar Recherchen im Internet. Selbst wenn ihr sie nicht finden könnt. Wenn sie ... wenn Ridge ... du weißt schon. Ich bin dankbar für eure Hilfe. Ich weiß, dass das für euch nicht normal ist, und ich will niemanden in Schwierigkeiten bringen. Aber ich bin so erleichtert, dass ihr mir die Chance gegeben habt, euch meine Geschichte zu erzählen.«

Sie hörte, wie die Decke des Bettes neben ihr raschelte, und schaute zu der Stelle, an der Pipe lag. In der Dunkelheit des Zimmers konnte sie seine Gestalt kaum erkennen, aber sie spürte, dass er sie ansah. »Ich verspreche, dass ich das durchziehen werde. Ich weiß nicht, wie es ausgehen wird, aber ich gebe dir mein Wort, dass wir herausfinden werden, was mit deiner Freundin passiert ist.«

Cora stiegen die Tränen in die Augen. Sie war keine Heulsuse. Seit ein Kind in einer ihrer Pflegefamilien sie eine Heulsuse genannt und sich über sie lustig gemacht hatte, versuchte sie, die Tränen zu unterdrücken. Aber sie konnte nicht umhin, die Aufrichtigkeit in Pipes Stimme zu hören, und es fühlte sich an wie eine sanfte und warme Umarmung. »Danke«, flüsterte sie.

»Und jetzt schlaf. Morgen wird ein langer Tag«, erklärte er.

Cora nickte. Es war schwer zu glauben, dass sie tatsächlich zur *Zuflucht* fahren würde. Sie hatte so viel darüber gelesen, dass sie sich schon darauf freute, Melba und Scarlet

Pimpernickel, das Eichhörnchen mit den fehlenden Pfötchen und die anderen Männer und auch die Frauen
kennenzulernen. Cora fiel es nicht leicht, Freundschaften zu
schließen, aber sie hatte den Eindruck, dass Alaska und die
anderen ziemlich unkompliziert waren.

Eigentlich hatte sie erwartet, wach zu liegen und über
den Abend und Lara nachzudenken und sich Sorgen zu
machen, aber da sie sich mit Pipe im anderen Bett sicher
fühlte, fiel sie innerhalb weniger Augenblicke, nachdem sie
die Augen geschlossen hatte, in einen tiefen, traumlosen
Schlaf.

## KAPITEL SIEBEN

Pipe starrte ausdruckslos auf die Rückenlehne des Sitzes vor ihm im Flugzeug und runzelte die Stirn. Er hatte in der Nacht zuvor nicht viel Schlaf bekommen. Er war zu aufgedreht gewesen. Jetzt drehten sich seine Gedanken in tausend verschiedene Richtungen. Er war so aufgeregt, wie er es sonst vor einer Mission war. In seinem Kopf schwirrten so viele Fragen herum.

Er war schockiert über den Zustand von Coras Wohnung. Von allen Gründen, warum sie nicht wollte, dass er sie von innen sieht, hätte er nie gedacht, dass es daran lag, dass es ihr peinlich war, dass sie all ihre Habseligkeiten, für die sie Geld bekommen konnte, verkauft hatte, um genügend Geld aufzutreiben, um ihn zu »kaufen«. Und selbst wenn sie eine Verabredung zum Essen mit ihm ersteigert hätte, wäre das keine Garantie dafür gewesen, dass er ihr zuhören oder ihr helfen würde. Aber sie hatte es trotzdem getan.

Wenn ihn irgendetwas davon überzeugen konnte, dass Lara Osler wirklich in Gefahr war, dann war es das. Die meisten Menschen wären nicht so weit gegangen, um jemand anderen davon zu überzeugen, dass ihre Freundin in Gefahr ist, wenn sie selbst nicht daran geglaubt hätten.

Aber damit stellte sich die Frage, was genau sie tun sollten. Ja, sie konnten nach Arizona fahren und bei diesem Ridge anklopfen ... aber was dann? Spezialeinheit hin oder her, es war nicht so, dass sie Lara ein zweites Mal entführen konnten, wenn sie nicht mit ihnen gehen wollte. Würde Cora akzeptieren, dass sie bleiben wollte, und einfach wieder gehen? Er bezweifelte es.

Cora bewegte sich auf dem Sitz neben ihm und er drehte sich um, um sie anzusehen. Ihr braunes Haar lag zerzaust um ihre Schultern. Er konnte die Erinnerung daran nicht loswerden, wie es heute Morgen auf dem Kissen gelegen hatte. Er fühlte sich wie ein Spanner, als er in seinem eigenen Bett lag und ihr beim Schlafen zusah, aber er *musste* sie einfach betrachten. Er war gleichzeitig erfreut und beunruhigt, dass sie ihm letzte Nacht so schnell vertraut hatte. Er hätte ihr alles Mögliche antun können, während sie schlief. Er hätte sie ernsthaft verletzen können. Und doch schlief sie scheinbar ohne einen weiteren Gedanken ein.

Als würde sie spüren, dass er sie ansah, drehte Cora den Kopf und begegnete seinem Blick.

»Was ist?«, fragte sie ein wenig verlegen.

»Nichts. Es fällt mir nur schwer zu begreifen, dass das hier wirklich passiert.«

Sie lachte. »Ich glaube, das ist mein Text«, erklärte sie ihm mit einem kleinen Lächeln. »Und nur, damit du es weißt ... das gestern Abend war nicht sonderlich klug von dir.«

Pipe blinzelte verwirrt. »Warum?«

»Du kennst mich nicht und trotzdem hast du mich bei dir übernachten lassen. Ich hätte dir deine Brieftasche und all deine anderen Sachen wegnehmen können, während du geschlafen hast. Ich hätte dich verletzen können.«

Pipe brach in Gelächter aus. Er konnte es nicht verhindern. »Ich habe gerade genau das Gleiche über dich gedacht«, erwiderte er ehrlich.

Sie lächelten einander zu. Dann verblasste Coras Lächeln.

»Woran hast du gerade gedacht?«, wollte Pipe wissen.

»Lara hat wahrscheinlich Angst und wird vielleicht missbraucht, und ich sitze hier und amüsiere mich, und es fühlt sich so falsch an.«

»Wenn Lara wirklich die Art von Freundin ist, die du beschrieben hast, wird sie nicht wollen, dass es dir schlecht geht, selbst wenn es ihr schlecht geht. Und wir werden sie finden und der Sache auf den Grund gehen«, versprach Pipe und nahm ihre Hand.

Cora schenkte ihm ein trauriges Lächeln. »Ich hoffe es.«

»Ich weiß es. Du hast Nachforschungen über uns angestellt, also weißt du, was wir alles draufhaben«, neckte er sie.

»Ich kann immer noch nicht glauben, dass mein verrückter Plan funktioniert hat. Ich meine, das hat er nicht, aber Eleanor hat mir tatsächlich einen Gefallen getan. Vielleicht sollte ich ihr ein paar Blumen schicken oder so«, bemerkte Cora mit einem kleinen Grinsen.

»Ich verstehe nur nicht, warum du dir die ganze Mühe gemacht hast. Ich meine, ich verstehe, dass du es für Lara tust, aber warum hast du uns nicht einfach direkt kontaktiert?«, fragte Pipe. Das hatte er sich schon eine Weile gefragt und war froh, dass er die Gelegenheit hatte, diese Frage zu stellen.

Cora zuckte mit den Schultern. »Das habe ich.«

»Was? Wann?«

»Ich habe mehrere E-Mails geschickt. Auf keine einzige

habe ich eine Antwort bekommen. Ich habe sogar angerufen. Ich habe eine Nachricht hinterlassen, aber es hat sich nie jemand gemeldet.«

Pipe runzelte die Stirn. Alaska war für die Verwaltung der *Zuflucht* zuständig und er konnte sich wirklich nicht vorstellen, dass sie einen Hilferuf ignorieren würde.

»Ist schon gut«, erklärte Cora und lehnte sich zu ihm. »Ich meine, ihr seid ja nicht dazu verpflichtet, jedem Mädchen in Not zu helfen, das sich bei euch meldet. Ich bin mir sicher, dass ihr aufgrund eurer Fähigkeiten viele Anfragen erhaltet.«

Ehrlich gesagt hatte Pipe keine Ahnung. Er hatte sich in den letzten fünf Jahren zurückgehalten und nicht einmal daran gedacht, das, was er bei der Spezialeinheit gelernt hatte, in seinem zivilen Leben anzuwenden. Er fragte sich, ob seine Freunde das taten. Sie alle hatten besondere Fähigkeiten, die in bestimmten Situationen nützlich sein konnten. Bei Alaska und Reese war das definitiv der Fall gewesen.

»Ich werde mit Alaska reden«, sagte er zu Cora.

Sie machte große Augen und schüttelte fast verzweifelt den Kopf. »Nein! Tu das nicht! Ich meine, das ist schon in Ordnung. Ich bin sicher, sie hatte ihre Gründe, nicht zu antworten.«

Pipe presste die Lippen zusammen. Dieses Versprechen konnte er nicht geben. Jetzt, da er wusste, dass Cora *Die Zuflucht* um Hilfe gebeten, aber keine Antwort erhalten hatte, wollte er wissen warum.

»Toll. Alaska wird mich jetzt hassen«, bemerkte sie und starrte aus dem Fenster.

»Nein, das wird sie nicht. Sie ist sehr aufgeschlossen.«

Sie drehte sich nicht wieder zu ihm um.

»Cora?«, fragte Pipe.

Als sie ihn endlich anschaute, sah er zu seinem Entsetzen Tränen in ihren Augen. Diese knallharte Frau war ernsthaft verärgert über den Gedanken, dass Alaska in Schwierigkeiten stecken könnte oder Cora nicht leiden konnte, weil sie sie verraten hatte.

»Es ist alles in Ordnung«, versicherte sie ihm und setzte sich aufrechter hin.

Pipe konnte praktisch sehen, wie sie ihre Mauern hochzog, um sich vor der Außenwelt zu schützen. Und das gefiel ihm nicht. Er hatte sie ohne ihren Schutzwall gesehen und fühlte sich zu dieser Frau hingezogen. Cora hatte kein einfaches Leben gehabt und er wollte alles tun, um das zu ändern.

Sie schaute wieder aus dem Fenster und Pipe griff, ohne nachzudenken, nach ihr. Er legte seine Finger unter ihr Kinn und drehte ihr Gesicht zu ihm. »Willst du wissen, was ich dachte, als ich dich das erste Mal gesehen habe?«, fragte er.

Ihre Augen weiteten sich, aber sie löste sich nicht aus seinem lockeren Griff. »Nein. Ich glaube nicht.«

Er beachtete ihre Worte nicht und fuhr fort: »Ich war auf der Bühne, an einem Ort, an dem ich nicht sein wollte. Ich trug Kleidung, in der ich mich unwohl und fehl am Platz fühlte. Ich war nicht wie die Männer vor mir, die auf der Bühne herumstolzierten und mit dem Publikum spielten. Ich wollte die ganze Sache einfach nur hinter mich bringen. Es ist schon seltsam ... ich fühlte mich, als sei ich wieder ein Junge, der in der Grundschule darauf wartete, in eine Fußballmannschaft gewählt zu werden, aber ich wusste, dass ich es nicht schaffen würde, weil ich im Fußball eine Niete war und jeder das wusste. So sehr ich auch versuchte, mir einzureden, dass ich froh sein würde, wenn niemand auf mich bieten würde, damit ich nach Hause fahren konnte, so sehr hätte ich mich doch geschämt, wenn ich der einzige Kerl gewesen wäre, der keine Angebote bekommen hätte.

Dann warst du da. Du standest ganz vorn, hast mich angeschaut und ein Gebot abgegeben. Das erste Tausend-Dollar-Gebot war eine Erleichterung.«

»Ja, die kleine, stämmige, alles andere als kultivierte Tussi in dem Walmart-Kleid hat auf dich geboten. Ich bin sicher, du warst *soooo* erleichtert«, erklärte sie und verdrehte die Augen.

»Das ist nicht das, was ich gesehen habe. Gestern Abend habe ich eine entschlossene Frau gesehen, die über den Smoking und den ganzen Schnickschnack hinweggesehen hat. Du hast *mich* angeschaut – Pipe. Nicht Bryson Clark.«

Pipe war sich ziemlich sicher, dass er es vermasselt hatte, aber bei diesem ersten Blick auf Cora hatte er ein Gefühl der ... Erkenntnis verspürt. Dass er jemanden gefunden hatte, der ihn verstehen würde.

Es machte keinen Sinn. Die meisten Leute hätten gesagt, dass er sich lächerlich machte. Aber als sie überboten worden war, hatte ihn ein Gefühl der Verzweiflung übermannt. Deshalb hatte er in der Menge nach ihr gesucht. Sie hatte zwar keine Verabredung mit ihm gewonnen, aber er wollte trotzdem mit ihr reden. Er hatte ihren Namen erfahren wollen.

»Eleanor hatte recht«, erklärte Cora leise. »Eigentlich hatte ich dort nichts zu suchen. Wenn ich gewonnen hätte, hätte ich dich in dem schicken Restaurant in Verlegenheit gebracht. Das meiste auf der Speisekarte, die du vorgelesen hast, habe ich nicht einmal verstanden. Ich bin eher ein Pizza-und-Burger-Typ. Meine Schuhe waren von Payless. Weißt du, was das ist?«

»Ja«, entgegnete Pipe.

Ein Hauch von Rosa überzog ihre Wangen, aber sie wich seinem Blick nicht aus. »Ich hatte ein Outfit an, das mich fünfzig Dollar gekostet hat, während jeder andere dort wahrscheinlich das Hundertfache ausgegeben hatte. So war ich schon immer. Ich bin ausgeschlossen und einfach nur Zuschauer.«

»Du magst dich so fühlen, aber ich glaube, wenn andere dich ansehen, sehen sie jemanden, der sich in seiner Haut wohlfühlt. Einen Menschen, der nicht das Gefühl hat, sich den gesellschaftlichen Normen anpassen zu müssen. Sie sind neidisch, Cora. Sie wollen so sein wie du. Sie wollen so sein, wie sie schon immer sein *wollten*, aber sie haben nicht das Gefühl, dass sie so sein *können*.«

»Das ist nicht wahr«, entgegnete Cora leise.

»Doch, das ist es. Was glaubst du, warum diese Tussi Eleanor dich immer noch so behandelt, als seist du in der Highschool? Weil sie feststeckt. Du hingegen kannst tun, was du willst, ohne dich um die Meinung von Leuten zu scheren, die dir egal sind.«

Sie starrte zu ihm auf und sah nicht sonderlich überzeugt aus.

»Die Frau, die ich von der Bühne aus gesehen habe, hat mich fasziniert. Du hattest keine Angst, mir in die Augen zu schauen. Du hattest ein Ziel vor Augen, und das kam laut und deutlich rüber. Ich weiß eine schöne Frau zu schätzen, genauso wie ich ein Kunstwerk oder einen schönen Sonnenuntergang zu schätzen weiß. Aber deine Loyalität zu deiner Freundin hebt dich von anderen ab. Die Mühen, die du auf dich genommen hast, machen dich einzigartig. Und ich sage dir, und ich lüge nicht – ich hätte lieber jemanden wie dich an meiner Seite, wenn ich durchs Leben gehe, als eine Frau, die mich sofort für jemanden verlassen würde, von dem sie glaubt, dass er ihr Geld, Ruhm oder Prestige bringt.

Viele Frauen sind schon auf den Mist hereingefallen, den die Männer seit Tausenden von Jahren verbreiten ... dass Schönheit wichtiger ist als alles, was wirklich von Bedeutung ist. Aber nicht du. Deine Loyalität ist attraktiver als das teuerste Kleid oder die teuersten Schuhe, in denen sich mir jemand präsentieren könnte.«

Pipe wusste nicht, woher er die Worte nahm, aber er fühlte einen tiefen Zwang, sie auszusprechen. Um dieser Frau zu zeigen, wie viel sie wirklich wert war.

»Pipe«, flüsterte sie.

»Und du brauchst mir nicht zu glauben. Du kannst Lara fragen, wenn wir sie finden. Oder Milton. Die meisten Leute blicken wahrscheinlich einfach durch ihn hindurch, weil ihnen seine Umstände unangenehm sind. Aber nicht du. Du hast ihm Geld gegeben, das du durch den Verkauf deiner Sachen eingenommen hast, obwohl du wusstest, dass er es wahrscheinlich für Alkohol statt für Nahrung oder einen warmen Platz zum Schlafen für ein paar Nächte ausgeben wird.«

»Er hat mich eines Nachts vor zwei betrunkenen Typen gerettet, die mich ausrauben wollten«, flüsterte Cora.

»Siehst du? Loyalität«, bemerkte Pipe.

Sie biss sich auf die Lippe. »Ich habe viel Zeit damit verbracht, Nachforschungen über *Die Zuflucht* und die Menschen, die dort leben und arbeiten, anzustellen. Ich habe alle Geschichten gelesen, die ich über Alaska finden konnte. Sie scheint jemand zu sein, den ich wirklich mögen könnte. Und wenn du ihr wegen der E-Mails auf die Nerven gehst, wird sie denken, dass ich dich und deine Freunde nur benutzen will. Und das tue ich auch ... aber das ist nicht der

Grund, warum ich schließlich zu dieser Auktion gegangen bin.«

»Und warum hast du dich schließlich dazu durchgerungen?«, wollte Pipe wissen.

»Weil ihr tief im Inneren alle einen guten Kern habt. Ihr hättet *Die Zuflucht* nicht gegründet, wenn das nicht der Fall wäre. Ihr hättet auch eine Art Luxus-Camping-Resort der Extraklasse gründen können. Ihr hättet eine Luxus-Campinganlage für die reichsten Menschen der Welt eröffnen können und hättet wahrscheinlich viel mehr Geld verdient. Versteh mich nicht falsch, ich finde es toll, dass du mit dem, was du jetzt tust, deinen Lebensunterhalt verdienen und dabei anderen Menschen helfen kannst, aber ich habe gelernt, Menschen zu lesen. Um ihre wahren Absichten zu erkennen. Und wenn ich mir die Interviews mit dir und deinen Freunden ansehe und die Artikel lese, kann ich mit absoluter Gewissheit sagen, dass ihr alle gute Menschen seid. Wenn mir jemand helfen kann, Lara zu finden, und das zu einem Preis, den ich zahlen kann, der ehrlich gesagt nicht sehr hoch ist, dann seid ihr das.«

Sie hatte nicht unrecht. Pipe war froh, dass sie eine so gute Menschenkenntnis besaß. »Alaska wird nicht denken, dass du nur da bist, um uns zu benutzen«, sagte er zu Cora.

Sie zog die Nase kraus.

»Wirklich nicht«, entgegnete Pipe mit Nachdruck.

»Wenn ich mit dem Mann verheiratet wäre, den ich mein ganzes Leben lang geliebt habe, und in der *Zuflucht* leben würde und das Gefühl hätte, dass mein richtiges Leben gerade erst begonnen hatte – das ist übrigens ein Zitat von ihr; ich habe es in einem Online-Artikel gelesen –, würde ich nicht wollen, dass *irgend*jemand kommt, der meinen Freund in eine Situation bringt, in der er in Schwierigkeiten geraten oder verletzt werden könnte. Ich würde ihn und alle anderen, die in der *Zuflucht* arbeiten, beschützen wollen.«

Pipe hatte seine Hand nicht von ihrem Kinn genommen und er wollte sie dort lassen, um ihre weiche Haut zu spüren, aber er zwang sich, stattdessen ihre Hand zu bedecken, die in ihrem Schoß lag.

»Ich gebe dir mein Wort, dass Alaska, Henley, Reese und alle anderen, die in der *Zuflucht* arbeiten, dich nicht nur mit offenen Armen empfangen, sondern auch voll und ganz mit deinem Grund, warum du dort bist, einverstanden sein werden. Wahrscheinlich müssen wir ihnen sogar klarmachen, dass sie nicht mit nach Arizona kommen dürfen, um deine Freundin zu holen.«

Pipe konnte die Skepsis in ihren Augen sehen. Aber sie würde sich selbst davon überzeugen können. Mit einer Sache hatte sie allerdings recht ... der Grund, warum Alaska ihre E-Mails und Anrufe ignoriert hatte, war wahrscheinlich, um Brick und die anderen Männer zu schützen. Er hatte keine Ahnung, wie viele Bitten um Unterstützung über ihre Webseite eingingen. Es hätten gut und gern Dutzende pro Tag sein können. Es war wahrscheinlich nicht schwer, einfach alle zu ignorieren. Je mehr er darüber nachdachte, desto sicherer war er sich, dass er recht hatte. Er war nicht sauer auf Alaska, nicht im Geringsten, aber es wäre wahrscheinlich eine gute Idee, wenn einer von ihnen alle derartigen Anfragen durchsehen würde, um Alaska diese Last von den Schultern zu nehmen.

Pipe hatte das Bedürfnis, das Gespräch etwas aufzulockern, und wollte sehen, wie der Stress aus Coras Augen wich, wenn auch nur für eine Weile, also fragte er: »Warst du schon mal in New Mexico?«

Sie schüttelte den Kopf. »Nein. Ich bin kaum aus D. C. rausgekommen.«

»Wirklich?«

»Nicht viele Leute wollen mit einem Pflegekind in den Urlaub fahren, und seitdem ...« Sie zuckte mit den Schultern. »Ich hatte nicht wirklich das Geld, um irgendwohin zu fahren. Lara und ich sind einmal nach Gettysburg und Antietam gefahren. Das war wirklich nicht ihr Ding, aber sie hat es für mich getan. Ich finde Geschichte faszinierend, und auf den Schlachtfeldern zu stehen, wo Tausende von Männern und Frauen gekämpft haben ... das war unglaublich.«

Pipe lächelte. »Nun, ich glaube, unser kleines Stückchen der Welt wird dir gefallen. *Die Zuflucht* liegt in den Bergen im nördlichen New Mexiko und die Luft riecht so sauber, dass ich manchmal das Gefühl habe, auf einem anderen Planeten zu sein und nicht nur in einem anderen Land als dort, wo ich aufgewachsen bin, in der Nähe von London.«

»Ich kann es kaum erwarten, es zu sehen. Nachdem ich so viel darüber gelesen habe, fühle ich mich, als sei ich schon dort gewesen. Aber ich weiß, dass die Realität die Bilder in meinem Kopf und das, was ich im Internet gesehen habe, in den Schatten stellen wird.«

Sie hatte nicht unrecht. Als Pipe das erste Mal das Land sah, auf dem sie die Hütten bauen wollten, wusste er, dass es ein fantastischer Ort werden würde. Und er hatte sich nicht geirrt.

Sie unterhielten sich den Rest des Fluges über und als sie den Anschlussflug nach Santa Fe erreichten, konnten sie nicht mehr zusammen sitzen. Das gab Pipe die Möglichkeit, sich zu überlegen, was er als Nächstes tun sollte.

Cora musste ihre Geschichte noch einmal erzählen, dieses Mal vor allen Männern. Sie mussten sich auch überlegen, wie sie vorgehen sollten ... wie sie nach Arizona gelangen und hoffentlich Kontakt zu Lara aufnehmen konnten, und wenn nicht, dann zu diesem Michaels. Was danach geschah, würde davon abhängen, was sie dort vorfanden und welche Informationen Tex ihnen über Ridge Michaels liefern konnte. Aus irgendeinem Grund hatte Pipe das Gefühl, dass sie nicht einfach an die Tür klopfen, Lara holen und gehen konnten.

Owl hatte gestern Abend mit Stone gesprochen und ihn darüber informiert, was passiert war, wer Cora war und wann sie wieder in der *Zuflucht* eintreffen würden. Pipe hatte vor, Cora zu fragen, ob sie in seiner Hütte bleiben wollte. Sie hatte sich in der Nacht zuvor in seinem Hotelzimmer wohlgefühlt und da es in nächster Zeit keine freien Hütten gab, dachte er, dass sie die Gelegenheit nutzen würde, um das Geld für ein Motel zu sparen, indem sie bei ihm übernachtete.

Pipe konnte sich ein Lächeln nicht verkneifen, als er über diese Idee nachdachte. Er hatte Spike für verrückt gehalten, weil er Reese bei sich hatte wohnen lassen, als sie in *Die Zuflucht* gekommen war, aber jetzt verstand er es. Der Gedanke, von Cora getrennt zu sein, war beunruhigend ... und das nicht nur, weil er das Gefühl hatte, dass sie, wenn sie auf sich allein gestellt wäre, sich auf den Weg nach Arizona machen würde, um Lara mit oder ohne Hilfe zurückzuholen.

Ihre Loyalität war auf jeden Fall attraktiv, aber sie bedeutete auch, dass sie ihre eigene Sicherheit aufs Spiel setzen würde, um ihrer Freundin zu helfen. Das war für Pipe nicht akzeptabel. Und auch nicht für seine Freunde. Sie würden nicht zulassen, dass jemand unter ihrer Aufsicht zu Schaden kam.

Das Flugzeug landete pünktlich in Santa Fe, und sie holten Pipes Challenger auf dem Langzeitparkplatz ab und machten sich ohne Verzögerung auf den Weg zur *Zuflucht*.

Cora war still und wahrscheinlich nervös. Sie saß auf dem Rücksitz und als Owl und er während der Fahrt über alles Mögliche redeten, beteiligte sie sich nicht am Gespräch.

Je näher sie der *Zuflucht* kamen, desto wohler fühlte sich Pipe. Er konnte es kaum erwarten, dass Cora seine Freunde kennenlernte. Er zweifelte nicht im Geringsten daran, dass sie perfekt zu ihnen passen würde.

# KAPITEL ACHT

Das war eine Katastrophe.

Cora stand in der Eingangshalle des riesigen Hauptgebäudes der *Zuflucht*, während Pipe ein intensives Gespräch mit seinen Freunden auf der anderen Seite des Raumes führte. Alaska, Henley und Reese saßen an einem Tisch an der Seite, nachdem sie sie kennengelernt hatten, und obwohl sie sie eingeladen hatten, sich zu ihnen zu setzen, kam es Cora so vor, als sei sie nur höflich.

Also stand sie hier. Unbeholfen in der Mitte des Raumes und wartete darauf, was als Nächstes passieren würde.

Die Eingangstür der Lodge öffnete sich und eine Frau kam herein, die Cora nicht von ihren Nachforschungen her kannte. Sie hatte glattes, schulterlanges schwarzes Haar und trug eine schwarze Hose und ein T-Shirt mit der Aufschrift *Die Zuflucht*. Sie winkte den drei Frauen zu, die an einem der Tische saßen, und runzelte dann die Stirn, als sie Cora allein stehen sah.

Zu Coras Überraschung ging sie auf sie zu.

»Hi. Ich bin Ryan. Ich arbeite hier. Kann ich dir irgendwie helfen?«

»Nein, ich brauche nichts. Danke.«

Aber Ryan nickte nicht und zog sich auch nicht zurück, wie Cora es erwartet hatte.

»Was ist los?«, fragte sie stattdessen und schaute von ihr zu den Jungs und dann zu dem Tisch mit den Frauen.

»Ich bin mit Pipe und Owl hergekommen. Sie reden mit ihren Freunden über mich. Darüber, warum ich hier bin.«

Ryan zog die Augenbrauen zusammen. »Du bist mit Pipe und Owl gekommen?«

»Ja«, erklärte sie mit einem Nicken.

»Sie waren in Washington, D. C. bei einer Veranstaltung«, fuhr sie fort.

Cora tat ihr Bestes, um ihre Belustigung zu verbergen. »Das waren sie.«

»Und du bist mit ihnen aus D. C. gekommen?«

»Ja.«

»Okay, irgendetwas habe ich nicht mitbekommen, aber egal. Ich bin neu hier und werde nicht immer in alles eingeweiht, was mit dem Betrieb hier zu tun hat ... und das ist auch gut so. Ich meine, ich will es gar nicht wissen. Ich bin nur ein Dienstmädchen. Hast du Hunger? Ich hatte eine Ahnung, dass Robert seine weltberühmten Schokoladenplätzchen backt. Deshalb bin ich hier, um ein paar zu essen, solange sie noch warm sind. Komm, wir sehen mal nach.« Ryan hakte ihren Arm bei Cora ein, als seien sie schon ewig befreundet und hätten sich nicht erst vor einer Minute kennengelernt, und zog sie zu einer Tür am anderen Ende der Lodge.

»Ryan.« Der Mann, den Cora als »Tiny« erkannte, rief ihnen aus dem Grüppchen mit den anderen nach.

Cora spürte, wie die Frau sich einen Moment lang versteifte, bevor sie sich umdrehte, ohne ihren Arm loszulassen. »Was?«, rief sie zurück.

»Wo wollt ihr hin? Wir müssen mit Cora reden.«

»Küche. Plätzchen«, erklärte sie mit einer ungeduldigen Geste und drehte sich, ohne eine Antwort abzuwarten, wieder in die Richtung, in die sie ursprünglich gegangen waren.

»Ähm, vielleicht sollte ich hierbleiben, wenn sie mit mir reden wollen«, erwiderte Cora zögerlich.

Aber Ryan hielt nicht inne und gab nicht einmal zu verstehen, dass sie sie gehört hatte. Sie blieb auf ihrem Weg zu dem, was Cora für die Küche hielt.

Sie stieß eine Tür auf und der Geruch von frisch gebackenen Plätzchen war so intensiv, dass Cora der Magen knurrte. Und zwar laut.

Ryan strahlte. »Ich weiß. Ich könnte schwören, dass Robert irgendeine Droge in seine Kekse mischt, damit wir immer wieder zurückkommen und mehr wollen. Ich bin erst seit ein paar Monaten hier, aber ich glaube, ich habe schon mindestens fünf Kilo zugenommen.«

»Du musstest etwas Fleisch auf die Rippen bekommen«, erklärte ein älterer Mann grinsend und betrat die Küche aus einem Nebenraum, von dem sie nur annehmen konnte, dass es sich um eine Speisekammer oder so etwas handelte. Cora schätzte ihn auf Mitte fünfzig oder Anfang sechzig.

»Robert.« Ryan lächelte noch breiter, als sie auf ihn zuging. Sie umarmte ihn und trat dann zurück. »Das ist Cora«, entgegnete sie und machte dabei eine Geste in ihre Richtung.

»Ich weiß. Sie hat versucht, Pipe bei der Junggesellenversteigerung zu gewinnen, aber jemand hat sie überboten. Pipe fand heraus, warum sie unbedingt gewinnen wollte, also hat er sie mit nach Hause gebracht, um herauszufinden, wie er und die anderen helfen können, ihre Freundin von einem Dreckskerl zu befreien, der sie nach

Arizona entführt hat und sie nicht mehr gehen lassen will.«

Cora blieb der Mund offen stehen und sie starrte den Koch ungläubig an. Woher zum Teufel wusste er das alles? Sie war erst seit gefühlten zwei Sekunden hier.

Ryan nickte, als sei sie nicht im Geringsten überrascht. Sie warf einen Blick auf Cora und lachte. »Du musst verstehen, dass dieser Ort wie die kleinste Kleinstadt ist, in der du je gewesen bist oder über die du gelesen hast. Hier gibt es keine Geheimnisse. Na ja, fast keine. Wie auch immer, die Jungs werden sich schon was einfallen lassen. Es war gut, dass du dich mit Pipe zusammengetan hast. Robert ... gibst du uns jetzt ein paar Plätzchen oder was?«

Der Mann grinste. »Wollt ihr die von vorhin oder die, die ich gerade aus dem Ofen geholt habe?«

»Musst du diese Frage überhaupt stellen?«, fragte Ryan.

»Natürlich muss ich das.« Aber Robert machte keine Anstalten, ihnen zu zeigen, wo die hoffentlich noch warmen Plätzchen waren.

Ryan verengte die Augen zu Schlitzen und stemmte die Hände in die Hüften. Sie musterte Robert scharfsinnig. »Habe ich dir schon erzählt, dass ich den Little Debbie Weihnachtsbaumkuchen, den du so gern magst, das ganze Jahr über besorgen kann? Ich könnte ihn sogar im Juli bekommen, wenn ich wollte.«

Robert machte große Augen. »Wirklich? Du nimmst mich doch nicht nur auf den Arm, um die warmen Plätzchen zu bekommen, oder?«

Cora ließ den Blick zwischen Ryan und Robert hin und her wandern, während sie miteinander schäkerten.

»Ich würde nie lügen, wenn es um Weihnachtsbaumkuchen geht«, erwiderte Ryan mit ernster Miene.

»Auf diesen Deal steige ich ein«, erklärte er.

»Und ich will warme Schokoladenplätzchen«, konterte sie.

Robert bewegte sich schnell zu einem Kasten auf einer der Küchentheken. Er öffnete ihn und Cora erkannte, dass es sich um eine Art Warmhalter handeln musste. Er holte ein Tablett mit Plätzchen heraus und stellte es auf die Theke, dann schob er es in Richtung Ryan und Cora.

»Mmmmmm, Plätzchen«, sagte Ryan erfreut, als sie sich vorbeugte, um den Duft der weichen Leckerei einzuatmen.

»Unser Deal steht, richtig?«, fragte Robert mit einem Grinsen.

»Oh, der Deal steht auf jeden Fall«, stimmte sie zu und griff nach einem Plätzchen. »Aber so was von.«

Robert vollführte einen seltsamen kleinen Tanz und grinste Cora an. »Na los. Da du mit Ryan befreundet bist, bekommst du auch warme Plätzchen, wann immer du willst.«

Grinsend nahm Cora ein Plätzchen in die Hand und stöhnte, als sie hineinbiss. Ryan hatte recht, in diesem Plätzchen musste mehr als Eier, Mehl und Schokolade stecken, denn kaum hatte sie es hinuntergeschluckt, konnte sie es kaum erwarten, noch einen Bissen zu nehmen.

»Ich werde es so einrichten, dass du jede Woche eine Schachtel Weihnachtsbaumkuchen bekommst«, erklärte Ryan dem Koch.

Er strahlte. »Mach zwei daraus.«

Ryan zog eine Augenbraue hoch. »Zwei?«

»Ich wollte eigentlich vier verlangen, bin aber zu einem Kompromiss bereit.«

Alle brachen in Gelächter aus – und das war der Moment, in dem die Küchentür aufging und Alaska, Henley und Reese hereinkamen.

»Was ist denn hier drin los? Ist das eine neue Ladung Plätzchen?«, fragte Alaska.

Ryan beugte sich über das Tablett auf der Küchentheke und knurrte, während sie ihr Bestes tat, um sie zu schützen. Cora konnte sich ein Lachen nicht verkneifen, als sie die Mätzchen ihrer neuen Bekannten sah. Schließlich stand Ryan auf und schob das Tablett zu den anderen Frauen.

»Ich weiß nicht, woher du immer weißt, wann Robert eine neue Ladung Plätzchen gebacken hat«, murmelte Henley zwischen zwei Bissen.

»Nicht wahr? Ich meine, wir waren hier und wussten es *trotzdem* nicht«, pflichtete Reese ihr bei.

Ryan nahm einen großen Bissen vom Plätzchen und tat so, als würde sie ihre Lippen abschließen.

Alle lachten.

Cora spürte, wie Alaska sie anstarrte, aber sie weigerte sich, die Frau anzusehen. Plötzlich fühlte sie sich wieder einmal wie eine Außenseiterin. Erst als sie spürte, dass Alaska sich näherte, drehte sie sich um. Sie hob ihr Kinn und weigerte sich, sich zu ducken. Sie hatte nichts falsch gemacht.

»Alles in Ordnung?«, fragte Alaska sanft.

Cora verbarg ihre Überraschung. Sie war bereit gewesen, ihr Handeln zu verteidigen und zu erklären, warum sie Pipe um Hilfe gebeten hatte. Sie hatte nicht erwartet, dass Alaska besorgt klingen würde.

»Ja, alles in Ordnung«, erwiderte sie.

Henley meldete sich zu Wort. »Wir wissen nicht, was hier los ist. Tonka sagte nur, dass Pipe mit ihnen darüber reden wolle, wie sie deiner Freundin und dir helfen können. Können wir etwas für dich tun?«

»Wie lange möchtest du hierbleiben? Soll ich dich rumführen?«

Aus irgendeinem Grund war ihre ... Freundlichkeit ... im Moment fast zu viel für Cora. »Ich weiß es nicht. Nicht lange, hoffe ich. Nicht weil ich euch nicht kennenlernen oder *Die Zuflucht* sehen will, aber ich mache mir Sorgen um meine Freundin und will so schnell wie möglich zu ihr.«

Sie hatte nicht vor, viel mehr zu sagen, aber Alaska griff nach ihrer Hand, hielt sie fest und zog sie zu einem kleinen Tisch neben der Küche. »Setz dich«, bat sie und zog einen Stuhl heran. Die anderen Frauen – und überraschenderweise auch Robert – setzten sich zu ihnen. Es war eng, weil sich alle um den kleinen Tisch drängten, aber es war auch gemütlich.

»Es tut mir leid, wie wir uns da draußen verhalten haben«, begann Alaska. »Wir wollten nicht abweisend wirken, wir wussten nur nicht, was los war, und wir wollten dich nicht zwingen, bei uns zu sitzen, wenn du das nicht möchtest. Und Pipe ist nicht ... er ist nicht ... er ... verdammt«, seufzte sie. »Er ist nicht der Typ, der Frauen hierherbringt. Wir waren uns nicht sicher, was für eine Beziehung ihr habt ... abgesehen von der Situation mit deiner Freundin ... also haben wir versucht, deine Privatsphäre zu respektieren. Aber als Ryan dich hergebracht hat und wir euch lachen hörten, konnten wir nicht wegbleiben«, erklärte Alaska mit einem verlegenen Lächeln.

»Ich bin nicht mit Pipe *zusammen*«, entgegnete Cora. »Nicht so, wie du denkst. Ich habe versucht, auf der Auktion eine Verabredung zum Essen mit ihm zu ersteigern, nur um mit ihm reden zu können, aber eine alte Feindin aus der Highschool hat mich überboten. Danach hörte Pipe, wie sie sich mit mir unterhielt, und nahm Anstoß an dem, was sie sagte. Dann habe ich mit ihm geredet, dann mit ihm und Owl zusammen, und als Nächstes waren wir auf dem Weg hierher und er hat gesagt, er würde mir helfen, meine Freundin zu finden.«

Sie redete zu schnell und erzählte diesen Fremden viel zu viel, aber ehrlich gesagt wirkten sie nicht wirklich wie Fremde. Nicht nach all den Informationen, die sie über sie gesammelt hatte. Und sie hatte irgendwie das Bedürfnis, die Stille zu füllen.

Cora atmete tief durch und wandte sich zuerst an Reese. »Ich bin froh, dass du dich so tapfer hältst. Ich weiß nicht, was ich in deiner Situation getan hätte. Wahrscheinlich wäre ich ausgeflippt. Ich kann überhaupt nicht schwimmen, also wäre ich wahrscheinlich tot. Und, Henley, ich kann mir nicht vorstellen, was du durchgemacht haben musst, als deine Tochter vermisst wurde. Ich habe zwar keine Kinder, aber wenn ich welche hätte, wäre ich bestimmt durchgedreht. Und Alaska … Gott. Du bist so mutig. Du warst an so vielen Orten und hast so viele Dinge gesehen, dass ich niemals das hätte tun können, was du getan hast, nämlich ganz allein andere Länder zu erkunden.

Ich bewundere euch alle so sehr. Ich möchte, dass ihr das wisst. Und ich bin nicht hier, um jemanden in Gefahr zu bringen. Ich brauche das Fachwissen von Pipe und seinen Freunden, aber ich glaube, sobald Ridge Michaels sieht, dass ich nicht aufgeben werde, dass ich jetzt Hilfe habe, um herauszufinden, was mit meiner Freundin los ist, wird er sie ohne große Probleme zurückgeben.«

»Ach du meine Güte«, rief Alaska und lehnte sich mit einem erstaunten Gesichtsausdruck auf ihrem Stuhl zurück.

Henley öffnete und schloss den Mund, als überlegte sie, was sie sagen sollte.

Reese blinzelte sie nur an.

Es war Ryan, die als Erste sprach. Sie lächelte breit, als sie sagte: »Ich wusste sofort, dass du hierherpasst, als ich dich sah. Der Klatsch und Tratsch hier in der *Zuflucht* hat anscheinend keinerlei Einfluss auf dich.«

Cora spürte, wie sie rot wurde. Mist, sie hätte nicht so voreilig sein sollen, den Frauen klarzumachen, dass sie nicht hier war, um Ärger zu machen. Sie schien immer das Falsche zur falschen Zeit zu sagen. Soziale Umgangsformen waren nicht gerade ihr Ding. Lara konnte das viel besser als sie, und deshalb überließ sie das Vorstellen und den Small Talk normalerweise ihrer Freundin.

»Ich schwöre, ich bin keine Stalkerin«, platzte Cora heraus. »Ich meine, Pipe hat mich dessen im Scherz beschuldigt, aber ich musste sicher sein, dass es sich lohnt, ihn und seine Freunde anzuheuern, um Lara zurück zu entführen, wenn ich schon deswegen meine Sachen verkaufe. Und ich habe im Internet recherchiert. Es gibt tonnenweise Artikel über die Männer, die diesen Ort gegründet haben. Und nach all den Dingen, die euch passiert sind, gab es sogar noch mehr Artikel. Ich habe mich nicht in irgendwelche Datenbanken gehackt oder so, ich wüsste nicht einmal, wie man das macht. Ich habe nur über Google gesucht.«

Sie wandte sich an Robert und Ryan. »Es tut mir leid, ich habe keine Informationen über euch gefunden. Aber, Robert, wenn alles, was du machst, nur halb so gut ist wie deine Kekse, werde ich vielleicht nie wieder gehen. Vielleicht ziehe ich zu Melba in die Scheune und schleiche mich mitten in der Nacht hierher, um mich vollzufressen. Vielleicht könnte ich das Geschirr abwaschen wie eine Spülfee und so meinen Lebensunterhalt verdienen. Und, Ryan ...« Cora zuckte mit den Schultern. »Na ja ... ich kenne dich ja gar nicht. Nochmals Entschuldigung.«

»Warte, warte, warte, ich habe das Gefühl, dass wir hier

etwas Wichtiges übergangen haben«, protestierte Henley. »Du hast deine *Sachen* verkauft?«

»Du hast unsere Männer angeheuert?«, fragte Alaska.

»Um deine Freundin *zurück zu entführen*?«, warf Reese ein.

»Ich kann nicht glauben, dass ihr drei noch nichts von euren Männern über Cora und ihre Freundin gehört habt«, bemerkte Ryan kopfschüttelnd.

»Aber *du* weißt Bescheid?«, konterte Alaska.

Ryan wurde ernst. »Ihre lebenslange Freundin Lara war mit einem Mann namens Ridge Michaels zusammen und ist jetzt mit ihm in Arizona. Sie sind abrupt abgereist und reden nicht mehr mit Cora, was Cora in Panik versetzt hat. Sie hat von der Auktion mit Pipe gehört und alles über ihn und *Die Zuflucht* herausgefunden, was sie konnte. Wie sie sagte, hat sie nicht gewonnen, aber Pipe war fasziniert genug, um sie ausfindig zu machen und mit ihr zu reden. Jetzt ist sie hier, und Pipe und die anderen sprechen über die nächsten Schritte, wie sie ein für alle Mal herausfinden können, ob es Lara gut geht oder ob sie gegen ihren Willen festgehalten wird.«

Cora hätte über den schockierten Gesichtsausdruck der anderen Frauen gelacht, wenn sie nicht selbst so überrascht gewesen wäre.

»Es stimmt anscheinend, dass stille Wasser tief sind«, bemerkte Robert lachend.

»Aber wirklich! Woher zum Teufel weißt du das alles? Pipe, Owl und Cora sind erst seit etwa zwanzig Minuten hier!«, protestierte Henley.

»Owl hat Stone gestern Abend angerufen. Ich habe die Lodge geputzt und sie im Verwaltungsbüro reden hören. Ich wollte nicht lauschen, aber ich konnte meine Ohren nicht ganz verschließen. Stone hatte das Telefon auf Lautsprecher gestellt und du weißt ja, dass er dazu neigt, ziemlich laut zu reden, wenn er telefoniert.«

»Okay, das bedeutet also, unsere Lauscherin hier hat die Details, aber wir nicht. Wenn wir dir irgendwie helfen können, sind wir gern bereit«, erklärte Alaska Cora.

»Du hast dein Zeug verkauft?«, fragte Henley erneut, die offensichtlich immer noch an dem Teil ihres ungefilterten Wortschwalls von vorhin festhielt.

Cora zuckte mit den Schultern. »Es waren ja nur Dinge. Ich brauchte Geld, um auf Pipe bieten zu können.«

»So wie deine Elektronik und andere teure Dinge?«, fragte Reese.

Sie biss sich auf die Lippe. »Nein. All meine Sachen. Meine Möbel, mein Fernseher, Geschirr und Besteck, Töpfe und Pfannen, Wäsche ... alles.«

Alle schwiegen für einen Moment.

»Du meine Güte, wirklich?«, fragte Henley.

»Es hat trotzdem nicht ausgereicht, um die Auktion zu gewinnen«, erklärte Cora und starrte auf den Tisch.

»Erzähl uns von deiner Freundin«, bat Alaska mit Nachdruck.

Das war ein Thema, mit dem Cora besser zurechtkam. Sie erzählte ihnen alles. Sie ließ nichts aus. Dass sie ein Pflegekind war und keine Familie hatte. Wie Lara sie unter ihre Fittiche genommen hatte. Wie sie ihr mehr als einmal aus der Patsche geholfen hatte, als sie einen Platz zum Wohnen brauchte. Dass ihre Eltern zwar nett, aber distanziert waren. Wie enttäuscht sie von Lara waren, als sie Vorschullehrerin wurde, anstatt sich um einen besseren, angeseheneren Job zu bemühen.

»Sie bedeutet mir die Welt«, schloss Cora, die immer noch den Tisch studierte, als sei er das Interessanteste überhaupt. »Meine beste Freundin und meine Familie in einem.

Als sie Ridge kennenlernte, war ich skeptisch, wie perfekt er klang. Ich sagte ihr, sie solle vorsichtig sein, aber Lara ist eine Romantikerin. Sie hat ihr ganzes Leben davon geträumt, von den Socken gehauen zu werden. Ich glaube, sie hatte langsam das Gefühl, etwas verpasst zu haben. Als sei sie zu alt, um jemanden zu finden, der sie so liebt, wie sie geliebt werden möchte. Als Ridge dann auftauchte und sich wie der Mann verhielt, von dem sie immer geträumt hatte, war sie überwältigt und sofort Feuer und Flamme.

Wir hatten seinetwegen einen Streit. Zwei Tage später erschien sie nicht zur Arbeit und reagierte nicht auf meine Anrufe. Sie schickte eine E-Mail an die Schule und bat um eine Beurlaubung. Als Nächstes bekam ich eine Nachricht von ihr, in der sie mir mitteilte, dass sie für eine Weile in Arizona bleiben würde. Eine Nachricht. Nachdem wir über zwei Jahrzehnte lang beste Freundinnen gewesen waren.

Ich habe versucht, sie sofort anzurufen, aber sie ist nicht rangegangen. Und die wenigen Nachrichten, die ich bekam, klangen überhaupt nicht nach ihr. Sie waren ... gefühllos. Und wie ich Pipe schon sagte, gab es in ihnen keine Satzzeichen, und Lara benutzt immer Punkte und Kommas und so. Sie war schon immer ziemlich emotional, also benutzt sie auch viele Emojis, Ausrufezeichen und Gifs. Aber die Nachrichten, die ich bekam, waren kurz. Kein einziges Emoji. Bei dem einen Mal, als Ridge mir erlaubte, sie per Videoanruf zu sehen, sagte sie mir, dass sie Arizona liebe und nie wieder nach D. C. zurückkommen wolle, niemals. Aber sie hat mir auch ein Zeichen gegeben. Sie ist in Schwierigkeiten. Auch wenn ich die Einzige bin, die das von ganzem Herzen glaubt, weiß ich, dass sie es ist.«

»Die Jungs werden ihr doch helfen, oder?«, fragte Reese.

Cora zuckte mit den Schultern. »Ich weiß es nicht. Das

ist es, was Pipe gerade macht. Er bespricht die Situation mit ihnen.«

»Sie werden dir helfen«, bemerkte Alaska ohne den geringsten Zweifel in ihrer Stimme.

»Haben sie ihren Freund, den Technikfreak angerufen?«, fragte Henley.

Alle sahen sie an.

»Ihr wisst schon, der, der versucht hat zu helfen, als Jasna vermisst und als Reese entführt wurde?«

»Derjenige, der eigentlich nicht geholfen hat?«, fragte Alaska. »Ich meine, er hat es versucht, aber es war diese mysteriöse unbekannte Person, die auf die Idee kam, Reeses Peilsender zu benutzen, um ihren Wagen aufzuspüren. Und er hat den Jungs auch gesagt, wo Jasna zu finden ist.«

»Als Owl mit Stone geredet hat, sagte er, dass er bereits mit Tex – so heißt der Technikfreak – Kontakt aufgenommen hat«, sagte sie zu Cora, »und er hat Laras Freund ausfindig gemacht«, erklärte Ryan.

»Gut. Okay, ich nehme an, du wirst heute nicht mehr abreisen. Das bedeutet, dass wir eine Übernachtungsmöglichkeit für dich finden müssen«, bemerkte Alaska sachlich.

»Gibt es noch freie Hütten?«, fragte Henley.

Alaska stieß einen Atemzug aus und schüttelte den Kopf. »Nein. Wir haben seit Monaten keine mehr frei. Es sei denn, jemand sagt ab, aber dann kann ich den Platz normalerweise schnell besetzen.«

»Sie kann bei Gus und mir bleiben«, bot Reese an.

»Hast du nicht gesagt, dass dir morgens übel ist und du mitten in der Nacht aufstehst, um dich zu übergeben?«, fragte Henley.

Reese wurde rot. »Schon, aber ...«

»Sie kann bei uns bleiben«, entgegnete Henley entschieden.

Alaska lachte. »Als sei es besser, bei dir und deinem Fast-Teenager zu wohnen.«

»Pipe hat gesagt, ich kann bei ihm bleiben«, warf Cora ein.

Alle drehten sich um und starrten sie an.

Dann lächelte Alaska. »Alles klar. Dann ... ist es beschlossene Sache.«

Henley legte den Kopf schief. »Du bist nicht die Frau, die ich mir für Pipe vorgestellt habe.«

Cora versuchte, sich von dieser Feststellung nicht beleidigt zu fühlen.

»Und bitte versteh das nicht falsch«, fügte sie schnell hinzu. »Ich weiß, dass es sich vielleicht schlecht angehört hat, aber Pipe ist einfach ... etwas ungehobelt. Und er ist ziemlich still.«

»Wir sind kein Paar oder so was«, erwiderte Cora schnell, um das klarzustellen. »Er hilft mir nur, Lara zu finden.«

»Nun, das kannst du dir ruhig einreden«, entgegnete Reese. »Ich habe nur bei Gus gewohnt, während mein Bruder hier therapiert wurde. Und jetzt bin ich verheiratet, schwanger und glücklicher als je zuvor in meinem Leben.«

»Wir bringen sie in Verlegenheit«, stellte Alaska fest. »Was auch immer zwischen ihr und Pipe läuft, geht nur die beiden etwas an.«

»Ich mag seine Tätowierungen«, murmelte Cora und pulte an einem ihrer Fingernägel. »Sie lassen ihn hart erscheinen ... unantastbar. Obwohl er nach allem, was ich bisher über ihn erfahren habe, gar nicht so ist.«

»Du hast recht, das ist er nicht. Er ist ein Teddybär«, stimmte Henley zu.

Robert brach in Gelächter aus. »Nein, das ist er nicht«, bemerkte er.

Diesmal drehten sich alle um und sahen den Koch an.

»Ist er nicht«, beharrte Robert. »Erst neulich hat einer der Gäste über eine Frau gelästert, die er in der Stadt gesehen hatte. Er tat das, was viele Männer tun ... er sprach über ihre Brüste und dass er es ihr gern mal ›besorgen‹ würde. Pipe hörte das und ging auf ihn los, sagte ihm, er sei respektlos und solle seinen Kram packen und gehen. Auf der Stelle.«

»Oh mein Gott, ist *das* der Grund, warum der Typ früher ausgecheckt hat?«, fragte Alaska. »Ich habe versucht herauszufinden, ob etwas nicht stimmt, aber er war ganz wortkarg und wollte nicht viel sagen.«

»Weil Pipe ihn zu Tode erschreckt hat«, entgegnete Robert zufrieden. »Dieser Mann ist niemand, den ich jemals zum Feind haben möchte. Ihr Mädels denkt vielleicht, dass er ein Teddybär ist, weil er so nett zu euch ist, aber in Wirklichkeit ist er ein Pulverfass, das in zwei Sekunden explodieren kann ... er braucht nur den richtigen Funken.«

»Soll ich mit ihm reden?«, fragte Henley und runzelte die Stirn.

»Um Gottes willen, nein!«, rief Robert aus. »Wenn er wollte, dass jemand in seinem Gehirn herumstochert, hätte er schon mit dir gesprochen.«

»Ich stochere nicht in den Gehirnen der Leute herum«, erwiderte Henley beleidigt.

»Sie ist unsere hauseigene Psychologin«, erklärte Reese laut flüsternd Cora.

Die nickte und konzentrierte sich auf die spannende Unterhaltung um sie herum.

»Ich sage nur, dass es nicht gut ist, wenn er so nervös ist, wie du zu glauben scheinst«, fügte Henley besorgt hinzu.

»Was denkst du, warum es diesen Ort gibt?«, fragte Robert. »Wir haben *alle* mit den Dämonen in unseren

Köpfen zu kämpfen. Ich liebe dich, Henley, aber wenn ich bereit bin, dass du in meinem Gehirn herumstocherst, lasse ich es dich wissen. Ich bin sicher, Pipe geht es genauso.«

»Du hast recht. Es tut mir leid«, beruhigte Henley ihn und legte ihre Hand über den Tisch auf Roberts Arm. Er tätschelte ihn und lächelte die andere Frau an.

Die Tür zur Küche öffnete sich und Pipe steckte den Kopf herein. »Cora? Alles in Ordnung?«

Seine Besorgnis war überraschend. Als sie sich umschaute, sah sie, dass Alaska versuchte, ein Lächeln zu verbergen, Henley schaute Pipe besorgt an und Reese schaute Cora an, wahrscheinlich um zu sehen, ob es ihr wirklich gut ging, wie Pipe fragte. Ryan schaute auf ihr Handy und tippte schnell, und Robert war aufgestanden und stand schon halb in der Küche.

»Ja«, versicherte Cora ihm.

»Okay. Wir würden gern mit dir reden, wenn das in Ordnung ist.«

Cora wusste nicht, warum das *nicht* in Ordnung sein sollte. Sie war doch überhaupt nur hier, um die Männer davon zu überzeugen, dass sie nicht den Verstand verloren hatte und Lara wirklich in Gefahr war. Sie nickte und stand auf.

»Seid nett«, warnte Alaska Pipe.

»Wir mögen sie«, fügte Reese hinzu.

»Und wir wollen helfen, wenn wir können«, sagte Henley.

»Ja, wenn wir etwas tun können, sagt uns Bescheid«, stimmte Ryan zu.

Pipes Lippen zuckten amüsiert. »Sie ist gerade mal eine Viertelstunde hier und schon beansprucht ihr sie für euch?«

Alaska grinste. »Ja. Und ihre Freundin auch.«

»Genau. Cora, bist du bereit?«, fragte Pipe.

Sie konnte nicht deuten, was er dachte. Sie wusste nicht, ob er verärgert war, dass die anderen Frauen ihre Hilfe angeboten hatten und sie so schnell ins Herz geschlossen zu haben schienen. Auch für Cora war das verwirrend. So etwas passierte ihr normalerweise nicht. Es fiel ihr schwer, Freundschaften zu schließen, also war sie genauso verwirrt darüber, warum diese Frauen ihr und Lara so bereitwillig halfen ... Menschen, die sie nicht einmal kannten.

Sie nickte, aber bevor sie sich zu Pipe gesellte, ging sie zu Robert hinüber, der an der Spüle stand und das Geschirr in den großen Geschirrspüler einräumte. »Danke«, sagte sie leise. »Für die Plätzchen und dafür, dass du dich für Pipe eingesetzt hast.«

»Egal wie hart die Verpackung ist, jeder braucht ab und zu eine Stütze«, antwortete er mit einem leisen Grollen. »Jetzt geh. Geh und finde heraus, wie du deine Freundin retten kannst. Mag sie Schokoladenplätzchen?«

Cora nickte. »Ja. Aber weißt du, was sie am liebsten isst?«

»Was?«

Irgendwie hatte sie den Verdacht, dass dieser Mann, selbst wenn sie ihm das schwierigste Gericht aller Zeiten nennen würde, einen Weg finden würde, es zuzubereiten, wenn er die Chance hätte, Lara kennenzulernen. Also grinste sie breit, als sie sagte: »Little Debbie Weihnachtsbaumkuchen. Ich kaufe ihr jedes Jahr zu Weihnachten kistenweise welche zum Einfrieren, doch im Juni sind sie trotzdem immer alle.«

Robert teilte ihr Lächeln. »Eine Frau ganz nach meinem Geschmack. Wenn du sie zurückbringst, sorge ich dafür, dass ein Karton auf sie wartet.«

»Danke«, flüsterte Cora. Dann stellte sie sich überraschend auf die Zehenspitzen und küsste Roberts bartbedeckte Wange. Sie drückte seinen Arm, holte tief Luft und ging schließlich auf Pipe zu, der sich nicht von der Tür wegbewegt hatte.

Als sie sich ihm näherte, griff er nach ihrem Ellbogen. Als die Küchentür sich hinter ihnen schloss, fragte er: »Was sollte das denn? Geht es dir wirklich gut?«

Wieder fühlte sich seine Sorge um sie gut an. Selbst sein finsterer Gesichtsausdruck machte ihr keine Angst. »Ja. Roberts Plätzchen sind wahnsinnig lecker. Ihr solltet das auf die Webseite stellen.«

Pipes Lippen zuckten amüsiert. »Wir können nicht alle unsere Geheimnisse im Internet veröffentlichen, damit Stalker wie du sie finden.«

Sie erwiderte sein Lächeln. Dann verblasste es. »Werden sie uns helfen?«

»Sie wollen mehr Informationen.«

Seine Antwort ließ Cora erstarren. Sie wusste, dass sie Glück gehabt hatte, als Pipe sich bereit erklärte, mit seinen Freunden zu reden und sie hierher in *Die Zuflucht* zu bringen. Sie hatte gehofft, dass er vielleicht auch seine Freunde davon überzeugen könnte, ihr zu helfen. Aber diese Hoffnung schwand bereits.

»Sie haben nicht Nein gesagt, sie sind nur besorgt. Das bin ich auch«, erklärte Pipe und starrte sie an.

Kurz wollte Cora der Verzweiflung nachgeben, aber stattdessen stählte sie ihre Nerven. Wenn sie nicht bereit waren zu helfen, würde sie von hier aus nach Arizona fahren. Sie würde einen Weg finden, Lara zu besuchen, wenn Ridge nicht in der Nähe war. Sie musste sie von ihm wegbringen. Selbst wenn sie mit Lara nach Mexiko fliehen müsste, würde sie das tun.

In ihrem Kopf drehten sich die Möglichkeiten. Lara könnte inzwischen einer Gehirnwäsche unterzogen worden sein. Vielleicht würde sie gar nicht mehr gehen *wollen*. Cora müsste sie überzeugen, sich vielleicht sogar auf Ridges Niveau herablassen und ihre Freundin entführen.

»Atme mal tief durch, Cora«, befahl Pipe.

Sie blickte überrascht zu ihm auf. Sie war so sehr damit beschäftigt gewesen, alternative Pläne zu schmieden, dass sie für einen Moment vergessen hatte, wo sie war.

»Wenn sie aus deinem Mund hören, was vor sich geht, werden sie zustimmen.«

»Und wenn nicht?«, konnte sie sich die Frage nicht verkneifen.

»Dann werden wir nach Arizona fahren und sehen, was wir tun können.«

Cora starrte Pipe an. »Was?«

»Wenn sie nicht helfen wollen, fahren wir nach Phoenix und schauen, wie wir es schaffen können, an Lara ranzukommen.«

»Wir?«, fragte sie. »Du würdest gegen den Willen deiner Freunde handeln und mir helfen?«

Pipe sah ihr fest in die Augen. »Ich habe gesagt, ich würde helfen, als wir in Washington waren, und ich werde mein Wort nicht brechen. Weißt du noch, was ich über Loyalität gesagt habe?«

Cora nickte.

»Ich könnte dich genauso wenig wegschicken und deinen Hilferuf ignorieren wie den einer meiner Freunde da drin«, sagte er und deutete in Richtung des Konferenzraumes auf der anderen Seite der Lodge. »Ich bin immun gegen viele Dinge, die Frauen benutzen, um zu bekommen, was sie wollen. Aber wie ich schon sagte, die Art von Loyalität, die du für Lara empfindest? Sie ist einzigartig. Und so verdammt selten. Ich werde dir helfen, Cora. Ich gebe dir mein Wort.«

Sie hätte am liebsten geweint. Am liebsten wäre sie in der Eingangshalle dieses wunderbaren Ortes auf die Knie gegangen. Cora hatte noch nie solche Männer und Frauen kennengelernt wie die, denen sie hier begegnet war. Die Mitarbeiter der *Zuflucht* waren freundlich. Großzügig. Aufgeschlossen. Und so offen für diejenigen, die Hilfe brauchten. Das gefiel ihr, aber es war auch überwältigend.

»Komm, lass uns mit den anderen reden.«

Cora nickte. Der Drang zu weinen verflog und Entschlossenheit stieg in ihr auf. Sie wusste, dass sie recht hatte. Sie wusste, dass Lara in Schwierigkeiten steckte. Und sie musste klug und überzeugend sein. Sie musste den anderen Männern die Tatsachen so darlegen, wie sie sie verstand. Sie würden ihr entweder glauben oder nicht, aber so oder so würde sie Lara aufspüren und persönlich mit ihr sprechen. Sie würde herausfinden, ob sie aus freien Stücken in Arizona war oder ob sie Hilfe brauchte, um nach Hause zu kommen.

# KAPITEL NEUN

Pipe hatte keine Ahnung, was in der Küche vorgefallen war, während er seine Freunde informiert hatte, deshalb konnte er nicht entscheiden, ob es gut oder schlecht war. Ihm gefiel nicht, wie emotional Cora aussah, vor allem als sie mit Robert gesprochen hatte, aber die anderen Frauen sahen ziemlich entspannt aus. Sie schienen froh zu sein, Cora kennengelernt zu haben. Er hätte ihr gleich sagen können, dass das passieren würde. Er *hatte* es ihr sogar gesagt. Aber bei ihrer Vergangenheit überraschte es ihn nicht, dass sie sich selbst davon überzeugen musste, dass die anderen Frauen einer Fremden nicht den Rücken zukehren würden.

Zugegeben, er hatte sich zuerst etwas Sorgen gemacht, weil Alaska mit Cora gesprochen und sie dann anscheinend allein in der Mitte des Raumes zurückgelassen hatte, während sie sich zu Henley und Reese setzte, aber nachdem Ryan Cora in die Küche gebracht hatte, folgten sie ihr kurz darauf.

Er wollte nach ihr sehen, um sich zu vergewissern, dass alles in Ordnung war, aber er musste seine Freunde überzeugen, ihm zu helfen. Sie gingen in den Konferenzraum, und Pipe hatte nicht lange gebraucht, um zu begreifen, dass Cora die Details selbst erzählen musste. Seine Freunde würden ihre Sorge um Lara hören und sehen können. Er hatte Cora seine Hilfe nicht verweigern können, und Pipe war sich sicher, dass die anderen das auch nicht tun würden, sobald sie ihre Version der Geschichte gehört hatten.

Pipe und seine Freunde waren keine Söldner. Sie hatten *Die Zuflucht* nicht gegründet, um weiterhin das zu tun, was sie während ihrer Zeit beim Militär getan hatten. Aber es war nicht zu leugnen, dass sie bestimmte Fähigkeiten hatten. Sie hatten sie bei der Suche nach Jasna und bei der Verfolgung von Reese eingesetzt. Owl und Stone waren sogar in einen Hubschrauber gestiegen – etwas, das sie seit Jahren nicht mehr getan hatten –, um zu verhindern, dass Reese außer Landes gebracht wurde.

Und um ehrlich zu sein, es juckte ihn, seine Fähigkeiten einzusetzen, um eine unschuldige Frau aus einer prekären Situation zu retten. Es übte einen Reiz aus, den er nicht erwartet hatte. Wenn er das, was er in den Jahren des Jagens und Tötens von Verbrechern gelernt hatte, nutzen konnte, um einer Zivilistin zu helfen, war das, was er im Dienst getan hatte, umso mehr wert.

Pipe folgte Cora in den Konferenzraum und wies ihr einen Stuhl zu. Sie setzte sich, und Pipe nahm den Platz neben ihr ein.

Brick räusperte sich. »Schön, dich kennenzulernen, Cora, auch wenn ich wünschte, es wäre nicht unter diesen Umständen.«

Sie nickte. »Gleichfalls. Bevor wir anfangen, möchte ich sagen, dass ich sehr beeindruckt bin von dem, was ihr hier geleistet habt. Die Welt braucht mehr Orte wie *Die Zuflucht*. Orte, wo Menschen hingehen können, ohne Angst haben zu müssen, dass man sie schief ansieht, wenn sie Flashbacks haben. Wo sie mit anderen zusammen sein können, die wissen, was sie durchgemacht haben.«

»Danke. Das sehe ich auch so. Du glaubst also, dass deine Freundin Lara gegen ihren Willen festgehalten wird?«, fragte Brick, ohne um den heißen Brei herumzureden.

Pipe zuckte innerlich zusammen. Die Art und Weise, wie sein Freund seine Frage formuliert hatte, machte deutlich, dass Cora einen schweren Stand hatte, um die anderen davon zu überzeugen, ihr zu glauben.

Doch anstatt sie einzuschüchtern, schien Bricks Frage sie nur noch entschlossener zu machen, die anderen zu überzeugen. Sie setzte sich aufrechter hin und straffte erneut die Schultern.

»Das glaube ich nicht nur. Ich *weiß*, dass das der Fall ist«, erklärte Cora. »Es ist ja nicht so, als würde ich es nicht verstehen. Lara ist erwachsen. Sie darf durch die Gegend ziehen, mit wem sie will. Und wenn ich wirklich glauben würde, dass sie sicher und glücklich ist, würde ich kein Wort sagen. Aber das ist sie nicht. Das weiß ich ganz genau.«

»Wie?«, fragte Tiny.

Zu Pipes Überraschung begann Cora, anstatt die Frage direkt zu beantworten, eine Geschichte zu erzählen.

»Als ich siebzehn war, wurde ich aus einer anderen Pflegefamilie rausgeworfen. Das war nicht wegen irgendetwas, das ich getan hatte. Es gab einen achtundzwanzigjährigen Sohn, der zurück nach Hause ziehen musste, weil er gefeuert worden war und sein altes Zimmer zurückhaben wollte. Das Paar, das mich aufgenommen hatte, dachte nicht zweimal darüber nach. An einem Tag war ich dort, und am nächsten Tag war ich wieder beim Sozialamt mit meinen Sachen in einem zerfledderten alten Koffer. Ich war enttäuscht und frustriert. In der Schule erzählte ich niemandem von meiner Situation, aber Lara merkte, dass etwas nicht stimmte.

Sie brachte mich schließlich dazu zuzugeben, dass ich wieder einmal keine Bleibe hatte. Und da ich kurz davor war, aus dem System auszuscheiden, war die Situation noch schlimmer. Es war ja nicht so, dass irgendjemand Schlange gestanden hätte, um mich für fünf Monate bei sich aufzunehmen. Ich war fast schon so weit, die Schule abzubrechen. Ich hatte jeglichen Respekt vor den Erwachsenen im Allgemeinen verloren. Ich war kein glücklicher Mensch und trug eine Menge Groll und Bitterkeit in mir. Aber Lara sprach mit ihren Eltern und sie stimmten zu, mich bis zu meinem Highschool-Abschluss bei sich wohnen zu lassen.

Sie hat mir das Leben gerettet. Davon bin ich fest überzeugt. Und es war auch nicht das letzte Mal. Jedes Mal wenn ich Pech hatte, eine Bleibe oder eine Freundin brauchte, war sie, ohne zu zögern, da.«

»Sie scheint eine tolle Freundin zu sein ... aber das ist nicht das, was wir hier infrage stellen«, entgegnete Spike sanft.

Cora holte tief Luft. »Tut mir leid, ich weiß. Ich versuche nur zu verdeutlichen, wie nahe wir uns stehen. Lara und ich teilen alles. *Alles.* Ich weiß, wann sie traurig ist, wann sie glücklich ist, wann sie wütend ist – was nicht oft vorkommt. Ich weiß, was diese Frau jeden Tag zum Abendessen isst. Außerdem ist sie unglaublich verlässlich und gewissenhaft. Es ist völlig ausgeschlossen, dass sie beschlossen hat, nach Arizona zu ziehen, ohne ihren Arbeitgeber schon Wochen im Voraus zu informieren und ohne vorher mit mir darüber zu sprechen. Sie hätte eine Liste mit den Vor- und Nachteilen erstellt, ihren Job mindestens einen Monat im Voraus gekündigt und mich wahrscheinlich gebeten, mit ihr umzuziehen. Denn so ein Mensch ist sie nun mal. So nahe sind wir uns.

Wir haben jeden Tag telefoniert. Sie rief mich auf dem Weg zur Arbeit an, und dann schrieben wir uns den ganzen Tag über Nachrichten und sprachen meistens auch abends, wenn wir nach Hause kamen. Seit wir uns kennengelernt haben, gab es praktisch keinen Tag, an dem wir nicht miteinander gesprochen haben. Und jetzt sind *Wochen* vergangen und ich habe nur ein paar Nachrichten und einen Videochat bekommen, bei dem ihr Freund sich ständig eingemischt hat.

Ich bin eines Tages aufgewacht und sie war einfach weg. Ja, wir hatten einen Streit, bevor sie ging, aber Lara ist nicht nachtragend. Als ich am nächsten Morgen aufwachte, erwartete ich eine Nachricht von ihr, in der sie sich entschuldigte. Sie ist gegangen, ohne ein Wort zu mir zu sagen. Ohne ein Wort zu *irgendjemandem* zu sagen. Einige Leute haben behauptet, es sei möglich, dass sie sich Hals über Kopf verliebt und spontan beschlossen hat, quer durchs Land zu ziehen, ohne auch nur ein Wort zu ihren Eltern zu sagen, aber diese Leute kennen Lara nicht so gut wie ich. Irgendetwas stimmt ganz und gar nicht. Und mit jedem Tag, der vergeht und an dem ich nicht mit ihr spreche, bin ich mir dessen noch sicherer.«

Pipe wollte Cora trösten, aber er hatte Angst, sie würde zusammenbrechen, wenn er sie berührte. Sie atmete schnell und starrte seine Freunde so wütend an, dass es irgendwie beunruhigend war.

Keiner sagte ein Wort, das einzige Geräusch im Raum war Coras schweres Atmen. Dann holte sie tief Luft und verbannte alle Emotionen aus ihrer Stimme.

»Bevor sie verschwand, hatten wir uns ein paarmal über Ridge unterhalten. Ich habe ihr von meinen Befürchtungen erzählt. Er wollte sich nicht mit ihren Freundinnen treffen und schien sich nicht für ihren Job zu interessieren. Außerdem war er besitzergreifend, und das nicht auf eine gute Art und Weise. Sie fand mein Verhalten alles andere als toll und sagte, ich sei nur eifersüchtig und verbittert. Dann ist sie verschwunden. Er hat sie aus Washington weggeholt, weg von ihren Freunden und ihrer Familie. Das ist es, was Missbrauchstäter tun, oder? Sie nehmen einer Person ihr Unterstützungssystem weg. Isolieren sie.«

»Ein Freund von uns, der sich sehr gut mit Computern auskennt, hat Ridge Michaels überprüft«, erklärte Stone ihr.

Cora nickte. »Ich hoffe, er hat mehr herausgefunden als ich.«

»Ridge ist eigentlich sein zweiter Vorname, er benutzt ihn in den sozialen Medien und anscheinend auch im Privatleben. Beruflich bevorzugt er seinen Vornamen ... Peter. Er ist der Geschäftsführer eines Bitcoin-Unternehmens. Er hat eine Schwester, die in Frankreich lebt und ein erfolgreiches Model ist, und seine Eltern sind in Kalifornien sehr angesehen. Er ist dreißig Jahre alt, war nie verheiratet und hat keine Kinder. Sein Unternehmen spendet jedes Jahr Hunderttausende von Dollar für wohltätige Zwecke und er nimmt regelmäßig an politischen Versammlungen im Weißen Haus teil. Nun ja ... sein Vater spendet Geld, und deshalb wird Michaels zu den politischen Veranstaltungen eingeladen.«

Cora starrte Stone an und lehnte sich dann mit einem ungläubigen Schnauben in ihrem Stuhl zurück. »Warum habe ich das nicht herausgefunden, als ich recherchiert habe?«, fragte sie sich selbst.

»Anscheinend trennt er sein Berufsleben sehr stark von seinem Privatleben«, erklärte Brick ihr. »Nach dem zu urteilen, was wir herausgefunden haben, deutet nichts darauf hin, dass er ein heimlicher Entführer ist. Er scheint ein aufrechter Geschäftsmann zu sein, der sich anscheinend ein Leben mit deiner Freundin aufbauen will. Die Familie Michaels hat ein großes Anwesen in Phoenix und beschäftigt etwa ein Dutzend Leute, die jeden Tag im Haus arbeiten. Es ist höchst unwahrscheinlich, dass all diese Leute – Dienstmädchen, Köche, Landschaftsgärtner, Fahrer und Leibwächter – in einen ruchlosen Plan verwickelt sind, um Lara als Geisel zu halten.«

»Es gibt auch keinen Grund, warum er so etwas tun sollte«, fügte Tonka hinzu. »Er hatte im Laufe der Jahre mehrere Freundinnen und keine hat behauptet, dass er sie missbraucht oder ihr etwas angetan hat.«

Pipe richtete seine Aufmerksamkeit auf Cora. Ihre Unterlippe zitterte einen Moment lang, bevor sie langsam den Kopf schüttelte. »Ich kann es nicht glauben«, flüsterte sie.

»Vielleicht hat Lara ihren Märchenprinzen gefunden«, schlug Owl sanft vor. »Du hast selbst gesagt, dass sie eine Romantikerin ist.«

Cora gab ein kleines Knurren von sich, als sie so schnell aufstand, dass der Stuhl, auf dem sie saß, nach hinten flog und mit einem lauten Knall auf dem Boden aufschlug. »Nein!«, rief sie, die Hände an den Seiten zu Fäusten geballt.

Dann schloss sie die Augen, atmete tief durch und versuchte, sich wieder zu fassen.

Als sie die Augen einen Moment später wieder öffnete, konnte Pipe sehen, dass sie immer noch aufgebracht war, aber ihre Gefühle unter Kontrolle hatte. »Ihr irrt euch. Ihr irrt euch *alle*«, erklärte sie und die Enttäuschung war in ihrer Stimme deutlich zu hören.

»Wobei? In Bezug auf die Informationen, die wir im Internet gefunden haben?«, fragte Brick.

»Nein, das ist wahrscheinlich wahr. Ihr irrt euch, wenn ihr glaubt, dass Lara mit diesem Ridge zusammen ist, weil sie *glaubt*, dass es die wahre Liebe ist. Ich bestreite nicht, dass sie wahrscheinlich dachte, sie sei verliebt, aber sie ist nicht die Art von Frau, die ohne ein Wort mit irgendjemandem durchbrennt. Lara steckt in Schwierigkeiten. Es ist mir egal, was euer Freund im Internet über ihn als aufrechten Geschäftsmann gefunden hat. Peter Ridge Michaels hält sie aus irgendeinem Grund als Geisel fest. Und wenn ich die Einzige bin, die das glaubt, dann soll es so sein. Ich möchte mich für eure Gastfreundschaft bedanken und finde, ihr leistet hier großartige Arbeit. Ich werde euch in Ruhe lassen und ihr könnt weitermachen mit dem, was ihr macht. Danke für euren Dienst an unserem Land … und auch an deinem«, fügte sie hinzu und sah Pipe an.

Ihre Augen waren voller Tränen, die sie nicht vergießen wollte, und es brach Pipe das Herz.

»Setz dich«, sagte Brick. Das war keine Bitte.

Cora riss den Kopf hoch, um ihn anzusehen, und blieb einen langen Moment still sitzen. Dann beugte sie sich langsam vor, hob den Stuhl auf und nahm darauf Platz. Sie rutschte jedoch nicht an den Tisch, sondern hockte sich auf die Kante des Stuhls, als sei sie bereit, jeden Moment abzuhauen.

»Wie gesagt, nichts, was wir finden konnten, deutet darauf hin, dass er deine Freundin gegen ihren Willen festhält … aber meiner Erfahrung nach ist niemand so blitzsauber, wie Michaels es zu sein scheint«, beendete Brick.

Pipe sah seinen Freund erstaunt an. In dem kurzen Gespräch, das er mit den anderen geführt hatte, hatte niemand angedeutet, dass sie ihm das Image des guten Jungen, das Tex gefunden hatte, so vielleicht nicht abkauften.

»Wie ich von Pipe erfahren habe, hast du uns über-prüft?«, fragte Brick Cora.

Sie nickte.

»Du weißt also, was mit Alaska passiert ist.«

Wieder nickte sie.

»Wenn sie es nicht geschafft hätte, mich anzurufen, während sie in Russland war, wenn sie nicht in der Lage gewesen wäre, den Mistkerl auszutricksen, der sie entführt hatte, wäre sie heute nicht hier. Ich wäre nicht der Mann, der ich heute bin. Also ... was genau sollen wir deiner Meinung nach tun?«

Cora schluckte schwer. »Helft mir, sie zu finden. Mich davon zu überzeugen, dass es ihr gut geht.«

»Wir haben die Adresse des Grundstücks, das der Familie Michaels in Arizona gehört. Es sollte also kein Problem sein, sie zu finden«, entgegnete Brick.

»Wir sind keine Söldner, die man anheuern kann«, fügte Spike hinzu. »Oder Leibwächter.«

»Wir sind nur ein Haufen ehemaliger Militärs, die einen Rückzugsort in den Wäldern besitzen«, erklärte Tiny. »Wir können nicht einfach mit einer AK-47 und Panzerfäusten die Staatsgrenze überqueren und sein Haus stürmen«, erklärte er mit einem kleinen Lächeln.

Cora schaute auf ihre Hände und ließ die Schultern hängen. »Ja, ich weiß.«

»Das ist eine heikle Situation«, fuhr Brick fort, »aber wenn du mich fragst ... wir glauben, dass hier etwas nicht stimmt.«

Sie schaute Brick an, und Pipe konnte die Hoffnung in ihren Augen erkennen.

»Du scheinst Eindruck auf Pipe gemacht zu haben, und glaub mir, das ist nicht leicht. Weil ich meinem Freund gegenüber loyal bin und ihm vertraue, willige ich ein, dir zu helfen.«

»Danke«, flüsterte Cora.

»Danke mir noch nicht. Ich bin bereit, dir im Zweifelsfall zu helfen, und ich glaube, du kennst deine Freundin wahrscheinlich besser als jeder andere ... aber wie Spike schon sagte, wir sind weder Leibwächter noch Söldner noch Sicherheitsspezialisten. Wir gehen nicht in offizieller Funktion nach Arizona. Wir werden tun, was wir können, um dir zu helfen, Lara zu besuchen, aber wenn *sie* sagt, dass es ihr gut geht, können wir nicht mehr tun. Hast du das verstanden?«

Cora nickte.

»Gibt es Freiwillige, die mit Miss Rooney gehen wollen?«, fragte Brick mit einem kleinen Grinsen.

»Ich«, erklärte Pipe, ohne zu zögern.

Bricks Lächeln wurde breiter. »Na klar.«

»Ich auch«, erklärte Owl.

»Verdammt, wenn Owl geht, gehe ich auch«, erwiderte Stone achselzuckend.

Pipe war nicht überrascht. Die beiden Männer standen einander sehr nahe. Der Beinahetod bei einem Hubschrauberabsturz und die gemeinsame Geiselhaft und Folter hatten ein unzerstörbares Band geschmiedet.

»Gut. Stone, ich übertrage dir die Verantwortung«, erklärte Brick.

Pipe runzelte die Stirn. Sie waren ja keine Spezialeinheit und Brick war nicht ihr Teamleiter. Andererseits war er die treibende Kraft hinter dem Grund, warum sie alle überhaupt in New Mexico waren.

»Du bist nicht so nahe an der Situation dran wie Pipe und Owl, da sie Cora in Washington kennengelernt haben. Ich erwarte von dir, dass du hier die Stimme der Vernunft bist und dich nicht emotional einmischst. Wenn du denkst, dass etwas faul ist, dann berichtest du uns und wir entscheiden, wie wir weiter vorgehen. Und du«, Brick richtete den Blick auf Cora, »tust *nichts*, was meine Freunde in Gefahr bringen könnte. Oder dich selbst. Oder auch Lara. Du willst wissen, ob es ihr gut geht? Dann ist das der Plan. Sprich mit ihr, wenn möglich allein, und finde heraus, was sie wirklich denkt. Wenn sie diesen Michaels liebt, musst du lernen, damit umzugehen, dass sie jetzt am anderen Ende des Landes lebt, okay?«

»Aber was ist, wenn sie es nicht tut? Und was ist, wenn Ridge sie nicht gehen lässt?«, wollte Cora wissen.

Brick runzelte die Stirn und seufzte. »Dann werden wir herausfinden, wie wir sie dort herausholen können.«

Cora sah erleichtert aus. »Na gut. Aber wenn ich einen Vorschlag machen darf ...«

Spike lachte. »Klar.«

»Vielleicht wäre es gut, wenn ihr euch einen Plan ausdenken würdet, wie ihr sie rausholen könntet, während wir dort sind ... ihr wisst schon ... nur für den Fall.«

Die meisten der Männer am Tisch lachten.

»Keine Sorge, das werden wir. Hat dir schon mal jemand gesagt, dass du wirklich stur bist?«, fragte Brick.

Sie lächelte. »Ja. Lara.«

Brick nickte. »Gut. Ich denke, ihr könnt übermorgen abreisen.«

»Warte – was? Warum nicht *jetzt*?«, fragte Cora und war plötzlich wieder ganz ernst.

»Weil wir planen müssen«, erklärte Stone ihr. »Wir brauchen den Grundriss des Anwesens, wir müssen uns überlegen, wie wir am besten vorgehen. Wir brauchen mehr Informationen.«

Cora seufzte frustriert. Es war offensichtlich, dass sie mit der Verzögerung nicht glücklich war, aber sie schien zu verstehen, dass sie bekommen hatte, was sie wollte – nämlich ihre Hilfe –, und wenn sie ihr Glück herausforderte, könnte sie das verlieren.

»Wir werden sehen, ob Tex uns Satellitenbilder des Anwesens besorgen kann und eine Art Zeitplan für das Kommen und Gehen der Leute, die dort arbeiten. Vielleicht haben wir Glück und finden Michaels' Routine heraus oder sehen Lara tatsächlich dabei«, sagte Tonka. Er war meistens still, aber das war nicht ungewöhnlich für den Mann.

»Ich würde gern herausfinden, ob Lara jeden Morgen einen Kaffee trinken geht oder ins Fitnessstudio oder zum Yoga oder so, damit wir sie außerhalb des Anwesens erwischen können«, stimmte Stone zu.

Cora schnaubte. »Sie hasst Kaffee und ist allergisch gegen Sport.«

»Alles klar. Natürlich ist sie das.« Stone grinste.

Pipe hatte während des Gesprächs nicht viel gesagt, aber er konnte nicht mehr schweigen. »Wir werden der Sache auf den Grund gehen, Cora«, versicherte er ihr.

Sie drehte sich um und sah ihn an. Er konnte die Sorge in ihren Augen erkennen, aber sie nickte nur. Sein Respekt vor ihr wuchs. Was sie taten, war nicht wirklich gefährlich, zumindest glaubte er das nicht, aber sie musste ihre Gefühle unter Kontrolle halten, wenn sie wollte, dass Lara mit ihr sprach. Das würde für Cora die größte Herausforderung sein. Das wusste er ganz genau.

»Okay, also ... Cora, ist es für dich okay, bei Pipe zu übernachten?«, fragte Tiny. »Er hat gesagt, dass er das Gästezimmer in seinem Haus zur Verfügung stellt, solange du hier bist. Wir würden dir eine der Hütten anbieten, aber wir sind ausgebucht.«

»Das ist in Ordnung. Ich kann mir eure Preise sowieso nicht leisten«, erwiderte sie mit einem kleinen Lächeln.

»Da habe ich aber was anderes gehört«, erwiderte Spike grinsend. »Ich habe gehört, dass du sechstausend Dollar zur Verfügung hast.«

»Oh, aber das ist, um euch zu bezahlen«, entgegnete sie mit ernster Miene. »Es ist in meiner Tasche, die ich im Wagen gelassen habe. Ich kann es jetzt holen und …«

»Nein«, unterbrach Brick sie. »Hast du Spike nicht zugehört, als er sagte, dass wir weder bezahlte Söldner noch Leibwächter sind?«

»Ja, aber …«

»Kein Aber. Wir nehmen dein Geld nicht an«, erklärte er mit Nachdruck.

»Schon gar nicht, nachdem wir gehört haben, dass du all deine Sachen verkauft hast, um genügend Geld zusammenzukratzen«, fügte Tonka hinzu.

»Besteht die Möglichkeit, dass du alles zurückbekommst?«, wollte Spike wissen.

»Oder vielleicht kannst du dir bessere Sachen kaufen«, gab Stone zu bedenken. Dann wurde er tatsächlich rot. »Ich meine, ich weiß nicht, was du *hattest*, also war es vielleicht dumm, das zu sagen.«

»Warte. Ist das Bargeld? Du solltest nicht so viel Geld mit dir herumtragen«, warf Owl ein.

»Wir können es gegen einen Barscheck eintauschen«, bot Brick an.

Cora schaute von einem zum anderen und schien ein wenig schockiert über die Besorgnis, die ihr entgegengebracht wurde – und das machte Pipe wütend. Kein Mensch sollte so überrascht sein, nur weil andere nett zu ihm waren.

»Ich brauche es, um Lara und mich zurück nach

Washington zu bringen, sobald ich sie von diesem Mistkerl befreit habe«, entgegnete Cora schließlich.

Pipe konnte sich ein Lächeln nicht verkneifen. Sie war sich so sicher, dass sie ihre Freundin überzeugen konnte, nach Washington zurückzukehren. Er hoffte nur, dass es so einfach sein würde, wie Cora es sich vorstellte.

»Nein, das wirst du nicht«, platzte Pipe heraus. »Ich kümmere mich darum.«

»Das kannst du nicht machen«, sagte sie zu ihm.

»Ich kann und ich werde es machen. Betrachte es als Teil des Deals, dass du mich bei der Auktion gewonnen hast, da du dein schickes Abendessen nicht bekommen hast.«

»Aber ich habe dich *nicht* gewonnen«, gab Cora mit einem Stirnrunzeln zu bedenken.

»Hast du nicht?«, fragte Pipe und zog eine Augenbraue hoch.

Sie starrte ihn einen langen Moment an, und Pipe hatte das Gefühl, dass sie in diesem Moment die einzigen beiden Menschen auf der Welt waren. Er hätte alles dafür gegeben zu wissen, was sie in diesem Moment dachte.

Er war sich zu neunundneunzig Prozent sicher, dass sie ihn und seine Freunde nicht ausnutzte … aber was, wenn doch? Was, wenn es Teil eines ausgeklügelten Plans war, ihm eine leere Wohnung zu zeigen, das billige Kleid und die Schuhe, die sie auf der Auktion getragen hatte, und sogar die unangenehme Konfrontation mit Eleanor, die er mitgehört hatte … was, wenn das alles nur gespielt war?

Aber sobald er den Gedanken hatte, verwarf Pipe ihn wieder. Coras Gefühle waren zu real. Egal wie gut sie als Schauspielerin war, sie konnte nicht alles vortäuschen. Außerdem fiel ihm kein einziger guter Grund ein, warum sie in Bezug auf ihre Freundin lügen sollte. Wenn sie aus irgendeinem Grund nach Arizona wollte, gab es hundert einfachere Wege, das zu erreichen.

»Ich werde Eleanor auf jeden Fall Blumen schicken«, flüsterte Cora schließlich.

Brick räusperte sich. »Also ... Pipe, wenn du Cora mitnimmst und ihr alles zeigst und ihr erklärst, wie alles hier funktioniert, kann Stone sich wieder mit Tex in Verbindung setzen und sehen, was er noch für uns herausgefunden hat.«

»Kann ich Melba sehen? Und Chuck und seine Freundin?«, fragte Cora Tonka. »Ich meine, da ich nur einen Tag lang oder so hier sein werde ...«

Tonka lächelte, und Pipe war froh, das zu sehen. Der Unterschied, den Henley bei seinem Freund bewirkt hatte, war erstaunlich. Anstatt sich Tag und Nacht in der Scheune zu verstecken, bemühte Tonka sich jetzt sehr viel mehr, sich mehr in den Betrieb der *Zuflucht* einzubringen.

»Natürlich. Ich bin mir ziemlich sicher, dass Wally und Beauty auch in der Scheune sein werden«, entgegnete Tonka.

»Wally und Beauty?«, hakte Cora nach.

»Du meinst, das hast du bei deinen ausführlichen Recherchen nicht herausgefunden?«, stichelte Pipe.

Cora warf ihm entsetzte Blicke zu. »Pipe! Deine Freunde haben gerade zugestimmt, Lara zu helfen, ich will nicht, dass sie ihre Meinung ändern.«

»Ich habe ihnen schon gesagt, dass du uns gestalkt hast«, erwiderte er ohne einen Hauch von Reue.

»Toll. Einfach toll«, seufzte Cora.

»Komm schon«, sagte er und merkte, dass er sich tatsächlich amüsierte. Er konnte sich nicht erinnern, wann er das letzte Mal mit einer Frau gescherzt hatte. Normalerweise waren sie in seiner Gegenwart entweder zu nervös, um überhaupt etwas zu sagen, oder sie waren hinter dem bösen Jungen her, den sein Äußeres vermuten ließ.

Cora stand noch einmal auf und drehte sich zu Brick um. »Ich danke dir«, sagte sie voller Nachdruck. »Ich meine es ernst. Ich hatte vor, selbst nach Phoenix zu fahren, falls es mit der Auktion nicht geklappt hätte. Aber ich weiß, dass ich mit euch an meiner Seite eine viel bessere Chance habe, mit Lara zu reden und sie da rauszuholen.«

»Wenn sie raus will«, rief Stone ihr in Erinnerung.

Cora verdrehte nur die Augen. »Natürlich will sie das.«

»Gern geschehen«, entgegnete Brick. »Aber wir haben nicht vor, sein Haus zu stürmen, als sei er ein Terrorist, der ein Attentat auf den Präsidenten plant oder so.«

»Ich weiß«, versicherte sie ihm.

Pipe war sich nicht sicher, ob sie nur zustimmte, um entgegenkommend zu sein, oder ob sie wirklich glaubte, dass Ridge Michaels hinter den Mauern seines Anwesens etwas Unheilvolles vorhatte. Wie auch immer, er nahm an, dass sie es in ein paar Tagen herausfinden würden. In der Zwischenzeit freute er sich darauf, Cora *Die Zuflucht* zu zeigen. Er war genauso stolz darauf wie der Rest seiner Freunde. Sie hatten hart gearbeitet, um das Resort zu dem zu machen, was es heute war.

Cora machte sich auf den Weg zum Ausgang, Pipe dicht auf den Fersen. Sie verließen den Raum und trafen auf Alaska, die hinter der Rezeption saß und einen Gast eincheckte. Sie sah zu Cora und Pipe hinüber und lächelte sie an, bevor sie sich wieder der Frau vor sich zuwandte.

Pipe machte sich eine geistige Notiz, dass er mit Brick über die Tatsache sprechen wollte, dass Cora geschrieben und angerufen hatte, ohne eine Antwort zu erhalten. Aber zuerst hatte er eine Führung zu geben.

»Ich bringe ihre Tasche zu eurer Hütte«, erklärte Owl, als er an ihnen vorbeiging.

»Danke«, erwiderte Pipe.

»Kannst du mir zuerst die Scheune zeigen?«, fragte Cora, und zum ersten Mal sah Pipe die Frau, die Cora wahrscheinlich im Alltag war. Die Tatsache, dass er und seine Freunde ihre Hilfe zugesagt hatten, ließ sie auf eine Weise entspannt erscheinen, wie sie es in der kurzen Zeit, in der er sie kannte, nicht gewesen war. Und er musste zugeben, dass er die entspannte Cora sehr mochte. Nicht dass er die andere Cora nicht gemocht hätte. Nein, ihre Sturheit, ihre Loyalität zu ihrer Freundin, die Fassade, die sie der Welt als kämpferische Frau zeigte, der es egal war, was andere von ihr dachten ... all das machte sie zu jemandem, den Pipe näher kennenlernen wollte.

Obwohl er sich darauf freute, nach Phoenix zu fahren und nach Lara zu sehen, konnte er nicht leugnen, dass er sich auf den Tag freute, den er noch haben würde, um Cora kennenzulernen, bevor sie aufbrechen mussten. »Es liegt mir fern, zwischen einer Frau und der Kuh zu stehen, die sie treffen will. Eines Tages werden die Leute nicht nur wegen der Tiere in *Die Zuflucht* kommen wollen.«

Cora lachte, und das Geräusch traf Pipe direkt ins Herz. Es war ein unbeschwertes Geräusch, von dem er das Gefühl hatte, dass es ihr nicht oft über die Lippen kam.

Er hielt ihr die Tür zur Lodge auf, und als sie sich auf den Weg zur Scheune machten, war Pipe schockiert, als Cora seine Hand ergriff. Als er an sich hinunterblickte, sah er seine tätowierten Finger mit ihren verschränkt, und wieder einmal schlug sein Herz in seiner Brust schneller.

»Danke«, flüsterte Cora, als sie seine Finger drückte.

Da wurde es Pipe klar. In diesem Moment war Cora genauso besorgt um Lara, wie sie es mitten in der Diskussion im Konferenzraum gewesen war. Aber sie ließ ihren Schutzschild fallen und erlaubte ihrer Verletzlichkeit, wieder durchzublicken – und das fühlte sich verdammt gut an. Es war ein weiterer Beweis für ihr Vertrauen.

»Wir werden der Sache auf den Grund gehen«, versicherte er ihr.

»Ich weiß. Ich hoffe nur, dass du und die anderen dabei nicht eure supergeheimen militärischen Fähigkeiten einsetzen müsst.«

Pipe hoffte das Gleiche. Aber langsam wurde ihm klar, dass er es nicht bereuen würde, wenn er einige der Dinge, die er im Laufe der Jahre gelernt hatte, einsetzen müsste, um diese Frau und ihre Freundin zu beschützen.

Spike hatte recht, sie waren keine Söldner, keine angeheuerten Soldaten oder Leibwächter, aber wenn es darum ging, Cora zu beschützen, würde Pipe alles tun, was erforderlich war ... ohne Rücksicht auf die Konsequenzen.

# KAPITEL ZEHN

Es war frustrierend, nicht sofort nach Phoenix aufzubrechen, aber Cora verstand das Bedürfnis der Männer, so viele Informationen wie möglich zu bekommen, bevor sie sich in das stürzten, was sie in ihrem Kopf als Kampf ansah. Sie glaubten vielleicht nicht, dass Lara in Gefahr war oder dass Ridge Michaels sie gegen ihren Willen festhielt, aber sie vermutete etwas anderes. Sie hoffte nur, dass sie auf das vorbereitet waren, was hinter den Türen des Gefängnisses, in dem Lara gefangen gehalten wurde, auf sie wartete. Es mochte ein schickes Anwesen mit einem Dutzend bezahlter Angestellter sein, die Ridge von vorn bis hinten bedienten, aber es war trotzdem ein Gefängnis.

In der Zwischenzeit freute sie sich darauf, den Ort zu sehen, über den sie so viel gelesen und recherchiert hatte. Melba vorhin zu begegnen war ein Highlight gewesen. Und die Ziegen waren genauso witzig, wie viele Gäste gesagt hatten. Nachdem sie sie kennengelernt hatten, versuchten sie sofort, an ihrer Hose zu knabbern.

Tonkas Hunde, Wally und Beauty, waren gut erzogen, wenn nicht sogar sehr verwöhnt. Es war amüsant zu sehen,

146

wie der große, böse Tonka Beauty herumtrug, als sei sie eine kleine Prinzessin ... was sie ja auch irgendwie war. Die Scheunenkatzen waren freundlich und sie lernte sogar Mutt kennen ... Bricks dreibeinigen Hund.

Aber am meisten freute sie sich über Chuck. Dem Eichhörnchen fehlten zwei Füße, und es lebte mit seiner Eichhörnchenfreundin in einer kleinen Wohnung, die Tonka an einem Baum hinter der Scheune gebaut hatte. Zu ihrer Überraschung kam der kleine Kerl, nachdem sie sich mit einer Handvoll Erdnüsse hingesetzt hatte, direkt auf sie zu und setzte sich vor sie, während er das Futter verschlang.

»Er mag dich«, bemerkte Pipe leise von ihrer rechten Seite. Er hatte nicht viel gesagt, während sie die anderen Tiere in der *Zuflucht* kennengelernt hatte. Jetzt saß er neben ihr und sah einfach zu, wie sie von dem kleinen Kerl fasziniert war.

»Ich komme mit Tieren besser zurecht als mit Menschen«, gab Cora zu, als Chuck ihr das Pfötchen hinstreckte, um noch mehr Erdnüsse zu bekommen. Es war bezaubernd, wie er sich eine in den Mund steckte und dann eine in die kleine Holzhütte brachte, die Tonka ihm gebaut hatte. Cora dachte darüber nach, dass es irgendwie traurig war, dass dieses kleine Eichhörnchen sich besser um seine Gefährtin kümmerte, als jeder andere sich jemals um sie gekümmert hatte.

»Das liegt daran, dass sie wissen, dass du ihnen nicht wehtun wirst.«

»Dessen können sie sich doch gar nicht sicher sein«, widersprach sie und sah zu ihm hinüber.

Pipe saß mit den Füßen flach auf dem Boden, die Arme um seine hochgezogenen Knie geschlungen, und anstatt Chuck anzusehen, starrte er sie an.

Verlegen wandte Cora sich wieder dem Eichhörnchen zu.

»Sie können es spüren«, erklärte Pipe ihr.

Sie schwiegen ein paar Sekunden lang, bevor Cora herausplatzte: »Deine Freunde glauben mir nicht wirklich.«

Sie zuckte bei dieser unverblümten Aussage zusammen. Selbst wenn es wahr war, hätte sie es wahrscheinlich nicht erwähnen sollen.

Pipe zuckte nur mit den Schultern. »Das ist ungewohntes Terrain für uns. Ich meine, als Alaska in Schwierigkeiten war, Jasna und Reese auch, war es klar, dass wir alles tun würden, um ihnen zu helfen. Keiner legt sich mit unseren Liebsten an. Aber wir kennen Lara nicht. Es ist schwieriger, eine Situation einzuschätzen, wenn man es mit Fremden zu tun hat.«

Cora nickte. Sie verstand das. Voll und ganz. Und sie respektierte Pipe umso mehr dafür, dass er so ehrlich zu ihr war.

»Und die Dinge könnten sehr schnell unangenehm werden, wenn wir deiner Freundin zu Hilfe eilen und es sich herausstellt, dass sie keine Hilfe braucht.«

»Sie braucht Hilfe«, musste Cora einfach widersprechen, während sie sich noch einmal zu ihm umdrehte.

Pipe verzog amüsiert die Lippen.

»Hör zu, ich weiß, die Situation ist verfahren. Du und deine Freunde vertrauen mir, wenn ich sage, dass sie nicht aus freien Stücken dort ist. Du kennst mich nicht, du kennst Lara nicht und wie du schon sagtest, riskiert ihr eine Menge, um mit mir nach Arizona zu reisen. Bestenfalls steht euer Ruf auf dem Spiel und schlimmstenfalls werdet ihr dabei verletzt.«

Pipe schnaubte und Cora konnte nicht verhindern, dass

sich ein Lächeln auf ihren Lippen bildete, als sie den verärgerten Laut hörte.

»Niemand wird verletzt«, erklärte er ihr.

»Das kannst du nicht wissen«, erwiderte sie achselzuckend.

Pipes Blick traf sie mit einer Intensität, die ihr in dieser Situation etwas unpassend erschien. »Niemand wird verletzt«, erklärte er nachdrücklich. »Du hast uns gestalkt. Hast du den Teil übersehen, in dem all unsere Leistungen und Medaillen aufgelistet sind, die wir uns verdient haben?«

Cora runzelte die Stirn. »Ihr habt euch Medaillen verdient?«, fragte sie.

Pipe lachte leise. »Das darf ich dir nicht sagen. Dieser Kram ist streng geheim. Ich sage nur, dass du eine gute Wahl getroffen hast, als du mich und meine Freunde ins Visier genommen hast. Es wird uns nicht schwerfallen herauszufinden, ob Lara freiwillig dort ist oder nicht.«

»Wirklich?«, fragte Cora.

»Wirklich«, erwiderte Pipe selbstbewusst.

»Darüber wird er nicht glücklich sein«, bemerkte sie.

»Nein.«

Cora wandte die Aufmerksamkeit wieder Chuck zu, der sich vier Erdnüsse in den Mund gestopft hatte und verzweifelt versuchte, eine fünfte hinzuzufügen. »Ich weiß nicht, was ich erwartet habe, als ich zu dieser Auktion ging, aber das hier war es nicht.«

»Was meinst du?«, fragte Pipe.

»Hier in der *Zuflucht* zu sitzen, Chuck zu füttern und so verdammt dankbar zu sein, dass du bereit warst, mir zuzuhören, dass ich es nicht einmal in Worte fassen kann.«

»Ich möchte etwas sagen, aber ich bin mir nicht sicher, ob ich es tun sollte«, sagte Pipe.

Cora schaute zu ihm hinüber. Sein Blick war immer noch auf sie gerichtet. »Bitte tu es.«

Er leckte sich über die Lippen und Coras Aufmerksamkeit war für einen Moment abgelenkt. Er war wirklich ein gut aussehender Mann. Sie war noch nie mit einem Mann mit einem so vollen Bart wie dem von Pipe zusammen gewesen, aber sie hatte plötzlich das Verlangen zu wissen, wie es sich anfühlt, ihn zu küssen. Diesen Bart auf ihrem Gesicht zu spüren. Sie war beeindruckt von all den Dingen, die sie über ihn gelesen hatte, aber ihn persönlich zu treffen? Mit eigenen Augen zu sehen, dass er höflich, beschützend, aufmerksam und engagiert war, um ihr, einer Fremden, zu helfen, hatte ihre Wertschätzung für ihn nur noch gesteigert.

»Ich will deine Dankbarkeit nicht«, erklärte Pipe.

Cora blinzelte. »Willst du nicht?«, fragte sie.

»Als ich in diesem Ballsaal stand und hörte, wie diese blöde Tussi diese schrecklichen Dinge zu dir sagte, war ich nicht glücklich. Ich beschloss, dich nach Hause zu begleiten, um mein schlechtes Gewissen zu beruhigen, weil ich irgendwie zugelassen hatte, dass sie die Auktion gewinnt und nicht du. Ich weiß, dass das absolut keinen Sinn macht. Ich hatte keine Kontrolle darüber. Aber ich fühlte mich trotzdem schlecht. Und irgendwie hatte sich mein Gefühl, dich nach Hause zu begleiten, in der kurzen Zeit, in der wir die Auktion verließen und das Restaurant erreichten, verändert.«

Cora hielt den Atem an, während sie Pipe anstarrte.

»Du bist die bodenständigste und offenste Frau, die ich je getroffen habe. Du hast nicht mit der Wimper gezuckt, als ich aufgetaucht bin. Und glaube nicht, dass mir entgangen ist, wie du näher an mich herangetreten bist, als wir das Lokal in D. C. betraten, so als wolltest du mich vor den misstrauischen Blicken der Kellnerin schützen. Du reagierst auf mich wie keine andere Frau zuvor. Andere flirten entweder mit mir, weil sie denken, dass ich ein böser Junge bin und sie etwas erleben wollen, oder sie weichen zurück und überqueren die Straße, um nicht auf dem Gehweg an mir vorbeigehen zu müssen.«

»Ich habe im Laufe der Jahre gelernt, dass das äußere Erscheinungsbild einer Person nichts darüber aussagt, was für ein Mensch sie ist. Schau dir Eleanor an. Sie ist umwerfend. Sie könnte ein Model sein und hat wahrscheinlich auch schon gemodelt. Sie kommt dem nahe, was die Gesellschaft als Schönheitsideal ansieht. Aber sie ist durch und durch verdorben. Sie interessiert sich nur für sich selbst und macht jeden fertig, um Aufmerksamkeit zu bekommen und im Rampenlicht zu stehen.«

»Das sehe ich auch so. Und du bist das genaue Gegenteil.«

Cora zuckte zusammen.

»Ich habe das nicht böse gemeint. Und wenn du denkst, dass ich sage, dass du nicht hübsch bist, liegst du falsch.«

Cora konnte einfach nicht anders. Sie lachte.

»Ich meine es ernst«, versicherte Pipe ihr mit Nachdruck.

»Pipe, ich bin klein und pummelig. Ich habe langweilige braune Haare und ebenso langweilige braune Augen. Es gibt nichts Bemerkenswertes an mir.«

»Da liegst du falsch. Jeder, der sich die Zeit nimmt, dich zweimal anzuschauen, würde dasselbe sehen wie ich. Du hast ein inneres Licht, das so verdammt hell ist, dass es brennt. Du hast Mauern, hohe Mauern, aber ich habe gesehen, was passiert, wenn jemand über sie hinauskommt. Menschen wie Lara. Du würdest alles für sie tun. Diese Art von Liebe und Opferbereitschaft ist etwas, das die

Menschen nur selten erleben. Deine Freundin hat verdammt viel Glück, dich zu haben, Cora. Und in meinen Augen macht dich das nicht nur hübsch, sondern ausgesprochen *schön*.«

Zu ihrer Überraschung stiegen ihr die Tränen in die Augen. Normalerweise weinte sie nicht so schnell, aber seit sie Pipe kennengelernt hatte, hatte es sich mehr als einmal so angefühlt, als sei sie nur zwei Sekunden davon entfernt, völlig den Verstand zu verlieren. Sie blinzelte, um die Tränen zu verdrängen, und wandte das Gesicht von Pipes durchdringendem Blick ab.

»Zu viel?«, fragte er.

Sie hörte die Belustigung in seiner Stimme. Cora nickte.

»Dann höre ich auf. Bist du sicher, dass du heute Nacht bei mir bleiben willst? Ich kann dir ein Hotel in Los Alamos besorgen, wenn du nicht bei jemandem hier übernachten möchtest.«

Cora starrte ihn ungläubig an. »Und die Chance aufgeben, in der *Zuflucht* zu bleiben? Niemals!«

Pipe lachte leise. »Alles klar.«

»Du willst vielleicht nicht meine Dankbarkeit«, erklärte Cora, »aber du hast sie dir trotzdem verdient. Ich musste mich für alles Gute in meinem Leben abrackern, und aus irgendeinem Grund hast du mich nicht für deine Hilfe arbeiten lassen. Ich verstehe nicht wirklich warum, aber ich bin so dankbar, dass du mir hilfst, Lara zu finden.«

»Wenn du irgendetwas auf der Welt haben könntest, egal ob Geld oder etwas anderes, was wäre das?«, fragte Pipe.

Cora runzelte die Stirn und war sich nicht sicher, was seine Frage mit ihrem Dank zu tun hatte, aber sie ließ sich auf den Themenwechsel ein und dachte einen Moment lang nach. Dann sagte sie leise: »Eine Familie.«

Pipe machte ein Geräusch in seiner Kehle, um sie zum Weiterreden zu ermutigen.

»Das ist alles, was ich mir jemals gewünscht habe. Als Kind dachte ich, wenn ich hübscher, süßer, netter, ruhiger, kontaktfreudiger, weniger kontaktfreudig, ordentlicher wäre ... was auch immer das Adjektiv sein mochte, ich habe versucht, so zu sein, weil ich dachte, dass ich dann vielleicht adoptiert werden würde. Es hat nie geklappt. Eine Familie nach der anderen gab mich an den Staat zurück. Niemand wollte mich behalten, und ich habe nie verstanden warum. Je öfter ich zurückgewiesen wurde, desto mehr versuchte ich zu gefallen ... für eine lange Zeit. Bis ich schließlich ganz aufhörte, es zu versuchen.

Als ich aus dem System herauskam, versuchte ich, einen Mann zu finden, der mir gab, was ich wollte ... und das war ein noch größerer Reinfall. Auch hier bin ich mir nicht sicher warum. Ich schätze, ich bin zu ... sehr ich. Ich mag es nicht, mich zu verkleiden und zu schminken, um als etwas zu erscheinen, das ich nicht bin. Ich bin nicht bereit zu lügen, um dem Ego eines Mannes zu schmeicheln. Ich bin zu direkt, zu frech.

Also, was ich will? Eine eigene Familie. Kinder, die ich lieben kann und die nie auch nur einen Tag erleben, ohne zu wissen, dass sie das Wichtigste in meinem Leben sind. Wenn möglich, möchte ich ein eigenes Kind haben, was aufgrund meines fortschreitenden Alters immer unwahrscheinlicher wird, aber ich möchte auch adoptieren. Vielleicht finde ich ein älteres Kind, das immer wieder zurückgegeben wurde, und gebe ihm oder ihr ein Zuhause für immer.«

»Das soll jetzt keine Wertung sein, sondern nur eine Frage ... aber gibt es einen Grund, warum du noch nicht adoptiert hast?«, wollte Pipe wissen.

Cora schnaubte. »Ich hatte es schon schwer genug, auf mich selbst aufzupassen. Ich bin so oft auf Laras Sofa gelandet, dass ich es nicht mehr zählen kann. Wenn ich ein Kind dabeigehabt hätte? Das wäre furchtbar gewesen. Außerdem ... weißt du, wie schwer es ist, in diesem Land zu adoptieren?«

»Nein.«

Cora drehte sich zu Pipe um, um zu sehen, ob er sich über sie lustig machte, aber als sie seinen Gesichtsausdruck sah, merkte sie, dass er es völlig ernst meinte.

»Unglaublich schwer«, antwortete sie. »Ein Kind zu adoptieren käme für mich überhaupt nicht infrage. Zu teuer, und als alleinstehende Frau mit geringem Einkommen würde ich sowieso nicht genommen werden. Es ist zwar etwas einfacher, ein älteres Kind zu adoptieren, aber selbst dafür braucht man eine Menge Geld, und ich stehe immer noch ganz unten auf der Liste der Menschen, denen der Staat ein Kind geben möchte.« Sie seufzte.

Ein oder zwei Minuten vergingen, bevor Pipe wieder sprach. »Das war's? Wenn Geld keine Rolle spielen würde, würdest du dich für das entscheiden? Eine Familie? Nicht eine Villa, eine Jacht, eine Million Dollar auf der Bank?«

Cora schüttelte den Kopf. »All diese Dinge sind nicht von Dauer. Aber wenn ich einem Kind ein Zuhause geben könnte? Es jeden Tag wissen zu lassen, dass es geliebt wird, in Sicherheit ist und die Freiheit hat, so zu sein, wie es ist, egal was passiert? Das ist es, was ich will.«

Daraufhin streckte Pipe die Hand aus und nahm ihre freie Hand, in der sie nicht die Erdnüsse für Chuck hielt.

Überraschenderweise war Cora ziemlich ruhig. Wenn sie darüber sprach, dass sie keine Familie hatte, dass es außer Lara niemanden in ihrem Leben gab, war sie normalerweise deprimiert. Es ließ sie in eine Grube der Verzweiflung sinken, aus der sie sich nur schwer wieder freischaufeln konnte. Aber mit Pipe zu reden und das Gefühl zu haben, dass er ihr wirklich zuhörte, ließ sie nicht in eine Abwärtsspirale geraten. *Die Zuflucht* war wirklich ein magischer Ort.

»Was ist mit dir?«, fragte Cora nach einer Minute des Schweigens. »Was würdest du dir wünschen, wenn Geld keine Rolle spielen würde?«

Als er nicht sofort antwortete, fragte Cora sich, ob sie zu weit gegangen war. Sie waren nicht wirklich Freunde ... oder doch? Und vielleicht fühlte er sich nicht wohl bei der Beantwortung seiner eigenen Frage.

Gerade als sie dachte, dass sie sein Angebot, in der Stadt zu bleiben, vielleicht *doch* annehmen sollte, begann er zu sprechen.

»Mein Vater war bei den britischen Streitkräften. Er war oft im Einsatz ... auf eigenen Wunsch. Meine Mutter war liebevoll, aber sie kam nicht gut damit zurecht, dass mein Vater so viel weg war. Sie brach regelrecht zusammen. Schon als kleiner Junge lernte ich, dass ich mir mein Abendessen selbst zubereiten musste, wenn ich etwas essen wollte, während mein Vater unterwegs war. Ich habe unsere Wäsche gewaschen, das Haus geputzt, mich um den Garten gekümmert und bin sogar einkaufen gegangen. Als Dad zurückkam, wurde Mom wieder ganz normal und tat so, als hätte sie sich nicht auf ihren zehnjährigen Sohn verlassen, um den Haushalt am Laufen zu halten.

Sie liebte mich, genau wie mein Vater, aber ich hatte nicht das Gefühl, dass ich Freunde ins Haus einladen konnte, weil ich mir nicht sicher war, in welcher Stimmung Mom sein würde. Ich bin so schnell wie möglich zum Militär gegangen und habe nie zurückgeblickt.«

»Sprichst du mit deinen Eltern?«, fragte Cora sanft.

»Ja, natürlich. An Feiertagen und an ihren Geburtstagen«, erwiderte Pipe.

»Wie hast du Brick und die anderen kennengelernt?«, fragte Cora.

»Du kennst den Typen, der Informationen über Michaels herausfindet?«

»Ja. Tex, richtig?«

»Genau. Er hat die Verbindung zwischen uns hergestellt. Ich hatte ihn kennengelernt, nachdem eine Mission völlig danebengegangen war. Er half einem Team von Navy SEALs und nahm meine Einheit unter seine Fittiche, bis wir das Land verlassen konnten. Wir blieben in Kontakt und als ich beschloss auszusteigen, stellte er mich Brick vor. Der Rest ist Geschichte.«

»Ich möchte dich etwas fragen, aber ich weiß nicht, ob ich dir damit zu nahe trete oder nicht«, gab Cora zu.

»Du willst wissen, warum ich ausgeschieden bin«, riet Pipe.

Cora drückte seine Hand. »Ja, aber wenn du nicht darüber reden willst, verstehe ich das.«

»Normalerweise erzähle ich nichts darüber, aber aus irgendeinem Grund fühle ich mich wohl dabei, mit dir darüber zu reden.«

Coras Herz schlug wie wild in ihrer Brust. Normalerweise war sie nicht die Art von Frau, der die Menschen sich anvertrauten. Vielleicht weil sie niemanden an sich heranließ oder andere Menschen gar nicht das Bedürfnis hatten, sie besser kennenlernen zu *wollen*. Aber sie hatte bemerkt, dass sie Pipe wirklich besser kennenlernen wollte.

»Mein Team und ich gerieten auf einer routinemäßigen Informationsbeschaffungsmission in einen Hinterhalt. Wir waren sechs Leute. Wir wurden einer nach dem anderen abgeknallt. Als ich Verstärkung anforderte, wurde mir gesagt, dass sie wegen des sensiblen Gleichgewichts der Beziehungen zwischen den Einheimischen und den Streitkräften nicht eingreifen könnten. Ich sah zu, wie meine Teamkameraden vor meinen Augen abgeschlachtet wurden. Mein eigenes Land hatte sie wegen der Politik wie Abfall weggeworfen.«

Cora atmete tief ein und drehte sich so, dass sie Pipe in die Augen sehen konnte. Er starrte in die Ferne, ohne wirklich etwas zu sehen. Sie hielt seine Hand noch fester.

»Ich wurde angeschossen und muss ohnmächtig geworden sein. Als ich wieder zu mir kam, zogen die Einheimischen mir und meinen Teamkameraden die gesamte Ausrüstung aus. Ich stellte mich tot, denn ich wusste, sollten sie herausfinden, dass ich noch lebe, würde das nicht gut für mich ausgehen. Sie nahmen unsere gesamte Ausrüstung und Kleidung mit, bis auf unsere Unterwäsche, und ließen uns in den Trümmern des heruntergekommenen Gebäudes zurück, in dem wir Unterschlupf gefunden hatten.

Ich wartete, bis es dunkel wurde, dann kroch ich raus, wohl wissend, dass ich jeden Moment entdeckt werden und mit einer Kugel im Kopf enden könnte. Wie durch ein verdammtes Wunder schaffte ich es an den Stadtrand und in den Wald. Ich kroch, stolperte und lief zurück zu unserem Stützpunkt, der über fünf Kilometer entfernt war. Als ich meinem Vorgesetzten erzählte, was passiert war, klopfte er mir auf die Schulter, bedauerte den Verlust meiner Männer und erinnerte mich dann daran, dass meine Missionen streng geheim waren. Im Grunde warnte er mich, dass meine Karriere vorbei sei, falls ich jemandem erzählen sollte, was passiert war.

Er verstand allerdings nicht, dass sie bereits vorbei *war*. Ich war erledigt. Wie sollte ich wieder zu dem Mann werden, der ich vorher gewesen war? Ein Mann, der geglaubt hatte, dass diejenigen, für die er arbeitete, nur sein Bestes im Sinn hatten? Sie hatten mich und meine Männer dem Tod überlassen und sich einen Dreck darum geschert. Und wozu? Weil die Stadt zwischen unserem provisorischen Stützpunkt und dem Flugplatz lag, von dem aus wir Nachschub brachten.«

»Es tut mir so leid«, erklärte Cora und wusste nicht, was sie sagen sollte.

»Mein Vertrag lief in dem Jahr aus und ich habe mich nicht wieder verpflichtet. Es fiel mir schwer, mich an das zivile Leben zu gewöhnen«, gab Pipe zu. »Kurz darauf fing ich an, mich tätowieren zu lassen. Der Schmerz der Nadel schien das Einzige zu sein, was das Chaos in meinem Kopf ausschalten konnte. Ich weiß ich nicht, was aus mir geworden wäre, wenn Tex mich nicht mit Brick und den anderen zusammengebracht hätte.«

Cora drehte sich um und legte ihren Kopf an Pipes Schulter. Da sie nicht wusste, was sie sagen sollte, beschloss sie, ihn stattdessen nonverbal zu unterstützen.

»Vom Kopf her weiß ich, dass es nicht die Schuld meines Landes war, was mit meinen Kameraden passiert ist. Es war die Entscheidung eines Mannes oder vielleicht einer Gruppe von ihnen. Was sie an diesem Tag getan haben, wirft kein schlechtes Licht auf ein ganzes Land. Aber ich kann mich des Gefühls nicht erwehren, dass England mich im Stich gelassen hat. Ich war froh, in die USA zu ziehen. Versteh mich nicht falsch, es gibt genauso viele oder noch mehr Probleme mit der Regierung der Vereinigten Staaten, aber trotzdem ... hier in New Mexico kann ich aufatmen. Seit ich hierhergezogen bin, habe ich nicht mehr den Drang verspürt, mir weitere Tätowierungen machen zu lassen.

Du hast mich gefragt, was ich mir wünschen würde, wenn Geld keine Rolle spielen würde, und um deine Frage zu beantworten: nichts. Ich habe alles, was ich mir wünschen könnte. Eine Gruppe von Freunden, von denen ich ohne den geringsten Zweifel weiß, dass sie mir Rückendeckung geben, wenn die Dinge schieflaufen. Eine Hütte im Wald, in der ich jeden Morgen aufwachen und die frische Luft einatmen kann. Eine Aufgabe, bei der ich anderen helfen kann, mit den Dämonen in ihrem Kopf fertigzuwerden. Ich wäre egoistisch, wenn ich mir mehr wünschen würde.«

Cora hob den Kopf und er drehte sich um, um ihren Blick zu erwidern. »Willst du keine Familie haben?«

Pipe zuckte mit den Schultern. »Ich habe das Gefühl, dass das zu viel verlangt wäre. Das würde die Waagschale aus dem Gleichgewicht bringen und ich würde mir gierig vorkommen.«

Cora lächelte ihn an. »Ich glaube nicht, dass die Welt so funktioniert.«

»Ich will es nicht riskieren. Aber ich sage dir eins: Wenn ich jemals eine Frau finden würde, die mich genau so liebt, wie ich bin – leicht lädiert, unheimlich für kleine Kinder und alte Frauen –, und die hier mitten im Nirgendwo leben kann, ohne mit der Wimper zu zucken? Ich würde alles in meiner Macht Stehende tun, um ihr alles zu geben, was sie will. Schmuck, Designerklamotten, Kinder. Es würde keine Rolle spielen. Ich würde ihr alles geben.«

»Und wenn sie nur jemanden wollte, der sie ohne Bedingungen und ohne Vorbehalte liebt?«, flüsterte Cora.

»Meine Frau wüsste genau, dass ich für sie sterben würde«, erklärte Pipe schlicht.

Eine Gänsehaut bildete sich auf Coras Armen. Sie führten ein philosophisches und hypothetisches Gespräch ... oder etwa nicht? Irgendwie fühlte es sich nach mehr an.

Es war fast beängstigend, wie sehr sie sich mit Pipe im

Einklang fühlte. Sie waren zwei Menschen vom anderen Ende der Welt. Völlig unterschiedlich aufgewachsen, mit gegensätzlichen Erfahrungen ... und doch hatte sie sich noch nie jemandem so nahe gefühlt wie Pipe in diesem Moment. Nicht einmal Lara.

»Ich glaube, es wäre ihr lieber, du würdest für sie leben«, flüsterte Cora.

»Ja«, erklärte Pipe und holte tief Luft. »Soll ich dir den Rest der Anlage zeigen?«

»Klar«, erklärte sie. Sie freute sich darauf, den Rest der *Zuflucht* zu sehen, aber vor allem wollte sie mehr Zeit mit Pipe verbringen.

Er stand auf, während er immer noch ihre Hand hielt, und half ihr auf die Beine. Dann legte er seine Hand auf ihren Rücken und führte sie zurück durch die Scheune. Das machte er oft, und obwohl Cora es noch nie gemocht hatte, wenn Leute, die sie nicht kannte, sie berührten, fühlte sie sich irgendwie bestärkt, wenn Pipe sie berührte.

Sie schaute zu ihm auf, während sie gingen, und bemerkte, wie aufmerksam er war. Seine Augen suchten ständig seine Umgebung ab, als erwartete er, dass jemand hinter einem Heuballen oder Ähnlichem hervorsprang. Aber jetzt, da er sich ihr geöffnet und ihr erzählt hatte, warum er das Militär verlassen hatte, verstand sie ihn ein bisschen besser.

Und anstatt sich Sorgen zu machen, dass er ein bisschen paranoid war, fühlte sie sich ... beruhigt. Sie erinnerte sich daran, wie er in Washington das Gleiche getan hatte: Er hielt ständig Ausschau nach Gefahren. Das war etwas, was sie selbst ständig tat, aber es fühlte sich gut an, dass auch er auf der Hut war. Seit er aufpasste, hatte Cora das Gefühl, dass sie den Schutzschild, den sie immer aufrechterhalten hatte, herunterlassen konnte. Wenn Pipe in der Nähe war, konnte ihr nichts und niemand etwas anhaben. Daran hatte sie keinen Zweifel.

»Komm, ich zeige dir die Gästehütten, wo unsere Eigentümerhütten sind und wenn du Lust hast, machen wir eine kleine Wanderung.«

»Ooooh, zeigst du mir den Table Rock?«

Pipe lachte, während er auf sie hinuntersah. »Stalkerin«, stichelte er.

Cora grinste. »Allerdings«, erwiderte sie. Sie hatte die schönen Bilder gesehen, die frühere Gäste von den Orten rund um das Anwesen gepostet hatten, und sie hatten immer *Die Zuflucht* markiert. Und sie konnte es kaum erwarten, den Table Rock mit eigenen Augen zu sehen.

Ein kleiner Teil von ihr hatte immer noch ein schlechtes Gewissen, weil sie sich amüsierte, während Lara eventuell sehr Schlimmes durchmachte, aber die Zeit würde noch früh genug kommen, um ihre Freundin zu retten. In der Zwischenzeit wollte Cora jedes bisschen gutes Karma, das dieser Ort zu bieten hatte, in sich aufsaugen.

# KAPITEL ELF

Cora saß an diesem Abend mit den Mitarbeitern und Gästen der *Zuflucht* am Tisch, genoss Roberts köstliches Essen und dachte über ihren Tag nach. Sie war von diesem Ort noch beeindruckter als zuvor, und das wollte etwas heißen, denn schon das, was sie online gesehen hatte, hatte sie begeistert.

*Die Zuflucht* war wirklich ein Ort, an dem die Menschen sich erholen konnten. Um den Dämonen in ihrem Kopf und in ihrem Leben zu entfliehen. Table Rock hatte alle ihre Erwartungen übertroffen. Sie konnte sich vorstellen, wie es aussehen würde, wenn die Bäume im Sommer oder Herbst voller Blätter waren. Aber selbst mit den kahlen Bäumen hatte die Aussicht ihr den Atem geraubt.

Sie hatte mindestens zehn Minuten lang auf dem Felsen gestanden und den Ausblick genossen und sich dabei ... klein gefühlt. Sie war noch nie ein Naturkind gewesen. Da sie in der Stadt aufgewachsen war und ihr ganzes Leben dort verbracht hatte, war sie nie zum Zelten oder Wandern in die Wälder gegangen. Als sie auf dem Felsen stand und auf den riesigen Wald blickte, erschienen ihr plötzlich die

Dinge, die sie täglich erlebte, Ärgernisse, die sie stunden-lang in schlechte Laune versetzen konnten, so unbedeutend.

»Du spürst es«, hatte Pipe neben ihr geflüstert.

Cora konnte nur noch nicken.

»Ich komme hierher, wenn mir alles zu viel wird. Hier draußen zu sein erinnert mich daran, dass wir nur für eine kurze Zeit hier sind. Dass mein Leben flüchtig ist. Es rückt alles wieder ins rechte Licht.«

Cora verstand vollkommen.

»Du hast Glück«, entgegnete sie leise. »Hier zu leben, meine ich. Es ist ... so schön, dass ich es nicht in Worte fassen kann.«

»Ja«, hatte Pipe zugestimmt. Dann trat er einen Schritt näher an sie heran, nahe genug, dass sie die Wärme seines Körpers an ihrem spürte, und sie betrachteten schweigend die Schönheit, die sie umgab. Er bewegte seine Hand und berührte noch einmal zaghaft ihren Rücken, und Cora konnte nicht anders, als sich an ihn zu lehnen.

Sie hatte keine Ahnung, wie lange sie dort gestanden hatten, aber selbst jetzt konnte sie noch seine Hand auf ihrem Rücken spüren. Mit jeder Minute, die sie in der Nähe dieses Mannes verbrachte, wünschte sie sich mehr, ihm nahe zu sein. Es war, als hätte sie einen fehlenden Teil ihrer Seele gefunden. Es war kitschig. Unglaublich. Lächerlich.

Und doch konnte sie das Gefühl nicht loswerden, dass Pipe ihr gehörte.

Lara würde sich darüber freuen. Sie würde Cora ermuti-gen, es zu tun. Dass sie keine Angst vor ihren Gefühlen haben sollte. Sie war die Romantikerin von ihnen beiden. Diejenige, die immer das Beste in den Menschen sah. Die sich auf den ersten Blick verliebte.

Allein der Gedanke daran ließ sie die Stirn runzeln. Während die anderen weitermachten, wurde Cora wieder von der Sorge um ihre Freundin erfüllt. Lara befand sich wegen ihrer Naivität in ihrer jetzigen Situation. Cora hatte versucht, sie davor zu warnen, dass etwas an Ridge sie irgendwie nervös machte, aber Lara war anderer Meinung gewesen und so war es zu dem großen Streit zwischen ihnen gekommen.

Schließlich bemerkte Pipe ihr Schweigen. »Geht es dir gut?«, fragte er leise neben ihr.

Cora blinzelte und merkte, dass sie überhaupt nicht bei der Sache war und nicht wusste, was um sie herum vor sich ging, und das schon seit wer weiß wie lange.

»Ja. Ich mache mir nur Sorgen um Lara.«

»Morgen werden wir über die Pläne sprechen«, sagte Pipe zu ihr. »Tex soll uns alle neuen Informationen geben, die er gefunden hat, und wir überlegen, wie wir mit Lara in Kontakt treten und herausfinden können, was los ist.«

So einfach würde das nicht sein, das wusste Cora. Sie konnte nicht einfach an Ridges Tür klopfen und dann mit Lara Arm in Arm zum Eisessen gehen. Ridge hatte sich viel Mühe gegeben, damit Lara sich so schnell verliebte. Schnell genug, um dem plötzlichen Umzug nach Arizona zuzustimmen ... falls sie überhaupt zugestimmt hatte. Da Cora nicht in der Lage gewesen war, mit ihrer Freundin zu sprechen, um herauszufinden, wie der Umzug genau abgelaufen war, war sie sich zu diesem Zeitpunkt über nichts mehr sicher.

»Okay«, erwiderte sie mit einiger Verspätung. »Ich bin dir dankbar, dass du mich auf dem Laufenden hältst, aber das macht meine Sorge um meine Freundin nicht kleiner. Lara ist ... sie ist nicht wie ich. Sie ist behütet aufgewachsen. Ihre Familie ist reich, Pipe. Sie hat nie verstanden, wie es ist, wenn man so hungrig ins Bett geht, dass es sich anfühlt, als würde sich der Magen selbst auffressen. Oder mit dem

Wissen schlafen zu gehen, dass in dem Moment, in dem du einschläfst, jemand in dein Zimmer kommen und dich unangemessen berühren könnte. Sie musste sich nicht fragen, wann sie das nächste Mal die Gelegenheit haben würde zu duschen, oder ob sie von einem Tag auf den anderen in einem völlig neuen Haus leben müsste. Und ich wollte nicht, dass sie so etwas erlebt. Niemals. Jetzt habe ich Angst, dass genau das passiert. Dass sie einige der Dinge erleidet, die ich als Kind durchgemacht habe ... und sie ist völlig unvorbereitet darauf.«

Anstatt zu antworten, stand Pipe auf, griff nach ihrer Hand und zog Cora ebenfalls auf die Beine. »Wir sind fertig. Wir sehen uns morgen früh wieder«, sagte er zu seinen Freunden.

»Ich werde früh hier sein, falls du aufwachst und etwas Gesellschaft brauchst«, sagte Alaska. »Ich muss noch ein bisschen an der Webseite arbeiten und ein paar Termine machen.«

»Und ich bin auch immer früh auf«, bemerkte Henley. »Ich bringe Jasna zur Schule und fahre dann zu meinem Job in Los Alamos. Wenn du etwas aus der Stadt brauchst, sag mir Bescheid, dann kann ich es holen, bevor ich gegen Mittag wieder hier bin.«

»Ich werde schlafen«, erklärte Reese mit einem verlegenen Grinsen. »Ich bin kein Morgenmensch, im Gegensatz zu diesen Spinnern.« Sie grinste. »Und das Kind in meinem Bauch macht mich besonders müde.«

»Ja, klar, es ist das Kind, das dich nachts wach hält und müde macht«, witzelte Henley.

Alle lachten, und Cora lächelte schwach. Diese Frauen waren so nett zu ihr. Sie waren eigentlich Fremde, aber sie boten ihr, ohne zu zögern, ihre Hilfe an. Das war ein wenig beunruhigend und sie hatte das Gefühl, als würde sie darauf warten, dass das dicke Ende kam. Als würden sie etwas an ihr entdecken, das ihnen nicht gefiel, und sie für unwürdig halten, sich mit ihr anzufreunden.

Pipe schüttelte den Kopf, als würde er sich über die Frauen amüsieren, dann zog er sie zur Tür. »Sagt Robert Danke von mir!«, rief Cora, als sie weggeschleppt wurde.

»Du brauchst dich nicht zu bedanken«, erklärte Robert, als er durch eine andere Tür auf der anderen Seite des Raumes in den großen Raum kam.

Cora wollte protestieren und ihm sagen, dass sie sich auf jeden Fall für das tolle Essen bedanken musste, das er zubereitet hatte, aber Pipe ließ ihr keine Chance. Er ging schnell und hielt ihre Hand mit festem Griff in seiner. Obwohl Cora das Gefühl hatte, dass er seine Finger sofort lockern würde, wenn sie ihm ein Zeichen gäbe, dass sie ihn loslassen wollte.

Aber sie hatte keine Lust, seine Hand loszulassen. Auch wenn er schnell ging, achtete er darauf, dass sie an seiner Seite war. Dass er keine so großen Schritte machte, dass sie nicht mithalten konnte. Er war rücksichtsvoll und achtsam. Und obwohl es draußen dunkel war und sie wusste, dass es in den Wäldern um sie herum große und kleine Tiere gab, vor denen sie völlig ausflippen würde, sollte sie ihnen begegnen, fühlte sie sich bei Pipe so sicher wie immer. Er würde nicht zulassen, dass ein Bär, ein Elch oder ein Chupacabra sie frisst.

Ein Grinsen breitete sich auf ihrem Gesicht aus, als sie daran dachte. Es war kaum zu glauben, dass sie bei all dem, was vor sich ging, und ihrer Sorge um Lara immer noch lächeln konnte.

Pipe führte sie zu seiner Hütte, auf die er sie vorhin hingewiesen hatte. Doch anstatt zur Tür zu gehen, führte er sie an der Seite des Gebäudes entlang. Als sie an der Rückseite ankamen, sah Cora zu ihrer Überraschung nur eine winzige Treppe vor der Hintertür und keine Terrasse, wie sie sie bei den anderen Hütten gesehen hatte.

Viel interessanter war die robust aussehende Wendeltreppe in der hinteren Ecke der Hütte.

»Pipe?«, fragte Cora, als er sie dorthin führte.

»Nach oben«, antwortete er.

Wieder zuckten Coras Lippen. Aber sie tat wie befohlen und trat auf die erste Stufe.

Die Treppe war schmal und sie konzentrierte sich darauf, nicht zu stolpern, während sie nach oben ging. Als sie oben ankam, konnte Cora nur noch staunen.

Dort befand sich eine Dachterrasse.

Von vorn sah das Gebäude aus wie jede andere Hütte, die sie je gesehen hatte. Aber diese Terrasse war ... sie war buchstäblich atemberaubend.

Sie war nicht riesig, vielleicht drei mal drei Meter, aber sie hatte ein stabiles Geländer und Pipe hatte zwei Adirondack-Stühle darauf gestellt. Zwischen den Stühlen stand ein niedriger Tisch und ein runder Teppich lag dort, von dem sie annahm, dass er wasserfest war.

Während sie sich umschaute, ging Pipe auf die linke Seite der Terrasse und legte einen Schalter um. Bunte Lichterketten gingen an und beleuchteten den Ort, aber mit einem weichen Licht, das ihre Sicht nicht beeinträchtigte.

»Setz dich«, befahl Pipe. »Ich bin gleich wieder da.«

Cora drehte sich um, um ihn zu fragen, wohin er gehen würde, aber er war schon auf der Treppe und ging wieder nach unten.

Zu verzaubert, um sich zu setzen, ging sie zum Geländer hinüber und schaute nach oben. Rings um die Hütte standen Bäume, aber der Himmel direkt über ihrem Kopf war völlig frei. Die Nacht war klar – und sie keuchte,

keuchte *buchstäblich*, bei einem Anblick, den sie noch nie gesehen hatte.

Sie starrte auf das, was wie Millionen von Sternen über ihr zu leuchten schien.

Sie hatte von Lichtverschmutzung gehört und wusste, dass der Nachthimmel von einer Wohnung in der Stadt aus nicht mit dem in der Wildnis zu vergleichen war, aber sie hatte keine Ahnung, dass der Unterschied so gravierend sein würde.

Die Sterne schienen heller zu sein. Näher. Ehrfurcht gebietender. Cora wollte nicht einmal blinzeln, weil sie Angst hatte, etwas zu verpassen.

Sie musste länger in die Sterne gestarrt haben, als sie gedacht hatte, denn sie zuckte überrascht zusammen, als sie eine Berührung an ihrem Rücken spürte.

»Tut mir leid. Ich bin's nur«, erklärte Pipe mit tiefer, brummiger Stimme, während er einen Schritt von ihr wegging, um ihr Platz zu machen, nachdem er sie erschreckt hatte.

Cora drehte sich um und lächelte ihn an. »Das ist ... unglaublich, Pipe.«

»Ja«, stimmte er zu. »Die Stühle sind perfekt, um die Sterne zu beobachten, wenn du dich setzen willst. Ich habe ein paar Decken mitgebracht, weil es draußen ein bisschen kühl ist.«

Es war mehr als nur ein bisschen kühl, es war sogar ziemlich kalt, aber das war Cora egal. Sie nickte und ging auf einen der Stühle zu, ließ sich nieder und lehnte sich zurück. Pipe hatte recht, es war ein toller Stuhl zum Betrachten der Sterne, denn wenn sie ihren Kopf auf die Lehne legte, hatte sie den perfekten Winkel, um nach oben zu schauen, ohne sich den Hals zu verrenken.

Er schüttelte eine Decke auf und legte sie über sie, bevor

er sich auf den anderen Stuhl setzte. Sie sprachen eine Weile nicht, bis Cora den Kopf drehte. Die kleinen Lichter um sie herum ermöglichten es ihr, den Mann an ihrer Seite zu sehen.

Zu ihrer Überraschung schaute Pipe nicht in den Himmel, sondern starrte sie an.

»Was?«, fragte sie mit einem kleinen Stirnrunzeln.

»Gefällt es dir?«, fragte er.

»Na klar«, erwiderte Cora. »Was kann man daran nicht mögen?«

»Der Stuhl ist hart, es ist kalt, es ist dunkel und der Himmel ist nicht so unterhaltsam wie eine Fernsehsendung.«

Cora schnaubte. Schnaubte richtig. Das Geräusch wäre ihr peinlich gewesen, aber im Moment war sie zu beeindruckt. »Weißt du, wenn mich jemand gefragt hätte, was ich mir davon verspreche, bei dieser Auktion ein Abendessen zu gewinnen, hätte ich niemals gesagt, dass ich hier in der *Zuflucht* sitze und in der Dunkelheit auf einen der wunderbarsten Nachthimmel starre, den ich in meinem ganzen Leben noch nie gesehen habe, eingekuschelt in eine warme Decke, mit einem Mann, der vielschichtiger ist, als ich je gedacht hätte.«

Seine Lippen zuckten, und erst dann richtete er den Blick nach oben. »Wenn ich merke, dass meine Gedanken mich überwältigen, komme ich hierher und schaue in den Himmel. Ich war einmal auf einer Mission. Es war in der Wüste im Iran. Wir waren heimlich in das Land eingedrungen und warteten auf den Beginn der nächsten Phase der Mission. Es war absolut still, nur das Geräusch unseres Atems und das gelegentliche Hin- und Herbewegen von jemandem auf dem Sand. Ich konzentrierte mich auf das, was kommen würde, als ich zufällig aufblickte. Ich keuchte förmlich auf, als ich die Sterne sah. Dort draußen gab es keinerlei Lichtverschmutzung und ich hatte noch nie etwas so verdammt Schönes gesehen.

Wenn ich vor dem Bau unserer Hütten hierherkam, habe ich oft draußen gezeltet. Ich fühlte mich draußen wohler, ohne vier Wände um mich herum. Ich kann mit diesem Gefühl des Eingeschlossenseins inzwischen viel besser umgehen, aber ich wusste, dass ich eine Dachterrasse bauen wollte. Von dort aus konnte ich die Sterne sehen, wenn meine posttraumatische Belastungsstörung aufflammte und ich Abstand brauchte. Ich habe hier oben schon öfter geschlafen, als ich zählen kann. Nach oben zu schauen und die Sterne zu sehen, zu wissen, dass die Welt so viel größer ist als meine Probleme ... das hilft.«

Cora seufzte und richtete den Blick wieder nach oben. Sie dachte einen Moment lang über das nach, was er gesagt hatte, und nickte dann. »Ja, das hilft.«

In der darauffolgenden Stille haderte sie einige Minuten mit sich selbst, bevor sie mit den Schultern zuckte. Sie war schon immer impulsiv gewesen. Sie sagte Dinge, die sie besser nicht sagen sollte. Sie machte dummes Zeug. Warum sollte es heute Abend anders sein?

Cora stand auf, die Decke immer noch um sie gewickelt, und ging ein paar Schritte hinüber zu Pipes Stuhl. Sie spürte mehr, als dass sie sah, dass er sie anschaute. Ohne ein Wort zu sagen, drehte sie sich zur Seite und setzte sich auf seinen Schoß.

Zu ihrer Erleichterung fragte er sie nicht, was sie da tat. Er warf sie auch nicht von seinem Schoß. Er legte seine Arme um sie, als sie ihren Kopf auf seine Schulter legte und sich an ihn schmiegte. Ihre Beine hingen über die Armlehne des Stuhls, und um ehrlich zu sein, war das nicht gerade die bequemste Position, aber Pipe war warm und sie war zufrieden.

»Ist das okay?«, flüsterte sie nach einem Moment.

»Es ist perfekt«, beruhigte Pipe sie.

Sie lächelte und schmiegte sich an ihn.

Soweit sie sich erinnern konnte, hatte Cora ihre Gefühle für sich behalten. Sie hatte festgestellt, dass es als Kind nie geholfen hatte zu weinen. Trotzdem flog sie aus dem einen Heim raus und wurde in ein neues gesteckt. Wenn sie sich danebenbenahm, wurde sie als »schwierig« abgestempelt und wieder in ein anderes Heim gebracht. Wenn sie zugab, dass sie depressiv war, wurde sie ins Krankenhaus gebracht und bekam Tabletten. Sie hatte gelernt, dass es einfacher war, ihre Gefühle für sich zu behalten. Und obwohl es schon sehr lange her war, dass sie in einer Pflegefamilie war, war vieles von dem, was sie in dieser Zeit gelernt hatte, zu einer lebenslangen Gewohnheit geworden.

Mit Lara konnte sie zwar über ihre Gefühle sprechen, aber das war buchstäblich der einzige Mensch, dem sie sich seit Jahren öffnete. Bis jetzt.

»Ich habe Angst«, gab sie leise flüsternd zu.

Anstatt ihr sofort zu sagen, dass alles gut werden würde, fragte Pipe: »Wovor?«

Cora schnaubte. »Vor allem.«

»Erklär mir das mal.«

Sie seufzte. »Dass Lara schon tot ist. Ich kenne die Statistiken ... wenn Frauen so lange verschwinden, ist es unwahrscheinlich, dass sie lebend gefunden werden.«

»Ich sage nicht, dass das nicht möglich ist«, begann Pipe ... und obwohl Cora nicht mochte, was er sagte, schätzte sie, dass er ehrlich war und nicht versuchte, die Situation zu beschönigen. »Aber dies fühlt sich nicht wie eine normale Entführung an. Michaels hat kein Geheimnis daraus gemacht, dass er sich in Arizona aufhält und dass Lara bei ihm ist. Wenn er sie verletzen oder töten wollte, hätte er das wohl in Washington getan. Was sonst noch?«

»Ich will nicht, dass du oder deine Freunde verletzt werden. Ich habe euch überredet, mir zu helfen, und ich weiß nicht, ob ich mit der Schuld leben könnte, sollte einem von euch etwas zustoßen.«

»Für das, was von hier an passiert, bist du nicht verant-wortlich«, sagte Pipe streng.

Cora zuckte nur mit den Schultern. »Das kannst du sagen, aber das heißt nicht, dass ich nicht trotzdem das Gefühl habe, dass es so ist.«

»Wir gehen mit offenen Augen an die Sache heran«, erklärte Pipe ihr. »Wir denken nicht, dass wir einfach zur Tür der Villa dieses Typen gehen und Lara sprechen können und das war's. Wir wissen, dass es wahrscheinlich viel blutiger zugehen wird.«

Ungläubig lächelte Cora.

»Was soll dieses Lächeln?«, fragte Pipe.

»Ich habe vorhin genau dasselbe gedacht, nämlich dass ich zu Ridge gehe, an seine Tür klopfe und ihn bitte, Lara zu sehen.«

Pipe schlang für einen Moment die Arme um sie. Die Umarmung fühlte sich gut an. »Wovor hast du noch Angst?«

Cora überlegte einen Moment, ob sie sagen sollte, was sie auf dem Herzen hatte, aber da es draußen dunkel war und sie sich mutiger als sonst fühlte, sprach sie es einfach aus. »Vor dir.«

Jeder Muskel unter ihr versteifte sich. »Vor mir? Du hast *Angst* vor mir?«, fragte Pipe und klang dabei total schockiert.

»Ja.«

»Steh auf, Cora«, bat er mit erstickter Stimme.

Aber sie weigerte sich. Sie vergrub sich noch tiefer in

ihm. Er war stark genug, um mit ihr in seinem Schoß aufzustehen und sie körperlich von ihm wegzuschieben, aber sie hoffte inständig, dass er das nicht tun würde.

»Du bringst mich dazu, Dinge zu fühlen, die ich nie gefühlt habe. Ich hätte nie gedacht, dass ich das tun würde«, erklärte sie schnell. »Lara ist die Romantikerin. Sie sieht hinter jeder Ecke einen Märchenprinzen. Jeder Mann, den sie trifft, könnte ›der Eine‹ für sie sein. Ich? Ich bin das genaue Gegenteil. Ich sehe ein Monster im Körper der meisten Männer, die ich treffe. Ich habe auf die harte Tour gelernt, dass die Menschen nicht das sind, was sie auf den ersten Blick zu sein scheinen. Aber je mehr ich in deiner Nähe bin, desto mehr habe ich das Gefühl, dass du genau das bist, was du nach außen hin darstellst.«

»Ein kaputter Freak, der sich tätowieren lässt, weil er nur so etwas anderes als eine losgelöste Art von Nebel fühlen kann?«, fragte Pipe ein wenig barsch.

»Siehst du? Die meisten Männer würden nicht einmal zugeben, dass sie sich deshalb tätowieren ließen. Sie würden wahrscheinlich nur sagen, dass sie knallhart aussehen oder ihnen die Motive gefallen oder so. Aber du nicht. Du bist ehrlicher als jeder andere, den ich kenne. Und ... in deiner Nähe fühle ich mich ... sicher«, erklärte Cora leise. »Und es sind meine *Gefühle* für dich, die mir Angst machen.«

Nach und nach entspannten sich die Muskeln unter ihr und sie fuhr fort: »Ich mag es, wie du aussiehst. Mir hat gefallen, dass die Leute bei der Auktion ein bisschen Angst vor dir hatten. Ich hätte auf jeden Fall den Zuschlag bekommen, wenn das Miststück Eleanor nicht das getan hätte, was sie immer tut: Sie hat versucht, mich in eine Position zu drängen, die ihrer Meinung nach unter der ihren liegt, nur weil sie hübsch ist und Geld hat.«

»Bei mir bist du sicher«, sagte Pipe zu ihr.

»Ich weiß. Ich wäre nicht hier, wenn ich nicht so denken würde. Darf ich noch etwas zugeben?«

»Natürlich.«

»Ich weiß, dass ich eigentlich keinen Beschützer brauche. Ich bin eine moderne Frau, und ich brauche keinen Mann. Aber die Reise hierher hat mir sehr die Augen geöffnet. Wenn ich einfach in der Gegend umherschlendere, starren mich normalerweise einige Männer an. Sie denken, dass sie das Recht haben, alles zu sagen, was sie wollen, egal wie unangemessen es ist, oder mich mit ihren Blicken zu entkleiden. Oder sie ignorieren mich komplett. Sie schauen durch mich hindurch, als sei ich ihnen nicht wichtig genug, um mich zu bemerken. Aber wenn ich mit dir zusammen bin, behandelt mich niemand respektlos. Ich hatte das Gefühl, dass ich mich zum ersten Mal in der Öffentlichkeit entspannen konnte. Ich weiß, dass es nicht populär ist, wenn Frauen das wollen oder denken, aber ich kann nicht anders.«

»Niemand wird auf die Idee kommen, dich respektlos anzuschauen, wenn ich in der Nähe bin.«

»Ich weiß«, entgegnete Cora mit einem leichten Nicken. »Das meine ich ja auch.«

»Ich denke, die meisten Frauen sind wahrscheinlich ein guter Mittelweg zwischen dir und deiner Freundin Lara. Sie denken nicht, dass jeder Mensch, den sie treffen, ihre andere Hälfte sein könnte, aber sie denken auch nicht, dass er es auf sie abgesehen hat«, bemerkte Pipe nach ein paar Minuten angenehmen Schweigens.

»Das sehe ich auch so.«

»Du brauchst keine Angst vor mir zu haben, Cora«, erwiderte Pipe in einem Ton, den sie nicht deuten konnte. »Du bist durch mich nicht in Gefahr. Weder körperlich noch emotional noch in irgendeiner anderen Weise. Du hast etwas an dir, das ich ...« Seine Stimme wurde leiser.

»Ja«, stimmte Cora zu.

»Du spürst es auch.« Das war keine Frage.

Sie entspannte sich an seiner Schulter.

»Das Timing ist nicht gut«, sagte Pipe und sie konnte deutlich die Belustigung in seiner Stimme hören.

»Aber wirklich! Danke, Universum, dass du mir einen Mann schickst, dem ich vielleicht vertrauen kann und den ich besser kennenlernen möchte, genau dann, wenn die Kacke am Dampfen ist.«

Pipe lachte und das Geräusch vibrierte durch sie hindurch. Er legte eine Hand um sie und griff ihr sanft in den Nacken. Cora neigte den Kopf, um sein Gesicht sehen zu können. Er war so nahe. Sie konnte seinen warmen Atem an ihrer Wange spüren. Sie roch den Kaffee, den er zum Abendessen getrunken hatte. Ihr Körper begann, unter der Decke zu kribbeln. Noch nie hatte sie sich einem Mann so nahe gefühlt. Als wollte sie mit ihm verschmelzen.

»Ich habe im Laufe der Jahre gelernt«, erklärte Pipe, »dass man Gelegenheiten ergreifen muss, wenn sie sich einem bieten. Ich kann dir gar nicht sagen, wie oft wir mitten in einer schwierigen Mission waren und plötzlich passierte etwas völlig Unerwartetes. Die Kinder fangen ein Fußballspiel an, wir treffen auf einen Chor, der übt und die schönsten Lieder singt, oder jemand gibt zufällig Informationen preis, die wichtig sind, um aus einer bestimmten Situation lebend herauszukommen. Jedes Mal wenn ich mit dem Strom geschwommen bin, den Fußball umhergekickt habe, angehalten habe, um einem Lied zuzuhören, die Informationen, die wir bekommen haben, ernst genommen habe, ist am Ende alles gut ausgegangen.«

»Und wenn du das nicht getan hast? Wenn du den Kurs

beibehalten hast? Dich auf das konzentriert hast, was du tun solltest?«, fragte Cora.

»Dann ging alles den Bach runter«, entgegnete Pipe ohne Umschweife.

»Du meinst also, wir sollten nicht ignorieren, was wir fühlen«, erwiderte sie mit einem kleinen Lächeln.

Ihr Herz krampfte sich zusammen, als er sie anlächelte. »Genau.«

»Wenn wir also den Drang verspüren, sollten wir uns in Ridges Vorgarten fallen lassen und wilden Affen-Sex haben?«, neckte sie.

Pipe brach in Gelächter aus. Er legte den Kopf in den Nacken und lachte lange und herzhaft. Und Cora war noch nie in ihrem Leben so erregt gewesen wie in diesem Moment. Er neigte den Kopf wieder nach unten, und sie hätte schwören können, dass seine blauen Augen so hell funkelten wie die Sterne über ihrem Kopf.

»Ich bin mir nicht sicher, ob ich so weit gehen würde. Aber vielleicht könnten wir mit einem Kuss anfangen.« Mit seinem Daumen in ihrem Nacken streichelte er sie, während er sprach, und verursachte eine Gänsehaut auf ihren Armen. »Du weißt schon, um das Wasser zu testen.«

»Meinst du?«, fragte Cora atemlos.

»Oh ja. Und fürs Protokoll ... du bist die einzige Frau, die ich je mit hierhergenommen habe. Dies ist *mein* Lieblingsort. Hierher gehe ich, wenn ich mich entspannen und der Welt entfliehen will. Mein Rückzugsort.«

Coras Herz schlug wie wild in ihrer Brust. Sie wusste, wie wichtig es für sie war, dass er diesen Ort mit ihr teilte.

»Jetzt ist es auch *dein* Rückzugsort«, fügte er hinzu.

»Nein«, erklärte Cora und schüttelte den Kopf. »Du bist mein Rückzugsort. Ich habe das Gefühl, dass es egal ist, ob wir hier sind, in einem Flugzeug, in einem Café oder in einem Kerker in einem Terroristenversteck ... ich bin bei dir sicher.«

»Verdammt noch mal«, seufzte Pipe. »Ich werde dich jetzt küssen«, warnte er.

Cora lächelte zu ihm hoch. »Okay.«

Aber er bewegte sich nicht. Er starrte einfach nur auf sie herab.

»Pipe? Ich dachte, du wolltest mich küssen.«

»Das werde ich auch. Ich präge mir diesen Moment nur erst einmal ein. Es kommt nicht jeden Tag vor, dass ein Mann die Frau trifft, die er heiraten will.«

Nun war es an Cora, schockiert zu sein. »Was?«

»Ich weiß. Das ging zu schnell. Aber ich bin kein dummer Mann. Ich weiß, wann ich ein Geschenk bekommen habe. Genauso wie ich wusste, dass ich mir die Zeit nehmen kann, um mit den Kindern zu spielen oder ein paar Lieder zu hören. Ich bin zweiundvierzig Jahre alt. Zu alt, um mit meinem Schwanz zu denken. Aber alt genug, um auf das Schicksal zu hören, wenn es mich vor den Kopf stößt.«

»Ich weiß nicht ...«

»Nicht heute. Und morgen auch nicht. Egal wie lange es dauert, ich werde dir zeigen, dass du bei mir du selbst sein kannst, Cora. Du kannst deinen Schutzwall senken und mir alles sagen, was du fühlst, Gutes und Schlechtes. Ich werde dein Beschützer sein. Ich werde alles sein, was du von mir verlangst.«

Cora wusste, dass sie eigentlich ausrasten sollte. Solche Dinge passierten ihr nicht. Das war die Art von Situation, in der Lara sein sollte. Ein Mann, der ihr erklärt, dass er sie heiraten will, nachdem er sie nur einen einzigen Tag kannte? Bevor er sie auch nur geküsst hatte? Ja, so etwas würde auf jeden Fall Lara passieren, nicht ihr.

Und doch war sie hier. Und je mehr sie seine Worte verdaute, desto begeisterter war sie von der Idee. »Okay. Aber ich will, dass wir hier heiraten. Auf deiner Dachterrasse. In der Nacht. Mit brennenden Lichterketten. Nur wir ... und derjenige, der uns verheiratet. Alle anderen können unten im Garten sein und uns zujubeln. Und ich werde kein weißes Kleid tragen.«

Cora hatte keine Ahnung, woher das alles kam, aber es fühlte sich richtig an.

Pipe grinste. »Einverstanden.«

Sie erwiderte sein Lächeln. »Mein Gott, haben wir gerade beschlossen, wie unsere Trauung ablaufen soll, obwohl wir uns noch nicht einmal geküsst haben? Vielleicht passen wir nicht zusammen. Vielleicht stimmt die Chemie nicht.«

»Oh, wir werden auf jeden Fall zusammenpassen«, knurrte Pipe. Dann legte er seine Finger in ihren Nacken und senkte seinen Kopf.

Er küsste sie, als hätte er das schon sein ganzes Leben lang getan. Kein Zögern, kein zaghaftes Fummeln.

Cora öffnete sich sofort für ihn und legte einen Arm um seinen Hals, um ihn näher zu drängen.

Und er hatte recht. Die Chemie zwischen ihnen stimmte. Mehr als sie es jemals mit jemandem erlebt hatte. In dem Moment, in dem seine Lippen ihre berührten, sprühten die Funken.

Cora legte den Kopf schief, um ihm näher zu kommen. Mit seiner Zunge streichelte er ihre, während sie ohne Worte miteinander kommunizierten. Er hob die andere Hand und streichelte ihr Gesicht, während er ihren Mund liebkoste. Sie konnte es nicht anders beschreiben. Sie hielt sich an ihm fest, weil sie Angst hatte, in tausend Stücke zu zerspringen, hätte sie sich nicht an ihm festhalten können.

Als er schließlich den Kopf hob, fühlte Cora sich fast beraubt. Sie öffnete die Augen und stellte fest, dass er sie anstarrte, als hätte er sie noch nie gesehen. Er hielt ihr Gesicht immer noch in seinen Händen und der Ausdruck in seinen Augen gab ihr das Gefühl, stark und schwach zugleich zu sein ... und so weiblich.

»Pipe?«, hauchte sie.

»Verdammt noch mal«, fluchte er.

Cora lachte.

»Im Ernst, Frau. Das war ... ich weiß nicht, was das war.«

»Ich denke, man kann mit Fug und Recht behaupten, dass die Chemie zwischen uns stimmt«, sagte Cora zu ihm.

»Allerdings«, stimmte Pipe zu, bevor er den Kopf wieder senkte. Diesmal war der Kuss süß und langsam, nicht ganz so leidenschaftlich wie der vorherige, aber nicht weniger welterschütternd.

Coras Brustwarzen waren hart und aufgerichtet unter ihrem Hemd und sie konnte spüren, wie feucht sie zwischen ihren Beinen geworden war. Und das ausgerechnet beim Küssen. Das war ihr vorher noch nie passiert.

Und Pipes Erektion unter ihrem Hintern war ihr auch nicht entgangen. Plötzlich kam ihr der Gedanke, dass sie, wenn sie sich bewegte, auf seinem Schoß Platz nehmen und er mit einem kleinen Ruck in sie eindringen könnte.

Aber kaum hatte sie den Gedanken, löste Pipe seine Lippen von ihren und drückte sie wieder an seine Brust. Er legte einen Arm um ihren Rücken und den anderen schwer über ihren Schoß, während er sie an sich presste.

»Ich habe zwar nur einen Scherz gemacht und gesagt, dass wir es in Ridges Vorgarten treiben, aber jetzt denke ich, dass das gar nicht so abwegig ist«, bemerkte Cora mit einem kleinen Lachen.

»Wir werden Lara aufspüren und herausfinden, was

zum Teufel hier los ist, und dann bringe ich dich zurück zur *Zuflucht* und schlafe mit dir auf unserer Dachterrasse. Mit den Sternen über unseren Köpfen«, versprach Pipe ihr.

Cora zuckte zusammen. Sie wollte das. Unbedingt. »Können wir vielleicht einen Heizstrahler oder so etwas mitbringen? Denn der Gedanke, sich in der Kälte nackt auszuziehen, ist nicht sehr romantisch.«

Sie spürte es mehr als dass sie sein Lachen hörte. »Ja, Liebes, das können wir machen.«

Cora war klar, dass Pipe ihr mit dem Kosenamen nicht seine Liebe erklärte, es war nur ein Wort, das Briten benutzten, um andere anzusprechen, sie hatte es oft genug in Fernsehsendungen gehört und in Büchern gelesen. Aber irgendetwas in ihr freute sich trotzdem über den Spitznamen und sonnte sich darin. Ihr ganzes Leben lang war das alles, was sie sich gewünscht hatte. Geliebt zu werden. Und als sie dieses Wort von Pipe gehört hatte, sehnte sie sich noch mehr danach, dass es wahr wäre.

Sie saßen noch mindestens dreißig Minuten aneinandergekuschelt da, bevor die Kälte begann, Cora zu schaffen zu machen. Sie zitterte, obwohl sie an Pipe gekuschelt und unter einer Decke lag.

»Zeit, reinzugehen«, verkündete er.

Cora schmollte. »Aber ich fühle mich wohl.«

»Lügnerin«, erklärte er sanft. »Du frierst.«

»Mir ist ein bisschen kühl.«

Er schnaubte und setzte sich mit ihr in seinen Armen auf. Genau wie sie vorhin gedacht hatte, konnte er durchaus aufstehen, obwohl sie auf seinem Schoß saß. Aber anstatt sofort aufzustehen, starrte Pipe sie mit einem Blick an, den sie nicht deuten konnte.

Dann sagte er: »Der glücklichste Tag meines Lebens

war, als ich in Bezug auf diese Auktion den Kürzeren zog und meine Stalkerin kennengelernt habe.«

Ohne ihr Zeit für eine Antwort zu geben, stand Pipe auf und stellte Cora auf die Beine. Er zog die Decke weg und drehte sie in Richtung Treppe. »Ich gebe dir die Decke zurück, wenn du unten angekommen bist. Ich will nicht, dass du stolperst, wenn du die Treppe hinuntergehst.«

Ein weiterer Schauer durchlief sie, aber nicht wegen der Kälte. Es lag daran, dass er sie wieder beschützen wollte. Sie ging vorsichtig die Wendeltreppe hinunter, während Pipe die Lichterketten ausschaltete und hinter ihr nach unten ging. Sie schaute noch einmal auf und keuchte, als eine Sternschnuppe über den Himmel flog.

»Du meine Güte, hast du das gesehen?«, fragte sie, als Pipe neben ihr auftauchte.

»Ja.«

»Es war … ich finde nicht die passenden Worte. Unglaublich. Wunderschön. Atemberaubend.«

»Für mich klingt das so, als hättest du viele passende Worte«, stichelte er.

Cora schlug ihm auf die Brust, als sie sich zu ihm umdrehte. »Mach dich nicht über mich lustig. Ich habe noch nie eine Sternschnuppe gesehen. Warte, es war doch eine Sternschnuppe und kein Meteor, der auf die Erde stürzt, um zu explodieren und sie zu zerstören?«

Er lachte, und Cora beschloss, dass sie sein Lachen liebte. Sie wollte es noch viel öfter hören. »Es war eine Sternschnuppe«, versicherte er ihr. »Komm, wir bringen dich rein und wärmen dich auf. Es ist später, als ich dachte, und wir müssen morgen früh aufstehen, um mit den Jungs zu reden.«

»Pipe?«, sagte Cora und schaute zu ihm auf.

»Ja?«

»Was ich in Bezug auf dich fühle, hat nichts mit Dankbarkeit zu tun, aber du musst mich dir danken lassen. Lara ist die einzige Familie, die ich je gehabt habe.«

»Bis jetzt.«

»Was?«, fragte sie und legte den Kopf schief.

»Die einzige Familie, die du hattest ... bis jetzt. Du hast mich, den Rest der Jungs, ihre Frauen, und glaub nur nicht, dass mir entgangen ist, dass du Robert bereits um den kleinen Finger gewickelt hast. Und Ryan auch. Ich bin sicher, sobald du Jess, Jason, Hudson, Luna, Carly und Savannah kennenlernst, werden sie dich genauso mögen.«

Cora presste die Lippen aufeinander und versuchte, nicht wieder in Tränen auszubrechen. »Du verstehst das nicht. So was passiert mir nicht. Ich finde nicht so leicht Freunde. Ich bin die komische Tussi, die die Leute nicht verstehen und mit der es nicht klappt.«

»Falsch. Das passiert dir schon. Du hattest nur das Pech, dass du deine Leute noch nicht gefunden hast. Hier akzeptieren wir jeden so, wie er oder sie ist. Wir sind alle seltsam, Liebes. Nimm es an und sei genau so, wie du sein sollst. Ich sehe schon, wie du zitterst. Rein mit dir, Frau.«

Cora ließ sich von ihm in Richtung der Hintertür der Hütte schieben. Sie fühlte sich etwas aus dem Gleichgewicht geraten, aber so optimistisch wie noch nie in ihrem Leben.

Sie wollte Lara finden, sie von Ridge wegbringen – denn sie wusste, dass er kein guter Kerl war –, zurück zur Hütte kommen, wilden Affen-Sex mit Pipe haben und danach den Rest ihres Lebens planen.

Sie machte sich keine Illusionen, dass alles so einfach sein würde, aber sie glaubte wirklich, dass sie vielleicht, nur vielleicht, eine Chance hatte, endlich glücklich zu werden.

# KAPITEL ZWÖLF

Pipe war nicht begeistert.

Nichts an der bevorstehenden Situation kam ihm angenehm vor. Es war ja nicht so, dass er Cora nicht geglaubt hätte, als sie behauptet hatte, Ridge Michaels habe ihre Freundin entführt, aber ohne Beweise konnte er keine eindeutigen Entscheidungen treffen.

Aber jetzt, da sie sich die neuen Informationen anhörten, die Tex ausgegraben hatte, wusste er ohne Zweifel, dass es nicht einfach sein würde, nach Arizona zu fahren und Lara zurückzuholen, falls sie überhaupt noch am Leben war.

Peter Ridge Michaels war der Sohn von John Michaels, einem Mann, der sein Geld mit der Erfindung eines neuen Schmerzmittels verdient hatte und jetzt in Kalifornien lebte. Pipe kannte nicht alle Einzelheiten des Medikaments, aber anscheinend war es sehr stark, und er hatte viel Arbeit investiert, um es in die gängigen Arzt- und Medikamentennetzwerke zu bringen.

Aber ein Jahrzehnt, nachdem das Medikament von der Arzneimittelbehörde zugelassen und Millionen von

Menschen verschrieben worden war, wurden Fragen über die ethische Verantwortung von Ärzten aufgeworfen, die ihren Patienten das Medikament verschrieben, da es stark süchtig machend war.

All das war praktisch nebensächlich, denn John Michaels war längst auf der Welle der Popularität seines Medikaments geritten und hatte Millionen von Dollar verdient, bevor er die Formel verkauft hatte – was ihm wirklich viel Geld eingebracht hatte. Obwohl der Preis des Medikaments stark gesunken war und alle, die es verschrieben hatten, nun zur Rechenschaft gezogen wurden, profitierte die Familie Michaels von den ersten erfolgreichen Jahren des Schmerzmittels.

»Was hat Ridge mit dem Medikament zu tun?«, fragte Owl. Sie hatten beschlossen, den Namen zu verwenden, unter dem Lara und Cora den Mann kannten, weil das für alle weniger verwirrend war.

»Nichts, soweit ich weiß«, erklärte Tex durch das Telefon in der Mitte des Tisches. »Er hat davon profitiert, dass sein Vater der Erfinder war, und hat mehr Geld zur Verfügung, als die meisten Menschen in ihrem ganzen Leben ausgeben können.«

»Warum sollte er dann all das riskieren, indem er Lara entführt?«, wollte Cora wissen.

»Versteh das nicht falsch ... aber wir wissen nicht, ob er es getan hat«, erklärte Tex.

Pipe spürte, wie Cora sich neben ihm versteifte.

»Ich verstehe, was ihr sagt«, sagte sie leise. »Ich bin bereit zuzugeben, dass Lara vielleicht freiwillig mit Ridge nach Arizona gezogen ist. Sie ist nun mal eine Romantikerin. Sie könnte von der Vorstellung von Liebe und Ehe so begeistert gewesen sein, dass sie mit ihm gegangen ist. Vielleicht hat sie erwartet, dass es nur eine kurze Auszeit sein würde, wie sie unserem Arbeitgeber erzählt hat. Vielleicht hat sie tatsächlich ihren Traumprinzen gefunden. Aber ich möchte trotzdem aus ihrem eigenen Mund hören, dass sie aus freien Stücken dort ist.«

Pipes Bewunderung für Cora wuchs. Sie hatte immer wieder darauf bestanden, dass ihre Freundin entführt worden war, aber sie war inzwischen zumindest bereit, in Betracht zu ziehen, dass sie sich vielleicht irrte.

»Die Familie Michaels hat eine Villa mit vierundzwanzig Schlafzimmern in der Gegend von Phoenix. Michaels Senior beschäftigt ein Dutzend Leute, die regelmäßig im Haus ein- und ausgehen, Tag und Nacht. Ridge hat zwei Leibwächter, von denen einer immer bei ihm ist. In der letzten Woche wurde er bei einer Wohltätigkeitsveranstaltung gesehen, ganz allein, und sein Zeitplan scheint in Ordnung zu sein«, fuhr Tex fort.

»Hat jemand Lara gesehen?«, fragte Stone.

»Ja. Ridge hat sie vor ein paar Wochen zum Essen ausgeführt ... er hatte das ganze Restaurant gemietet, damit sie ungestört sind.«

»Das beweist nicht, dass sie freiwillig dort ist«, erklärte Cora. »Er könnte das Restaurant gemietet haben, damit sie keine Szene machen oder jemanden um Hilfe bitten kann. Er hat sie komplett isoliert, sowohl in seinem Haus als auch jetzt in der Öffentlichkeit.«

»Das ist ein gutes Argument«, räumte Tex ein. »Ich habe Satellitenbilder von ihr in den Gärten des Anwesens entdeckt, immer mit Michaels an ihrer Seite. Allerdings stammen diese Bilder aus der Zeit, als sie anfangs dort waren.«

»Hat sie irgendwelche Anrufe getätigt? Hat sie mit jemandem außerhalb von Ridges Einflussbereich gesprochen?«, fragte Brick.

»Nicht dass ich wüsste.«

Pipe schaute zu Cora hinüber und stellte fest, dass sie auf ihre Hände starrte, die in ihrem Schoß zusammengeballt waren. Er fand das schrecklich für sie.

»Benutzt sie ihre Kreditkarten?«, fragte Tiny.

»Ja, das tut sie. Ziemlich regelmäßig sogar. Die Familie Osler ist auch sehr wohlhabend. Lara hat einen großzügigen Treuhandfonds und wird nach dem Tod ihrer Eltern das gesamte Vermögen erben, das derzeit auf etwa zwanzig Millionen Dollar geschätzt wird.«

Cora hob den Kopf, runzelte die Stirn und starrte auf das Telefon.

»Was denkst du gerade, Cora?«, fragte Tonka.

Sie schaute ihn an. »Ich wusste, dass Laras Eltern Geld haben, aber sie ist der letzte Mensch, den man für reich halten würde. Sie arbeitet hart, verdient aber nicht viel Geld als Leiterin einer Vorschule. Außerdem ist sie sehr genügsam. Sie geht nicht gern auswärts essen und kauft nicht viele Dinge. Deshalb ist es seltsam, dass sie ihre Kreditkarten jetzt so oft benutzt. Ab und zu geht sie mit ihren Eltern zu einer Veranstaltung, aber sie war schon immer eher ein Jeans-und-T-Shirt-Mädchen.«

»Wo hat sie Geld ausgegeben? Und wie viel?«, wollte Spike von Tex wissen.

Sie hörten, wie der andere Mann auf einer Tastatur tippte, bevor er wieder sprach. »Sieht so aus, als hätte sie in den letzten drei Wochen fast hunderttausend ausgegeben. Ralph Lauren, Saks Fifth Avenue, ein paar Juweliergeschäfte, viele Spitzenrestaurants und ... oh. Tja, Mist.«

»Was? Was ist denn los?«, fragte Brick.

»Ein großer Teil des Geldes ging an das *Blue Moon*«, antwortete Tex.

»Was ist das?«, fragte Owl.

»Ein Klub für gehobene Ansprüche.«

Cora stand abrupt auf und begann, durch den Konferenzraum zu gehen. Pipe behielt sie im Auge, während die anderen in ein Gespräch vertieft waren.

»Also nimmt er entweder Lara mit oder er benutzt ihre Kreditkarten.«

»Warum nimmt er Lara mit nach Arizona, wenn er sich mit Stripperinnen vergnügt?«

»Und noch wichtiger: Warum sollte er ihre Kreditkarten benutzen, wenn er selbst viel Geld hat?«

»Gibt es ein Muster, wann er ins *Blue Moon* geht?«, fragte Stone.

Pipe wandte die Aufmerksamkeit wieder seinen Freunden zu.

»Irgendwie schon, aber nur wegen der Häufigkeit«, sagte Tex. »Es gibt so gut wie jeden Abend Ausgaben.«

»Das ist gut«, erklärte Stone. »Wir können ins *Blue Moon* gehen und sehen, was los ist. Und wir wissen auch, dass er jeden Abend aus dem Haus ist.«

»Das bedeutet auch, dass wir dorthin gehen können, während er weg ist, und sehen, ob wir mit Lara reden können«, stimmte Owl zu.

Pipe drehte sich wieder zu Cora um und war überrascht, als er sah, dass sie mit der Wand im Rücken zusammengekauert dasaß und ihre Beine umarmte. Er stieß sich vom Tisch ab und ging zu ihr hinüber. »Cora?«, fragte er, kniete sich neben sie und legte ihr eine Hand auf die Schulter.

Sie schüttelte den Kopf. »Er benutzt sie wegen des Geldes«, sagte sie in einem Ton, der so niedergeschlagen und verbittert klang, dass Pipe Cora am liebsten in die Arme genommen und sie einfach gehalten hätte. »Das ist das, was sie am meisten gefürchtet hat. Das ist einer der Gründe, warum sie nicht so oft mit Männern ausgegangen ist. Ich dachte mir, dass sie Ridge für ideal hält, weil er genauso reich ist. Lara könnte davon ausgegangen sein, sein Geld bedeutet, dass sie darauf vertrauen kann, dass er sie so mag, wie sie ist, und nicht wegen ihres Bankkontos.«

»Lass uns zur wichtigen Frage zurückkehren. Warum sollte Michaels ihr Geld brauchen, wenn seine Familie so reich ist?«, fragte Tiny.

»Tex?«, fragte Brick. »Fällt dir was ein?«

Aus dem Telefon auf dem Tisch ertönte weiteres Klicken, aber Pipes Aufmerksamkeit war auf Cora gerichtet. Er fühlte sich machtlos, etwas für sie zu tun. Es war offensichtlich, dass sie am Boden zerstört war, und er konnte nichts tun, um ihr zu helfen, außer an ihrer Seite zu bleiben.

»Nicht wirklich«, erklärte Tex. »Seine Familie ist stinkreich und genau wie Miss Osler hat Michaels einen Treuhandfonds, der jeden Monat Geld ausschüttet.«

»Irgendetwas ist hier faul«, murmelte Brick.

»Stimmt«, bemerkte Stone mit einem Nicken.

»Warte mal kurz«, sagte Tex. »Hmmmm ... es sieht so aus, als hätte er jahrelang zwanzigtausend Dollar im Monat von seinem Fonds bekommen. Aber bevor er mit Lara zusammenkam, ist die Auszahlung auf dreitausend gesunken.«

»Das ist ein enormer Rückgang«, sagte Brick.

»Stimmt«, entgegnete Tex.

»Daddy hat ihm den Geldhahn zugedreht, bevor er Lara getroffen hat. Das scheint mir ein gutes Motiv zu sein«, stellte Tiny fest.

»Genau. Wir wissen also, dass er Laras Geld benutzt und dass er viel ausgeht, was gut für uns ist«, erwiderte Owl mit einem Nicken. »Vielleicht ist es gar kein schlechter Plan, direkt an die Tür zu gehen und zu klopfen.«

»Oder wir können mit den Damen im *Blue Moon* reden«,

warf Stone ein. »Wir könnten uns umhören und herausfinden, wer seine Lieblinge sind und welche Informationen sie uns geben können.«

»Cora?«, fragte Pipe. »Was denkst du, was wir tun sollten?«

Sie hob den Kopf und sah Pipe direkt an. »Findet heraus, wo er Lara festhält, und holt sie da raus«, sagte sie entschlossen.

»Ich denke, wir sollten nicht mit einem Einbruch beginnen«, sagte Spike mit einem schiefen Grinsen. »Wir haben hier gute Verbindungen, aber ich will euch alle auf keinen Fall aus einem Gefängnis in Arizona auf Kaution rausholen müssen.«

»Warte, ist Arizona nicht das Land, in dem die Insassen rosa Unterwäsche tragen müssen?«, fragte Brick.

Pipe blendete das Geplapper seiner Freunde aus und konzentrierte sich ganz auf Cora. »Wir werden herausfinden, was hier los ist«, sagte er zu ihr.

Sie schüttelte den Kopf. »Sie wollte doch nur jemanden finden, der sie um ihretwillen liebt und nicht wegen ihres Geldes.«

»Du wusstest von ihrem Treuhandfonds?«

Cora verdrehte die Augen. »Natürlich. Wir sind beste Freundinnen. Ich weiß alles über sie. Aber das Geld ist ihr egal. Ich meine, sie ist dankbar dafür, denn es bedeutet, dass sie eine Wohnung in einem sicheren Teil der Stadt haben kann und dass sie das tun kann, was sie liebt, anstatt sich etwas suchen zu müssen, das besser bezahlt wird. Aber sie gehört nicht zu den Menschen, die Designerhandtaschen und teuren Schmuck wollen. Sie ist sehr großzügig, gibt Obdachlosen immer Geld und kauft jedem Kind in der Vorschule zu Weihnachten ein Geschenk. Sie sorgt dafür, dass alle einkommensschwachen Familien an Thanksgiving einen Truthahn bekommen, und wenn eines ihrer Kinder mit schmutziger Kleidung oder in schlechtem Zustand in die Schule kommt, geht sie persönlich zu den Familien, um nach dem Rechten zu sehen. Und das auf eine Art und Weise, die niemandem das Gefühl gibt, Almosen anzunehmen. Sie ist wirklich erstaunlich. Und dann erfahre ich, dass Ridge nur ihr Geld wollte?« Sie schüttelte traurig den Kopf.

»Wir werden sie da rausholen«, beruhigte Pipe sie.

»Dafür bin ich dankbar ... aber du verstehst das nicht. Die Wahrheit über Ridge herauszufinden hat sie wahrscheinlich gebrochen«, entgegnete Cora und legte ihre Stirn auf ihre hochgezogenen Knie.

Pipe gefiel es nicht, sie so am Boden zerstört zu sehen. Er stand auf, beugte sich dann vor und legte seine Hand unter ihren Ellbogen. Er half Cora sanft auf die Beine und führte sie zurück zum Tisch, wo er ihr half, sich zu setzen. Dann zog er seinen Stuhl direkt an ihren heran und legte eine Hand auf ihren Oberschenkel. Es war ihm egal, ob seine Freunde seine offene Zuneigung zu ihr sahen. Er konnte sie in diesem Moment nicht einfach ignorieren.

»Wir werden morgen früh losfahren«, erklärte Pipe. »Wir fliegen nach Phoenix, fahren zu Michaels' Haus und schauen, ob wir Glück haben und er uns reinlässt. Wenn nicht, überwachen wir das Haus und fahren dann zum *Blue Moon*. Und dann entscheiden wir, wie wir weiter vorgehen, okay?«

»Ich schicke dir die Satellitenbilder des Grundstücks und die Adressen der Läden, in denen Laras Kreditkarten benutzt wurden. Vielleicht kannst du mit den Bildern von Lara und Michaels dorthin gehen und fragen, ob jemand sie wiedererkennt«, meinte Tex.

»Ja, das ist ein guter Plan«, stimmte Stone zu.

»Kannst du uns die Adressen der Angestellten besorgen,

die auf dem Anwesen arbeiten? Vielleicht können wir einige von ihnen außerhalb des Hauses ansprechen. Vielleicht sind sie bereit, uns zu erzählen, was im Haus vor sich geht«, fügte Owl hinzu.

»Natürlich«, erklärte Tex. »Ich schicke euch eine Liste mit Namen und schaue, was ich über jeden Einzelnen von ihnen herausfinden kann.«

»Danke für die Informationen«, erwiderte Brick.

»Du brauchst mir nicht zu danken«, sagte Tex mürrisch.

»Tut mir leid, ich habe vergessen, dass du so etwas hasst«, sagte Brick mit einem kleinen Lachen.

»Ich bleibe in Kontakt. Cora?«

Sie hob den Kopf. »Ja?«

»Wenn deine Freundin gegen ihren Willen festgehalten wird, werden die Männer an diesem Tisch schon einen Weg finden, sie da rauszuholen«, beruhigte Tex sie.

»Das wird sie«, sagte Cora entschlossen. »Und ich hoffe, du hast recht.«

»Das habe ich. Ich mache jetzt Schluss.«

Einen Moment lang herrschte Stille im Raum. Dann sagte Owl leise: »Das Ganze gefällt mir nicht.«

»Stimmt«, bemerkte Stone. »Diese Situation stinkt zum Himmel. Würde Michaels Lara wirklich entführen, nur um an ihr Geld zu kommen, weil sein Vater ihm den Geldhahn zugedreht hat?«

»Das kann man nicht mit Gewissheit sagen. Aber ich bin mir sicher, dass Tex noch mehr nachforschen wird, um es herauszufinden«, versicherte Spike ihm.

»Ihr müsst ein bisschen früher am Flughafen sein, damit ihr eure Waffen aufgeben könnt«, sagte Tiny zu Owl, Stone und Pipe.

Als Cora das hörte, richtete sie den Blick auf Pipe. »Ihr nehmt Waffen mit?«, fragte sie.

Pipe nickte. »Natürlich tun wir das. Stört dich das?«

»Nein«, antwortete sie. »Ich meine, ich bin froh darüber. Ich habe nur gelesen, dass hier in der *Zuflucht* keine Waffen erlaubt sind, und bei all den Unwägbarkeiten, weil ihr nicht wirklich glaubt, dass Lara entführt wurde, war ich mir nicht sicher ...« Ihre Stimme wurde leiser.

»Stalkerin«, erklärte Pipe zärtlich.

Er wurde mit einem kleinen Lächeln belohnt. Er konnte den Tag kaum erwarten, an dem er sie von ganzem Herzen lächeln lassen konnte. Wenn ihre Freundin in Sicherheit und sie nicht mehr so gestresst war und sich völlig entspannen konnte.

»Aus offensichtlichen Gründen dürfen unsere Gäste keine Waffen mit auf das Gelände bringen, aber das bedeutet nicht, dass wir nicht darauf vorbereitet sind, uns selbst zu schützen. Und ich werde auf keinen Fall versuchen, in Arizona herauszufinden, was mit Lara passiert ist, ohne dabei in der Lage zu sein, dich zu beschützen«, erklärte Pipe ihr.

»Hattest du eine Waffe bei dir, als wir in D. C. waren? Ich meine, ich kann mich nicht erinnern, dass du etwas Besonderes gemacht hast, als wir hierhergeflogen sind«, sagte Cora.

»Ich gehe nirgendwo unbewaffnet hin«, erklärte Pipe ihr.

Sie legte den Kopf schief, während sie ihn ansah.

»Als bräuchte Pipe ein Messer oder eine Waffe, um sich zu schützen. Oder irgendjemand anderen«, fügte Tiny hinzu.

Cora zuckte leicht zusammen, als hätte sie vergessen, dass sie nicht allein waren. Pipe ging es genauso. Wenn er bei ihr war, wollte er ihr seine ungeteilte Aufmerksamkeit schenken. Und hier, mit seinen Freunden, konnte er das tun. Er konnte seine Wachsamkeit ablegen und musste nicht so sehr auf der Hut sein.

Sie drehte sich zu Tiny um. »Wirklich?«

»Ja. Ich meine, wir sind alle ziemlich gut im Nahkampf. Aber Pipe? Er ist der Meister.«

Cora musterte ihn noch einmal. »Hm.«

Er grinste. »Mehr hast du nicht zu sagen?«

»Nein. Oh, warte, doch. Kannst du es mir beibringen?«

»Dir was beibringen?«

»Wie ich mich schützen kann, wenn ich angegriffen werde? Ich meine, ich habe im Laufe der Jahre schon einiges gelernt, aber ich würde gern von einem Profi trainiert werden.«

»Auf jeden Fall«, entgegnete Pipe, ohne zu zögern. »Das Wichtigste ist, dass du dir die Schwachstellen vornimmst.«

»Wie den Schwanz eines Mannes?«, fragte Cora.

Pipes Freunde lachten, aber er hielt den Blick auf Cora gerichtet. »Ja. Aber mal ehrlich, Jungs sind daran gewöhnt, dass man darauf zielt. Ich habe von den empfindlichen Stellen gesprochen. Vor allem die Augen.«

Cora rümpfte die Nase.

»Ich weiß, das ist eklig. Aber ich garantiere dir, dass jemand sofort von dir ablässt, wenn du ihm den Finger ins Auge steckst. So hast du Zeit, dich von ihm oder ihr zu entfernen und Hilfe zu holen. Das sollte dein Ziel sein – nicht dortzubleiben und zu kämpfen, sondern wegzukommen.«

Sie nickte, nicht im Geringsten beleidigt. »Gibst du hier einen Kurs über solche Dinge?«

»Nein, warum?«

»Das solltest du. Ich meine, wenn die Leute wegen eines traumatischen Erlebnisses hier sind, wollen sie vielleicht mehr darüber wissen, wie sie sich verteidigen können, falls sie jemals wieder in eine solche Situation kommen.«

»Sie hat recht«, entgegnete Brick mit einem Nicken. »Das ist eine großartige Idee, und ich kann nicht glauben, dass wir nicht schon längst daran gedacht haben. Danke, Cora. Ich werde mit Alaska sprechen und sehen, wie wir es in den Zeitplan einbauen können. Vielleicht können wir einen Kurs zweimal pro Woche anbieten, damit möglichst viele Gäste teilnehmen können.«

»Ich bin im Nahkampf nicht so gut wie Pipe, aber ich helfe gern«, bot Spike an.

»Ich auch«, sagte Tiny.

»Ich bin auch dabei«, pflichtete Brick bei.

»Sieh mich nicht so an«, erklärte Owl mit einem selbstironischen Lachen. »Ich hatte in der Grundausbildung etwas Unterricht, aber die Armee war mehr daran interessiert, mir beizubringen, wie man einen Hubschrauber fliegt, als den Feind frontal anzugreifen.«

»Aber echt!«, bestätigte Stone kopfschüttelnd. »Hätten sie uns mehr im Nahkampf ausgebildet, wäre es uns vielleicht besser ergangen, als unser Hubschrauber abstürzte.«

Pipe runzelte die Stirn. Es war offensichtlich, dass seine Freunde immer noch mit den Nachwirkungen ihrer Gefangenschaft zu kämpfen hatten, und es war beschämend, dass man ihnen nicht das nötige Rüstzeug gegeben hatte, um der Gefangennahme zu entgehen. Sie mochten zwar einige der besten Hubschrauberpiloten der Welt sein, aber das würde ihnen nicht helfen, wenn sie in die Hände des Feindes fielen ... das hatten sie auf die harte Tour gelernt.

»Ich werde euch Bescheid geben, wenn ich von Tex etwas höre, was sich auf die Ereignisse in Phoenix auswirken könnte. In der Zwischenzeit solltet ihr dafür sorgen, dass ihr alles habt, was ihr für die Reise braucht, und wenn nicht, sagt mir Bescheid, damit wir es auftreiben können«, bemerkte Brick.

Pipe nickte. »Ich weiß das zu schätzen.«

Sein Freund seufzte. »Langsam verstehe ich, warum Tex es nicht mag, wenn man sich bei ihm bedankt. Als ich euch am meisten brauchte, als dieser Mistkerl in *Die Zuflucht* kam, um Alaska zu entführen, wart ihr alle für mich da, ohne Fragen zu stellen. Wenn ihr also in Arizona ankommt und feststellt, dass die Situation noch schlimmer ist, als ihr erwartet habt, ruft ihr uns besser an. Wir werden sofort da sein. Die Frauen können die Dinge hier auch ohne uns am Laufen halten. Und du musst mir nie dafür danken, dass ich das tue, was für dich und die Deinen getan werden muss«, bemerkte Brick und starrte Pipe aufmerksam an.

Er nickte und die Dankbarkeit schwoll in ihm an. Seine Freunde fragten nicht, was zwischen ihm und Cora los war. Sie akzeptierten einfach, was sie mit eigenen Augen sehen konnten: dass sie ihm mehr bedeutete als irgendein x-beliebiger Mensch, dem er einen Gefallen tat.

Brick wandte sich als Nächstes an Cora. »Alles in Ordnung? Geht es dir gut?«

»Nein. Ich bin überwältigt. Wütend auf diesen Dreckskerl Ridge. Ich habe Todesangst um Lara. Aber ich frage mich auch, was ich in meinem Leben getan habe, um das Glück zu haben, euch alle auf meiner Seite zu haben. Und auf Laras Seite.«

»Ich habe eine Frage ... wie schwer wäre es für dich gewesen, auf Laras Konto zuzugreifen, um Geld für die Auktion zu beschaffen?«, fragte Brick und beugte sich vor, um Cora genau zu beobachten. »Ich frage nur, weil ich annehme, dass du nach allem, was du über deine Freundin gesagt hast, wie großzügig sie ist und wie nahe ihr euch steht, sie dir Zugang zu ihrem Geld gegeben hat.«

Coras Wangen röteten sich. Plötzlich wollte Pipe ihre Antwort genauso sehr hören wie Brick.

Sie zuckte mit den Schultern und starrte auf den Tisch, wobei sie den Blick nur ab und zu zu Brick hinaufwandern ließ. »Ich habe eine Vollmacht für ihr Bankkonto ... für Notfälle. Als ich das letzte Mal meine Wohnung verloren hatte und bei ihr einziehen musste, hat sie mich mit zu ihrer Bank genommen. Sie sagte, sie wolle nicht, dass ich jemals wieder obdachlos werde, und nahm mir das Versprechen ab, ihr Geld zu benutzen, wenn ich es für die Miete oder die Stromrechnung oder so brauche«, erzählte Cora. Nach einem kurzen Moment hob sie ihr Kinn so weit an, dass sie Brick in die Augen sehen konnte. »Das habe ich aber nie getan. Ich glaube, weil ich wusste, dass sie so bereit war, es zu geben, war ich noch entschlossener, ihr Geld *nicht* zu benutzen.«

»Warte«, hakte Pipe verwirrt nach, »du hast all deine Möbel verkauft, jeden Teller und jede Tasse in deinen Schränken, dein *gesamtes* Hab und Gut, um sechstausend Dollar für die Auktion aufzutreiben ... obwohl du einfach zur Bank hättest gehen können, um dir zu nehmen, was du brauchst? Genug, um diese Kuh Eleanor zu überbieten?«

»Es ist nicht mein Geld«, beharrte Cora. »Ich weiß, das klingt blöd, weil ich es brauchte, um Lara zu helfen, und es ist ja ihr Geld, aber ich konnte es einfach nicht.«

»Es hört sich nicht dumm an«, beruhigte Tonka sie. »Es klingt so, als seist du die Art von Mensch, die jeder gern als Freund hätte.«

Pipe war wieder einmal erstaunt über diese Frau. Wenn es irgendjemand anderes gewesen wäre – wirklich *irgendjemand* –, hätte er das Geld, das er zur Verfügung hatte, ohne zu zögern eingesetzt. Besonders in einer schwierigen Situation. Aber nicht Cora. Sie hatte wahrscheinlich nicht einmal darüber nachgedacht. Sie hatte einfach das getan, was sie immer tat ... sich auf sich selbst verlassen, um ein Problem zu lösen.

Nun, nie wieder. Sie hatte jetzt einen ganzen Haufen von Leuten, die sie unterstützten. Ob ihr das nun klar war oder nicht.

»Genau. Also ... ich habe gehört, dass Alaska Robert gebeten hat, heute Abend seine berühmten Tacos zu machen. Glaub mir, wenn ich sage, dass du danach aus der Lodge rollen wirst. Was auch immer er verwendet, um das Fleisch zu würzen, es macht so verdammt süchtig. Sie hat auch erwähnt, dass sie dich besser kennenlernen will. Nur als Vorwarnung«, erklärte Brick Cora und zwinkerte ihr zu.

Das erinnerte Pipe an etwas. »Bevor wir gehen ... Cora sagte, dass sie mehrmals per E-Mail um Hilfe gebeten hatte, bevor sie von der Auktion hörte und erfuhr, dass einer von uns dort sein würde. Aber sie hat nie eine Antwort bekommen. Sie hat auch eine telefonische Nachricht hinterlassen, die ebenfalls unbeantwortet blieb. Kannst du deswegen bei Alaska nachfragen?«

Cora versteifte sich neben ihm. »Das ist keine große Sache«, entgegnete sie schnell.

»Du hast E-Mails geschrieben?«, fragte Brick in einem überraschten Ton.

»Ja, aber wie gesagt, das ist schon in Ordnung. Ich bin sicher, ihr bekommt jede Menge E-Mails, in denen ihr um Hilfe gebeten werdet«, erklärte Cora ihm.

»Ich werde mit Alaska reden«, sagte er zu Pipe und nickte.

»Nein, bitte nicht! Ich will nicht, dass jemand Ärger bekommt. Ich meine, es war dumm von mir, das zu tun. Es ist ja nicht so, dass ihr einfach eine E-Mail lest und mir glaubt und in ein Flugzeug springt oder so. Sei nicht böse auf sie, Brick. Bitte.«

»Du denkst, ich bin sauer?«, fragte er.

»Bist du es nicht?«

»Nein. Ganz und gar nicht. Alaska schuftet wie verrückt für diesen Laden. Ich habe keine Ahnung, wie wir all die Jahre ohne sie überlebt haben. Es ist ein Wunder, dass wir noch im Geschäft sind, wenn ich ehrlich bin. Sie ist für den ganzen Verwaltungskram zuständig und ich denke, es wird Zeit, dass wir jemanden einstellen, der uns hilft. Du hast recht, wir wären nicht sofort in ein Flugzeug gestiegen und hätten zugestimmt, einer Fremden zu helfen, aber solche Dinge brauchen wahrscheinlich ein zweites Paar Augen, um sie zu klären.«

Cora sah nicht beruhigt aus.

»Es ist in Ordnung, Liebes«, versicherte Pipe ihr und wollte ihr nur die Sorge nehmen, die er in ihren Augen sah.

»Sie wird wütend sein, dass ich sie in Schwierigkeiten gebracht habe«, bemerkte Cora leise.

Tonka lachte, und Pipe warf ihm einen Blick zu.

Sein Freund ignorierte den warnenden Blick. »Alaska wird nicht sauer sein. Zumindest nicht auf dich. Sie wird sich wahrscheinlich eher darüber ärgern, dass sie dir nicht geantwortet hat, wenn sie hört, dass du geschrieben hast. Ich vermute, sie wird sich verrenken, um es wiedergutzumachen. Wahrscheinlich wird sie darauf bestehen, dich zum Einkaufen mitzunehmen, dir die beste Schokolade zu kaufen, die du je gegessen hast, und dir die tollsten Geschäfte zu zeigen ... sie hat ein großes Herz. Du brauchst dir keine Sorgen zu machen.«

»Tonka hat recht«, erwiderte Spike mit einem Nicken. »Sie ist das Herz und die Seele dieses Ortes und sie wird nicht glücklich darüber sein, dass sie deine E-Mails übersehen hat.«

»Ein Grund mehr, es ihr nicht zu sagen«, murmelte Cora und brachte damit die Männer zum Lächeln.

»Du bist ein guter Mensch, Cora Rooney«, erklärte Tiny nach einem Moment.

»Stimmt. Und in diesem Sinne muss ich packen gehen«, erklärte Stone und trat vom Tisch zurück.

Alle anderen standen ebenfalls auf und versicherten Cora, dass sie alles tun würden, um Lara zu helfen, und dass sie bei Owl, Stone und Pipe in guten Händen sei.

Dann waren nur noch Pipe und Cora im Raum. Er trat in ihren persönlichen Bereich und griff nach ihr, hob ihren Kopf an und hielt sanft ihr Gesicht, so wie er es gestern Abend getan hatte. »Wir werden sie zurückholen. Ich gebe dir mein Wort.«

Sie schluckte schwer und griff nach seinen Handgelenken. Sie hielt sich fest, als sei sie kurz davor, in tausend Stücke zu zerspringen. »Ich habe jetzt noch mehr Angst. Ich kann nicht glauben, dass Ridge sie wegen ihres Geldes entführt hat. Und jeder weiß, dass Geld Menschen oft dazu bringt, verzweifelte oder dumme Dinge zu tun. Was ist, wenn er sie bereits verletzt oder getötet hat?«

»Ich glaube nicht, dass er das getan hat. Sie wurde in diesem Restaurant gesehen, erinnerst du dich?«

»Ja«, murmelte sie, »aber ich verstehe trotzdem nicht, was er tut. Es ergibt keinen Sinn, und das macht mir ebenfalls Sorgen.«

Das beunruhigte auch Pipe. »Du wirst noch verrückt, wenn du versuchst, alles sofort zu verstehen. Lass es auf sich beruhen, wenn auch nur für ein paar Stunden. Morgen werden wir direkt zu seinem Anwesen fahren und sehen, was wir herausfinden können.«

»Und wenn er uns nicht zu ihr lassen will?«

»Dann gehen wir zu Plan B über. Und dann zu Plan C, Plan D und Plan E.«

»Haben wir alle diese Pläne?«, fragte sie.

»Nein, aber das werden wir. Du solltest wissen, dass wir Männer der Spezialeinheit es gewohnt sind, Dinge spontan zu ändern.«

»Okay.«

»Okay«, wiederholte Pipe. »Hast du Hunger?«

Cora schüttelte den Kopf.

»Gut. Willst du zu Chuck und den anderen in die Scheune gehen?«

Sie schüttelte wieder den Kopf.

»Was willst du dann machen?«

»Mir Gedanken. Mich fragen, was Lara wohl gerade durchmacht. Überlegen, wie wir sie nach Hause bringen.«

Pipe konnte nicht anders, als sie anzulächeln. Er hatte gehofft, sie würde aufhören, sich Sorgen zu machen, aber wie die wahre Freundin, die sie war, konnte sie es einfach nicht. »Also gut, wie wäre es damit ... wir gehen zu meiner Hütte, ich mache uns etwas zu essen, wir sitzen auf der Dachterrasse und du kannst mir mehr über Lara erzählen. Darüber, was ihr in Washington gern macht. Über deinen Job und die Kinder, mit denen du arbeitest. Okay?«

Sie sah zu ihm auf. »Das würdest du für mich tun? Soll ich dich zu Tode langweilen, indem ich dir noch einmal erzähle, wie toll Lara ist?«

»Ich glaube, ich würde alles für dich tun«, erklärte Pipe ihr ehrlich.

»Wir kennen uns doch gar nicht«, antwortete sie.

»Wir kennen uns«, konterte Pipe. »Wir kennen die Dinge, auf die es ankommt.«

Er dachte nicht, dass sie darauf antworten würde, aber schließlich nickte sie. »Ja.«

»Ja«, stimmte er zu und Genugtuung durchströmte ihn.

»Vielleicht können wir noch ein bisschen mehr küssen?«, fragte Cora mit einem kleinen Lächeln.

»Ich denke, das lässt sich einrichten«, entgegnete er.

»Pipe?«

»Ja?«

»Wenn das alles vorbei ist, möchte ich mir ein Tattoo stechen lassen. Gehst du mit mir hin?«

»Es wäre mir eine Ehre.« Und schon hatte er ein neues Motiv im Kopf, obwohl er jahrelang kein Interesse an einem neuen Tattoo gehabt hatte.

Ein Generalschlüssel ... denn Schlüssel öffnen Dinge, und es fühlte sich an, als würde Cora ihm langsam den Schlüssel anvertrauen, um zu verstehen, wer sie im Innersten war. Und nicht nur das, sie arbeitete sich auch durch seine Schutzschilde hindurch.

Er stellte sich Stacheldraht um den Schlüssel vor, um zu symbolisieren, dass er ihn mit seinem Leben beschützen und ihr Vertrauen nicht missbrauchen würde. Er wollte auch einen Wolf mit einbeziehen, denn das Tier ist für seine Treue bekannt. Vielleicht würde der Schlüssel am Halsband des Wolfes hängen oder er würde ihn im Maul tragen.

»Worüber denkst du nach?«, fragte sie.

Pipe ließ seine Hände von ihrem Gesicht sinken und zog sie an seine Seite, während er sie zur Tür führte. »Was ich mir als nächste Tätowierung stechen lassen will.«

Sie lachte. »Warum bin ich nicht überrascht?«, fragte sie.

»Weil du mich kennst«, entgegnete er einfach.

Er spürte Coras Blick, als sie weitergingen. »Ich glaube langsam, dass ich das wirklich tue«, murmelte sie, mehr zu sich selbst als zu ihm.

Ihre Worte brachten ihn zum Lächeln. Er war nicht gerade ein offenes Buch, aber dieser Frau gegenüber hatte er sich so weit geöffnet wie schon lange niemandem mehr. Er hatte nie über die Gründe gesprochen, warum er das Militär und Großbritannien verlassen hatte. Und doch hatte sie ihn nicht verurteilt. Sie hatte einfach zugehört. Und das war es, was er gebraucht hatte.

Nein, was er brauchte, war diese Frau. Er hatte noch nie jemanden wie sie kennengelernt und er hatte das Gefühl, dass er das auch nie wieder tun würde. Sie fühlte sich vertraut an, als seien sie schon seit Jahren zusammen und nicht erst seit zwei Tagen. Er fühlte sich mit ihr auf einer Ebene verbunden, die er mit niemandem sonst erreicht hatte.

Er wäre ein Idiot, wenn er sie gehen ließe, und eines war Pipe nicht: ein Idiot. Sie mussten herausfinden, wie sie Lara helfen konnten, und dann würde er ihr klarmachen, dass er Cora auch weiterhin in seinem Leben haben wollte, falls er das nicht schon getan hatte.

Sie würde wahrscheinlich mit ihrer Freundin nach Washington zurückkehren wollen, und er würde sie niemals bitten, die Stadt zu verlassen, in der sie ihr ganzes Leben verbracht hatte. Er musste mit Brick sprechen und herausfinden, ob er als Besitzer der *Zuflucht* weitermachen konnte, während er am anderen Ende des Landes lebte. Wenn ja, großartig; wenn nicht, würde er seinen Anteil verkaufen.

Er schaute sich um, während sie gingen ... und war überrascht, dass ihn der Gedanke, alles, was er in diesem Land kannte, für eine Frau aufzugeben, nicht aus der Fassung brachte, selbst nachdem er sie gerade erst kennengelernt hatte. Er würde es vermissen, aber er würde auch alles tun, um Coras Loyalität zu gewinnen, denn er wusste tief in seinem Herzen, dass es das Beste war, was er je in seinem Leben getan hatte. Und zwar ohne den geringsten Zweifel.

Sie gingen weiter zu seiner Hütte, und irgendwie fühlte Pipe sich so leicht wie schon lange nicht mehr. Er hatte einen Plan. Dazu gehörte auch, Cora ohne den geringsten Zweifel klarzumachen, dass es ihm um etwas Langfristiges ging. Sie wollte eine Familie? Er würde ihr mit Freuden eine geben. Sie würde nie wieder allein sein. Nicht, wenn es nach ihm ginge.

# KAPITEL DREIZEHN

»Es tut mir so leid!«, entgegnete Alaska traurig, als Cora später am Abend die Lodge betrat.

Cora runzelte die Stirn über die Sorge in der Stimme der Frau. Das gefiel ihr nicht. Ganz und gar nicht.

Eigentlich hatte sie sich vorhin mit Pipe entspannen können. Sie hatten genau das getan, was er vorgeschlagen hatte: Sie waren zu seiner Hütte zurückgekehrt und hatten auf der Dachterrasse gesessen, seine Sandwiches gegessen und über Lara gesprochen. Irgendwann hatte sich das Gespräch auf sie selbst verlagert. Was sie in ihrer Freizeit gern tat, ihren Job in der Vorschule, die besten Insider-Restaurants in Washington.

Sie hatten auf den bequemen Stühlen Platz genommen, aber Pipe hatte den Tisch zwischen ihnen verschoben und seinen Stuhl direkt neben ihren gezogen. Nachdem sie gegessen hatten, hatte er ihre Hand gehalten und Cora war sich sicher, dass sie auch jetzt noch das Gewicht seines Daumens auf ihrem Handrücken spüren konnte. Erst als sie aufgestanden waren, um die Treppe hinunterzugehen, hatte Pipe sie in seine Arme genommen und geküsst. Es war ein zärtlicher Kuss, der Cora nach mehr verlangen ließ.

Am Abend freute sie sich auf das Taco-Buffet, das Robert für die Gäste und das Personal zusammengestellt hatte. Es war kaum zu glauben, wie ... nett alle waren. Sie hatte die Erfahrung gemacht, dass sie nie wirklich zu Gruppen von Menschen passte, und Frauen schienen selten daran interessiert zu sein, sie kennenzulernen.

Aber Alaska, Henley, Ryan und Reese und die anderen, die sie bisher getroffen hatte, waren das Gegenteil. Sie schienen sich zu freuen, sie kennenzulernen. In gewisser Weise fühlte Cora sich, als sei sie in einer alternativen Dimension. Jeden Moment würde die Blase platzen und alle würden die »echte« Cora sehen und die Nase über sie rümpfen.

Kaum hatte sie die Lodge betreten, war Alaska direkt auf sie zugekommen und hatte sich entschuldigt.

»Dir muss nichts leidtun«, versicherte Cora ihr.

»Doch! Ich hätte deine E-Mails und deine Anrufe nicht ignorieren dürfen.«

»Ist schon okay.«

»Zu meiner Verteidigung: Wir bekommen jede Woche mehrere E-Mails von Leuten, die die Männer einstellen wollen. Und sie lassen sich nicht einfach so zu irgendwelchen Aufträgen zwingen. Ich meine, sie *könnten* es, denn sie sind verdammt gut in dem, was sie tun. Ich sollte es wissen. Aber ich habe noch nie daran gedacht, Drake eine der E-Mails zu zeigen, weil die Männer das bis jetzt noch nie in Erwägung gezogen haben. Ich überfliege sie nur schnell und lösche sie.« Bei diesem Geständnis sah sie unglücklich aus. »Aber wenn ich mir die Zeit genommen hätte, deine E-Mails genauer zu lesen, hätte ich es Drake und den anderen gegenüber vielleicht erwähnt.«

»Ich verstehe schon«, erklärte Cora und hasste es, dass Alaska so bestürzt schien.

»Ich habe mit Drake darüber gesprochen und obwohl es deine Situation nicht verbessert, haben wir uns darauf geeinigt, dass ich alle E-Mails dieser Art von Leuten, die die Jungs wegen ihres Hintergrunds einstellen wollen, in einen separaten Ordner lege und Drake oder jemand anderes sie überprüft und entscheidet, wie es weitergeht.«

»Ist das … ach, schon gut«, sagte Cora und überlegte es sich anders, bevor sie die Frage stellen konnte, die ihr auf der Zunge lag.

»Ist das was?«, fragte Alaska.

Cora seufzte. »Ist das okay für *dich*? Ich meine, dass dein Freund – hach, dieses Wort passt *überhaupt* nicht zu Brick – etwas potenziell Gefährliches tut, um jemand anderem zu helfen?«

Die beiden Frauen standen allein in einer Ecke des großen Raumes. Pipe unterhielt sich mit Owl und Stone, die Gäste lachten und vergnügten sich, und Henley, Jasna und Reese stellten sich am Buffet an.

»Ehrlich gesagt, ja«, entgegnete Alaska. »Drake und seine Freunde waren hervorragend in ihren früheren Jobs. Das habe ich am eigenen Leib erfahren, als sie mich gerettet haben. Werde ich mir Sorgen um ihn machen? Auf jeden Fall. Aber der Gedanke, dass jemand anderes da draußen verzweifelt die Hilfe braucht, die ich brauchte, und sie nicht bekommt, würde mich quälen. Ich weiß nicht, wie das funktionieren soll. Ich meine, die Logistik des Ganzen. Aber wir werden sehen, was passiert. Wenn sie das nicht wollen, haben sie ein paar Freunde, an die sie sich wenden können, oder sie können Tex um Empfehlungen bitten.

Und was Drake als meinen Freund angeht …« Alaska lächelte und warf einen Blick durch den Raum auf den

Mann, um den es ging. »Ich glaube, ich bin bereit, dass er mein Mann wird.«

Cora machte große Augen. »Wow, cool.«

»Ja. Wir sind zwar schon verlobt und ich weiß, dass er heiraten will, aber ich habe es immer wieder aufgeschoben. Ich glaube, das liegt daran, dass ich darauf gewartet habe, dass irgendetwas dazwischenkommt, weißt du? Dass Drake zur Vernunft kommt und merkt, dass ich immer noch das gleiche Mauerblümchen bin wie damals, als wir uns in der Highschool kennengelernt haben. Aber ich schwöre, mit jedem Tag, der vergeht, kommen wir uns näher. Ich kann mir nicht vorstellen, den Rest meines Lebens nicht mit ihm zu verbringen.«

»Das ist großartig«, erklärte Cora mit einem breiten Lächeln. Sie freute sich wirklich für die Frau.

»Das finde ich auch. Und ich vermute, Tonka und Henley denken über eine standesamtliche Trauung nach, obwohl ich weiß, dass Jasna lieber ein großes Fest mit allen Tieren in der Scheune veranstalten möchte.« Die Frauen lachten. »Ich glaube nicht, dass Tonka davon begeistert ist, aber er wird tun, was seine Mädchen glücklich macht. Ich glaube nicht, dass *Die Zuflucht* zum Zentrum für Hochzeiten wird, denn dafür wurde dieser Ort nicht geschaffen, aber wenn ich mir vorstelle, dass meine besten Freunde hier ihr Eheleben begonnen haben, wird mir ganz warm ums Herz.«

Cora lächelte. »Die ganze Atmosphäre hier ist sehr ruhig und entspannt.«

»Stimmt«, entgegnete Alaska. »Komm schon, mir knurrt der Magen. Roberts Tacos sind die absolut besten. Aber eigentlich ist alles, was er macht, fantastisch.«

Alaska zog Cora ans Ende der Schlange, und während sie darauf warteten, dass sie an der Reihe waren, ihre Teller zu füllen, kamen Pipe, Owl und Stone zu ihnen.

»Wollt ihr die Weltherrschaft an euch reißen?«, neckte Pipe sie, legte einen Arm um ihre Taille und drängte sich von hinten an sie.

Cora warf den Kopf zurück und lächelte ihn an. »Natürlich«, erwiderte sie.

»Hat Brick dir von dem Selbstverteidigungskurs erzählt, mit dem wir beginnen wollen?«, fragte Owl Alaska. »Pipe hat gesagt, dass er den Unterricht leiten wird, und Stone und ich werden an jeder einzelnen Stunde teilnehmen.«

»Ja!«, entgegnete Alaska und ihre Augen wurden vor Aufregung ganz groß. »Ich finde, das ist eine gute Idee. Ich habe mir schon den Zeitplan angesehen, um zu entscheiden, wo wir die Unterrichtsstunden einbauen können. Ich denke, nachmittags, nach dem Mittagessen, aber nicht *direkt* danach, damit das Essen Zeit hat, sich zu setzen. Im Sommer ist das gut für die Leute, die in der Hitze nicht wandern wollen, und im Winter haben die Gäste so eine weitere Möglichkeit, etwas drinnen zu unternehmen. Oh, und ich habe mit Ryan, Jess, Luna, Savannah und Carly gesprochen, und sie sind auch alle begeistert.« Sie machte eine Karateschlag-Bewegung und grinste zu Pipe hoch.

Er lachte und Cora spürte das Grollen in ihrem Rücken. Wieder einmal schoss ein Anflug von Verlangen durch ihren Körper. Es war ein so ungewohntes Gefühl. Das war nicht typisch für sie, aber sie hasste es nicht. Wie könnte sie auch, wenn Pipe der Auslöser war?

»Ganz ruhig, Ninja-Kriegerin«, sagte er zu Alaska.

Sie kicherte und wandte sich wieder dem Buffet zu, um sich einen Teller zu holen.

»Alles gut gelaufen?«, fragte Pipe. Er beugte sich zu ihr hinunter und flüsterte ihr ins Ohr, sodass Cora erschauderte, als sein warmer Atem ihre Haut kitzelte.

»Ja.« Sie sah zu Pipe auf. »Sie hasst mich nicht«, entgegnete sie flüsternd.

»Natürlich nicht«, erwiderte er und runzelte die Stirn.

»Du verstehst das nicht. Andere Frauen kommen normalerweise nicht mit mir zurecht.«

»Das liegt daran, dass sie den Schutzschild spüren, den du um dich herum aufgebaut hast und der sie auf Abstand hält«, erklärte Pipe sachlich. »Aber Alaska ist das egal. Und den anderen hier auch. Wahrscheinlich weil sie früher ähnliche Schutzschilde hatten und eine verwandte Seele erkennen.«

Cora blinzelte ihn an. Hatte er recht? Hatte sie Schwierigkeiten, Freundschaften zu schließen, weil *sie* eine Art von Ausstrahlung hatte, die mögliche Freunde abschreckte?

»Du bist dran, Liebes. Nimm dir einen Teller.«

Als Cora sich umdrehte, sah sie, dass zwischen ihr und Alaska eine große Lücke war. Sie fühlte sich ein wenig benommen, als sie einen Teller nahm.

Pipe trat noch näher heran und legte den Arm um ihre Taille. »Dieser Ort wird dich heilen ... wenn du es zulässt«, erklärte er ihr. Er küsste ihre Schläfe und richtete sich auf.

Ihre Haut kribbelte dort, wo seine Lippen sie berührt hatten. Sie hatte das Gefühl, dass er recht hatte. Sie hatte sich hier von der ersten Sekunde an zu Hause gefühlt. Zugegeben, sie war noch nicht allzu lange hier, aber mit jeder Minute, die verging, fühlte sie sich ... normaler. Nicht dass sie wirklich wusste, was normal war.

Sie hatte ihr Leben damit verbracht, von allen abgelehnt zu werden. Ihre eigenen Eltern, zahllose Pflegefamilien, ihre Chefs in den vielen Jobs, die sie im Laufe der Jahre gehabt hatte, Männer und Frauen, die sie auf ihrem Weg kennengelernt hatte ... aber schon in dem Moment, in dem sie zu Pipe aufgesehen und Augenkontakt mit ihm aufgenommen hatte, als er während der Auktion auf der Bühne stand, hatte sie eine Veränderung gespürt. In ihr selbst? In der Zeit? Im Universum? Sie war sich nicht sicher. Sie wusste nur, dass sie sich seit dem ersten Gespräch mit Pipe wohler in ihrer eigenen Haut fühlte.

Weil sie krampfhaft versuchte, ihre Tränen wegzublinzeln, schaufelte Cora blindlings Essen auf ihren Teller. Es spielte keine Rolle, was sie nahm; alles roch und sah köstlich aus. Als sie sich an den Tisch neben Henley setzte, die sie so enthusiastisch begrüßte, als hätte sie sie seit Monaten und nicht erst seit ein paar Stunden nicht mehr gesehen, wurde Cora mit einem plötzlichen Geistesblitz klar, dass alles, wonach sie ihr ganzes Leben lang gesucht hatte, genau hier war.

Mitten im Nirgendwo, in New Mexico. In dieser heimeligen, friedlichen Umgebung, von der Cora nie gedacht hätte, dass sie sie einmal genießen würde. Sie war ein Stadtmädchen, hatte ihr ganzes Leben in der Stadt verbracht, aber auf dem Dach von Pipe zu sitzen, die frische Winterluft zu riechen und zu sehen, wie alle in der Lodge respektvoll miteinander umgingen ... das weckte eine Sehnsucht in ihr, tief und unausweichlich.

Sie wollte das.

Sie wollte zu einer Gruppe von Menschen wie dieser gehören.

Nein, sie wollte zu genau *dieser* Gruppe von Menschen gehören.

Aber im Grunde war sie eine Fremde. Und es bestand eine gute Chance, dass Pipe, Owl und Stone ihretwegen in Gefahr gerieten, wenn sie nach Arizona fuhren.

Cora biss die Zähne zusammen. Fest.

Das konnte sie nicht zulassen.

Sie wollte ihre Hilfe, ja. Aber nicht auf die Gefahr hin,

dass jemand verletzt wurde oder in Schwierigkeiten geriet. Das konnte sie diesen Menschen, die sie so bereitwillig aufgenommen hatten, nicht antun. Sie durfte nichts tun, was ihre Angehörigen in Trauer oder Verzweiflung stürzen könnte.

Sie schwor sich im Geiste, dass sie, falls Ridge die Polizei rief oder etwas Verrücktes passierte, alles tun würde, was nötig war, damit die Männer der *Zuflucht* keinen Ärger bekamen. Spike hatte Witze darüber gemacht, dass alle wegen Einbruchs verhaftet werden könnten, aber wenn es hart auf hart käme, würde sie tun, was nötig war, ohne sie einzubeziehen.

»Was geht dir gerade durch den Kopf?«, fragte Pipe, als er sich setzte.

»Nichts.«

»Für mich sieht es nicht nach nichts aus«, murmelte er.

»Ich weiß einfach zu schätzen, was ihr alles tut, um Lara zu helfen. Als ich anfing, über *Die Zuflucht* zu recherchieren, hätte ich das alles nicht erwartet«, erklärte Cora und gestikulierte hilflos durch den Raum, um all ihre Gefühle zu erklären.

Pipe betrachtete sie einen Moment sehr aufmerksam. Schließlich sagte er: »Iss.«

Cora blinzelte, dann lachte sie.

»Was?«, fragte er.

»Ich dachte schon, du würdest etwas Tiefsinniges sagen.«

Er lächelte. »Irgendetwas wie, dass man die Menschen findet, die man finden soll, wenn man sie finden soll? Wenn man sie am meisten braucht?«

Cora starrte ihn an. »Ja. Genau so was.«

Pipe stupste sie mit dem Ellbogen an. »Iss, Cora. Der morgige Tag wird stressig werden.«

»Und wenn ich etwas esse, wird es weniger stressig?«, fragte sie trocken.

»Nein. Aber es wird dir den nötigen Treibstoff geben, um durchzuhalten. Um zu tun, was getan werden muss. Um für Lara da zu sein, um stark zu sein. Und ... Roberts Tacos sind die besten.«

Dieser Mann. Cora genoss es wirklich, in seiner Nähe zu sein. Das war eine ziemliche Offenbarung, denn es gab bisher nur einen anderen Menschen, mit dem sie gern Zeit verbrachte – Lara.

Aber jetzt freute sie sich darauf zu hören, was Henley den ganzen Tag gemacht hatte. Und wie die Schule für Jasna war. Und was die Ziegen heute wohl gefressen hatten, was sie nicht hätten fressen sollen. Und wie es Chuck ging.

Es gab so viel, was sie wissen wollte ... kleine, alltägliche Dinge ... und plötzlich hatte sie das Gefühl, nicht genügend Zeit zu haben, um alles zu erfahren.

»Hey, Cora, ist das *Vietnam Veterans Memorial* in Washington wirklich so cool, wie es auf den Bildern aussieht?«, fragte Jasna.

»Sprich nicht mit vollem Mund«, schimpfte Henley ihre Tochter.

»Tut mir leid«, sagte sie lächelnd und fuhr sich mit dem Arm über die Lippen. »Aber tut es das? Ich habe Bilder von all den Denkmälern und so gesehen, und es sieht alles so toll aus!«

»Das tut es tatsächlich, aber weißt du, was mein Lieblingsort ist?«, fragte Cora das Mädchen.

»Was?«

»Der *Nationalfriedhof Arlington*. Er ist feierlich und traurig, aber gleichzeitig so schön. Eine Sache, die jeder in seinem Leben sehen sollte, ist die Wachablösung am

Grabmal des Unbekannten Soldaten. Ich habe geweint, als ich sie das erste Mal gesehen habe.«

Jasna legte den Kopf schief. »Wirklich?«

»Wirklich«, entgegnete sie mit einem Nicken.

»Meinst du, ich kann ein Video davon im Internet finden?«, fragte Jasna ihre Mutter.

»Das kannst du bestimmt ... *nach* dem Essen«, entgegnete Henley streng.

»Okay«, stimmte Jasna bereitwillig zu und wandte die Aufmerksamkeit wieder ihrem Teller zu.

Während Cora die köstlichsten Tacos aß, die sie je gegessen hatte – die anderen hatten recht: Robert musste eine Art Droge in das Fleisch gemischt haben, damit sie so süchtig machten, genau wie er es mit den Plätzchen getan haben musste –, nahm sie an den Gesprächen um sie herum teil. Das passierte normalerweise nicht. Entweder blieb sie stumm, weil sie nicht wusste, was sie beitragen sollte, oder sie wurde ignoriert.

Sie lernte Luna kennen, Roberts Tochter, die ihm half, wann immer sie konnte. Luna war eine Studentin am College in Los Alamos. Sie war wunderschön, hatte lange braune Haare und intelligente braune Augen. Außerdem war sie genauso freundlich wie alle anderen auch.

Viel zu schnell war es an der Zeit, zu Pipes Hütte zurückzukehren. Fast widerwillig verabschiedete Cora sich von allen. Sie hasste es, dass dies vielleicht das letzte Mal war, dass sie sie sah. Das war eine weitere Enthüllung.

»Pass auf dich auf«, verabschiedete Alaska sich, als sie Cora umarmte.

»Das werde ich.«

»Ich hoffe, du findest deine Freundin«, bemerkte die süße Jasna, bevor sie zur Tür hinauslief, vermutlich um im Internet nach Videos von der Wachablösung zu suchen.

»Unterschätze diesen Kerl nicht«, warnte Henley mit einem kleinen Stirnrunzeln. »Ich weiß nicht alles über die Geschehnisse, aber wenn jemand deine Freundin entführt hat, muss er einen ziemlich guten Grund dafür gehabt haben. Und er wird es nicht zugeben wollen ... oder sie gehen lassen.«

»Ich weiß«, entgegnete Cora. Und das tat sie auch. Zu diesem Schluss war sie bereits gekommen, noch bevor sie davon gehört hatte, dass er Laras Kreditkarten in einem Stripklub benutzt hatte.

»Bring sie hierher«, erklärte Reese, während sie Cora umarmte. »Bevor sie nach Hause zurückkehrt, meine ich.«

Cora wusste nicht, was sie dazu sagen sollte. Zum einen freute sie sich mehr, als sie in Worte fassen konnte, dass Reese keine Zweifel daran zu haben schien, dass sie Lara finden und von Ridge wegholen würden. Und sie wollte mehr als alles andere hierher zurückkommen. Aber da war immer noch das Problem, dass die Hütten seit Monaten ausgebucht waren, und sie wusste nicht, was Lara wollen würde. »Wir werden sehen«, sagte sie schließlich.

Reese nickte und trat einen Schritt zurück.

Ryan kam als Nächste auf sie zu und umarmte sie lange und fest. Dabei flüsterte sie ihr ins Ohr: »Bleib clever. Typen wie der, der deine Freundin entführt hat, sind nicht so schlau, wie sie glauben. Sie vermasseln es immer. Warte auf den Moment, in dem er genau das tut, und nutze ihn aus.«

Cora nickte, als Ryan sich zurückzog. Sie starrte ihr ein paar Sekunden lang in die Augen und in diesem Moment vermutete Cora, dass Ryan viel vor der Welt verbarg. Sie sah in der anderen Frau die gleichen Schutzschilde, die Cora selbst benutzte. Aber der Moment verschwand schnell, als Ryan grinste. »Und wenn dieser reiche Dreckskerl einen Hubschrauber oder so etwas rumstehen hat, können Owl und Stone das Baby fliegen ... ich denke, ihr solltet ihn stehlen, so wie er deine Freundin gestohlen hat.«

Alle um sie herum lachten, aber Cora lächelte nur. In Ryans Gesichtsausdruck war etwas, das sie glauben ließ, dass sie nicht wirklich scherzte. Sie fragte sich, ob sie etwas wusste, was die anderen Frauen nicht wussten, oder ob sie etwas anderes mitbekommen hatte, worüber die Jungs gesprochen hatten. Aber sie hatte keine Zeit, weitere Fragen zu stellen, denn plötzlich war Robert da.

Er umarmte sie und sagte ihr, dass er morgen früh eine Ladung Plätzchen für sie bereithalten würde, die sie mitnehmen könne. Sie verabschiedete sich von Jess, Carly und Jason, zwei der Haushälterinnen und dem Wartungstechniker. Dann nickten alle von Pipes Freunden ihr zum Abschied zu und versprachen ihr, sie morgen in aller Früh abzuholen, bevor sie durch die Tür zu Pipes Hütte geführt wurde.

Auf dem Weg zu seiner Hütte waren sie schweigsam, aber es war keine unangenehme Stille. Pipe schloss seine Tür auf und hielt sie für sie offen. Er schloss sie sofort hinter ihnen ab und sagte: »Ich denke, wir sollten heute Abend auf die Dachterrasse verzichten. Wir müssen früh aufstehen. Wenn du etwas brauchst, sag einfach Bescheid.«

Cora nickte und machte sich sofort auf den Weg zum Gästezimmer, in dem sie die Nacht zuvor verbracht hatte. Sie brauchte etwas Zeit und Raum zum Nachdenken. Es fühlte sich an, als sei ihre ganze Welt in den letzten zwei Tagen auf den Kopf gestellt worden, alles, was sie zu wissen geglaubt hatte, war vollkommen verdreht worden. Sie hatte immer gedacht, sie sei seltsam, zu seltsam, als dass die Leute sich in ihrer Nähe wohlfühlen könnten. Dass sie eine Art Neonschild mit sich herumträgt, das nur andere sehen können und das der Welt verkündet, dass sie nicht dazugehört. Dass sie, seit sie von allen zurückgewiesen wurde, die sie lieben und sich um sie kümmern sollten, gar nicht erst versuchen sollte, andere an sich heranzulassen.

Aber nur zwei Tage in der *Zuflucht* hatten sie grundlegend verändert. Die meisten Leute würden die Augen verdrehen und sagen, sie sei lächerlich. Sie würden sagen, dass der Besuch eines Ortes ihre Meinung über die Welt nicht so schnell ändern könne. Aber da lägen sie gehörig daneben.

Pipe und seine Freunde hatten ihr bewiesen, dass sie es vielleicht, aber nur vielleicht, wert war, Freunde zu haben. Dass die Ablehnung durch die Menschen in ihrer Vergangenheit nichts mit ihr zu tun hatte, sondern eher mit diesen Menschen. Die Erleuchtung war beunruhigend. Besonders jetzt, da Cora erkannte, dass viele ihrer Probleme, Freunde zu finden, auf ihre Einstellung zurückzuführen waren. Denn sie erwartete von vornherein, dass die Leute sie nicht mögen würden.

Sie ging auf die Toilette, putzte sich die Zähne und zog sich ein übergroßes T-Shirt an, bevor sie unter die Bettdecke kroch. Cora starrte an die Decke und fragte sich zum ersten Mal seit ein paar Stunden, was Lara in diesem Moment tat. Hatte sie Schmerzen? Ging es ihr gut? Vielleicht war sie mit Ridge tatsächlich aus freien Stücken nach Arizona gegangen ... aber wusste sie, dass er ihr Geld ausgab? Von dem Stripklub?

Sie hatte zu viele Fragen und keine Antworten, aber dank Pipe und seinen Freunden würde sie diese Antworten hoffentlich bald bekommen.

Cora schloss die Augen und atmete tief durch. Sie musste sich ausruhen, damit sie Ridge morgen die Stirn bieten konnte. Es dauerte eine Weile, aber schließlich fiel sie in einen unruhigen Schlaf.

*»Nein!«*

Pipe schreckte auf und war auf den Beinen, noch bevor er Coras panischen Ausruf registriert hatte. Er hatte seine Schlafzimmertür vorsichtshalber offen gelassen und war froh darüber. Lautlos schlich er den Flur entlang, auf der Hut vor jeder Gefahr, die im Dunkeln lauern könnte. Er erreichte die Tür des Gästezimmers ohne Zwischenfall, nur um Cora noch einmal schreien zu hören.

»Ich werde brav sein! Bitte lasst mich bleiben!«

Es brach ihm das Herz, als er sie flehen hörte. Von außen betrachtet wirkte sie selbstbewusst und frech. Aber nach dem zu urteilen, was sie über ihren Wunsch nach einer eigenen Familie gesagt hatte, und nachdem er gehört hatte, was sie als Kind in all diesen Pflegefamilien durchgemacht hatte, war es offensichtlich, dass sie immer noch mit ihrer Vergangenheit zu kämpfen hatte.

Pipe knipste das Flurlicht an und öffnete die Tür zum Gästezimmer. Im Licht des Flurs konnte er Cora sehen, die sich auf dem Doppelbett hin und her wälzte. Er ging sofort zu ihr, sein einziger Gedanke war es, sie zu beruhigen.

»Cora«, sagte er mit leiser Stimme, um sie nicht zu erschrecken. »Wach auf.«

Seine Worte schienen nicht durch ihren Albtraum zu dringen.

»Ich verspreche, dass ich keinen Ärger machen werde. Schickt mich nicht zurück!«

Pipes Herz hielt es keinen weiteren Moment aus. Er setzte sich auf die Bettkante, legte seine Hände auf ihre Schultern und schüttelte sie sanft in dem Versuch, sie aufzuwecken. »Cora, Liebes, wach auf. Dir geht es gut, du hast nur einen Albtraum.«

Daraufhin öffnete sie die Augen und starrte ihn einen Moment lang ausdruckslos an ... bevor sie einen großen, zitternden Atemzug tat, der in ein Schluchzen überging.

Pipe lehnte sich neben ihr zurück und zog sie in seine Umarmung. Hätte er darüber nachgedacht, hätte er vielleicht nicht so dreist gehandelt. Aber er war verzweifelt und wollte sie unbedingt trösten. »Psst«, murmelte er, als er spürte, wie sie sich an seinen Oberkörper schmiegte. »Dir geht es gut. Es war nur ein Traum. Du bist in Sicherheit.«

Mit den Händen streichelte er ihren Rücken hinauf und hinunter, während er sie an seine nackte Brust drückte. Erst jetzt fiel ihm auf, dass er nur mit Boxershorts bekleidet zu ihr gekommen war. Normalerweise schlief er nackt, aber aus Rücksicht darauf, dass sie in seinem Haus war, hatte er Unterwäsche angezogen. Cora schien es weder zu bemerken noch schien es sie zu interessieren, was er anhatte oder auch nicht. Sie drückte ihre Nase an seine Brust und er spürte, wie sie an ihm zitterte.

»Es war kein Traum«, erklärte sie, nachdem sie ihre Atmung unter Kontrolle gebracht hatte. »Es war eine Erinnerung. Eine von vielen. Ich war in ein neues Zuhause gekommen, hatte angefangen, meinen Schutzschild zu senken, und musste dann herausfinden, dass sie mich zurückschicken würden. Ich war zu alt, zu leise, zu laut, zu dumm, zu langsam, zu hässlich ...« Sie seufzte. »Am Ende spielten die Gründe keine Rolle mehr. Ich war wie ein streunender Hund, den sie aufgenommen hatten, nur um festzustellen, dass ich mehr Ärger machte, als sie erwartet hatten.«

Pipe hasste die Verzweiflung, die er in ihrer Stimme hörte. »Das ist ihr Verlust«, erklärte er etwas zu hart, aber er konnte es nicht abschwächen. »Du hast nichts falsch gemacht.«

Sie antwortete nicht, sondern schien nur zu versuchen, ihm noch näher zu kommen.

Pipe wurde plötzlich klar, dass sie in ihrem Leben wahrscheinlich noch nicht viel körperliche Zuneigung erfahren hatte. Da sie in einer Pflegefamilie aufgewachsen war, hatte sie wahrscheinlich nur wenige Umarmungen bekommen. Er schlang seine Arme um sie. Nun, das würde sich ab sofort ändern. Er würde dafür sorgen, dass diese Frau wusste, dass sie der Liebe würdig war. Dass sie geliebt wurde. Dass sie zärtlich berührt werden sollte. Er war noch nie ein besonders demonstrativer Typ gewesen, was körperliche Zuneigung anging, aber für Cora? Da könnte er sich ändern.

So lagen sie eine lange Zeit, Cora an seine Brust gepresst. Pipe dachte, sie sei eingeschlafen, und er lockerte seinen Griff um sie, um in sein Zimmer zurückzugehen. Doch sobald er versuchte, sich zu entfernen, wimmerte sie und klammerte sich an ihn.

»Bleibst du, bitte?«, flüsterte sie, nachdem er seine Arme erneut um sie geschlungen hatte.

»Bist du sicher?«

Als Antwort nickte Cora. »Ich werde mich morgen wahrscheinlich furchtbar schämen, aber ich … bitte bleib. Das ist keine Einladung für … du weißt schon. Ich … du fühlst dich einfach so gut an. Sicher.«

Pipe zwang seine Wut nieder. Er hasste es, dass sie ihm klarmachen musste, dass sie nicht wollte, dass er sich Hoffnungen auf Sex machte. Natürlich wollte sie jetzt keinen Sex. Sie hatte schlecht geträumt und fühlte sich nicht gut. Er war nicht die Art von Mann, die das ausnutzen würde. »Das muss dir nicht peinlich sein«, versicherte er ihr. »Ich habe mich noch nie so wohlgefühlt wie in diesem Moment, Liebes.«

Keiner der beiden sagte noch etwas. Pipe hatte nicht das Bedürfnis zu sprechen. Er begnügte sich damit, die Frau in seinen Armen zu halten und ihr Schutz vor dem Sturm der Erinnerungen zu bieten, der alles daransetzte, sie zu überwältigen.

Ein paar Minuten nachdem er versprochen hatte zu bleiben, schlief sie ein, und Pipe lag wach und hielt sie im Arm, während seine Gedanken rasten.

Das Sprichwort »Sei freundlich. Jeder, den du triffst, macht einen Kampf durch, von dem du nichts weißt« hatte er schon oft gehört, aber heute Nacht verstand er es zum ersten Mal wirklich. Von außen betrachtet sah Cora so aus, als hätte sie alles im Griff. Sie hatte einen Job, eine beste Freundin und vermittelte den Eindruck, stark und zufrieden, wenn nicht sogar glücklich zu sein. Aber tief im Inneren hatte sie zu kämpfen. Genau wie er an manchen Tagen.

Im Großen und Ganzen war Pipe mit seinem Leben zufrieden. Aber er ärgerte sich immer noch über das, was bei der letzten Mission passiert war. Er hatte das Gefühl gehabt, keine andere Wahl zu haben, als in ein anderes Land zu ziehen und sich mit Männern zusammenzutun, die er nicht kannte, um zu überleben.

Diese Männer waren seine besten Freunde geworden. *Die Zuflucht* war so sehr ein Teil von ihm wie die Tatsache, dass er ein Soldat bei der britischen Spezialeinheit gewesen war. Und doch gab es Tage, an denen er nichts anderes tun wollte, als auf seinem Dach zu sitzen und über seine Vergangenheit zu grübeln.

Cora hatte schon viel Schlimmeres durchgemacht, und das in einem so zarten Alter. Während sie sich über Jungs, Make-up oder Schulnoten hätte Gedanken machen sollen, musste sie darüber nachdenken, wo sie Nacht für Nacht schlafen würde. Sie musste sich fragen, ob ein Erwachsener, in dessen Obhut sie gegeben worden war, versuchen würde, sie auf die schlimmste Weise zu missbrauchen. Und der emotionale Tribut, den dieses Trauma forderte, war offensichtlich. Jetzt war sie fast vierzig und hatte immer noch Albträume von ihrer Kindheit.

Pipe stützte sein Kinn auf ihren Kopf und schloss die Augen. Er wünschte sich, er könnte die Zeit zurückdrehen und die Dinge für sie wieder in Ordnung bringen, aber das war natürlich unmöglich. Er konnte lediglich dafür sorgen, dass es dem einzigen Menschen auf der Welt, von dem sie zweifelsfrei wusste, dass er sie genau so liebte, wie sie war, nämlich Lara, gut ging.

Und danach? Er würde hart daran arbeiten, ihr zu beweisen, dass sie auch von anderen geliebt wurde. Dass sie Freunde und Unterstützung hatte. Nur weil andere sich von ihr abgewandt hatten, hieß das nicht, dass er es auch tun würde.

Er hätte viel mehr Panik bekommen müssen bei seinen Gedanken, aber stattdessen fühlte Pipe nur Frieden.

Er hatte bereits beschlossen, dass er gern nach Washington D. C. ziehen würde, um zu sehen, wie sich die Dinge zwischen ihnen entwickeln würden, sollte sie für die Idee empfänglich sein.

Aber als er da lag, mit Cora in seinen Armen, änderte er seine Meinung.

Anstatt ihr sofort anzubieten, quer durchs Land zu ziehen, würde er erst einmal sein Bestes geben, um sie davon zu überzeugen hierzubleiben. In New Mexico. In der *Zuflucht*. Bricks, Spikes und Tonkas Frauen hatten dasselbe getan und waren überglücklich.

Cora liebte *Die Zuflucht*, das war nicht schwer zu erkennen, selbst nach der kurzen Zeit, die sie erst dort war. Sie passte hierher. Es war ein Ort des Friedens und der Heilung, und das war genau das, was sie brauchte. Und zurück nach Washington zu gehen, wo Leute wie Eleanor und andere nicht sehen konnten, was für ein toller Mensch Cora war, fühlte sich völlig falsch an.

In Los Alamos gab es Vorschulen, in denen sie arbeiten konnte ... und hatten sie nicht alle davon gesprochen, *Die Zuflucht* für Leute mit Kindern zu öffnen? Vielleicht könnte sie eine Kindertagesstätte direkt auf dem Gelände leiten.

Je mehr er darüber nachdachte, desto mehr gefiel Pipe die Idee. Nur weil er sie gut fand, hieß das natürlich nicht, dass Cora sie auch gut finden würde. Zu viele Menschen in ihrem Leben hatten ihr die richtigen Worte gesagt, aber, wenn es darauf ankam, hatten sie ihr den Rücken gekehrt. Er würde ihr ohne Worte zeigen müssen, dass es ihm mit dem, was sich zwischen ihnen entwickelte, ernst war.

Und das würde er tun, indem er Lara fand und die besten Freundinnen wieder zusammenbrachte. Und danach? Er würde die Dinge einen Tag nach dem anderen angehen müssen. Aber eines wusste er mit Sicherheit ... auch wenn er den Kürzeren gezogen hatte und nicht hatte hingehen wollen, war die Teilnahme an der Auktion das Beste, was er je in seinem Leben getan hatte. Es hatte ihn direkt zu Cora geführt.

# KAPITEL VIERZEHN

Als Cora morgens aufwachte, küsste Pipe sie auf die Stirn. Er stand neben dem Bett, beugte sich über sie und nahm sie in den Arm.

»Guten Morgen.«

»Morgen«, murmelte sie.

»Wir müssen aufstehen und uns fertig machen, um zu gehen.«

»Okay.«

Er lächelte. »Bist du wach?«

»Ja.«

»Bist du sicher?«

»Ja.«

Sein Grinsen wurde breiter. »Gut. Ich mache uns Kaffee. Wenn ich das Wasser nicht in drei Minuten laufen höre, bekommst du nichts von der speziellen Kaffeemischung, die mit dem Aroma von dunkler Kirsche, die ich machen werde.«

»Gemein«, brummte Cora.

Daraufhin beugte Pipe sich zu ihr hinunter und küsste sie dieses Mal auf die Lippen. »Steh auf«, wiederholte er, dann stand er auf und ging zur Tür. Cora konnte nicht anders, als seinen Hintern zu bewundern, während er ging.

Erst da bemerkte sie, dass er nur Boxershorts trug. Eigentlich hätte sie verlegen oder schüchtern sein müssen, aber stattdessen fühlte sie sich ... entspannt.

An der Tür drehte Pipe sich um. »Cora?«

»Ja?«

»Ich habe letzte Nacht so gut geschlafen wie seit Langem nicht mehr.« Er grinste sie an. »Du hast drei Minuten.«

Dann war er weg.

Cora seufzte und schloss die Augen, während sie sich streckte. Sie hatte auch wie ein Stein geschlafen. Zumindest nach ihrem Albtraum. Sie hasste die Träume, die sie ab und zu noch hatte. Sie hatte sich wirklich bemüht, ihre Vergangenheit hinter sich zu lassen, aber es gab Zeiten, in denen ihr Gehirn sie immer noch gern an ihre verkorkste Kindheit erinnerte, so als ob es sie nicht vergessen lassen wollte, dass die Dinge immer schlecht laufen können – oder noch schlimmer werden.

In dem Moment, in dem Pipe sie letzte Nacht in die Arme genommen hatte, hatte sie sich sicher gefühlt. Sicher vor den Schrecken ihrer Kindheit, vor den Sticheleien der anderen Kinder, weil sie keine Familie hatte, vor der Angst, obdachlos zu werden, vor all dem.

»Zweieinhalb Minuten!«, rief Pipe aus seinem Zimmer am Ende des Flurs.

Cora konnte das Lachen nicht unterdrücken, das ihr über die Lippen kam. Kaum zu glauben, dass sie jetzt etwas lustig fand, wenn man bedachte, was ihr und den anderen später am Tag bevorstand, aber sie tat es.

»Ich stehe schon auf!«, rief sie zurück, während sie ihre Beine über die Bettkante schwang und in Richtung Badezimmer ging. Anstatt sich mit ihrem Albtraum oder der Tatsache zu beschäftigen, dass Pipe die Nacht in ihrem Bett verbracht und sie im Arm gehalten hatte, ließ sie das kleinste bisschen Aufregung durch ihre Adern fließen. Sie hatte alles in ihrer Macht Stehende getan, um diesen Moment zu erleben, um herauszufinden, was wirklich mit Lara passiert war. Und heute war es so weit. Die Polizei und Laras Eltern würden ihr vielleicht nicht glauben, aber sie war sich sicherer denn je, besonders nach allem, was Tex herausgefunden hatte, dass Lara gegen ihren Willen festgehalten wurde.

Sie musste nur zu ihr gelangen und Lara dazu bringen zuzugeben, dass sie nach Hause gehen wollte, und schon würden sie von dort verschwinden. Ridge würde sie nicht aufhalten können, nicht mit Pipe, Owl und Stone im Rücken.

Cora biss entschlossen die Zähne zusammen. Sie würde Arizona nicht ohne Lara verlassen. Was auch immer sie dafür tun musste, sie würde dafür sorgen, dass ihre Freundin in Sicherheit war.

---

Stunden später war Coras Entschlossenheit etwas geschwunden und der Nervosität gewichen. Der Flug war ohne Probleme verlaufen und die vier hatten einen Jeep Wrangler gemietet. Sie parkten jetzt auf der Straße, nicht weit von Ridge Michaels' Haus entfernt.

»Ich soll also *wirklich* einfach hingehen und an die Tür klopfen?«, fragte Cora nervös.

»Ich denke, das ist besser, als auf dem Gelände herumzuschleichen und eine Anzeige wegen Hausfriedensbruchs zu riskieren«, erwiderte Stone achselzuckend.

»Ich habe nichts dagegen, aber du gehst nicht allein«, erklärte Pipe.

Cora sah zu ihm hinüber und bemerkte, dass er extrem angespannt war. Sie saßen auf dem Rücksitz, während Stone und Owl vorn saßen. Letzterer hatte seine Aufmerksamkeit auf das Haus gerichtet und machte vom Beifahrersitz aus Fotos, während sie darauf warteten, dass ... etwas passierte.

»Ich habe vielleicht eine bessere Chance, mit Lara zu reden, wenn ich allein bin«, argumentierte Cora. »Ihr seid nicht gerade unbedrohlich.«

»Und Michaels könnte sich dich auch noch schnappen«, konterte Pipe. »Wenn Stone oder Owl bei dir sind, wird das nicht passieren.«

Cora legte den Kopf schief, während sie Pipe musterte. »Warum sie? Warum nicht du?«

Pipe schnaubte. »Ja, klar.«

»Nein, im Ernst, warum nicht?«

»Sieh mich an, Schatz. Ein reicher Kerl wie Ridge Michaels wird jemanden wie mich nicht in sein Haus lassen. Er wird einen Blick auf mich werfen und wissen, dass etwas nicht stimmt.«

Cora runzelte die Stirn und war nicht glücklich darüber, wie er sich selbst herabsetzte. »Vielleicht sieht er dich aber auch an und merkt, dass er Mist gebaut hat. Dann macht er sich in die Hose und überlässt uns Lara ohne viel Aufhebens.«

Pipes Lippen zuckten amüsiert.

»Das ist nicht lustig!«, erklärte Cora.

»Er macht sich in die Hose?«, fragte Pipe.

Cora versuchte, nicht zu lächeln, aber sie war so aufgeregt, so voller nervöser Energie, dass sie sich nicht zurückhalten konnte. »Ja, mit Fluchen habe ich mir nicht gerade Freunde gemacht, also versuche ich, es zu unterlassen.«

»Es ist uns verdammt egal, ob du fluchst«, bemerkte Owl vom Beifahrersitz aus.

»Allerdings«, stimmte Stone zu. »Wir sind auch nicht gerade Leute, die nicht fluchen.«

»Und übrigens stimme ich Cora zu«, fügte Owl hinzu. »Michaels wird dich mit ihr sehen und wissen, dass sie Verstärkung hat. Es gibt keine Garantie, dass er seine Freundin ausliefert, aber ...«

»Sie ist *nicht* seine Freundin«, knurrte Cora.

»Stimmt, tut mir leid.«

»Ich halte das trotzdem nicht für eine gute Idee, aber na gut. Ich lasse dich nicht allein hingehen. Aber ihr solltet gewarnt sein: Ich kann nicht versprechen, dass ich mich beherrschen werde, sollte dieser Michaels irgendetwas versuchen und Cora anfassen.«

»Zur Kenntnis genommen«, erklärte Stone.

»Alles klar«, fügte Owl hinzu.

»Also, wie lautet der Plan?«, fragte Cora. »Haben wir eine Tarngeschichte?«

»Tarngeschichte? Cora, er weiß, wer du bist und dass du in Washington lebst, und dass du plötzlich vor seiner Tür stehst und Lara sehen willst, sollte keine große Überraschung sein. Nicht wenn man bedenkt, wie nahe ihr beide euch steht. Wir brauchen keine Tarngeschichte.«

»Stimmt. Tut mir leid, ich bin einfach nur nervös.«

Pipe streckte den Arm aus und nahm ihre Hand in seine. »Ich bin direkt neben dir.«

Cora atmete tief durch und nickte. »Ich weiß. Und ich weiß es zu schätzen.«

»Owl, ist dir irgendwas aufgefallen, was wir auf den

Satellitenbildern, die Tex uns geschickt hat, nicht gesehen haben?«

»Ja, diese große, flache Fläche, die wir für einen Tennisplatz hielten«, sagte Owl, während er durch ein Fernglas auf das Haus starrte. In der schicken Nachbarschaft gab es nicht viele Bäume, die die Sicht auf das Haus versperrten. Das Haus war von einer niedrigen Backsteinmauer umgeben, über die man leicht hinwegsehen und die man notfalls auch überwinden konnte. In der ganzen Nachbarschaft wuchsen Kakteen, und die Einfahrt des Hauses, das sie beobachteten, wurde von einem Tor versperrt.

»Ja? Was ist damit?«, fragte Pipe.

»Es ist kein Tennisplatz.« Er senkte das Fernglas, drehte sich zu Stone um und grinste ihn an. »Es ist ein Hubschrauberlandeplatz.«

»Echt jetzt?«, fragte Stone, setzte sich aufrechter hin und starrte auf das Haus.

»Ja. Ich kann gerade noch die Rotorblätter eines Hubschraubers hinter dem Haus hervorragen sehen.«

»Ridge hat einen Hubschrauber?«, fragte Cora. Es kribbelte in ihrer Wirbelsäule. Sie erinnerte sich an Ryans Worte, dass Pipe den Hubschrauber stehlen sollte, so wie Ridge Lara gestohlen hatte, und sie fragte sich erneut, ob die andere Frau irgendwie von dem Hubschrauber gewusst oder nur geraten hatte.

»Sieht ganz so aus«, bemerkte Owl und hob wieder das Fernglas. »Sieht aus wie ein R66 Turbine.«

Stone pfiff leise. »Das Modell ist nicht billig. Ich meine, es ist nicht der teuerste zivile Hubschrauber auf dem Markt, aber er ist auch nicht gerade billig.«

»Wie zum Teufel kann er sich das leisten, wenn er Laras Kreditkarten benutzen muss?«, fragte Cora.

»Das würde ich auch gern wissen. Er könnte aber auch

Daddy gehören. Und warum *braucht* er das Ding überhaupt?«, fügte Pipe hinzu.

»Nun, ich denke, im Moment spielt das keine Rolle. Ich
werde immer nervöser, wenn ich hier sitze. Können wir jetzt
einfach gehen und es tun?«, fragte Cora. »Ich will Lara selbst
sehen.«

Stone drehte sich um. »Sei vorsichtig«, bat er sie.

Cora hätte am liebsten die Augen verdreht, aber stattdessen nickte sie einfach.

»Versuche zu Beginn erst mal, ein paar Informationen zu
bekommen«, fügte Owl hinzu. »Wir müssen wissen, was in
dem Haus vor sich geht. Ob die Angestellten ihn bei dem
unterstützen, was er mit Lara macht, oder ob sie ahnungslos
sind. Im besten Fall geht Lara mit dir, aber wenn er dich
nicht zu ihr lässt, darfst du nicht die Fassung verlieren,
Cora. Wir kommen dann einfach mit einem anderen Plan
zurück.«

»Ihr Jungs und eure Pläne«, murmelte sie.

Stone lachte.

»Okay, dann wollen wir mal«, erklärte Pipe.

Er drückte ihre Finger, bevor er sie losließ und nach
dem Türgriff langte.

Cora stieg auf der Seite aus und konnte nur schwer glauben, dass sie tatsächlich hier war. Und dass sie drei knallharte Ex-Militärs im Rücken hatte. Das war so viel mehr
Unterstützung, als sie sich hätte träumen lassen. »Ich hoffe,
es wird funktionieren«, murmelte sie leise, dann war Pipe
da. Er griff nach ihrer Hand, und das Gefühl seiner warmen
Finger um die ihren trug wesentlich dazu bei, ihre Nervosität zu lindern.

Pipe ging auf das Haus zu und sprach dabei leise vor
sich hin. »Bleib ruhig, egal was er sagt. Lass dir nicht anmer-
ken, dass du von den Kreditkarten weißt. Sag einfach, dass

du hier bist, weil du dir Sorgen um Lara machst, und du dir Urlaub genommen hast, um nachzusehen, ob es ihr gut geht.«

»Ich weiß«, sagte Cora zu ihm. Sie hatten das schon einmal besprochen, aber sie hatte immer noch Angst, dass sie alles vermasseln würde, sollte sie etwas Falsches sagen.

Sie gingen auf das lange Tor zur Einfahrt zu. Neben dem Tor gab es eine Tür für Fußgänger und zu Coras Überraschung war sie nicht verschlossen. Sie gingen direkt hinein und die Auffahrt entlang.

Das Haus war groß, aber nicht so groß wie manche Villen, die sie schon gesehen hatte. Es hatte riesige weiße Säulen an der Vorderseite, was hier im Südwesten ein bisschen kitschig aussah, wo etwas, das sich in die Landschaft einfügte, angemessener gewesen wäre. Auf dem Grundstück gab es nicht viel Gras, es bestand hauptsächlich aus Schotter. Cora sah eine Person an der Seite des Hauses, die sich um den Garten kümmerte, aber ansonsten hatte sie den Eindruck, dass sie und Pipe die einzigen Menschen auf dem Gelände waren.

»Tief durchatmen, du schaffst das«, versicherte Pipe ihr und drückte ihre Hand.

Cora glaubte nicht, dass sie das alles schaffen würde, wenn der Mann nicht an ihrer Seite wäre. Sie würde alles für ihre Freundin tun, aber das hier war eigentlich ziemlich beängstigend, vor allem, nachdem sie mehr über Ridge erfahren hatte. Wenn sie nichts gewusst hätte, wäre sie wahrscheinlich mit ihrer üblichen Tapferkeit zu seiner Tür marschiert, aber jetzt, da sie wusste, dass er aus irgendeinem unbekannten Grund log, und nicht sicher war, ob Lara überhaupt noch am Leben war, flippte sie irgendwie aus.

Bevor sie dazu bereit war, erreichten sie die Haustür. Sie

drehte sich zu Pipe um und sah, dass er den Kopf schief hielt. Er hielt Ausschau nach ... was? Gefahr? Bösewichte, die mit einem Messer hinter einem Kaktus hervorspringen? Sie hatte keine Ahnung, aber auch hier war sie froh, dass er da war.

Ohne zu zögern, griff er nach dem Türklopfer und schlug ihn ein paarmal an. Der laute Knall, den er jedes Mal verursachte, wenn er auf die Metallplatte traf, ließ Cora zusammenzucken. Ihre Hände fühlten sich schwitzig an, aber sie hielt sich an Pipe fest, so gut es ging.

Es dauerte ein paar Minuten, und Pipe klopfte sogar noch einmal, bevor sie endlich jemanden auf der anderen Seite der Tür hörten. Cora konnte nicht umhin, sich zu fragen, ob es so lange gedauert hatte, weil Ridge versucht hatte, Lara zu verstecken. Oder sie bedroht hatte. Oder etwas anderes, das genauso unheimlich war.

Als die Tür sich öffnete, war es nicht Ridge, der auf der anderen Seite stand. Es war ein Mann, wahrscheinlich etwa in Coras Alter. Er war ein bisschen größer als Pipe und extrem muskulös. Er schüchterte sie sofort ein.

»Was auch immer ihr verkauft, wir brauchen es nicht«, sagte er und verschränkte die Arme vor der Brust.

Seine Haltung irritierte Cora und sorgte dafür, dass sie ihren Mut wiederfand. Sie straffte die Schultern und begegnete seinem Blick mit ihrem eigenen. »Schön für dich, aber wir verkaufen hier nichts. Mein Name ist Cora Rooney, und ich bin hier, um Lara Osler zu besuchen.«

»Sie empfängt keine Besucher«, antwortete der Mann, ohne zu zögern.

»Sie wird mich empfangen«, erklärte Cora und reckte trotzig ihr Kinn.

»Nein, ich meine, es geht ihr nicht gut genug, um jemanden zu empfangen.«

Cora wurde ganz flau im Magen. »Was ist mit ihr los?«

»Ich werde einer Fremden, die vor unserer Tür steht, nicht verraten, was mit der Dame des Hauses los ist«, erklärte der Mann spöttisch.

»Aber ich bin ihre beste Freundin. Ich weiß alles über Lara, was es zu wissen gibt. Ich weiß, dass sie sehr starke Krämpfe bekommt, wenn sie ihre Periode hat, und dass nichts außer einem Heizkissen und Aspirin ihr helfen kann. Sie hasst Meeresfrüchte und muss aus jedem Gericht mit Pilzcremesuppe diese kleinen Pilzstücke herauspicken, die man nicht einmal schmecken kann. Glaub mir, ich bin keine Fremde. Ich kenne sie, seit wir fünfzehn Jahre alt waren, und ich bin extra aus Washington, D. C. gekommen, um nach ihr zu sehen und mich zu vergewissern, dass es ihr gut geht.«

»Es geht ihr gut«, erwiderte der Mann, der sich von Coras Aussage nicht im Geringsten beeinflussen ließ.

»Ich würde mich gern selbst davon überzeugen«, argumentierte sie.

Der Mann rührte sich nicht von der Stelle. »Tut mir leid, nein«, entgegnete er und klang dabei nicht im Geringsten so, als würde es ihm leidtun.

»Es wäre schade, wenn wir die Behörden einschalten müssten«, meldete Pipe sich zu Wort. »Sie will nur ihre beste Freundin sehen und sich vergewissern, dass es ihr gut geht. Sie hat schon lange nichts mehr von ihr gehört, und Lara hat D. C. sehr plötzlich verlassen. Wenn du uns reinlässt, kann Cora Lara sehen, und dann sind wir gleich wieder weg.«

Der Blick des unheimlichen Typen fiel auf Pipe, und Cora bekam eine Gänsehaut, als er ihn von Kopf bis Fuß musterte, bevor er seine Augen zu Schlitzen verengte. »Miss Lara fühlt sich nicht gut. Ich bin sicher, sie wird sich freuen, dass ihr vorbeigekommen seid, um sie zu besuchen. Ich werde ihr sagen, dass sie euch später eine Nachricht schicken soll.«

»Nein!«, schrie Cora fast. Ihr Herz raste. Irgendetwas stimmte nicht, das spürte sie in ihrem Bauch. Sie war schon vorher davon überzeugt gewesen, dass etwas nicht stimmte, aber jetzt war sie sich sicher.

Der Mann löste seine Arme und stellte sich so hin, dass er sicherer auf den Füßen stand. Bereit für eine Art von … was? Cora wusste es nicht. Konfrontation? Dachte er, sie würde sich auf ihn stürzen?

Aber die Augen des Mannes waren nicht auf sie gerichtet – sie waren auf Pipe gerichtet.

Sie blickte hinüber und erkannte, warum die Haltung des Mannes sich verändert hatte. Pipes Äußeres konnte auf manche Menschen einschüchternd wirken, das war Cora bewusst, aber sie hatte noch nie Angst vor ihm gehabt. Kein einziges Mal.

Aber in diesem Moment? Wenn sie die Empfängerin des Blicks gewesen wäre, den er dem unheimlichen Typen zuwarf, hätte *sie* sich in die Hose gemacht. Ein Muskel in seinem Kiefer zuckte, seine Augen waren zu Schlitzen verengt, und die Hand, die nicht ihre hielt, war zu einer Faust geballt. Seine Muskeln waren angespannt, als sei er kurz davor, vor diesem Kerl durchzudrehen. Was wahrscheinlich gar nicht so falsch war.

»Sag Michaels, dass wir wiederkommen«, erklärte Pipe in einem Ton, der eine Oktave tiefer klang als seine normale Stimme.

»Klar, sicher«, sagte der unheimliche Kerl.

»Bitte sag Lara, dass ich hier war«, fügte Cora schnell hinzu. Sie machte sich keine Illusionen, dass irgendjemand ihrer besten Freundin sagen würde, dass Hilfe unterwegs war, aber sie konnte hoffen. »Sag ihr auch, dass Jenny Thompson ihr die besten Wünsche ausrichtet und dass wir uns bald wiedersehen.«

Was Hinweise anging, war das ziemlich lahm, vor allem weil sie glaubte, dass die Wahrscheinlichkeit, dass dieser Idiot Lara eine Nachricht übermitteln würde, bei weniger als zwei Prozent lag ... falls sie noch lebte, um sie zu bekommen.

Jenny Thompson war ein Mädchen, das Cora in der Highschool immer geärgert hatte. Sie war nichts weiter als eine Tyrannin, die es liebte, sie zu quälen, indem sie sich über die Tatsache lustig machte, dass sie ein Pflegekind war und niemand sie haben wollte. Eines Tages hatte Lara die Hänseleien des anderen Mädchens satt und sagte ihr ins Gesicht, dass es besser sei, ein Pflegekind ohne Familie zu sein, als einen Mörder als Vater zu haben.

Das war hart und grausam, aber es hatte den gewünschten Effekt. Offenbar war es nicht allgemein bekannt, dass Jennys Vater wegen Mordes verurteilt worden war und lebenslänglich im Gefängnis saß. Jenny hatte Cora daraufhin in Ruhe gelassen und wenig später die Schule gewechselt.

Cora wollte Lara daran erinnern, dass sie hinter ihr stand. Dass sie sie nicht aufgeben würde, egal was passierte.

Der unheimliche Kerl reagierte nicht auf ihre Bitte, sondern starrte die beiden weiter an.

»Und sag Michaels, dass wir uns vielleicht später im *Blue Moon* treffen. Ich habe gehört, dass es das beste Etablissement in der Gegend sein soll«, fügte Pipe hinzu, bevor er einen Schritt zurücktrat.

Cora folgte ihm, wobei sie keine andere Wahl hatte, denn seine Finger waren wie ein Schraubstock um ihre gelegt.

Der unheimliche Kerl kniff die Augen zusammen, sein eigener Kiefer zuckte nun ebenfalls, bevor er sich umdrehte und ihnen die Tür vor der Nase zumachte.

»Verdammter Mist«, murmelte Pipe, bevor er sie von der Veranda und die Einfahrt hinunterdrängte.

»Ich vermute, dass das Tor, durch das wir gegangen sind, von jetzt an verschlossen sein wird«, bemerkte Cora verwirrt.

»Wahrscheinlich«, stimmte er zu.

Sie kamen wieder am Jeep an und stiegen auf den Rücksitz.

»Und?«, fragte Stone ungeduldig. »Ich nehme an, ihr habt sie nicht gesehen?«

»Nein, haben wir nicht. Und in Anbetracht der Tatsache, dass uns ein Schlägertyp die Tür aufgemacht hat, sieht es nicht gerade rosig aus«, erklärte Pipe.

»Irgendein Zeichen von Lara?«, fragte Owl.

»Nein«, entgegnete Cora und ließ die Schultern hängen.

»Unser nächster Halt ist das ... *Blue Moon*«, sagte Pipe.

»Glaubst du, er wird dort sein, nachdem du deutlich gemacht hast, dass du weißt, dass Ridge sich dort aufhält?«, fragte Cora.

»Nein. Aber ich will mit den Leuten dort reden. Ich will sehen, ob er eine bestimmte Stripperin hat, für die er Geld ausgibt.«

»Ich will trotzdem mehr über den Hubschrauber herausfinden«, murmelte Owl leise.

»Der muss seinem Vater gehören. Aber es würde Sinn machen, dass Ridge ihn benutzt, wenn er nicht will, dass jemand weiß, dass er Geldprobleme hat. Mit dem Ding herumzufliegen würde ein gewisses Image vermitteln«, erwiderte Stone achselzuckend.

Die Männer sprachen weiter, aber Cora blendete sie aus.

Sie war unglaublich enttäuscht. Sie hatte wirklich geglaubt, dass sie Lara vielleicht, nur vielleicht, heute zu sehen bekommen würde. Dass sie an die Tür klopfen würden und Ridge einen Blick auf Pipe werfen und sie mit ihrer Freundin reden lassen würde. Aber so nachdrücklich abgewiesen zu werden und nicht einmal zu wissen, ob Lara, Gott bewahre, noch am Leben war oder nicht, war ein Schlag, den sie nur schwer verkraften konnte.

»Zum Hotel«, sagte Pipe abrupt und riss Cora aus dem Nebel, in dem sie sich befunden hatte.

»Gut«, erwiderte Stone, drehte den Schlüssel im Zündschloss und fuhr vom Bordstein weg.

Cora hielt den Blick auf Ridges Haus gerichtet, als sie vorbeifuhren. Es war ein mieses Gefühl, so nahe dran zu sein und doch zu weit davon entfernt, um herauszufinden, was mit ihrer Freundin los war.

Pipe drückte wieder ihre Hand. Er hatte sie nur so lange losgelassen, bis sie beide in den Wagen gestiegen waren, und sie war dankbar für seine stille Unterstützung.

Sie schätzte es auch, dass er ihr keine Plattitüden darüber erzählte, dass er sich sicher war, dass es Lara gut ginge. Sie wussten beide, dass das wahrscheinlich nicht der Fall war ... nicht, wenn man bedachte, wie hartnäckig der Mann sich geweigert hatte, sie ins Haus zu lassen.

Cora drehte sich um und blickte auf die vorbeiziehende Landschaft. Tränen stiegen ihr in die Augen und die Landschaft verschwamm, während sie sich bemühte, ihre Fassung zu bewahren. Sie durfte Lara nicht verlieren. Sie konnte es einfach nicht.

Cora fühlte sich so allein, wie sie sich noch nie zuvor gefühlt hatte, und versuchte verzweifelt, nicht in Tränen auszubrechen.

Dann spürte sie, wie Pipe sich zu ihr lehnte. Sie drehte

sich nicht um, um ihn anzusehen, denn sie wollte nicht, dass er ihre Tränen sah. »Ich gebe dir mein Wort, Liebes, dass wir ihr helfen werden.«

Cora schloss die Augen. Er war so nahe bei ihr, dass sie seinen Atem an ihrem Hals spüren konnte, als er direkt in ihr Ohr sprach. Sie nickte, drehte sich aber nicht um. Sie konnte sich eine Welt ohne Lara nicht vorstellen. Sie war ihr Fels in der Brandung. Ihr Anker. Sie war ruhig, freundlich, verlässlich und der perfekte Ausgleich zu Coras Frechheit und ihrer Neigung zu handeln, bevor sie nachdachte. Ohne sie wäre Cora verloren.

Es musste ihr gut gehen. Etwas anderes kam nicht infrage.

# KAPITEL FÜNFZEHN

Pipe gefiel es nicht, dass Cora so still geworden war. Meistens strahlte sie ein hohes Maß an Unnachgiebigkeit aus. Aber nach dem Treffen mit dem Mistkerl, der sich geweigert hatte, sie zu Lara zu lassen, wirkte sie niedergeschlagen. Fast verzweifelt. Und das gefiel ihm nicht. Ihm war die Frau viel lieber, die sich nicht scheute, der Polizei und Laras Eltern die Stirn zu bieten. Die sich gegen ihn und seine Freunde durchsetzte. Die, ohne zu zögern, das tat, was sie für nötig hielt.

Er hatte sie in ihrem Hotelzimmer zurückgelassen, das sie zu seiner Erleichterung ohne Probleme mit ihm teilen wollte, um mit Owl und Stone zu reden. Ursprünglich hatte er vorgehabt, selbst ins *Blue Moon* zu fahren und Nachforschungen anzustellen, aber er hatte sich das von seinen Freunden leicht ausreden lassen. Er verspürte das dringende Bedürfnis, bei Cora zu bleiben, um dafür zu sorgen, dass es ihr gut ging. Es war nicht so, dass er dachte, sie würde etwas Unüberlegtes tun, es war eher so, dass er es nicht ertragen konnte, sie leiden zu sehen und nicht da zu sein, um ihren Schmerz zu lindern.

Als er zurückkam, saß Cora noch genau so da, wie er sie vor einer halben Stunde verlassen hatte, scheinbar in Gedanken versunken. Pipe zögerte nicht lange, ging zu dem Stuhl hinüber und hockte sich vor sie hin.

»Cora?«

Sie sah ihn an. »Machst du dich bald auf den Weg?«, fragte sie tonlos.

»Nein. Owl und Stone kümmern sich darum.«

Daraufhin runzelte sie leicht die Stirn. »Ich dachte, du würdest gehen.«

»Ich habe es mir anders überlegt. Sie gehen hin, sehen, was sie herausfinden können, und informieren uns dann morgen früh.«

»Was dann?«

»Wir werden sehen, was sie herausgefunden haben, und entwickeln dann einen Plan.«

Ihr Blick wurde wieder trüb. »Gut.«

»Sieh mich an«, befahl Pipe.

Cora seufzte, gehorchte aber.

»Wir werden da reingehen und Lara finden.« Er wartete auf eine Reaktion, aber er bekam keine. »Ich schwöre es.«

»Das ist doch alles Mist, Pipe. Wir sind so nahe dran und doch so weit davon entfernt, Antworten zu finden, wie noch nie zuvor. Ich hasse das. *Hasse* es«, erklärte sie vehement.

»Wir werden eine Lösung finden«, beschwichtigte er sie und legte seine Hände auf Coras Schultern.

Sie wich seiner Berührung aus, stand auf und ging in dem kleinen Raum neben dem Bett umher. »Wir müssen *jetzt* etwas tun! Wir dürfen nicht nur rumsitzen und darauf warten, dass dieser Dreckskerl ihr noch mehr wehtut. Vielleicht bringt er sie sogar um, falls er es nicht schon getan hat!«

Pipe war überrascht über den plötzlichen Wechsel von

Niedergeschlagenheit zu Wut ... aber er war auch froh, das zu sehen. Ihm war diese Cora viel lieber als die Hülle des Menschen, dem er sich jetzt gegenübersah.

Er stand auf und näherte sich ihr vorsichtig.

»Fass mich nicht an«, warnte sie und hielt eine Hand hoch.

Pipe ignorierte ihre Worte und ihre erhobene Hand und zog sie unsanft in seine Umarmung. Cora wehrte sich nur einen Augenblick lang, bevor sie aufgab und mit ihm verschmolz. Sie schlang die Arme um ihn und klammerte sich so fest an ihn, dass Pipe nicht sicher war, ob sie ihn jemals wieder loslassen würde. Das war für ihn völlig in Ordnung. Er ging rückwärts zum Bett und schaffte es, auf das Bett zu klettern, während sie sich noch immer an ihn klammerte.

Er rollte sich herum, bis sie unter ihm lag, und nahm ihr Gesicht in seine Handflächen. »Sie ist am Leben«, versicherte er ihr mit Nachdruck.

»Das kannst du doch gar nicht wissen.«

»Doch, das weiß ich. Wenn sie es nicht wäre, warum hat Michaels dann einen verdammten Leibwächter, der an die Tür geht, wenn es klingelt? Er braucht sie aus irgendeinem Grund lebend, wahrscheinlich um an ihr Geld zu kommen. Sag mir eins: Würde sie auch weiterhin Geld von ihrem Treuhandfonds ausgezahlt bekommen, wenn sie nicht ab und zu Kontakt zu ihrer Familie oder zu demjenigen hätte, der ihn verwaltet?«

Cora runzelte überrascht die Stirn, als hätte sie sich diese Frage noch nie gestellt. »Ehrlich gesagt, nein. Das glaube ich nicht. Sie hat sich mehr als einmal darüber beschwert, dass es eine Qual ist, den Mann anzurufen, der ihr jeden Monat das Geld auf das Konto überweist.

Offenbar ist er ein Schwätzer. Es fällt ihr immer schwer, vom Telefon wegzukommen.«

»Genau«, erklärte Pipe. »Und ich habe das Gefühl, dass Ridge kein Problem damit hätte, sich mit dir zu treffen, wenn sie nicht mehr am Leben wäre. Er würde dir einfach sagen, dass sie verschwunden ist. Er würde sich eine Geschichte ausdenken, dass sie sich gestritten haben, sie weggelaufen ist und er sie seitdem nicht mehr gesehen hat. Das tun Mörder, um mit ihren Taten ungestraft davonzukommen. Sie ist am Leben, Cora, das glaube ich von ganzem Herzen, und ich werde alles tun, um sie von ihm wegzuholen.«

Cora starrte ihn eine gefühlte Ewigkeit an, aber in Wirklichkeit waren es wohl nur ein paar Sekunden.

Dann stürzte sie nach oben und presste ihre Lippen auf seine.

Sie küsste ihn fast verzweifelt. Stöhnend rollte Pipe herum, bis sie auf ihm lag. Cora hob ihren Kopf und starrte auf ihn herab, wobei sie schwer atmete.

»Ich will dich«, stellte sie unverblümt fest.

Jeder Muskel in Pipes Körper spannte sich an. Er wollte sie auch. So sehr, dass es ihm Angst machte. Aber er würde die momentane Situation unter keinen Umständen ausnutzen.

Als könnte sie seine Gedanken lesen, runzelte sie die Stirn. »Tu's nicht«, befahl sie.

»Was soll ich nicht tun?«

»Denk nicht, dass ich nicht weiß, was ich sage. Dass ich nicht bei klarem Verstand bin, oder dass ich vom Kummer beeinflusst bin oder was auch immer. Jedes Mal wenn ich etwas tue, das dich eigentlich abschrecken sollte, bei dem du denken solltest: ›Wow, diese Frau ist verrückt, ich muss weg von ihr‹, tust du alles, was in deiner Macht steht, um mich näher an dich heranzuziehen. Ich habe noch nie jemanden wie dich kennengelernt, Pipe. Und ich habe mich noch nie so gefühlt.«

»Wie?«, konnte er nicht anders, als zu fragen.

»Als würde ich in Millionen Stücke zerspringen, wenn ich nicht mit dir schlafe. Wenn ich in deiner Nähe bin, fühle ich mich geborgen und habe das Gefühl, dass ich es wert bin, geliebt zu werden. Dass ich geliebt werde.«

»Daran gibt es keinen Zweifel«, stellte er mit Nachdruck fest.

Cora schüttelte den Kopf. »Du verstehst das nicht«, flüsterte sie. »Mein ganzes Leben lang habe ich mich gefühlt, als stünde ich auf der Außenseite und würde nur zuschauen. Ich habe zugesehen, wie andere Menschen die Liebe finden, wie sie sich verbinden, und hatte das Gefühl, dass mir das Gen fehlt, das es mir ermöglicht, dasselbe zu tun. Aber bei dir ... in dem Moment, in dem ich dich auf der Bühne sah, hat etwas in mir klick gemacht. Es war, als hätte ich auf dich gewartet.«

Pipe leckte sich über die Lippen. Er hatte genau dasselbe gefühlt. Es war unheimlich. Er glaubte nicht wirklich an das Schicksal oder die Liebe auf den ersten Blick. Aber bei dieser Frau wurde alles, was er zu wissen glaubte, auf den Kopf gestellt. Es war, als würde das Schicksal ihn auslachen und sagen: »Siehst du?«

»Bist du sicher?« Er konnte dieser Frau nichts abschlagen. Und Gott wusste, dass er sie genauso begehrte, wie sie ihn offensichtlich begehrte.

Als Antwort griff Cora nach dem Saum ihres Oberteils. Bevor er blinzeln konnte, hatte sie es sich über den Kopf gezogen. Sie saß rittlings auf ihm in ihrem BH und Pipes Mund wurde trocken. Sie war so verdammt schön, dass es fast wehtat, sie anzusehen.

Seine Cora war eine kurvenreiche Frau. Er vermutete, dass manche Leute sie als fett bezeichnen würden, aber alles, was er sah, waren weibliche Kurven, bei denen es ihn buchstäblich in den Fingern juckte, sie zu berühren.

Er wusste nicht, wie lange er wie erstarrt unter ihr lag, aber es war lange genug, dass sie die Stirn runzelte und verunsichert aussah.

Er wollte nicht, dass sie auch nur einen Moment an ihm zweifelte.

Plötzlich setzte er sich auf und Cora stieß einen kleinen Schrei der Überraschung aus, bevor er sie küsste. Seine Zunge drang in ihren Mund ein und er drückte sie fest an sich, wobei er mit einer Hand ihren Nacken und mit der anderen ihren Rücken streichelte. Ohne nachzudenken, ließ er die andere Hand nach oben wandern, bis er den Verschluss ihres BHs ertastete. Geschickt öffnete er ihn, löste dann seine Lippen von ihren und lehnte sich zurück.

Sie lächelte ihn fast schüchtern an und ließ die Arme fallen, sodass die Träger des BHs über ihren Bizeps fielen und die Körbchen, die ihre Brüste bedeckten, gleich mit.

»Verdammt noch mal!«, rief er aus, als er sie zum ersten Mal nackt sah. Sie war perfekt. Buchstäblich perfekt. Während er sie anstarrte, verhärteten sich ihre Brustwarzen und er konnte sich nicht zurückhalten und senkte den Kopf.

Sie half ihm, indem sie ihren Rücken durchdrückte und ihm genügend Platz ließ, als er seine Lippen um eine ihrer Brustwarzen schloss. Er saugte. Fest. Zur Belohnung zuckte sie mit den Hüften und stieß ein langes Stöhnen aus. Die Brustwarze wurde noch härter, als könnte sie nicht genug von seiner Berührung bekommen.

Und er gab ihr ohne Worte, was sie verlangte. Er verschlang sie. Er saugte, biss und leckte. Und mit jeder Liebkosung wurde sie noch härter. Seine Cora war keine passive Liebhaberin. Ihre Fingernägel gruben sich in seine Haut, während sie sich an ihn klammerte und mehr verlangte.

Abrupt ließ Pipe sie los, sodass sie auf den Rücken auf das Bett fiel. Mit den Händen griff er nach dem Knopf ihrer Jeans und zog ihr die Hose grob von den Beinen. Zu seiner Erleichterung hörte er Cora lachen und sie hob ihre Hüften an, um ihm zu helfen. Er hatte vergessen, dass sie noch Schuhe anhatte, und es dauerte einen Moment, bis er auch diese und ihre Socken ausgezogen hatte, bevor er die Jeans ganz auszog.

Sie lächelte ihn an, während sie ihre Daumen unter den Gummizug ihrer Unterwäsche steckte und sie nach unten schob. Pipe half ihr dabei, indem er sie von ihren Beinen zog und sie beiseitewarf. Dann stürzte er sich mit einem Stöhnen auf sie und drückte ihre Beine auseinander.

»Ja, Pipe ... bitte, ja.«

Er brauchte sie mehr als die Luft zum Atmen und wollte sie endlich schmecken. Damit hatte er nicht gerechnet, als er beschlossen hatte, mit ihr im Hotel zu bleiben, während Owl und Stone loszogen, um das *Blue Moon* zu untersuchen. Aber jetzt, da sie unter ihm war, konnte er sich nicht mehr zurückhalten.

Cora griff mit ihren Händen nach seinem Kopf und packte sein zu langes Haar fast grob, während er die Spalte ihrer Muschi leckte, bis sie sich öffnete. Sie schmeckte himmlisch. Normalerweise war das nichts, was er genoss, er hatte bisher nur wenige Male eine Frau geleckt. Aber von Cora würde er wohl nie genug bekommen.

Sie war sehr gepflegt und es war leicht, ihre Klitoris zu finden. Mit einem Finger schob er die kleine Kappe zurück, um die empfindliche Knospe freizulegen. Pipe senkte den Kopf und saugte genauso intensiv wie an ihrer Brustwarze.

Als Reaktion darauf kreischte Cora und riss ihm fast die Haare aus dem Kopf. »Pipe!«

Er reagierte nicht. Er war zu sehr beschäftigt. Er schloss die Augen und verlor sich in dem Gefühl und dem Geschmack von Cora. Sie schloss ihre Schenkel um seinen Kopf und es fiel ihm schwer zu atmen, aber das war Pipe egal.

Ihre Muschi war jetzt ganz feucht und er schob einen Finger in sie hinein, während er an ihrer Klitoris saugte und ihn neckte. Sie zuckte noch einmal, dann öffnete sie plötzlich ihre Beine so weit wie sie konnte. »Mehr, Pipe. Fester!«

Lächelnd hob Pipe den Kopf und sah zu, wie sein Finger in ihrem Körper verschwand. Als er den Finger herauszog, glitzerte er von ihrem Saft. Er sah auf und begegnete ihrem Blick – er freute sich, dass sie ihm dabei zusah, wie er sie befriedigte – und steckte sich seinen Finger in den Mund. Sie machte große Augen, bevor sie den Kopf wieder auf die Matratze sinken ließ.

»Das sollte eigentlich eklig sein, aber es ist wirklich das Erotischste, was ich je gesehen habe«, erklärte sie, das Gesicht zur Decke gewandt.

Pipe senkte den Kopf noch einmal und leckte an Coras Klitoris. Immer und immer wieder in einem gleichmäßigen Rhythmus. Während er sich auf ihre Perle konzentrierte, stieß er erst mit einem, dann mit zwei Fingern sanft in sie hinein.

Sie begann, ihre Hüften zu bewegen, vögelte seine Finger und machte es ihm schwer, seinen Mund auf ihrer empfindlichen Knospe zu halten. Pipes Schwanz war so hart in seiner Jeans, dass es körperlich wehtat. Aber er wollte nicht aufhören und den Reißverschluss öffnen, um sich Erleichterung zu verschaffen. Auf keinen Fall würde er seine Hände oder seinen Mund von Coras Muschi nehmen, bis sie gekommen war.

Ihr ganzer Körper begann zu zittern, als sie sich dem Orgasmus näherte. Pipe leckte schneller, dann schloss er seine Lippen um ihre Klitoris und saugte daran. Einen Moment lang war Cora wie erstarrt und er fragte sich, ob er ihr wehtat. Doch dann stemmte sie ihre Hüften in die Höhe, drückte seine Finger noch weiter in ihren Körper und begann zu zucken. Seine Finger bewegten sich noch leichter, als sie von ihrem Orgasmus noch feuchter wurde.

So wie sie in seinen Armen zitterte, fühlte er sich so männlich wie noch nie in seinem Leben. *Er* hatte ihr dieses Vergnügen bereitet. Als er spürte, wie sie vor seiner Zunge zurückwich, hob Pipe den Kopf, aber nur so weit, dass er den stetigen Strom von ihrer Sahne beobachten konnte, der zwischen ihren Beinen herauslief. Er konnte sich ein zufriedenes Lächeln nicht verkneifen.

»Pipe ... ich brauche mehr.«

Seine Cora brauchte mehr? Er würde es ihr geben.

Er rutschte zurück und bemerkte, dass sie sich nicht rührte, als er auf die Knie ging, um das Hemd auszuziehen, das er trug. Pipe schämte sich nicht für seine Tattoos, aber es gab Zeiten, in denen er sich vor einer Frau ausgezogen und sie seine Tätowierungen mit Abscheu betrachtet hatte. Seine Brust und seine Arme waren ein Sammelsurium von Tattoos. Es gab kein zusammenhängendes Thema, er ließ sich einfach tätowieren, weil die Nadel ihm Frieden gab.

Zu seiner Erleichterung war der Ausdruck in Coras Augen nicht von Abscheu geprägt. Stattdessen leckte sie sich über die Lippen, setzte sich auf und griff nach dem Reißverschluss seiner Jeans.

Pipe hätte ihre Hände beiseiteschieben können. Er hätte seine Jeans auch selbst ausziehen können. Aber er genoss ihre Hände auf ihm zu sehr, um sie aufzuhalten. Die Frau vor ihm war buchstäblich eine Göttin. Ihre Brüste wippten, als sie sich bewegte, ihre Schenkel waren immer noch gespreizt und er konnte sehen, wie mehr von ihrer Sahne dazwischen heraustropfte. Dafür war *er* verantwortlich. Und er würde noch viel mehr tun, bis sie beide vor Erschöpfung einschliefen.

---

Mit einem Mann zusammen zu sein hatte sich noch nie so gut angefühlt. Sie war nicht die Art von Frau, die so schnell mit einem Mann schlief, nachdem sie ihn kennengelernt hatte, aber Cora empfand kein bisschen Reue für das, was passiert war. Pipe hatte sie heftiger zum Orgasmus kommen lassen, als sie es je zuvor in ihrem Leben erlebt hatte. Er schien genau zu wissen, wie er sie berühren musste, und es war ihm egal, dass sie nicht passiv unter ihm liegen konnte, während er es tat, was seine Aufgabe noch schwieriger machte. Das war auch gut so, denn in Anbetracht der Tatsache, zu welchen Höhenflügen er sie veranlasst hatte, hätte sie nicht ruhig bleiben können.

Als sie ihn jetzt sah, wie er über ihr kniete und seinen tätowierten Körper zur Schau stellte, spürte Cora, wie ein neuer Schwall von Feuchtigkeit aus ihrem Körper strömte. Sie wollte ihn. Aber sie wollte auch unbedingt, dass er sich genauso gut fühlte wie sie.

Zum ersten Mal in ihrem Leben war sie nicht verlegen wegen ihres Körpers, als sie vor ihm saß. Sie hatte nicht das Bedürfnis, ihren Bauch einzuziehen und zu versuchen, einige der Falten um ihre Mitte herum verschwinden zu lassen. Es war ihr egal, dass ihre Brüste ungleichmäßig waren und für ihren Geschmack ein wenig zu sehr hingen.

Wie sollte es ihr auch wichtig sein, wenn Pipe sie ansah und sich über die Lippen leckte, als könnte er es kaum erwarten, sie wieder zu seinem persönlichen Lolli zu machen?

Die Lust, die er empfunden hatte, als er sie geleckt hatte, war nicht vorgetäuscht gewesen. Und als er seinen Finger, der mit ihren Säften bedeckt war, in den Mund genommen hatte, wäre sie in diesem Moment fast spontan zum Orgasmus gekommen. Aber so sehr sie es auch genoss, dass er sie leckte, sie wollte ihn in sich spüren. Sie wollte, dass er es ihr besorgte. Heftig und schnell.

Sie lächelte ihn an, öffnete den Reißverschluss seiner Hose und streichelte dabei seinen Schwanz. Seine Hüften drängten sich ihr entgegen und ihr Lächeln wurde noch breiter. Sie schob seine Hose und Boxershorts nach unten und beugte sich vor, ohne ihm die Chance zu geben, aufzustehen und beides auszuziehen. Sie neigte seinen steinharten Schwanz zu sich, nahm die Spitze in den Mund und saugte kräftig daran, so wie er es mit ihrer Brustwarze getan hatte.

Zu ihrer Freude fluchte er – sie liebte es, wenn er mit diesem sexy britischen Akzent »Verdammt noch mal« sagte – und hielt dann ihren Kopf fest, während sie ihr Bestes tat, um ihn in der ungünstigen Position zu befriedigen. Er schwankte auf seinen Knien, während sie seinen Schwanz lutschte.

Cora liebte Sex. Das bedeutete aber nicht, dass sie ihn willkürlich hatte. Tatsächlich war sie sehr wählerisch, wenn es um die Auswahl ihrer Sexualpartner ging, und sie liebte die Macht, die sie hatte, wenn sie den Schwanz eines Mannes im Mund hatte.

Pipe war da nicht anders ... und doch war er es. Sie tat das nicht nur zu seinem Vergnügen. Nein, es ging tiefer als das. Sie war sich nicht sicher, warum oder wie, aber sie wusste, dass der Sex mit Pipe ihr Leben verändern würde.

Anstatt sich davon abschrecken zu lassen, genoss sie das Gefühl.

Cora schlürfte und saugte und streichelte mit ihren Händen Pipes Eier, während sie ihn verwöhnte. Irgendwann hielt er ihren Kopf fest und begann, sich heftig vor und zurück zu bewegen – und Cora liebte jeden Moment davon. Sie grub ihre Fingernägel in seine Oberschenkel und hielt sich fest, während er sich in der Lust verlor, die sie ihm bereitete. Gerade als sie dachte, dass er ihr in den Mund spritzen würde, schien Pipe sich wieder unter Kontrolle zu haben.

Er zog seinen Schwanz aus ihrem Mund und starrte sie ein paar Sekunden lang an. Sein Schwanz tropfte von ihrem Speichel und seinen Lusttropfen. Etwas davon traf ihr Bein und sie erschauderte.

Pipe bewegte sich, knurrte tief in seiner Kehle und warf sich praktisch vom Bett. Prompt fiel er auf seinen Hintern, während er vergeblich versuchte, seine Jeans über seine Schuhe auszuziehen.

Cora lachte. Hatte sie sich jemals so beim Sex amüsiert? Nein. Die Antwort war eindeutig nein. Sie rutschte auf dem Bett nach oben und schob die Decke herunter, sodass sie auf dem Bettlaken lag. Sie fühlte sich so sexy wie noch nie in ihrem Leben, legte die Arme über den Kopf, spreizte die Beine und wartete darauf, dass Pipe sich aus seinen Klamotten befreite und zu ihr zurückkam.

Der Ausdruck der Lust auf seinem Gesicht, als er vom Boden auftauchte und sie sah, ließ Cora den Atem stocken.

Bevor sie blinzeln konnte, war Pipe schon über ihr. Er legte sich auf sie und bedeckte sie von Kopf bis Fuß, und sie fand es toll. Mit ihren Händen umklammerte sie seinen

Bizeps, als sie spürte, wie sein immer noch triefender Schwanz auf ihrem Bauch zum Liegen kam.

Sie schaute nach unten und seufzte genüsslich bei dem Anblick seines Schwanzes, der so nahe an der Stelle war, wo sie ihn haben wollte. Sie wollte ihn in sich spüren.

»Bitte, nimm mich«, flehte Cora.

Er zögerte.

»Was? Was ist los?«, fragte sie und hatte plötzlich Angst, dass er es sich anders überlegt hatte.

»Ich will in dich eindringen, mehr als ich atmen will, aber ich habe nichts, womit ich dich schützen kann. Damit habe ich nicht gerechnet, nicht in einer Million Jahren, also habe ich auch keine Kondome dabei.«

Cora verliebte sich auf der Stelle. Jeder andere Mann hätte das Angebot, das sie ihm machte, ohne zu zögern angenommen. Sie hatte das Thema Geburtenkontrolle nicht angesprochen, und manche Männer hätten nicht einmal daran gedacht. Pipe gehörte nicht zu diesen Männern. Und dafür liebte sie ihn umso mehr.

»Es ist nicht der richtige Zeitpunkt«, erklärte sie ihm.

»Du nimmst die Pille nicht?«, fragte er.

Coras Bauch krampfte sich zusammen. War das ein Hindernis? Sie schüttelte den Kopf, weil sie nicht bereit war, ihn anzulügen.

»Du könntest schwanger werden«, bemerkte er mit einem merkwürdigen Funkeln in den Augen.

»Das ist möglich, aber ich glaube nicht, dass es der richtige Zeitpunkt ist.«

»Ich sollte das Richtige tun. Warten, bis ich dich schützen kann. Aber das kann ich nicht, Cora. Wenn du schwanger wirst, will ich am Leben des Babys teilhaben. Ich will kein abwesender Vater sein.«

Sie machte große Augen.

»Ja oder nein, Liebes. Und sei dir mit deiner Antwort sicher. Denn wenn du Ja sagst, werde ich es dir die ganze Nacht besorgen. Ein Mal wird nicht genug sein. Ich brauche dich wie die Luft zum Atmen. Ich verstehe es nicht und will es auch gar nicht. Ich weiß bis ins Mark meiner Knochen, dass du die Eine für mich bist. Aber wenn du dir nicht sicher bist, ob du Mutter werden willst, wenn du dir nicht sicher bist, ob ich der Vater deines Kindes sein soll, dann musst du Nein sagen. Jetzt sofort.«

Pipes Worte brachten Coras ganzen Körper zum Kribbeln. Es war schwer zu glauben, dass dieser Mann echt war. Es bestand die Möglichkeit, dass er seine Worte bereuen würde, sobald die Hitze des Augenblicks sich gelegt hatte und ihre Lust gestillt war. Aber Cora glaubte das nicht.

»Ich kann mir keinen besseren Vater für mein Kind vorstellen«, flüsterte sie.

Als Antwort darauf griff Pipe nach unten, nahm seinen Schwanz in seine tätowierten Finger – was verdammt heiß war – und fuhr mit der Eichel an ihrem Schlitz auf und ab. Cora öffnete ihre Beine weiter.

Im nächsten Moment steckte sein Schwanz bis zu den Eiern in ihr. Er dehnte sie aus, wie es noch kein Mann zuvor getan hatte, und der kleine Schmerz ließ ihre Erregung noch mehr ansteigen.

»Alles okay?«, presste er zwischen zusammengebissenen Zähnen hervor.

»Mehr!«, bettelte sie.

Pipe grinste und bewegte sich, bis er unvorstellbar tief in ihr war. Seine Haare fielen ihm über die Stirn, als er sich abstützte und auf die Stelle starrte, an der sie miteinander verbunden waren.

»Gefällt dir das?«, fragte er.

»Ja«, hauchte Cora.

Sie erwartete, dass er anfangen würde, in sie zu stoßen, aber stattdessen hielt er sich still über und in ihr.

»Pipe?« Sie lächelte.

»Ja?«

»Was machst du da? *Beweg dich.*«

»Kann ich nicht.«

»Was? Warum nicht?«, fragte sie plötzlich besorgt. Sie hatte die verrückte Vision, dass sie um Hilfe rufen mussten und die Sanitäter ins Zimmer kamen, da er aus irgendeinem Grund in ihr feststeckte.

»Weil dies das unglaublichste Gefühl ist, das ich je in meinem Leben hatte, und ich will nicht, dass es aufhört. Du bist so verdammt heiß. Und feucht. Und deine Muschi liegt so eng um meinen Schwanz, dass ich das Gefühl habe, dass ich explodiere, wenn ich auch nur einen Muskel bewege.«

Cora entspannte sich. Zum Glück war alles in Ordnung. »Du fühlst dich auch gut an«, erklärte sie. Die Worte waren völlig unpassend für das, was sie fühlte, aber sie hatte im Moment nicht den Kopf, um sich ein besseres Lob auszudenken.

Pipe starrte sie an, als er seine Hüften langsam zurückzog und dann wieder in sie eindrang.

Sie stöhnten beide auf.

Er machte das ein paarmal, und obwohl es sich gut anfühlte, wollte Cora mehr.

»Fester, Pipe.«

Er ignorierte sie und folterte sie stattdessen mit seinen langsamen, bedächtigen Stößen.

Als Gegenmaßnahme grub Cora ihre Fingernägel in seinen Hintern. Daraufhin grinste er sie nur an.

»Ich liebe deine Krallen, Liebes. Nur zu, hinterlasse dein Zeichen auf mir.«

Cora kniff die Augen zusammen und überlegte, was sie

tun könnte, um ihn dazu zu bringen, sich schneller zu bewegen. Während er sich mit seinen Armen über ihr abstützte, wogten seine Brustmuskeln bei seinen gleichmäßigen Stößen. Ein Impuls ergriff sie, und sie handelte.

Sie stützte sich auf die Ellbogen und saugte mit ihrem Mund an seiner Brust, genau über seiner Brustwarze, so fest sie konnte.

Das schien zu funktionieren. Pipe grunzte. Dann spürte Cora seine Hand an ihrem Hinterkopf, die sie stützte, während sie ihr Bestes gab, um ihm den größten Knutschfleck zu verpassen, den er je in seinem Leben gehabt hatte.

Zu ihrer Freude wurden seine kontrollierten Stöße immer unberechenbarer. Als sie dachte, dass sie ihn auf seine Bitte hin ausreichend markiert hatte und ihren Kopf wieder auf das Kissen fallen ließ, wurden seine Stöße noch schneller.

Er sah an sich herunter und lächelte, als er den roten Bluterguss auf seiner Brust sah.

»Besser als jede Tätowierung. Vielleicht lasse ich ihn als Tätowierung verewigen.«

Cora grinste ihn an. »Gut. Du kannst machen, was du willst, aber erst *nachdem* du es mir besorgt hast«, befahl sie.

Das Lächeln verschwand aus seinem Gesicht, als Pipe sie endlich, *endlich* heftiger zu nehmen begann.

Sie drückte ihre Hüften nach oben, um jedem seiner Stöße entgegenzukommen, und das Geräusch ihrer Haut, die aneinanderklatschte, war laut in dem sonst so stillen Raum. Ehe sie sichs versah, stieß Pipe mit voller Wucht in sie hinein, und es fühlte sich fantastisch an. Jedes Mal wenn er bis zum Anschlag in sie eindrang, tat es ein bisschen weh, aber das machte die Erfahrung nur noch besser.

»Ich werde gleich zum Höhepunkt kommen«, warnte er sie, während er sich immer noch über ihr hielt. »Ich werde dich mit meinem Samen füllen und zusehen, wie er zwischen deinen geschwollenen Schamlippen herausläuft, und es dann noch einmal tun.«

»Tu es«, hauchte Cora und spornte ihn an. Sie war zwar nicht kurz vor einem zweiten Orgasmus, aber sie konnte es kaum erwarten, ihm dabei zuzusehen, wie er zum Orgasmus kam. Sie hatte noch nie etwas Erregenderes gesehen als Pipe, der zwischen ihren Schenkeln lag, während er sie nahm.

Er grunzte und drang dann so weit in sie ein, dass Cora aufstöhnte. Er knurrte laut, als er zum Höhepunkt kam.

Doch anstatt auf ihr zusammenzubrechen, wie sie erwartet hatte, setzte Pipe sich auf. Er schob ihre Beine weiter auseinander, blieb in ihrer Muschi vergraben und begann, ihre Klitoris zu bearbeiten.

»Pipe!«, rief sie aus, als der Orgasmus, der so unerreichbar schien, plötzlich kurz bevorstand.

Er starrte auf die Stelle, an der sie miteinander verbunden waren, und konzentrierte sich darauf, ihr Lust zu bereiten, und es war fast überwältigend. Sie hatte noch nie einen Mann gehabt, der so sehr darauf bedacht war, dass sie zum Höhepunkt kam. Sie wäre schon mit dem Orgasmus zufrieden gewesen, den er ihr vorhin verschafft hatte.

»So ist es gut. Komm an meinem Schwanz. Ich kann spüren, wie deine Muskeln um mich herum zucken, und es ist unbeschreiblich. Lass los, Liebes, lass es mich spüren.«

Zwischen einem Atemzug und dem nächsten verlor Cora die Beherrschung. Sie fühlte sich, als würde sie fliegen, und das Einzige, was sie auf der Erde hielt, war ihr Griff um Pipes Arme. Ihre Schenkel zitterten, als sie versuchte, ihre Hüften gegen Pipes Schwanz zu stemmen, aber er hielt sie so fest, dass sie sich nicht bewegen konnte. Sie konnte nichts weiter tun, als zu fühlen. Sie hatte keine Ahnung, wie lange ihr Orgasmus anhielt, aber als sie endlich wieder zu sich kam und Pipe ansah, hing sein Blick immer noch zwischen ihren Beinen. Sie spürte, wie die Nässe ihre Poritze hinunterlief.

»Sieh uns an«, flüsterte er, als er merkte, dass sie wieder bei ihm war.

Cora hob den Kopf, schaute nach unten und atmete scharf ein.

Pipes halbharter Schwanz steckte noch immer tief in ihrem Körper, ihre Schamlippen umschlossen ihn. Ihre Schamhaare waren ineinander verwoben und mit seinen tätowierten Schenkeln drückte er ihre Beine auseinander. Es war erotisch und sinnlich und brachte sie dazu, sich in seinem Griff zu winden.

Er sah in ihr Gesicht und lächelte. Plötzlich rollte er sie herum und sein Schwanz glitt aus ihr heraus, während sie sich bewegten. Cora saß auf ihm, sein Schwanz zwischen ihren Körpern, feucht von ihren gemeinsamen Säften, lugte zwischen ihrer geschwollenen und leicht wunden Muschi hervor.

»Ich kann unsere Säfte auf meinem Schwanz spüren«, erklärte er.

Cora hätte nie gedacht, dass dieser Mann es mochte, schmutzige Dinge zu sagen. Aber es gefiel ihr. Und zwar sehr.

»Das kommt davon, wenn man kein Kondom benutzt«, erklärte sie achselzuckend.

Er runzelte die Stirn. »Hast du das schon mal gemacht?«

»Nun, nein. Aber ich lese.«

Das Lächeln kehrte zurück. Er neigte den Kopf nach unten und schaute auf seine Brust, wo sie ihm den Knutschfleck verpasst hatte.

»Entschuldige?«, bemerkte Cora mit einem kleinen Grinsen.

»Es tut dir doch überhaupt nicht leid. Aber wie du mir, so ich dir«, erwiderte er – kurz bevor er sich aufrichtete und sich an der Haut neben ihrer Brustwarze festsaugte.

Cora quietschte und versuchte, sich von ihm wegzubewegen, aber er hatte sie fest im Griff. Sie kam nicht von der Stelle. Sie stöhnte und lachte, während er an ihrer Haut saugte. Als er sich zurückzog, machte sich ein zufriedener Ausdruck auf seinem Gesicht breit, als er auf das starrte, was er getan hatte.

»Großer Gott, Pipe. Das wird einen großen Abdruck hinterlassen«, beschwerte sie sich.

»Ja«, stimmte er zu.

»Ich habe wohl vergessen, dir zu sagen, dass meine Haut empfindlich ist«, erklärte sie lachend. »Ich bekomme leicht einen Sonnenbrand. Wenn ich von Mücken gebissen werde, bekomme ich sehr schlimme Quaddeln. Ich glaube, dieser Knutschfleck wird da sein, bis ich alt und grau bin.«

»Gut. Wenn er verblasst, verpasse ich dir einen neuen«, versicherte Pipe ihr.

»Du bist unmöglich.«

»Nein, es gefällt mir, mein Zeichen auf dir zu hinterlassen. Genauso wie mir dein Zeichen auf mir gefällt.«

Der Moment wurde innerhalb eines Augenblicks sehr intensiv.

»Was machen wir hier?«, flüsterte Cora.

»Keine Ahnung. Aber es fühlt sich richtiger an als alles, was ich je getan habe«, erwiderte Pipe feierlich.

Cora konnte dem nicht widersprechen, denn sie fühlte dasselbe.

Sie spürte, wie sein Schwanz an ihr zuckte, und schaute

nach unten, woraufhin sie überrascht feststellte, dass er wieder hart wurde.

»Jetzt schon?«, fragte sie ungläubig, während sie sich über ihn schob und ihn mit ihrer immer noch klatschnassen Muschi bearbeitete.

»Anscheinend«, erwiderte Pipe trocken. »Steck ihn dir in die Muschi und reite mich.«

Cora warf ihm einen spöttischen Blick zu. »Ganz schön autoritär. Vielleicht will ich das gar nicht.«

»Doch, willst du«, erklärte Pipe mit einem frechen Grinsen.

Und sie wollte. Sie wollte es wirklich. Ohne ein weiteres Wort ging Cora auf die Knie und griff nach Pipes Schwanz. Sie klemmte ihn zwischen ihre Beine und ließ sich darauf sinken.

Sie keuchten beide.

»Im Ernst, wenn ich hier drin leben könnte, würde ich es tun«, sagte Pipe zu ihr.

Cora kicherte.

Pipe stieß ein kleines, sexy Stöhnen aus. »Verdammt noch mal, Frau. Das habe ich an meinem Schwanz gespürt.«

Das brachte Cora noch mehr zum Lachen.

Doch das Lachen wich schnell einem weiteren Stöhnen, als Pipe mit seinem Daumen ihre Klitoris rieb und mit der anderen Hand eine ihrer Brüste streichelte.

»Reite mich, Liebes. Fest und schnell. Lass mich dich wieder vollspritzen.«

Und schon krampfte sich Coras Bauch zusammen. Wie können schmutzige Worte so verdammt sexy sein? Aber sie beschwerte sich nicht, sondern tat einfach, was er verlangte und was sie sich wünschte. Sie ritt ihn, bis sie zum Orgasmus kam und bis er wieder explodierte und seine Ladung tief in sie hineinschoss, wie er es versprochen hatte.

# KAPITEL SECHZEHN

Pipe wachte auf und wusste genau, wo er war, wer in seinen Armen lag und was sie getan hatten. Die ganze Nacht lang.

Sie hatten ein wenig geschlafen, waren dann aufgewacht und hatten sich wieder geliebt. Er war noch nie so heiß auf jemanden gewesen. Ehrlich gesagt war er überrascht, dass er es so oft geschafft hatte, einen hochzukriegen. Zweifellos würde er das nicht jede Nacht schaffen, aber für ihr erstes Mal war er froh, dass er Cora so viel Lust bereiten konnte.

Als er an sich herunterschaute, sah er den Knutschfleck, den sie auf seiner Brust hinterlassen hatte. Es war rot und fleckig und trotz der Tattoos darunter und drum herum gut zu sehen. Sie lag an seiner Seite, ein Arm auf seiner Brust, ein Bein auf seinem Oberschenkel, und sabberte ein wenig auf seine nackte Haut.

Pipe schloss die Augen und wünschte sich, sie könnten für immer so liegen bleiben. Er wünschte sich das jeden Morgen für den Rest seines Lebens.

Noch während er diesen Gedanken hegte, regte Cora sich an ihm. Pipe wartete, bis sie begriff, wo sie war und was sie getan hatten. Er wusste nicht, ob es ihr peinlich sein würde oder ob sie vielleicht so tun würde, als sei es keine große Sache. Aber das war nicht der Fall. Es war etwas Großes passiert.

Pipe hatte sich bis über beide Ohren verliebt.

»Guten Morgen«, murmelte sie, als sie sich näher an ihn kuschelte.

Einen Moment lang war Pipe überrascht. Angenehm überrascht. Er hielt sie fester im Arm und drückte sie noch näher an sich. »Morgen«, erwiderte er.

Dann seufzte sie. »Das habe ich gebraucht. Dich«, erklärte sie.

Pipe nickte und drehte sich zu ihr um, um sie auf den Kopf zu küssen. »Ich auch.«

»Aber wir müssen aufstehen und die Operation *Lara von diesen Dreckskerlen wegholen* starten.«

Ihre Worte entlockten Pipe ein Schnauben. »Allerdings«, stimmte er zu.

Aber keiner von beiden bewegte sich.

»Pipe?«

»Ja, Schatz?«

»Letzte Nacht … das war … ich bin sonst nicht so.«

»Wie denn?«

»So heiß.«

Er lachte. »Ich auch nicht.«

Cora hob den Kopf, damit sie ihn sehen konnte. »Das glaube ich nicht. Du strahlst Sexualität aus.«

»Nein. Du bringst sie in mir zum Vorschein.«

»Wir bringen sie anscheinend gegenseitig in uns zum Vorschein«, konterte sie.

»Offensichtlich«, erwiderte er achselzuckend.

»Ich … ich bereue es nicht. Ich wollte nur, dass du das weißt.«

Pipes Respekt vor dieser Frau wuchs. »Gut. Denn wenn

du das tätest, wäre ich ziemlich unglücklich. Die letzte Nacht war ...« Er suchte nach dem richtigen Wort. »Perfekt«, sagte er schließlich.

»Ja.«

»Und wenn wir schon ehrlich sind ... ich will sehen, wie es weitergeht, nachdem wir deine Freundin gefunden haben.«

Sie lächelte ihn an. »Das gefällt mir. Sowohl der Gedanke, dass wir weitermachen, als auch wie sicher du klingst, dass wir Lara finden werden.«

»Gut. Geh schon mal ins Bad. Ich schreibe den Jungs eine Nachricht und erkundige mich, was los ist.«

»Okay, und Pipe?«

»Ja?«

Sie starrte ihn eine Weile an und schenkte ihm dann ein kleines Lächeln. »Nichts.«

»Du kannst mir alles sagen. Das weißt du doch, oder?«, fragte er.

»Das weiß ich. Es ist nur ... wenn ich tatsächlich schwanger bin ... nicht dass ich denke, dass ich es bin, aber wenn es passiert sein sollte ... werde ich dich zu nichts zwingen.«

Pipe runzelte die Stirn. »Was habe ich dir gestern Abend gesagt?«

»Ich weiß, aber ich dachte, das war vielleicht nur im Eifer des Gefechts.«

»Das war es nicht«, erklärte er mit Nachdruck. »Ich *werde* ein Teil des Lebens meines Sohnes oder meiner Tochter sein ... genauso wie ich ein Teil des Lebens ihrer Mutter sein möchte. Ich würde mich nie von meinem eigenen Fleisch und Blut abwenden. Niemals.«

»Okay.«

»Okay«, stimmte er zu.

Er hatte erwartet, dass Cora beim Aufstehen schüchtern sein würde. Sie hatte keinen Bademantel und trug kein einziges Kleidungsstück. Natürlich hatte er in der Nacht zuvor jeden Zentimeter ihres Körpers inspiziert und alles, was er gesehen hatte, gefiel ihm, aber jetzt war es Morgen und sie befand sich nicht mehr im Rausch der Leidenschaft. Aber er war wieder überrascht, als sie die Decke zurückschlug und aus dem Bett stieg, um ins Bad zu gehen, ohne sich vor ihm zu verstecken.

Pipe spürte, wie sein Schwanz zuckte, und schüttelte erstaunt den Kopf.

Im letzten Moment drehte sie sich um und gewährte ihm einen frontalen Blick auf ihre vollkommene Nacktheit. Er konnte den Knutschfleck, den er auf ihrer Brust hinterlassen hatte, deutlich sehen. Er war dunkelrot und riesig und sie hatte eindeutig recht, ihre Haut war besonders empfindlich. Daran würde er denken müssen, wenn er ihr das nächste Mal einen Knutschfleck verpasste. Und er war fest entschlossen, dass es ein nächstes Mal geben würde.

Er konnte auch kleine blaue Flecke an ihren Oberschenkeln und ihrer Taille sehen, wo er sie etwas zu fest gehalten hatte. Sie bewegte sich nicht so, als hätte sie Schmerzen, und er nahm an, dass sie ihm sagen würde, wenn er zu grob gewesen war, also erlaubte er sich einen kleinen Anflug von männlichem Stolz, dass *er* derjenige war, der sie markiert hatte. Und nicht nur das. Als sie so dastand und ihn anstarrte, sah Pipe, wie sich ein Tropfen ihrer gemeinsamen Körperflüssigkeiten langsam seinen Weg über ihren Innenschenkel bahnte.

Sie zog die Nase kraus und sagte dann: »Egal was passiert. Egal ob wir Lara finden oder nicht, ich werde die letzte Nacht nie vergessen oder bereuen. Du hast mir das Gefühl gegeben, gewollt zu werden, Pipe. Geliebt. Ich danke dir.« Mit diesen Worten drehte sie sich um und verschwand im Badezimmer.

Pipe wollte aufstehen und zu ihr hingehen. Ihr sagen, dass sie geliebt wurde. Dass sie gewollt wurde. Aber sie hatten noch einiges vor sich. Und wenn er ihr seine Liebe gestand, würden sie wahrscheinlich wieder im Bett landen. Obwohl er nicht bereute, was sie getan hatten, und es gern wieder tun würde, hatte er das dringende Bedürfnis, Lara zu finden. Er wurde das Gefühl nicht los, dass die Zeit drängte.

Sie hatten den ersten Schritt gemacht, und Michaels musste wissen, dass Cora nicht einfach die Stadt verlassen würde, nur weil sein Handlanger sie nicht zu ihrer Freundin lassen wollte. Nein, er würde in Panik geraten und versuchen, die Situation zu seinen Gunsten zu beeinflussen. Und Pipe hatte das Gefühl, dass das keine guten Nachrichten für Lara waren.

Er musste mit Owl und Stone reden und herausfinden, was sie gestern Abend im Stripklub herausgefunden hatten. Dann mussten sie handeln. Bevor Michaels seinen Zug machen konnte.

---

Nachdem sie sich mit Owl und Stone zum Frühstück getroffen hatten, gingen sie alle nach oben in Owls Zimmer, um zu besprechen, was die beiden Männer am Abend zuvor erfahren hatten.

Cora saß auf dem einzigen Stuhl im Zimmer, während Pipe in ihrer Nähe blieb. Owl lehnte sich an das Kopfende des Bettes und Stone ging hin und her.

»Es war seltsam, Mann«, sagte Stone. »Ich bin da reingegangen und habe erwartet, dass Michaels ein Lieblingsmädchen hat und deshalb so viel Geld ausgibt. Du kennst das ja, ein Mann überschüttet eines der Mädchen mit Geld und Geschenken, weil er sich einbildet, dass sie heiraten und glücklich bis ans Ende ihrer Tage leben werden ... und für den Rest ihres Lebens richtig guten Sex haben. Aber das ist nicht das, was Michaels tut. Ja, er wirft mit Geld, Geschenkgutscheinen und dem Zeug, das er in diesen Luxus-Läden gekauft hat, um sich, als sei er die Geldfee. Aber er bekommt Lapdances von *allen* Mädchen. Er hat keine, die er bevorzugt.«

»Das ist nicht ganz richtig. Er mag alle, die große Titten haben«, erklärte Owl trocken.

»Hat er einen bestimmten Zeitplan? Wann geht er in den Klub?«, fragte Pipe.

»Ja. Jeden Abend. Im letzten Monat hat er nur hier und da ein paar Abende ausgelassen«, entgegnete Stone.

Pipe runzelte die Stirn. »War er gestern Abend da?«

»Nein«, bemerkte Owl.

»Verdammter Mist«, fluchte er und fuhr sich mit der Hand durch die Haare. »Wir haben ihn erschreckt.«

»Das denke ich auch«, stimmte Stone zu.

»Und was heißt das für uns?«, fragte Owl.

»Wir könnten versuchen, noch mal beim Haus vorbeizusehen und Lara zu besuchen«, bemerkte Pipe. »Oder wir könnten versuchen, in das Haus einzubrechen und sie selbst zu finden. Oder wir könnten die Polizei anrufen und den Beamten unsere Sorgen vortragen, um zu sehen, ob sie uns helfen können.«

»Ich glaube, Brick wäre von der zweiten Möglichkeit nicht begeistert«, gab Cora zu bedenken.

Pipe nickte. »Vielleicht nicht, aber es würde ihn auch nicht überraschen. Außerdem, wer hat gesagt, dass wir beim Einbrechen *erwischt* werden?«

»Äh ... Alarmanlagen, Kameras, Leibwächter«, entgegnete Cora achselzuckend.

»Ich bin mir sicher, dass wir sie umgehen können, wenn wir es wirklich müssen«, meinte Owl lässig. »Sollen wir die Liste der Mitarbeiter durchgehen, die Tex geschickt hat?«, fragte Owl. »Als ich gestern Abend zurückkam, habe ich sie durchgesehen und es gibt einige Leute, die wir vielleicht zu unserem Vorteil nutzen könnten.«

»Moment mal, wann bist du gestern Abend nach Hause gekommen?«, fragte Cora, deren Besorgnis in ihrem Tonfall deutlich zu hören war.

Das war eine weitere Sache, die Pipe an ihr liebte. Wie sie sich immer um andere sorgte.

»So gegen zwei. Ich konnte nicht schlafen. Das ist keine große Sache. Wie auch immer, nachdem ich mich im Klub umgehört habe, scheint es so, als würde Michaels immer von demselben Leibwächter ins *Blue Moon* begleitet werden. Arlo Harvey.«

»Arlo. Was ist das denn für ein Name?«, murmelte Cora.

»Was ist sein Hintergrund?«, fragte Pipe und versuchte, nicht über Coras Frage zu lachen.

»Er ist siebenundzwanzig. Nach der Highschool war er ein paar Jahre bei den Marines. Er wurde verletzt, stürzte beim Laufen über den Stützpunkt, auf dem er stationiert war, und brach sich das Handgelenk. Er wurde aus dem Dienst entlassen und bekam ein paar Jobs als Wachmann in Lagerhäusern und Geschäften, bevor er von John Michaels eingestellt wurde, als die Klagen wegen des von ihm hergestellten Medikaments anrollten. Er arbeitet jetzt schon seit ein paar Jahren für Ridge«, klärte Owl die anderen auf.

»Und?«, fragte Pipe.

»Und was?«

»Das war's? Was ist sein Hintergrund? Hat er irgendwelche Verurteilungen in seinem Strafregister?«

»Normaler Hintergrund. Gute Kindheit. War ein anständiger Marine. Keine Vorstrafen. Er scheint loyal zu sein, sorgt dafür, dass niemand Ridge zu nahe tritt, folgt ihm, wohin er will, und hält den Mund.«

»Das scheint eine Sackgasse zu sein«, seufzte Cora. »Er muss doch wissen, ob Lara im Haus ist, oder? Ich meine, wenn er Ridge so nahesteht, sollte er das nicht wissen?«

»Vielleicht, vielleicht auch nicht«, entgegnete Owl. »Er wohnt nicht auf dem Anwesen. Er kommt, wenn man ihn darum bittet und zu seinen geplanten Schichten, und das war's.«

»Ist er verheiratet? Hat er eine Freundin?«, fragte Stone.

»Nein und nein.«

»Hmmmm. Was ist mit dem Typen, der gestern an die Tür gegangen ist?«, fragte Pipe.

»Carter Grant«, erklärte Owl und schaute wieder auf sein Handy. »Er ist auch Michaels' Leibwächter. Aber er wurde von Ridge selbst angeheuert, nicht von seinem Vater. Soweit Tex herausfinden konnte, haben sie sich online kennengelernt. Carter interessierte sich für Bitcoin von Michaels' Firma und sie kamen ins Gespräch. Eines führte zum anderen und Michaels stellte ihn als Leibwächter ein, wenn Arlo nicht im Dienst war. Er ist nicht verheiratet, hat keine Freundin und sein Hintergrund ist eigentlich ziemlich langweilig. Fünfunddreißig Jahre alt, eine Handvoll uninteressanter Jobs, kein College-Abschluss. Und nein, bevor du fragst, er ist in keiner Weise vorbestraft.«

»Warte – Carter Grant?«, fragte Cora mit einem kleinen Grinsen.

»Ja, warum? Kennst du ihn?«, fragte Owl und setzte sich aufrechter auf das Bett.

»Nein, ich kenne ihn überhaupt nicht, aber es ist schon ein bisschen komisch. Ich habe ihn in meinem Kopf *Charakterloser Gruseltyp* genannt, weil er eben gruselig war. Es ist nur ein bisschen ironisch, dass seine Initialen CG die gleichen sind wie die von *Charakterloser Gruseltyp*.«

Pipes Lippen verzogen sich zu einem Lächeln. Das war nicht lustig, ganz und gar nicht, aber irgendwie lockerte Coras Bemerkung seine Anspannung. Auch seine Freunde lächelten und schüttelten den Kopf.

»Wie auch immer, entschuldigt, macht weiter. Arlo und CG sind Leibwächter. CG weiß offensichtlich über Lara Bescheid, denn er schien nicht verwirrt zu sein, als wir sie sehen wollten, und er hatte die Ausrede parat, dass sie krank sei. Wohnt CG auf dem Anwesen?«, fragte Cora.

Das war eine gute Frage. Pipe interessierte sich auch für die Antwort.

»Ich gehe davon aus, ja, denn es ist keine Adresse von Grant angegeben. Und du hast recht, nach dem zu urteilen, was du über die gestrige Begegnung mit ihm gesagt hast, weiß er offensichtlich über Lara Bescheid oder darüber, was mit ihr passiert sein könnte.«

Pipe runzelte die Stirn. Er hatte es vermieden, auch nur daran zu denken, dass Lara Osler tot sein könnte. Er wollte nicht, dass Cora sich damit beschäftigte. Er dachte lieber daran, dass es sich um eine Rettungsmission handelte und nicht um eine Leichenbergung.

»Ja«, erklärte Cora leise, und Pipe spannte sich an. Es war ihr nicht entgangen, was Owl meinte.

»Jedenfalls gibt es noch andere, die in dem Haus leben und arbeiten. Sarah Latimer ist die Köchin. Sie wohnt vor Ort, was auch Sinn macht, da sie für alle Mahlzeiten verantwortlich ist. Alice Green ist die leitende Hauswirtschafterin.

Sie ist verantwortlich für die anderen Angestellten, die stundenweise kommen, um zu putzen, die Wäsche zu waschen und alles andere zu tun, was dazugehört, um das Haus sauber zu halten. Steve Browning ist für die Instandhaltung zuständig. Weder er noch Alice wohnen auf dem Gelände, aber sie sind in der Nähe und ihre Mieten werden vom Gut bezahlt. Nora Walker ist für den Garten zuständig, Joel Ackerson ist sowohl der Chauffeur als auch der Pilot des Hubschraubers. Er fliegt Michaels und seinen Vater zu Konferenzen in Kalifornien und Las Vegas, zum Abendessen nach Flagstaff oder zu anderen frivolen Ausflügen. Und Benjamin Fox ist der Verwalter des Anwesens. Er beaufsichtigt alle Angestellten und sorgt dafür, dass alles reibungslos abläuft. Er ist auch für so alltägliche Dinge wie das Bezahlen der Stromrechnungen und die Müllabfuhr zuständig.«

»Die Frage ist also wieder einmal: Weiß einer dieser Leute etwas über Lara?«, fragte Stone.

»Falls du die Frage an mich richtest, ich habe keine Ahnung. Es sieht so aus, als wurden alle außer Grant von dem Vater eingestellt. Aber wenn es jemand weiß, dann ist es wahrscheinlich einer der Angestellten. Auch wenn Ridge nicht da ist, folgen sie ihrer Routine und halten das Haus für die Familie Michaels bereit, für den Fall, dass irgendein Mitglied unerwartet auftaucht«, erklärte Owl.

Er blickte vom Telefon auf und sagte: »Aber vielleicht interessiert es dich mehr, dass Michaels' Bitcoin-Firma ...« Er machte eine dramatische Pause, um den Effekt zu verstärken.

»Spuck es aus«, knurrte Stone.

»... erledigt ist. Offenbar ist er ein mieser Geschäftsführer und hat mehr Geld ausgegeben als eingenommen. Das Unternehmen verliert überall Geld. Er hat es geschafft, nach außen hin den Anschein zu erwecken, reich zu sein, aber das ist ein ziemlicher Schwachsinn.«

»Das erklärt, warum er Laras Geld braucht«, bemerkte Cora.

»Das glaube ich auch«, stimmte Owl mit einem Nicken zu.

»Das und die Tatsache, dass sein Vater ihm das Geld, das er jeden Monat bekommt, drastisch gekürzt hat«, fügte Pipe hinzu.

»Da ich Zugriff auf Laras Konto habe, meinst du, ich könnte ihre Karten sperren lassen? Es ihm schwerer machen, ihr Geld zu benutzen? Vielleicht lässt er sie gehen, wenn er keinen Zugriff auf ihr Geld hat.«

»Oder er könnte beschließen, dass er sie loswerden muss, weil sie ihm nichts mehr nützt«, gab Stone unverblümt zu bedenken.

Coras Gesicht wurde weiß. Für Pipe war klar, dass Stones Vorschlag eine Überraschung war. Er war wütend auf seinen Freund, weil er nicht mehr Taktgefühl gezeigt hatte.

»Daran habe ich gar nicht gedacht«, flüsterte Cora. »Und was machen wir jetzt? Ich hasse die Vorstellung, dass Ridge ihre Konten leert, aber ich will nicht, dass er ausflippt und ihr wehtut, wenn er keinen Zugriff mehr auf ihr Geld hat.«

»Ich denke, wir sollten nochmals zum Haus zurückkehren«, entgegnete Owl. »Vielleicht komme ich dieses Mal mit. Und sorge dafür, dass Michaels und seine Schläger wissen, dass es hier um mehr geht als darum, dass Cora mit ihrer Freundin reden will.«

»Also drohen wir ihm«, bemerkte Stone ernst.

»Ja«, entgegnete Owl.

»Aber sie könnten sich immer noch weigern, uns zu ihr zu lassen«, gab Cora zu bedenken. »Ich meine, ich bin froh, dass du da bist, Owl, aber wie soll das CG oder Ridge dazu bringen, einzulenken und uns Lara sehen zu lassen?«

»Vielleicht tut es das nicht«, erwiderte Owl, »aber wir machen ihnen klar, dass wir nicht gehen, bevor wir sie gesehen haben, und wenn sie uns nicht bald zu ihr bringen, rufen wir die Polizei. Es ist ja nicht so, als würden sie selbst die Polizei rufen, um zu behaupten, wir hätten das Grundstück unbefugt betreten. Ich vermute, sie wollen die Polizei nicht in der Nähe des Anwesens haben.«

»Und wir werden bewaffnet sein«, mischte Pipe sich ein. »Für den Fall, dass sie etwas versuchen.«

Coras Gesicht wurde noch bleicher. »Oh Gott, die Sache läuft aus dem Ruder«, murmelte sie.

Stone ging zu Cora hinüber und hockte sich vor sie. Er berührte sie nicht, aber er hatte ihre volle Aufmerksamkeit. »Glaubst du, wir können nicht auf uns aufpassen? Dass wir dich und Lara nicht beschützen können?«

»Das ist es nicht«, protestierte sie.

»Was ist es dann?«

Sie holte tief Luft. »Als ich auf der Auktion versucht habe, eine Verabredung mit einem Vertreter der *Zuflucht* zu bekommen, hätte ich nicht gedacht, dass wir hier landen würden. Und ich möchte nicht, dass einer von euch in Schwierigkeiten gerät oder – Gott bewahre – erschossen wird, weil ich euch um einen Gefallen gebeten habe«, erklärte Cora.

»Wir werden nicht erschossen«, beruhigte Stone sie.

»Auf keinen Fall«, fügte Owl hinzu. »Stone und ich sind vielleicht nicht ganz so gut wie die anderen, wenn es um bestimmte Fähigkeiten der Spezialeinheit geht, aber wir sind auch nicht gerade unfähig.«

»Das ist es nicht, ich habe nur ...«, Cora seufzte, »ihr habt mir fast von Anfang an geglaubt. Ihr hattet vielleicht ein paar Zweifel, aber ihr habt mich nie so behandelt, als sei ich verrückt oder würde die Dinge übertreiben. Ich habe nie ... ich kann nicht ... ich bin das nicht gewohnt«, platzte sie heraus.

»Was nicht gewohnt?«, fragte Pipe und stupste Stone an, der die Botschaft verstand, aufstand und einen Schritt zurücktrat, damit Pipe seinen Platz vor Cora einnehmen konnte. Sofort streckte er seine Hände aus und legte sie auf ihre Knie. Er musste sie berühren, sie musste wissen, dass er für sie da war.

»Sich unterstützt zu fühlen. Oder das Gefühl zu haben, dass jemand einem glaubt. Einen für voll nimmt. Und dich in eine potenzielle Gefahr laufen zu lassen ist keine Art, es euch zurückzuzahlen.«

»Wir unterstützen dich, Cora. Wir glauben dir. Und wir nehmen dich für voll. Dein Wert wird nicht dadurch bestimmt, wer deine Eltern waren, wie viel Geld du hast oder was für einen Job du machst. Es kommt darauf an, was für ein Mensch du bist. Und du, Cora Rooney, bist ein leuchtendes Licht in einer Welt, in der jeder jeden verschlingt. Deine Loyalität ist ...« Pipe schüttelte den Kopf, während er versuchte, das beste Wort zu finden.

Owl kam ihm zuvor. Sein Freund hatte sich so bewegt, dass seine Beine aus dem Bett hingen und sein Blick auf Cora gerichtet war. »Alles.«

Pipe nickte. »Ja. Deine Loyalität ist alles. Das ist eine kleine Gefahr wert. Wir werden Lara finden. Wir werden herausfinden, warum Michaels sie entführt hat. Er wird für das bezahlen, was er getan hat. Selbst wenn du mir sonst nichts glaubst, glaub mir wenigstens das.«

»Wir haben keine Angst vor diesem Michaels. Oder vor seinen sogenannten Leibwächtern. Owl und ich sind durch die Hölle und wieder zurück gegangen und wir lassen uns von diesen reichen Mistkerlen nicht unterkriegen«, erklärte Stone entschlossen.

»Ich möchte etwas sagen, aber Pipe wird komisch, wenn ich das tue«, erwiderte Cora.

»Pipe ist immer komisch, egal was du sagst«, bemerkte Stone und lachte. »Raus mit der Sprache.«

»Danke«, sagte sie, und sie sagte das voller Aufrichtigkeit. »Ich weiß nicht, was ich getan hätte, wenn ihr nicht hier wärt.«

»Dir wäre schon was eingefallen«, erwiderte Owl. »So wie ich dich kenne, bist du hartnäckig und einfallsreich.«

»Stimmt«, entgegnete Cora mit einem kleinen Lachen. »Plan B ist also, zurück zum Haus zu gehen und erneut an die Tür zu klopfen?«, hakte sie nach.

»Wir versuchen, das Ganze so unkompliziert wie möglich zu halten«, erklärte Stone ihr. »Ich denke, es ist gut, Owl miteinzubeziehen. Eine Machtdemonstration ist keine schlechte Idee.«

»Ganz zu schweigen von einer kleinen Drohung, die man einstreut. Ich schätze, Michaels wird nicht wollen, dass ein Haufen Polizisten durch das Haus stürmt. Wer weiß, was er da drin versteckt ... mal ganz abgesehen von Lara.«

»Ist es komisch, dass sein Vater mir ein bisschen leidtut? Ich meine, er weiß wahrscheinlich nicht einmal, was sein Sohn tut«, sagte Cora.

Pipe hatte sich nicht aus seiner Hocke vor ihr bewegt. »Tu das nicht«, erklärte er etwas zu barsch. Als Cora die Stirn runzelte, holte er tief Luft und bemühte sich, seinen Tonfall zu mäßigen. »Ich weiß nicht, wie viele Häuser diese Familie besitzt, aber sie haben mit den Menschen in diesem Land und darüber hinaus Geld verdient, die die Medikamente eingenommen haben, die John Michaels vertrieben hat. Ja, sie sind legal, aber er musste wissen, wie süchtig sie machen, lange bevor es der Welt bekannt wurde. Man weiß nicht, wie viele Menschen zu härteren Drogen übergegangen sind, als sie keine Rezepte mehr für das von ihm entwickelte Zeug bekommen konnten. Und trotzdem prahlt er immer noch mit seinem Reichtum. Ich meine, er hat einen verdammten *Hubschrauber*. Wozu? Das ist übertrieben und unnötig.«

»Ich weiß nicht, ich hätte nichts dagegen, einen Hubschrauber zu haben«, sagte Stone und lachte.

»Schon, oder? Überleg mal, wie schnell wir nach Albuquerque kommen könnten, wenn wir einen hätten. Vielleicht können wir Brick überzeugen, einen Landeplatz und einen Hangar zu bauen«, stimmte Owl zu.

»Das können wir sogar von der Steuer absetzen!«, rief Stone aus. Dann wurde er ernst und sagte: »Wisst ihr, ich hätte nicht gedacht, dass ich jemals wieder fliegen will. Aber nach der Mission, bei der ich Reese vor diesen verdammten Drogendealern gerettet habe, ist mir klar geworden, wie sehr ich es vermisst habe.«

»Geht mir auch so«, pflichtete Owl ihm mit einem Nicken bei. Ein Blick ging zwischen den beiden Männern hin und her. Sie waren gemeinsam durch die Hölle gegangen, und es war offensichtlich, dass sie jetzt auf derselben Seite standen.

Pipe drehte sich wieder zu Cora um. »Wenn dir das nicht passt, können Owl und ich auch allein mit Michaels und seinem Schläger reden.«

»Nein. Auf keinen Fall. Wenn es auch nur eine einprozentige Chance gibt, dass es klappt und sie uns Lara sehen lassen, werde ich mir das nicht entgehen lassen.«

»Das habe ich mir schon gedacht, aber ich musste es anbieten.«

Cora starrte ihn an und biss sich auf die Lippe.

»Was?«, fragte Pipe.

Sie schüttelte den Kopf und fragte leise: »Fühlt es sich so an, wenn man eine Familie hat? Ich meine, Menschen zu haben, die dir helfen, wenn es schiefläuft? Dass sie dir Deckung geben, egal was passiert?«

»Ja, Liebes. So fühlt es sich an«, versicherte Pipe ihr und es brach ihm das Herz, dass sie noch nie diese Art von Unterstützung erfahren hatte.

»Ja, wir sind jetzt deine Brüder«, erklärte Owl und grinste sie an.

»Nervige ältere Brüder, die deine Verabredung mit einer Schrotflinte an der Tür abfangen und dafür sorgen, dass er weiß, dass er sich vor *uns* verantworten muss, wenn er dich nicht rechtzeitig nach Hause zurückbringt«, fügte Stone hinzu.

Coras Augen funkelten, als sie Pipe ansah.

»Ich bin nicht dein Bruder«, erwiderte er mit einem kleinen Knurren.

Ihr Grinsen wurde noch breiter. »Das will ich auch hoffen.« Sie lachten.

Und Owl und Stone lachten über sie beide.

»Also gut, Schluss mit dem Herumsitzen«, erklärte Pipe, während er aufstand und Cora die Hand reichte. »Uns steht noch einiges bevor.«

»Hey, so manch einer hat bis spät in die Nacht gearbeitet«, entgegnete Owl.

»Oh, wir haben auch gearbeitet«, antwortete sie mit einem breiten Grinsen im Gesicht. »*Hart* gearbeitet.«

Pipe gefiel es, wie unbeschwert Cora mit den beiden umging. Das war ein gutes Zeichen für ihre zukünftige Beziehung.

»Ich freue mich für euch«, sagte Stone. »Und es wurde auch Zeit.«

Daraufhin verging Cora das Lächeln. »Wir kennen uns noch nicht sonderlich lange«, fügte sie rasch hinzu.

Stone winkte ihre Bedenken ab. »Wenn du es weißt, weißt du es. Und wenn du denkst, wir würden dich verurteilen, dann kannst du das gleich vergessen«, beruhigte er sie. »Typen wie wir, die so viel Schlimmes durchgemacht haben, zögern nicht zu handeln, wenn wir den richtigen Menschen finden. Das Leben ist zu kurz, um nicht das zu tun, was man will.«

»Ganz genau«, stimmte Owl zu.

»Richtig«, fügte Pipe mit einem Nicken hinzu.

Einen Moment lang sah Cora etwas überrascht aus, aber dann ging ein Ausdruck der Erleichterung über ihr Gesicht. »Also«, sagte sie schließlich.

»In diesem Sinne, lasst uns aufbrechen. Ich habe kein gutes Gefühl dabei, dass Michaels gestern Abend nicht seiner üblichen Routine gefolgt und ins *Blue Moon* gegangen ist. Wenn er in Panik gerät, könnte er in diesem Moment dabei sein, zu packen und die Stadt zu verlassen, und das wollen wir auf keinen Fall«, gab Stone zu bedenken.

Pipe stimmte ihm voll und ganz zu. Je eher sie klarmachten, dass sie nicht weggehen würden und dass Michaels Lara genauso gut herausgeben könnte, desto besser.

Er drückte ihre Taille, bevor er nach ihrer Hand griff, und freute sich, dass sie nicht davor zurückschreckte, sie zu nehmen. »Legen wir los«, sagte er nachdrücklich. »Owl und Stone, wir treffen euch am Wagen. Ich muss noch meine Waffe holen, bevor wir losfahren.«

Seine Freunde nickten und Pipe machte sich auf den Weg zur Tür. Er wollte Lara fast genauso sehr finden wie Cora. Zu ihrer eigenen Sicherheit, aber auch, um Cora zu beruhigen ... und sie zurück in *Die Zuflucht* zu bringen, um mehr Zeit zu haben, sie kennenzulernen. Er hatte keine

Ahnung, was zwischen ihnen passieren würde, ob sie es schaffen würden, auf Dauer ein Paar zu sein, aber er würde sein Bestes tun, um das zu erreichen.

Stone hatte recht. Das Leben war zu kurz, um nicht dem nachzujagen, was man wollte. Und Pipe wollte Cora. Er betete nur, dass sie ihn auch wollte.

# KAPITEL SIEBZEHN

»Okay, ich werde hier auf euch warten«, erklärte Stone ernst. »Wenn mir etwas verdächtig vorkommt, schreibe ich eine Nachricht und ich erwarte, dass ihr das auch tut. Passt auf alles auf, was auf sechs Uhr passiert«, mahnte er.

Pipe und Owl nickten.

»Auf sechs Uhr?«, flüsterte Cora Pipe zu, als sie sich auf den Weg zur Auffahrt und zum Tor machten, durch das sie am Nachmittag zuvor das Gelände betreten hatten.

»Hinter dir«, antwortete Owl, bevor Pipe antworten konnte.

»Oh, richtig.«

Sie war nervös und angespannt. Sie blieb dicht bei Pipe, als sie sich dem Tor näherten. Diesmal war es, wie sie vermutet hatte, verschlossen und auch das Tor auf der anderen Seite der Einfahrt war geschlossen.

»Als würde uns das abhalten«, brummte Owl, als er auf die Ziegelmauer zusteuerte, die das Grundstück umgab. Er sprang darüber, als sei sie nur dreißig Zentimeter hoch und nicht einen Meter zwanzig, wie es tatsächlich der Fall war.

Auch Pipe überwand sie ohne Probleme, dann drehte er

sich um und streckte seine Hand aus. »Du schaffst das«, ermutigte er sie.

Es war nicht so, dass Cora nicht über die Mauer klettern konnte, sie war nur nicht so graziös wie die beiden Jungs. Sie hüpfte hoch und legte sich mit dem Bauch darauf, dann nahm sie ein Bein hoch und kletterte über den Rand. Pipe übernahm den Rest, hob sie hoch, ohne dass es so aussah, als sei es eine große Sache, und setzte sie auf der anderen Seite auf dem Gras ab.

»Alles in Ordnung?«, fragte er.

Cora nickte. Sie war sich nicht sicher, ob es ihr gut ging, aber sie hatte darauf bestanden, hier zu sein, also wollte sie jetzt keinen Rückzieher machen. Alles an diesem Tag fühlte sich noch bedrohlicher an als am Tag zuvor. Die Gegend war ruhig, die Luft still, als wartete die Umgebung auf etwas … das ergab zwar keinen Sinn, aber so fühlte es sich an.

Auf dem Weg zur Haustür sahen sie niemanden, und bevor sie sichs versah, griff Pipe nach dem Türklopfer. Wie gestern knallte er ihn gegen die Metallplatte.

Cora stand ein wenig hinter Pipe und Owl, was ihr ehrlich gesagt auch ganz recht war. Sie erwartete zwar nicht, dass der *Charakterlose Gruseltyp* oder Ridge die Tür öffnen und auf sie schießen würden, aber das Wissen, dass Pipe und Owl bewaffnet und mehr als bereit waren, ihre Waffen zu benutzen, um sich und sie zu schützen, wenn es nötig war, hatte das Gefühl der Gefahr noch verstärkt.

Es dauerte einige Minuten und brauchte mehrere Klopf-zeichen, bis sie das Klicken der Schlösser an der Tür hörten. Cora hielt den Atem an, als sie sich langsam öffnete.

Der Gruseltyp stand da und starrte sie an. Eigentlich sollte sie ihn bei seinem Namen nennen, aber jetzt, da sie ihn in ihrem Kopf den *Charakterlosen Gruseltypen* genannt hatte, war es schwer, damit aufzuhören.

»Was wollt ihr?«, knurrte CG.

»Wir wollen Lara sehen«, erwiderte Pipe mit ebenso bedrohlicher Stimme.

»Ich habe euch gestern gesagt, dass sie krank ist.«

»Das ist mir egal. Wir treffen uns heute mit ihr, ob es dir gefällt oder nicht«, konterte er.

CG lachte. Und zwar nicht auf eine humorvolle Art. »Ach, tatsächlich?«, fragte er.

»Ja«, bestätigte Pipe. »Wir haben uns ein wenig über Mr. Michaels und seine Mitarbeiter erkundigt.« Er betonte die letzten beiden Wörter, um sicherzugehen, dass CG wusste, dass die Nachforschungen auch ihn betrafen. »Und wir waren überrascht, ihn gestern Abend nicht im *Blue Moon* zu sehen. Die Mädchen waren auch enttäuscht ... wenn man bedenkt, wie sehr er sie im letzten Monat verwöhnt hat.«

Cora hielt den Atem an, während sie darauf wartete zu hören, was CG dazu sagen würde. Er sah noch genauso einschüchternd aus wie gestern. Er trug eine schwarze Cargohose, ein kurzärmeliges graues Polohemd, das seinen kräftigen Bizeps zur Schau stellte, und schwarze Stiefel. Er überragte sie. Sein blondes Haar war kurz geschnitten und seine haselnussbraunen Augen waren kalt, als er sie ansah. Die Muskeln in seinem markanten Kiefer zuckten, als er mit vor der Brust verschränkten Armen dastand.

Sie verspürte den Drang, sich dafür zu entschuldigen, dass sie ihn unterbrochen hatte, und zu fliehen, aber Cora riss sich zusammen. Sie war nicht die Art von Frau, die sich leicht einschüchtern ließ, aber dieser Typ? Ja, er jagte ihr aus irgendeinem Grund eine Heidenangst ein.

»Und es ist in Ordnung, wenn du uns nicht reinlassen willst«, fügte Owl hinzu. »Wir rufen einfach unseren Kontakt bei der Polizei in Phoenix an und lassen ihn mit einem Dutzend seiner Kollegen kommen, um nach Miss

Osler zu sehen. Man weiß ja nicht, was sie sonst noch im Haus finden könnten ... oder?«

Bei diesen Worten war Cora sich sicher, dass sie ein kurzes Aufflackern von Besorgnis in CGs Augen sah, und ihr Puls beschleunigte sich. Es würde klappen. Sie würden reinkommen.

»Es ist nicht nötig, die Polizei einzuschalten. Hier passiert nichts Ungewöhnliches. Ich bin mir sicher, dass Lara froh sein wird, ihre Freunde zu sehen.« Mit diesen Worten trat CG von der Tür weg und ließ sie eintreten.

So sehr Cora sich auch freute, dass sie Lara endlich sehen würden, so sehr zögerte sie, über die Schwelle zu treten. Ein altes Gedicht von Mary Howitt, das sie in der Highschool gelesen hatte, kam ihr plötzlich in den Sinn. Es handelte von der Spinne, die die Fliege in ihre Stube einlädt. Und jeder wusste, was mit der armen Fliege geschehen würde. In diesem Moment fühlte sie sich, als sei sie die Fliege und CG die große böse Spinne.

Sie hätte Pipe am liebsten gepackt, aber er hatte ihr ausführlich erklärt, dass er seine Hände immer frei haben musste ... nur für den Fall. Cora wollte nicht darüber nach-denken, was »nur für den Fall« bedeutete, aber sie konnte es sich denken.

Also blieb sie so nahe wie möglich an Pipes Rücken, als er hinter CG über die Schwelle trat. Owl war hinter ihr und sie erschauerte, als die Tür mit einem lauten Geräusch hinter ihnen zuging. CG nahm sich die Zeit, sie wieder zu verriegeln, was Cora ebenfalls nicht gerade beruhigte, bevor er den beiden bedeutete, ihm zu folgen.

Als sie sich umschauten, bemerkte Cora, dass das Anwesen makellos war. Es gab keine Staubkörnchen auf dem Boden oder in der Luft, und es gab keinen Schnick-schnack, der nicht an seinem Platz war. Sie stellte ständig

Mist auf ihren Tresen, ließ Tüten auf den Boden fallen, wenn sie nach Hause kam, und sie wollte gar nicht daran denken, wie viele Paar Schuhe in ihrer Wohnung herumlagen. Ihre Wohnung sah bewohnt aus. Zumindest bevor sie alles verkauft hatte.

Dieses Haus war ... hohl.

Der Gedanke, dass Lara hier sein könnte, trieb Cora die Tränen in die Augen. Ihre Freundin war ein echter Sonnenschein. Obwohl sie schüchtern war, war sie ein fröhlicher Mensch, der immer nur das Beste von den Menschen dachte. Ihre Wohnung war noch chaotischer als die von Cora, aber sie war voller Liebe, und sie hatte sich dort immer wohlgefühlt.

Ihre Schritte hallten auf dem Fliesenboden wider, als CG sie durch einen langen Flur führte. Cora bemerkte, dass Pipe den Kopf drehte, wie immer, wenn sie in einer Situation waren, mit der er nicht vertraut war. Er achtete offensichtlich auf ihre Umgebung und den Weg, den sie nahmen.

Gerade als Cora dachte, CG würde sie zu einem Hintereingang führen und sie alle hinausstoßen, hielt er inne. Er öffnete eine Tür und schwang sie auf.

»Wenn es euch nichts ausmacht, hier zu warten, hole ich Miss Osler. Es könnte ein paar Minuten dauern, weil sie sich erst umziehen muss. Es gibt eine kleine Bar an der Seite des Raumes und die Sessel sind bequem. Es ist der erholsamste Raum im Haus. Ich vermute, dass ihr mit eurer Freundin in Ruhe reden wollt.«

Pipe zögerte, bevor er den Raum betrat, und diese kleine Pause sprach Bände für Cora. Aber sie folgte ihm dicht auf den Fersen, denn sie wollte nicht mehr als ein paar Schritte von ihm entfernt sein, nur für den Fall. Wenn es hart auf hart kam, wollte sie dort sein, wo Pipe war.

Der Raum, den sie betraten, war eine Art Medienraum.

Es gab drei Reihen mit großen Ledersesseln auf stufenweise ansteigenden Plattformen, wie in einem Kino. Die Sessel waren auf eine große Leinwand gerichtet und an der hinteren Wand war ein Projektor angebracht. Wie CG schon sagte, befand sich rechts von der Tür eine Bar mit gut gefüllten Regalen, die nach einer beeindruckenden Auswahl an Spirituosen aussahen.

»Zehn Minuten«, sagte Owl zu CG, als er sich zu ihm umdrehte.

»Wie bitte?«, fragte CG. Er mochte zwar ein Leibwächter sein, aber er legte das Benehmen und den Tonfall eines privilegierten und rotzfrechen Angestellten an den Tag.

»Du hast zehn Minuten Zeit, um Lara hierherzubringen, bevor wir die Bullen rufen.«

Ein wütender Blick huschte über CGs Gesicht, aber er nickte nur. »Zehn Minuten«, stimmte er zu und begann, die Tür hinter sich zu schließen, als er ging.

Es widerstrebte Cora zuzulassen, dass der Mistkerl die Tür schloss, aber sie wollte nichts tun, was ihre Chance, Lara zu sehen, gefährden könnte. Offensichtlich war Pipe derselben Ansicht.

»Das gefällt mir nicht«, erklärte er, sobald sie allein waren.

»Mir auch nicht«, stimmte Owl zu.

»Dann sind wir schon zu dritt«, scherzte Cora unbehaglich.

»Das kam mir zu einfach vor«, bemerkte Owl. »Obwohl er definitiv nicht wollte, dass wir die Polizei rufen. Hast du sein Gesicht gesehen, als ich gesagt habe, dass die Beamten das Wohlergehen von Lara überprüfen sollen?«

»Oh ja, in diesem Haus gibt es sicher einige Geheimnisse«, stimmte Pipe zu. »Ich frage mich langsam, ob es

*Michaels* gut geht. Ich meine, wir haben ihn noch nicht gesehen.«

»Nein, aber die Frauen im *Blue Moon* haben gesagt, dass er vorgestern Abend dort war«, gab Owl zu bedenken.

»Allerdings war das, bevor wir aufgetaucht sind«, bemerkte Pipe achselzuckend.

»Glaubst du, dass Michaels vielleicht nicht der Böse ist?«, fragte Owl.

Coras Kopf schwenkte von einem Mann zum anderen, als würde sie ein Tennismatch beobachten.

»Nein. Er steckt bis zum Hals in der Sache drin. Er ist nicht unschuldig, aber ich finde es seltsam, dass wir ihn überhaupt noch nicht gesehen haben.«

»Und was machen wir jetzt?«, wagte Cora zu fragen, als einige Sekunden lang niemand etwas gesagt hatte.

»Wir warten«, erklärte Pipe entschlossen. »Und nein, wir werden nichts von der Bar trinken. Wir haben keine Ahnung, ob der Alkohol mit irgendwelchen Drogen versetzt ist. Oder das Eis.«

»Moment – man kann Drogen ins Eis tun?«, hakte Cora nach.

»Auf jeden Fall«, erwiderte Owl mit einem Nicken. »Ich weiß von einem Fall, in dem Terroristen ein Flugzeug übernehmen konnten, indem sie alle Passagiere über das Eis in ihren Getränken betäubten. Zum Glück gab es eine scharfsinnige Chemikerin an Bord, die erkannte, was vor sich ging, und sie informierte den Navy SEAL, der neben ihr saß.«

»Du meine Güte! Ist die Sache gut ausgegangen?«

»Ja. Der SEAL hat nichts getrunken und er und seine zwei Kumpel, die auch im Flugzeug waren, haben die Entführer überwältigt.«

»Wow, ich wusste gar nicht, dass man Eis mit Drogen versetzen kann«, bemerkte Cora kopfschüttelnd.

»Deshalb werde ich im Flugzeug auch nie nach Eis fragen«, entgegnete Owl mit einem kleinen Lächeln.

Pipe blieb still, und als Cora zu ihm aufblickte, sah sie, dass er den Raum musterte und seinen Blick über alles schweifen ließ. Die Stühle, der Projektor, die signierten Filmposter an den Wänden.

»Wonach suchst du?«, flüsterte sie.

»Ich weiß es nicht. Ich schaue mich nur um«, antwortete er.

Cora nickte. Sie fühlte sich fehl am Platz. Sie wollte sich nur vergewissern, dass es ihrer Freundin gut ging, aber stattdessen fand sie sich in einer Situation wieder, in der sie keine Ahnung hatte, was sie tun sollte. Sie war sehr dankbar, dass sowohl Owl als auch Pipe bei ihr waren. Bei ihnen war sie sicher, daran hatte sie keinen Zweifel.

Sie versuchte, positiv zu denken. Bald würde sie mit Lara sprechen und hoffentlich mit ihr zusammen von hier verschwinden können. Zu diesem Zeitpunkt war es ihr egal, *was* Lara sagte. Selbst wenn sie ihr sagte, dass es ihr gut ginge und sie bleiben wolle. Nach allem, was die Jungs gesagt hatten, und nach dem, was Tex über ihren sogenannten Freund herausgefunden hatte, wollte sie ihre Freundin auf keinen Fall hierlassen. Selbst wenn Lara sauer auf sie wäre und ihre Freundschaft beenden würde, wäre es das wert, sie in Sicherheit zu wissen.

Cora runzelte die Stirn bei dem Gedanken, Lara nicht mehr in ihrem Leben zu haben, aber sie würde lieber ihre beste Freundin retten, auf die Gefahr hin, dass sie sie hasste, als sie in einer schrecklichen Situation zu lassen.

»Ich hasse es zu warten«, gab sie leise zu.

»Das tun wir beide, Cora«, sagte Owl mit einem Nicken.

Pipe durchquerte den Raum und zog sie an seine Seite. Cora lehnte sich bereitwillig an ihn und versuchte, seine Zuversicht und seine Wärme in sich aufzunehmen. Sie wurde das Gefühl nicht los, dass etwas ganz und gar nicht stimmte, aber sie hatte keine Ahnung, warum oder was sie dagegen tun konnte. Tatsächlich konnte sie nicht mehr tun, als darauf zu warten, dass der Charakterlose Gruseltyp oder vielleicht sogar Ridge mit Lara im Schlepptau zurückkamen. Sobald sie ihre Freundin gesehen hatte, würden sie sich überlegen, was sie als Nächstes tun wollten.

Stone saß ungeduldig im Wagen. Die anderen waren noch gar nicht so lange weg, aber er wurde das Gefühl nicht los, dass sie in eine Scheißsituation geraten waren. Dieses Gefühl hatte er manchmal, wenn er auf einer Mission war, und dann war jedes Mal die Hölle ausgebrochen.

Er starrte auf die Backsteinmauer, die etwa zehn Meter von seinem Parkplatz entfernt war. Der Jeep stand an der Ecke der Grundstücksgrenze des Anwesens. Außerhalb der Sichtweite der Eingangstür, aber nahe genug, dass er bei Bedarf zu seinen Freunden gelangen konnte, um sie zu evakuieren.

Stone schaute auf die Uhr und fluchte, als er feststellte, dass erst zwei Minuten vergangen waren, seit er das letzte Mal nachgeschaut hatte. Er hasste es, nicht zu wissen, was passierte. Aber die Tatsache, dass die drei nicht sofort zurückgekehrt waren, musste bedeuten, dass sie Erfolg gehabt hatten. Hoffentlich waren sie drinnen und trafen sich mit Lara, um herauszufinden, was zum Teufel los war.

Das plötzliche Vibrieren des Telefons in seiner Hand erschreckte Stone so sehr, dass er zusammenzuckte. Er lachte über sich selbst und schüttelte den Kopf, als er auf den Bildschirm schaute.

Eine Nachricht war angekommen – und Stone runzelte die Stirn, als er die Vorschau las.

*Unbekannt: Ihr müsst euch zurückziehen.*

Schnell entsperrte er das Telefon und klickte auf den Text, um ihn ganz zu lesen.

*Unbekannt: Ihr müsst euch zurückziehen. Michaels ist nicht die Bedrohung. Es ist Carter Grant. Der Leibwächter. Das ist nicht sein richtiger Name. Er hat mehrere Pseudonyme: Alex Hansen, Daniel West, Connor Smith und viele andere. Das FBI sucht ihn wegen über hundert Fällen von sexueller Nötigung, Vergewaltigung und Mord. Es macht ihm Spaß, Frauen unter Drogen zu setzen und sie als Geiseln zu halten, während er ihnen unaussprechliche Dinge antut. Bislang wurde er mit fünfunddreißig Todesfällen in Verbindung gebracht. Er ist ein Serienmörder, und wenn Lara Osler in diesem Haus war, ist sie wahrscheinlich nicht mehr am Leben. Wenn Cora dort hineingeht, wird sie zweifellos sein nächstes Opfer werden. Ich habe die Polizei und das FBI angerufen, aber in einer Schule auf der anderen Seite der Stadt ist ein Amoklauf im Gange. Da sind wirklich alle beschäftigt. Sie haben Agenten aus dem Büro in Sedona hinzugezogen, um die Situation zu überprüfen. Aber ihr müsst euch zurückziehen. Abbrechen!*

. . .

Stones Herzschlag stieg auf ein Niveau, das er nicht mehr erlebt hatte, seit er bei seiner letzten Mission mit dem Hubschrauber abgestürzt war. Seine Finger rasten über den Bildschirm, als er der Person zurückschrieb.

*Stone: Wer bist du? Woher weißt du das? Wir haben Informationen von Tex und er ist der Beste der Besten. Er hat uns nichts von dem hier erzählt.*

Sofort blinkten drei Punkte auf dem Bildschirm auf und zeigten Stone, dass der Absender der Nachricht gerade eine Antwort tippte. Er musste nicht lange warten, bis sie ankam.

*Unbekannt: Wer ich bin, spielt keine Rolle. Und woher wusste ich, wo Jasna war? Woher wusste ich, dass ich Reeses Peilsender aufspüren musste? Ich habe mich in Tex' Computer gehackt und die Namen von Ridges Angestellten tiefer recherchiert, als er es je könnte. Macht, dass ihr da rauskommt!*

Verdammter Mist! Die geheimnisvolle Person, die ihnen schon zweimal geholfen hatte, war wieder da. Und wenn ihre Informationen richtig waren, waren seine Freunde in höchster Gefahr.

Stone glaubte der unbekannten Person. Tex hatte nicht herausfinden können, wer er war, und er war ein Computergenie. Aber jetzt ...

Für Stone war klar, dass es jemand sein musste, der mit der *Zuflucht* in Verbindung stand.

Es gab eine Menge Leute, die von Jasnas Verschwinden

wussten – aber das war bei Reese nicht der Fall. Angeblich gab es keine Zeugen, als sie von dem Parkplatz in Los Alamos entführt worden war. Und die Tatsache, dass diese Person nun wusste, wo Cora war – und zu was für einer Mission sie aufgebrochen waren –, deutete auf jemanden hin, der wissen musste, dass sie nach Arizona unterwegs waren. Und nur sehr wenige Menschen hatten diese Information.

Aber zu diesem Zeitpunkt, mit diesen neuen Informationen? Es spielte keine Rolle, wer die unbekannte Person war. Es zählte nur noch, seine Freunde heil aus dem Haus zu bringen.

Er klickte sofort auf Pipes Namen und schickte ihm eine Nachricht.

*Stone: Verschwindet von da. Sofort.*

Sicherheitshalber schickte er dieselbe Nachricht auch an Owl.

Zu seinem Entsetzen bekam er nicht das kleine Häkchen neben den Nachrichten, das besagte, dass sie zugestellt wurden. Er klickte sofort wieder auf Pipes Namen, aber dieses Mal, um ihn anzurufen.

Es ging direkt die Mailbox ran.

Stone fluchte böse und klickte auf Owls Namen ... mit dem gleichen Ergebnis. In seiner Verzweiflung versuchte er es bei Cora. Wieder kein Glück.

Die Situation wurde mit jeder Minute, die verging, schlimmer und schlimmer. Er wünschte sich verzweifelt, dass die anderen Jungs da wären. Brick, Tonka, Spike und Tiny waren in solchen Dingen besser. Er war ein

Hubschrauberpilot. Ja, ein verdammt guter, aber er hatte nicht so viel Zeit im Einsatz verbracht wie seine Freunde. Er war für jede Art von Kampfsituation ausreichend ausgebildet worden, aber die meiste Zeit hatte er in der Luft verbracht, nicht mit Stiefeln auf dem Boden. Er bezweifelte nicht, dass seine Freunde inzwischen drei verschiedene Pläne ausgearbeitet und zur Hälfte ausgeführt hätten.

Er versuchte verzweifelt zu überlegen, was er als Nächstes tun sollte. Die Polizei rufen? Die Tür eintreten und seine Freunde da rausholen? Sich an das Haus heranschleichen und durch die Fenster schauen, um zu sehen, welche Informationen er sammeln konnte?

Er wusste nur, dass er Pipe und Owl vielleicht nie wiedersehen würde, wenn er nicht etwas unternahm. Die beiden – und auch Cora und Lara – könnten bereits tot sein.

Er hatte nicht einen Hubschrauberabsturz und zwei Wochen Folter überlebt, um Owl jetzt zu verlieren. Sie hatten sich geschworen, gemeinsam durch dick und dünn zu gehen, und er wollte auf keinen Fall zulassen, dass seinem besten Freund etwas zustößt – oder irgendjemand anderem.

Er musste sich einen Plan einfallen lassen. Und zwar schnell.

# KAPITEL ACHTZEHN

Pipe widerstand dem Drang, auf und ab zu gehen. Er drückte Cora an sich, während sie warteten.

Nach einer Zeit, die sich wie Stunden anfühlte, bei der es sich aber wahrscheinlich nur um Minuten handelte, fluchte Owl. »Irgendetwas stimmt definitiv nicht«, bemerkte er.

Pipe widersprach ihm nicht. Wie sollte er auch, wenn alles in ihm schrie, dass die Situation völlig aus dem Ruder gelaufen war? Er holte sein Handy heraus und tippte eine Nachricht an Stone. Er drückte auf »Senden«, doch zu seiner Überraschung erschien nach ein paar Sekunden eine Meldung, dass die Nachricht nicht zugestellt worden war. Pipe klickte auf die Nachricht und versuchte, sie erneut zu senden, mit dem gleichen Ergebnis.

»Verdammter Mist!«, fluchte er und klickte auf Stones Namen. Aber das Handy stellte keine Verbindung her. »Owl, kannst du Stone erreichen?«

Sein Freund zückte sein Handy und drückte ein paar Tasten, dann sah er ihn an. »Der Anruf geht nicht durch.«

Pipe presste die Lippen zusammen. Ihm mussten sich

nicht erst die Nackenhaare aufstellen, damit er wusste, dass sie in Schwierigkeiten steckten.

»Ein Störsender?«, fragte Owl.

»Davon gehe ich aus«, stimmte Pipe zu.

»Was? Was wird da gestört?«, fragte Cora.

»Das Telefonsignal«, entgegnete Pipe mit einer Stimme, die viel ruhiger klang, als er sich fühlte.

»Ich dachte, so etwas sei nur eine Erfindung aus Filmen«, sagte sie.

»Leider nicht«, erklärte Owl ihr.

»Ja, offensichtlich«, erwiderte sie und klang sehr verärgert. »Sie werden uns nicht zu Lara lassen, nicht wahr?«, fragte Cora.

Pipe seufzte und schüttelte den Kopf. Obwohl Lara zu sehen im Moment die geringste ihrer Sorgen war.

»Mist!«, fluchte sie. »Okay, also ... verflucht sollen sie sein. Und was jetzt? Gehen wir raus und versohlen dem Gruseltypen den Hintern? Durchsuchen wir das Haus? Wie sieht der Plan aus?«

»Wir verschwinden von hier und kommen mit den Bullen zurück, wie wir es wahrscheinlich von vornherein hätten tun sollen«, entgegnete Pipe grimmig. Er war ein Idiot, dass er Cora erlaubt hatte, ihn und Owl zu dem Haus zu begleiten. Er hatte ihre Verzweiflung, ihre Freundin zu sehen, über seinen gesunden Menschenverstand siegen lassen. Und jetzt steckte sie mitten in einer unbekannten, verfahrenen Situation.

Er ging zur Tür, griff nach dem Türknauf und drehte daran – aber er erstarrte, als die Tür sich nicht öffnen ließ. Auch das Ziehen an der Tür half nicht.

Mist. Sie waren eingeschlossen worden.

Er *wusste,* dass er Carter die Tür nicht hätte schließen lassen dürfen. Das ging gegen alles, was er in seiner Ausbildung gelernt hatte. Aber er hatte versucht, keinen Ärger zu machen. Um den Mann nicht zu verärgern, bevor er Lara zu ihnen gebracht hatte.

Es war ein Fehler, der die Frau das Leben kosten konnte und möglicherweise auch ihn selbst.

»Verdammter Dreck!«, fluchte er und drehte sich zu Owl und Cora um. »Abgeschlossen«, erklärte er unnötigerweise.

Pipe hasste es, die Angst in Coras Gesicht zu sehen. Es war so dumm von ihm gewesen, Grant blindlings zu folgen. Er hätte wissen müssen, dass er und Michaels nicht einfach ihre Meinung ändern würden, wenn es darum ging, sie zu Lara zu lassen. Seine Fähigkeiten waren offenbar eingerostet, wenn er sich so leicht hatte täuschen lassen. Und Cora und Owl könnten den Preis dafür zahlen.

Sie hatten ihr Blatt gezeigt, und Grant und Michaels waren wahrscheinlich in diesem Moment dabei, sich aus dem Staub zu machen. Möglicherweise mit Lara, wenn sie überhaupt noch am Leben war. Im Moment sah das immer unwahrscheinlicher aus. Sein Herz schmerzte für Cora.

Pipe sah sich um und versuchte, sich zu orientieren. Er ging in seinem Kopf die Möglichkeiten durch. Leider gab es nicht viele. Da sie sich in einem typischen Medienraum befanden, gab es keine Fenster, durch die Licht eindringen oder, in ihrem Fall, aus dem sie fliehen konnten. Pipe war sich nicht einmal sicher, ob er sich an einer Außenwand befand. Er hätte genauso gut in der Mitte des Gebäudes liegen können, sodass es ihnen nichts gebracht hätte, eine Wand zu durchbrechen. Aber wenn es auch nur eine entfernte Möglichkeit gab, dass sie hier rauskamen, würde er sie nutzen.

Aber zuerst ... zog er seine Waffe aus dem Halfter auf seinem Rücken. Er deutete mit dem Kopf auf Cora und deutete mit einem Nicken auf die andere Seite des Raumes. »Tritt zurück, Liebes.«

Sie machte große Augen. »Was hast du vor?«

»Ich werde die Tür aufschießen«, erklärte Pipe mit Nachdruck. Das Abfeuern seiner Waffe würde nicht nur Grant, Michaels und alle anderen in der Nähe darauf aufmerksam machen, dass er bewaffnet war, sondern sie auch wissen lassen, dass ihre Pläne, wie auch immer die aussehen sollten, vereitelt waren.

Owl trat vor und griff Cora am Ellbogen, zog sie nach hinten und stellte sich vor sie. Pipe nickte seinem Freund zu und wandte sich dann wieder der Tür zu. Es war schon eine Weile her, dass er auf dem Schießstand gewesen war, aber er war ein guter Schütze, schon immer gewesen. Er hob die Waffe und richtete sie auf das Schloss. Er feuerte einen Schuss ab ...

Und fluchte sofort, als das Geschoss abprallte.

Er ging in die Hocke und sah, wie Owl Cora mit sich zu Boden riss. Natürlich war es viel zu spät, um einem Geschoss auszuweichen. Aber zum Glück wurde keiner von ihnen von dem abprallenden Projektil getroffen.

»So ein Mist!«, fluchte Owl.

Pipe war zu wütend, um zu antworten.

»Was ist passiert?«, fragte Cora verwirrt, während sie langsam aufstand.

»Die Tür ist aus Stahl«, antwortete Pipe.

»Oh, Mist. Das hatten die geplant, nicht wahr? Ich frage mich, wie viele Leute sie hier noch eingesperrt haben.«

Pipe fragte sich das auch, aber im Moment war er mehr damit beschäftigt, einen Fluchtweg zu finden. Er hoffte, dass vielleicht einer der anderen Angestellten im Haus den Schuss gehört hatte und der Sache nachgehen würde, aber er bezweifelte, dass sie so viel Glück haben würden. Grant und Michaels hatten eindeutig so weit vorausgedacht, also vermutete er, dass der Raum auch schalldicht sein könnte. Es war der perfekte Ort, um jemanden zu verstecken, von dem man nicht wollte, dass er sich herumtrieb ... oder den man außer Gefecht setzen wollte.

Plötzlich wurde er ein wenig hektisch. Er ging zur ersten Stuhlreihe hinüber und riss an dem Ledersessel. Er rührte sich nicht. Pipe beugte sich hinunter und erkannte, dass er den Sessel nicht bewegen konnte. Große Schrauben hielten ihn an seinem Platz.

Er hörte Cora hinter sich husten, aber er blickte nicht in ihre Richtung, zu sehr war er auf die Suche nach einem Werkzeug konzentriert, mit dem er versuchen konnte, die Trockenbauwand zu durchbrechen.

Pipe ging zum obersten Punkt der Etagenplattformen und warf einen Blick auf den Projektor an der Wand. Zu seiner Enttäuschung konnte er dort nichts Nützliches entdecken.

»Äh, Pipe?«, versuchte Owl, seine Aufmerksamkeit zu erregen.

»Ja«, fragte er, ohne sich umzudrehen.

»Irgendetwas stimmt nicht«, entgegnete sein Freund.

In diesem Moment drehte Pipe sich um und sah, wie Owl Cora zu einem der Sitze führte. Stirnrunzelnd ging er auf sie zu. »Was ist los?«

»Ich fühle mich nicht gut«, bemerkte Cora und hustete erneut, diesmal heftiger.

Dann hustete Owl.

Erst dann bemerkte Pipe, dass er selbst schneller atmete als normal und dass sein Kopf pochte. Er war in seinem Leben schon in vielen stressigen Situationen gewesen und hatte noch nie eine solche Reaktion gezeigt. Natürlich war er noch nie für die Sicherheit einer Frau verantwortlich gewesen, ohne die er nicht leben wollte, also konnte man ihm wahrscheinlich verzeihen, dass er jetzt etwas extremer reagierte.

Er schüttelte den Kopf – und bereute es sofort, als er zur Seite stolperte. Ihm war schwindelig.

Cora stöhnte, und Pipe ging vor ihrem Stuhl in die Knie und griff nach ihrem Hemd. »Zieh dir dein Oberteil über Nase und Mund hoch«, befahl er, zerrte an dem Stoff und versuchte, ihr zu helfen.

Sie hob den Kopf und er sah, dass sie kaum noch Farbe auf den Wangen hatte. Aber sie tat, worum er sie bat, und ihre Augen waren groß. »Was ist los?«, fragte sie.

Pipes Gliedmaßen fühlten sich unkoordiniert an, als er sein eigenes T-Shirt hochzog, um Nase und Mund zu bedecken. Als er sich umdrehte, sah er, dass Owl dasselbe getan hatte.

Pipe sah sich um und versuchte, die Ursache für die plötzliche Schwäche in seinen Gliedern zu finden. Er sah nichts.

»Gas«, bemerkte Owl und hustete noch stärker.

»Gas?«, fragte Cora und stand alarmiert auf.

Pipe packte sie und zog sie zurück auf den Stuhl. »Bleib ruhig«, befahl er.

»Ich soll ruhig bleiben?«, wiederholte sie fast hysterisch. »Wie kannst du das nur sagen? Wir werden vergast!«

Pipe hustete, um das schwummrige Gefühl in seinem Kopf zu vertreiben, aber es war sinnlos.

»Werden wir sterben?«, fragte Cora.

»Nein«, beruhigte Pipe sie, obwohl er ehrlich gesagt keine Ahnung hatte, was die Dreckskerle, die sie in diesen Raum gesperrt hatten, geplant hatten.

»Ich rieche nichts«, bemerkte Owl. »Keinen Geruch,

keinen Geschmack, und wir können auch keine Dämpfe sehen.«

Irgendetwas nagte in Pipes Hinterkopf. Einer der Jungs aus seiner Einheit hatte ein besonderes Hobby gehabt. Wenn sie nicht gerade auf Mission waren, arbeitete er in der Werkstatt im Garten seines kleinen Hauses. Er war ein Künstler und stellte die erstaunlichsten Metallfiguren her. Einige waren klein – Pipe hatte eine in seiner Hütte in der *Zuflucht*. Aber seine Spezialität waren lebensgroße Skulpturen. Meistens von Tieren. Er und Pipe hatten sich einmal über die Herstellung dieser Figuren unterhalten, und sein Freund hatte fast eine Stunde lang über die Feinheiten des Schweißens und die Funktionsweise gesprochen.

Und das Einzige, was Pipe jetzt wieder einfiel, war die Tatsache, dass der Mann Argon-Gas zum Schutz des bearbeiteten Metalls verwendet hatte.

Er wusste nicht mehr genau, wie es funktionierte oder warum, aber er erinnerte sich deutlich an das Gespräch, das sie über die gefährlichen Eigenschaften des Gases selbst geführt hatten. Sein Kumpel hatte gescherzt, dass es wahrscheinlich eines der besten Mittel sei, wenn man jemanden bewusstlos machen wollte. Es war legal zu kaufen und leicht zu beschaffen.

Und Argon-Gas war geruchlos, geschmacklos und völlig transparent.

Er hatte keine Ahnung, ob es gerade jetzt benutzt wurde, um sie außer Gefecht zu setzen, aber es war eine ebenso gute Vermutung wie alles andere, was er sich vorstellen konnte.

Apropos Denken: Pipe fiel es schwer, etwas anderes zu tun, als zu versuchen, nicht zu kotzen.

»Pipe?«, fragte Cora in einem schwachen Ton.

Er versuchte, nach ihr zu greifen, und wäre dabei fast

umgefallen. »Verdammter Mist!«, rief er aus. »Komm her, Liebling«, bat er und breitete die Arme aus.

Cora warf sich praktisch in seine Arme und Pipe fiel auf seinen Hintern, aber er drückte Cora fest an sich. Sie vergrub ihr stoffbedecktes Gesicht in seinem Nacken und er konnte spüren, wie sie an ihm zitterte.

»Verdammt, Mann«, bemerkte Owl, als er sich in den Sessel neben dem von Cora fallen ließ.

Zum ersten Mal in seinem Leben war Pipe wirklich verängstigt. Er hatte in seiner bisherigen Karriere schon einiges erlebt, aber nichts war beängstigender als die Möglichkeit, dass Cora verletzt werden könnte. Er spürte, wie er schwankte, und wusste, dass es nur eine Frage der Zeit war, bis sie alle von dem Gas überwältigt wurden. Sobald sie bewusstlos waren, würde der Leibwächter zweifellos zurückkehren ... und wer wusste schon, was dann mit ihnen geschehen würde. Was mit *Cora* passieren würde.

Ridge Michaels hatte bereits eine Frau entführt und wer weiß was mit ihr angestellt. Es war nicht abzusehen, was er seiner Cora antun würde.

Und das war sie. Seine. In diesem Moment, als es wirklich hart auf hart kam, wusste Pipe, was wirklich wichtig war. Cora. Seine Freunde.

Er hatte dem Tod schon oft ins Auge geblickt und war bereit gewesen, sein Leben für das Allgemeinwohl, für die Sicherheit anderer zu geben. Und er hatte keinen Zweifel daran, dass die Männer, die an seiner Seite gekämpft hatten, genauso gefühlt hatten. Aber jetzt war alles anders. Er wollte nicht sterben. Er wollte nicht, dass Owl starb. Und er wollte auf keinen Fall, dass Cora etwas zustieß.

In einem letzten Versuch, etwas zu tun, schob Pipe sein Handy aus der Gesäßtasche. Seine Finger zitterten, als er auf Stones Namen klickte. Er musste seinem Freund sagen, was los war. Hilfe holen.

Doch als er auf die Textzeile hinunterblickte, runzelte er die Stirn.

Ach ja, er hatte bereits versucht, Stone zu kontaktieren, aber die Nachricht konnte nicht zugestellt werden. Verdammter Mist, er war so verwirrt. Er musste aufstehen. Etwas tun. Aber er konnte sich nicht bewegen. Seine Glieder waren schwer, sein Kopf schmerzte, und er hatte das Gefühl, sich übergeben zu müssen.

Als er aufblickte, sah er Owl, der mit geschlossenen Augen und zurückgelegtem Kopf auf dem Stuhl saß. Das schien eine gute Idee zu sein. Er war so müde. Ein Nickerchen würde ihm guttun.

Pipe lehnte sich zurück und hielt Cora dabei in seinen Armen. Sie schmiegte sich an ihn und er lächelte. Ja, er mochte es, wenn sie sich an ihn schmiegte. Daran erinnerte er sich noch lebhaft von heute Morgen. Nur dass ihr Bett jetzt merkwürdigerweise viel härter war als vorher.

Das spielte keine Rolle. Er war so müde, dass er überall schlafen konnte.

Er würde nur für einen Moment die Augen zumachen, dann würde er aufstehen und tun, was getan werden musste. Und er musste auf jeden Fall *etwas* tun ... aber er konnte sich beim besten Willen nicht erinnern was. Er war einfach zu müde. Und ihm war schwindelig.

Im Raum war es totenstill, als Pipe in die Bewusstlosigkeit glitt, eine völlig erschlaffte Cora in seinen Armen.

---

Stone versuchte, nicht in Panik zu geraten. Er hoffte, dass jeden Moment Owl, Pipe und Cora wieder auftauchen würden. Aber je mehr Zeit verging, desto klarer wurde ihm, dass das nicht der Fall sein würde. Irgendetwas war in diesem Haus schiefgelaufen, und er hatte keinen Zweifel daran, dass seine Freunde in Schwierigkeiten steckten. Er sollte den Notruf wählen ... aber was sollte er sagen?

Er könnte das tun, womit sie Michaels hatten drohen wollen, nämlich um eine Überprüfung durch die Polizei bitten.

Aber irgendetwas sagte Stone, dass er dafür keine Zeit hatte. Michaels hatte jedes Recht, den Polizisten den Zutritt zu verweigern, und es würde viel zu lange dauern, bis sie einen Durchsuchungsbefehl erwirkt hätten. Nein, er musste *jetzt* etwas tun.

Stones Hände begannen zu zittern, und er musste an eine andere Situation denken, in der er sich genauso hilflos gefühlt hatte. Als er und Owl Gefangene gewesen waren.

Einst war er ein eingebildeter Mistkerl gewesen, der glaubte, niemand könne ihn jemals besiegen. Dann wurde er als Geisel festgehalten. Gefoltert. Diese Erfahrung hatte ihn verändert. Sie hatte dafür gesorgt, dass er an seinen Fähigkeiten zweifelte.

Es dauerte einen Moment, bis er wieder klar denken konnte und die Erinnerungen an die Schmerzen und die absoluten Schrecken, die er als Kriegsgefangener erlebt hatte, abgeschüttelt hatte.

Stone richtete sich in seinem Sitz auf. Er musste mehr tun, als nur auf seinem Hintern zu sitzen. Pipe, Owl, Cora und sogar Lara, falls sie noch am Leben war, brauchten ihn und er musste eine Lösung finden. Etwas *unternehmen*.

Er merkte, dass er sein Handy so fest umklammert hielt, dass es in seinen Fingern kribbelte. Da kam ihm eine Idee. Stone hatte keine Ahnung, wer die unbekannte Person war, die ihnen immer wieder zu Hilfe kam, aber vielleicht, nur vielleicht, würde sie eine Idee haben, wie er seine Freunde erreichen konnte. Schnell begann er zu tippen.

*Stone: Ich kann weder Pipe noch Owl erreichen. Sie sind bereits im Haus und meine Nachrichten und Anrufe gehen nicht zu ihnen durch.*

*Unbekannt: Verdammt. Okay, gib mir einen Moment.*

Stone wusste nicht, wofür die Person Zeit brauchte, aber er fühlte sich bereits besser, weil er ihr mitgeteilt hatte, was passiert war.

Nach einer gefühlten Ewigkeit, in Wirklichkeit aber nur ein oder zwei Minuten, vibrierte sein Telefon erneut.

*Unbekannt: Der Mistkerl hat einen Störsender, aber ich habe ihn deaktiviert. Versuche noch mal, sie zu erreichen. Jetzt.*

Stone hatte keine Ahnung, woher die Person von dem Störsender wusste, aber er wollte es nicht infrage stellen. Er war auch ein wenig verärgert über die Rechthaberei des unbekannten Fremden, aber da er half, konnte Stone sich nicht beschweren.

*Stone: Owl, seht zu, dass ihr von dort verschwindet! Sofort!*

Er wartete einen Moment, aber Owl antwortete nicht. Auch Pipe antwortete nicht, als er ihm eine Nachricht schrieb. Er antwortete dem Unbekannten.

*Stone: Sie antworten nicht. Wie lange wird das FBI brauchen?*
*Unbekannt: Versuche es weiter. Du musst sie da rausholen. Ich weiß nicht, wann das FBI eintreffen wird, und Carter Grant ist niemand, den man in der Nähe einer Frau haben möchte, unter keinen Umständen.*

Stone knirschte mit den Zähnen, weil er nicht wusste, wie er sie herausbekommen sollte. Er hatte keinerlei Informationen. Er wusste nicht, ob die Ankunft von Owl und Pipe den gesamten Haushalt in höchste Alarmbereitschaft versetzt hatte. Soweit er wusste, gab es ein Dutzend Leute, die nur darauf warteten, ihn auszuschalten, sobald er versuchte, ins Haus zu gelangen. Wenn ihm etwas zustieß, konnte das das Ende aller Hoffnungen für seine Freunde bedeuten.

Er versuchte weiterhin, entweder Pipe oder Owl zu erreichen. Er rief an, schrieb Nachrichten. Er versuchte es bei Cora. Alles ohne Erfolg.

Aber seine Anrufe gingen nicht mehr direkt auf die Mailbox, und die Nachrichten schienen auch durchzukommen. Das war sowohl ermutigend als auch beängstigend. Letzteres, weil seine Freunde, obwohl die Nachrichten zugestellt wurden, immer noch nicht geantwortet hatten.

Er beschloss, sich auf den kleinen Hoffnungsschimmer zu konzentrieren, der ihm die nötige Motivation gab, es weiter zu versuchen.

Pipe und Owl waren schlau, sie würden einen Weg finden, Michaels fertigzumachen. Und wenn sie das geschafft hatten, wäre Stone da, um sie dort rauszuholen.

# KAPITEL NEUNZEHN

Cora fühlte sich total mies.

So hatte sie sich seit jenem Abend in ihren frühen Zwanzigern nicht mehr gefühlt, als sie aus Selbstmitleid in eine Kneipe gegangen war und viel zu viel getrunken hatte. Sie konnte sich nicht daran erinnern, wie sie nach Hause gekommen war, aber als sie am nächsten Morgen aufwachte, hatte sie einen höllischen Kater. Sie hatte fast zwei Tage gebraucht, um sich von ihrer durchzechten Nacht zu erholen, und sie hatte sich geschworen, so was nie wieder zu tun.

Und doch war sie hier. Sie fühlte sich genauso benommen und verkatert wie damals.

Aber sie konnte sich nicht daran erinnern, ausgegangen zu sein. Oder etwas getrunken zu haben.

Dann kehrte ihre Erinnerung blitzartig zurück.

Lara. Die Reise nach Arizona. Sex mit Pipe.

Das Haus. Der Charakterlose Gruseltyp. Die verschlossene Tür. Schwindelgefühl und Verwirrung und dann ... nichts.

Cora öffnete die Augen und starrte auf eine veraltete

Spritzputzdecke. Sie verzog die Lippen zu einem Lächeln. Hier war sie in einer verdammten Villa, und die hatte eine alte, hässliche Spritzputzdecke? Das war lächerlich.

Sie setzte sich langsam auf und sah sich um.

Zu ihrer großen Erleichterung sah sie Pipe rechts neben sich liegen. Dann geriet sie in Panik, als sie nicht sehen konnte, dass sein Brustkorb sich bewegte, nur um dann wieder von Erleichterung übermannt zu werden, als sie endlich feststellen konnte, dass er atmete. Das schnelle Wechselbad der Gefühle machte sie noch benommener.

Als sie auf die andere Seite blickte, sah sie Owl in einem ähnlichen Zustand daliegen. Sie lagen auf einem Betonboden und sie fröstelte, als sie merkte, wie kalt es war.

Als sie den Blick durch den Raum schweifen ließ, stellte Cora fest, dass sie sich wahrscheinlich in einem Keller befanden. Es gab zwar Fenster, aber sie waren winzig und befanden sich ganz oben an den Wänden. Der Raum war nicht riesig, aber es war auch keine Zelle. An der Wand ihr gegenüber befand sich eine Tür und ganz rechts ein Badezimmer – ohne Tür.

Cora bewegte sich langsam, denn jeder Muskel in ihrem Körper schien zu schmerzen, und kroch zu Pipe hinüber. Sie legte ihre Hand auf seine Brust, um sich zu vergewissern, dass er wirklich atmete. Als sein Brustkorb sich hob und senkte, seufzte sie erleichtert auf. Er sah so anders aus, bewusstlos und verletzlich. Cora gefiel das nicht. Er hatte alles getan, um sie zu beschützen, als sie in diesem Raum eingesperrt waren, aber selbst ihr knallharter Soldat der Spezialeinheit konnte sie nicht vor einem unsichtbaren Feind wie Giftgas schützen.

Ehrlich gesagt war sie völlig schockiert, dass sie alle noch am Leben waren. Alles *Mögliche* hätte passieren können, während sie bewusstlos waren, oder das Gas selbst hätte sie töten können. Aber ... warum waren sie überhaupt aus dem anderen Zimmer fortgeschafft worden? Wenn der Gruseltyp sie töten wollte, war es dann wirklich wichtig, wo er es tat?

Als sie sich wieder im Raum umsah, entdeckte sie einige Meter von Pipe entfernt etwas, das sie zuvor nicht bemerkt hatte.

Ein Abfluss im Boden.

Ihr ganzer Körper erschauderte, als sie an den Zweck dieses Dings dachte. Und es beantwortete die Frage, warum CG sich die Mühe gemacht hatte, sie hierherzuschaffen.

*Nein.* Sie würden heute nicht sterben.

Sie schwor sich, alles zu tun, was nötig war, um Pipe zu schützen, solange er sich nicht selbst helfen konnte, auch wenn sie ahnte, dass dies wahrscheinlich ein dummer Einfall war. Was konnte sie schon tun? Sie war ein ziemlich kleines, untersetztes, ungebildetes Mädchen. Aber war ihr nicht schon ihr ganzes Leben lang gesagt worden, dass sie eigentlich drogenabhängig oder obdachlos sein müsste?

Sie war nichts von alledem. Sie war fleißig, einfallsreich und hartnäckig.

Ihre Entschlossenheit wurde stärker. Sie war nicht hilflos, und sie würde auf keinen Fall zulassen, dass ein Mistkerl wie Ridge Michaels ihr oder Pipe etwas antat.

Ein leises Geräusch erschreckte Cora so sehr, dass sie zusammenzuckte und sich dann so schnell umwandte, dass der Raum sich für einen Moment um sie herum zu drehen begann. Sie blinzelte, als sie sich auf den Gegenstand hinter ihr konzentrierte. Ein Bett. Da sie auf dem Boden lag, konnte sie nicht sehen, wer oder was darauf lag, wenn überhaupt etwas. Sie war sich nicht sicher, ob sie das herausfinden wollte. Wenn Ridge glaubte, dass er dieses Bett benutzen würde, um sie irgendwie zu missbrauchen, würde er herausfinden, dass sie nicht kampflos untergehen würde.

Langsam und so leise, wie sie konnte, stand Cora auf. Angst erfüllte sie, als sie auf einen Klumpen unter der Decke starrte. Sie musste ein Geräusch gemacht haben, denn der Klumpen bewegte sich plötzlich. Derjenige, der sich dort befand, drehte den Kopf und schob die Decke beiseite, die über sein Gesicht gezogen worden war.

Cora blinzelte und konnte ihren Augen nicht trauen.

Dann stieß sie ein ersticktes Geräusch aus und sprang auf das Bett zu.

»Lara!«, schrie sie praktisch.

Ihre Freundin lag völlig schlaff auf der Matratze. Ihr blondes Haar lag auf dem dünnen Kopfkissen. Sie hatte einen leeren Blick, aber es war Lara. Und sie lebte.

Cora stiegen die Tränen in die Augen. Sie hatten sie gefunden. Sie hätte es nie laut zugegeben, aber Cora hatte daran zu zweifeln begonnen, dass sie ihre beste Freundin jemals wiedersehen würde. Dass sie je wieder mit ihr reden, lachen oder essen würde. Aber hier war sie. *Lebendig.*

»Lara!«, rief sie erneut, als sie sich auf den Rand der Matratze setzte und die Decke zurückzog.

Ihre Freundin sagte nichts. Bewegte sich nicht. Sie starrte einfach weiter ausdruckslos vor sich hin, als würde sie Cora gar nicht sehen.

Cora hörte, wie Pipe und Owl sich auf dem Boden zu bewegen begannen, aber sie konnte den Blick nicht von ihrer besten Freundin abwenden. Tränen stiegen ihr in die Augen und liefen unkontrolliert über ihre Wangen. Was war nur los mit ihr? Warum reagierte sie nicht?

Sie legte ihre Hand auf Laras Schulter und schüttelte sie sanft, aber Laras Augen blieben glasig und sie richtete den Blick trotzdem nicht auf sie.

»Oh mein Gott, was hat er mit dir gemacht?«, flüsterte Cora, als sie Laras Körper bemerkte. Sie trug ein Spaghetti-Träger-Nachthemd, das Cora noch nie gesehen hatte. Es sah an ihrer Freundin seltsam aus, denn Lara hasste alles mit Spitze. Sie fand es zu kratzig. Sie schlief immer in einem übergroßen T-Shirt. Dieses Nachthemd hatte Spitze um den gesamten Ausschnitt, der so tief lag, dass ihre Brüste deutlich zu sehen waren.

Aber es waren die blauen Flecke, die Coras Aufmerksamkeit am meisten auf sich zogen.

Sie hatte sie überall. Um ihren Hals. Auf ihren Oberarmen. Was sie von ihrer Brust sehen konnte, war mit blauen Flecken übersät. Was auch immer passiert war, es war schlimm gewesen.

Aber das Schlimmste war, dass die blauen Flecke alle verschiedene Farben hatten, sie befanden sich offensichtlich in verschiedenen Stadien der Heilung. Sie war nicht nur einmal missbraucht worden, sondern viele Male. Immer und immer wieder.

Cora brach das Herz. Sie hätte am liebsten geschrien. Sie wollte Ridge am liebsten umbringen, weil er ihrer Freundin das angetan hatte.

Und einfach so hörten die Tränen auf. Der Kummer verschwand und die Wut nahm seinen Platz ein. Cora war in ihrem Leben noch nie so wütend gewesen. Nicht, als sie ein Kind war und eine Ablehnung nach der anderen erfahren hatte. Nicht, als sie gemobbt wurde. Nicht, als sie zu Unrecht gefeuert worden war, weil sie die Annäherungsversuche ihrer Chefin zurückgewiesen hatte.

Lara hatte nicht verdient, was mit ihr geschehen war. Niemand hatte es verdient, aber vor allem nicht Lara. Sie war die Art von Frau, die allen Menschen einen Vertrauensvorschuss gab. Sie schenkte ihr Vertrauen bereitwillig. Sie hatte die gütigste Seele, der Cora je begegnet war. Sie war rein.

Cora wusste ohne jeden Zweifel, dass das, was hier geschehen war, ihre Freundin für immer verändern würde. Und es erfüllte sie mit absoluter Wut.

»Cora?«

Sie wischte sich mit der Schulter über die Wangen, bevor sie sich umdrehte und Pipe neben sich stehen sah. Owl hatte sich aufgesetzt und versuchte offensichtlich, die Orientierung wiederzuerlangen.

»Geht es dir gut?«, fragte Pipe.

Cora schüttelte den Kopf, sagte aber: »Ja.« Sie konnte nicht mit der Sorge und dem Kummer umgehen, den sie in seinen Augen sah. »Irgendetwas stimmt nicht mit ihr«, stellte sie fest und sah ihre Freundin an.

Es war Owl, der sagte: »Geh beiseite, lass mich nach ihr sehen.«

Ohne daran zu denken, ihn zu fragen, ob er eine medizinische Ausbildung hatte, stand Cora auf und trat vom Bett weg, ohne den Blick von Lara zu nehmen. Sie spürte, wie Pipe seinen Arm um ihre Taille legte, aber sie fühlte sich plötzlich seltsam losgelöst, als würde sie schweben und das Geschehen von oben beobachten.

Owl beugte sich hinunter und hielt seine Finger an Laras Kehle, um ihren Puls zu fühlen. Ihre Augen waren geschlossen und er hob ein Augenlid nach dem anderen an, um ihre Pupillen zu überprüfen. Vorsichtig tastete er ihre Hände und Arme ab, dann zog er die Decke herunter, um an ihren Bauch zu gelangen.

Ihr Nachthemd war zerrissen worden und alle sahen, dass sie unter dem dünnen Kleidungsstück völlig nackt war. Owl zog schnell das Nachthemd herunter und bedeckte ihre Scham so gut er konnte – aber nicht bevor sie all die blauen

Flecke auf ihrem Bauch und den Innenseiten ihrer Oberschenkel gesehen hatten.

Ganz zu schweigen von dem trockenen, verkrusteten ... Zeug auf ihrem Körper.

Cora ballte die Hände zu Fäusten. Die Wut überkam sie wieder so schnell und heftig, dass sie nur mit Mühe weiteratmen konnte.

»Ganz ruhig, Liebes«, murmelte Pipe.

Cora musste irgendjemandem wehtun, um die Wut zu vertreiben, die durch ihre Adern floss, und wandte sich gegen ihn. »Ich soll ruhig bleiben?«, kreischte sie fast. »Hast du das gesehen?«, fragte sie und zeigte aufgebracht mit einem Arm zurück zu Lara, die auf dem Bett lag.

»Ja«, entgegnete Pipe und klang dabei zu ruhig.

»Sie wurde *vergewaltigt*! Jemand hat auf sie abgespritzt! Man hat ihr *wehgetan*! Das sind Fingerabdrücke auf ihren Schenkeln. An ihrer Kehle! Jemand hat meine Freundin geschlagen. Das hat sie nicht verdient!« Sie schrie jetzt und stieß Pipe gegen die Brust, um ihre Worte zu unterstreichen.

Er schlang seine Hände um ihre Handgelenke und zog sie grob an sich.

Cora stieß einen *Schrei* aus, als sie auf seiner Brust landete. Pipe schlang seine Arme so fest um sie, dass sie kaum atmen konnte. Aber es funktionierte. So plötzlich wie ihre Wut aufgetaucht war, verschwand sie auch wieder. Sie fühlte sich leer. Sie vergrub ihr Gesicht an seiner Brust, als die Tränen erneut zu fließen begannen. »Er hat ihr wehgetan. *Lara*. Sie ist der netteste, sanfteste Mensch, den ich kenne ... und er hat ihr wehgetan!«

»Ich weiß. Und er wird dafür bezahlen. Ich gebe dir mein Wort.«

Cora unterdrückte ihre Tränen. Sie hatte keine Zeit zum

Weinen. Nicht jetzt. Später vielleicht ... wahrscheinlich ... aber jetzt musste sie sich erst einmal zusammenreißen.

»Sie hat keine gebrochenen Knochen«, stellte Owl fest. Cora drehte sich in Pipes Armen zu dem anderen Mann um. »So wie ihre Pupillen geweitet sind, und da sie so verwirrt ist, würde ich sagen, dass sie unter Drogen gesetzt wurde.«

»Wird sie wieder gesund?« Das war eine dumme Frage. Owl war kein Arzt, auch wenn er eine medizinische Ausbildung zu haben schien.

Aber er antwortete, ohne zu zögern: »Ja.«

Er sagte es fest und entschlossen, und als sie es hörte, fühlte Cora sich wahnsinnig erleichtert. »Okay, kann ich ... kann ich sie sauber machen?«, fragte sie.

Daraufhin ließ Pipe sie los und ging ins Bad. Er kam wenige Augenblicke später mit einem nassen Waschlappen zurück und reichte ihn ihr wortlos. Cora ging auf die andere Seite des Bettes und begann, ihre Freundin sanft zu säubern. Owl und Pipe drehten sich um, als sie das Nachthemd anhob, und zollten der fast komatösen Frau wieder den Respekt, den sie verdiente.

Cora tat, was sie konnte, und fühlte sich ein wenig besser, als keine Spuren mehr von dem, was jemand auf Laras Haut hinterlassen hatte, zu sehen waren. Sie konnte nicht anders, als sich hinunterzubeugen und zu flüstern: »Wach auf, Lara. Bitte. Ich bin's, Cora. Ich bin bei dir. Ich bin mit ein paar Freunden hier, und wir werden dich hier rausholen. Aber du musst aufwachen und mit uns reden, okay?«

Zu ihrer Überraschung drehte Laras Kopf sich langsam in ihre Richtung ... und Cora hätte schwören können, dass sie in ihren Augen ein Wiedererkennen aufblitzen sah.

»Ich bin's«, sagte sie zu ihrer Freundin. »Wir haben doch immer gesagt, dass wir füreinander da sind, durch dick und dünn, oder? Nun, ich denke, das hier ist ein ziemlich dickes Ding, was?«

Lara blinzelte.

»Kannst du mit uns reden?«, fragte Owl.

Laras Kopf bewegte sich langsam auf dem Kissen und drehte sich zu Owl. Sie starrte ihn an, ohne ein Wort zu sagen.

»Das ist Owl. Er gehört zu mir. Sein richtiger Name ist Callen, aber die Leute nennen ihn Owl, weil er so gut sehen kann«, erklärte Cora ihr.

»Stalker«, bemerkte Pipe mit einem kleinen Grinsen hinter Owl.

Cora schämte sich nicht für die Nachforschungen, die sie über die Männer der *Zuflucht* angestellt hatte. Außerdem war es ja nicht so, dass die Informationen nicht für jeden zu finden waren, der gründlich genug suchte.

Doch beim Klang von Pipes Stimme wimmerte Lara.

»Ganz ruhig, ist ja gut. Das ist Pipe«, sagte Cora zu ihr. »Er gehört mir.«

Pipe gab ein leises Geräusch von sich und Cora sah zu ihm auf. Er schien von ihren Worten überrascht zu sein.

Sie rümpfte die Nase. »Zu früh?«, fragte sie verlegen.

»Nein, überhaupt nicht«, sagte Pipe zu ihr. Das Bett stand zwischen ihnen, aber aus irgendeinem Grund fühlte es sich an, als seien sie die einzigen beiden Menschen auf der Welt.

»Du machst ihr Angst«, erklärte Owl Pipe. »Geh zurück.«

Pipe ging sofort einen Schritt vom Bett weg.

»Alles in Ordnung«, erklärte Owl Lara. »Niemand wird dir mehr wehtun. Hast du mich verstanden? Ich werde es nicht zulassen.«

Zu Coras Überraschung streckte Lara die Zunge heraus

und leckte sich über die Lippen, bevor sie krächzte: »Schmerzen.«

»Ich weiß, und sobald wir können, werden wir etwas dagegen unternehmen. Pipe wird herausfinden, wie wir hier rauskommen, und wir werden dafür sorgen, dass du in Ordnung kommst, okay?«

Cora hielt den Atem an. Sie empfand keinerlei Eifersucht, dass Lara auf Owl reagiert hatte und nicht auf sie. Sie war froh, dass sie überhaupt etwas sagte.

Auf die Worte von Owl hin streckte Lara ihren Arm über das schmale Bett. Sie griff nach seinem Handgelenk. »Geh nicht weg. Lieber sterbe ich ...«

Ihre Stimme war dünn und schwach, aber alle konnten die Verzweiflung in ihren Worten hören.

»Ich werde dich nicht verlassen. Auf keinen Fall. Und es wird niemand sterben. Hörst du mich? Aber ich möchte, dass du kämpfst, Lara.«

»Müde«, erklärte sie und schloss die Augen.

Aber Cora bemerkte, dass sie Owls Handgelenk nicht losgelassen hatte.

»Ich weiß, dass du müde bist«, versicherte er ihr sanft. »Ruh dich erst einmal aus.«

Lara nickte und stieß einen langen Seufzer aus.

Cora presste die Lippen aufeinander, während sie die Decke wieder über Laras Körper zog.

Lara bewegte den Kopf in ihre Richtung und ihre Augen wurden wieder groß. Sie sah immer noch verwirrt aus, und der Gedanke, dass jemand ihre Freundin unter Drogen gesetzt hatte, ließ die mörderische Wut zurückkehren. Aber Cora versuchte, ruhig zu bleiben.

»Ich wusste, du würdest mich finden. Aber ... du hättest nicht herkommen sollen.«

Cora beugte sich hinunter, sodass sie fast Nase an Nase

mit ihrer Freundin war. »Nie im Leben hätte ich dich im Stich gelassen. Du hast mich gerettet, als wir fünfzehn waren. Ich hätte Himmel und Hölle in Bewegung gesetzt, um dich ebenfalls zu retten. Ich liebe dich, Lara.«

Daraufhin schloss Lara die Augen und wandte den Kopf ab.

Cora war nicht verärgert. Sie musste in diesem Moment verwirrt sein. Und traumatisiert. Nichts, was sie sagte oder tat, hätte Cora unter den gegebenen Umständen überrascht.

»Geht es euch gut?«, fragte Pipe.

»Mein Kopf tut weh und ich fühle mich ein bisschen daneben, aber es geht mir gut«, erklärte Owl, stand jedoch nicht vom Bett auf, weil er Lara hätte loslassen müssen.

Da verliebte Cora sich ein wenig in ihn. Nicht so wie in Pipe, sondern aus bloßer Dankbarkeit, weil er verstand, dass Lara im Moment einen Anker brauchte. Und weil er durchaus bereit war, dieser Anker zu sein.

»Cora?«, fragte Pipe.

»Mir geht es genauso«, entgegnete sie. »Wie lautet der Plan?«, fragte sie, bevor sie es sich zweimal überlegen konnte. Es war nicht fair, Pipe so unter Druck zu setzen, aber sie hatte ehrlich gesagt keine Ahnung, was sie jetzt tun sollte. Sie befanden sich in einem Keller, mit Fenstern, die zu klein waren, um hinauszuklettern, und mit einer halb bekleideten Frau, die kaum bei Sinnen war. Sie hatte das Gefühl, dass ihre Möglichkeiten begrenzt waren.

Pipe öffnete den Mund, um etwas zu sagen, wurde aber durch das Vibrieren seines Handys unterbrochen.

»Moment – sie haben uns die Handys nicht abgenommmen?«, fragte Cora, als sie nach ihrem eigenen in der Gesäßtasche griff. Und tatsächlich, es war noch da. »Hast du deine Waffe?«, fragte sie Pipe eindringlich.

Er hatte sein Handy herausgeholt und scrollte auf dem

Bildschirm, aber er schüttelte den Kopf und sagte: »Nein. Die Waffe ist weg.«

»Natürlich ist sie das«, entgegnete Cora mit einem Seufzer.

Dann kam eine Stimme, die Cora wiedererkannte, aus dem Lautsprecher von Pipes Telefon.

Stone.

»Sprich mit mir«, befahl Pipe.

»Verdammt noch mal! Gott sei Dank bist du endlich rangegangen. Was ist da drinnen los?«

»Wir wurden in einem Raum eingesperrt und mit Gas betäubt, und jetzt sind wir im Keller zusammen mit Lara, die unter Drogen gesetzt wurde«, fasste Pipe die Situation schnell zusammen.

»So ein Mist. Also, sie hatten die Handysignale gestört, deshalb konnte ich dich vorhin nicht erreichen«, erklärte Stone.

»Ich weiß. Das haben wir gemerkt, als wir in dem ersten Raum eingesperrt waren. Haben sie es aus irgendeinem Grund versaut und die Blockierung aufgehoben?«

»Nein. Erinnerst dich an die unbekannte Person, die uns geholfen hat, Jasna und Reese zu finden?«

»Ja?«, fragte Pipe misstrauisch.

»Er hat mir eine Nachricht geschickt, nachdem ihr drei zu dem Haus gegangen wart, und hat mir allerhand Dinge erzählt. Er hat mir gesagt, dass ihr alle in Gefahr seid und ich euch sagen soll, dass ihr verschwinden sollt.«

»Ja, ich habe die siebenundvierzig Nachrichten bekommen, in denen du mir das mitteilst. Und wir hätten es getan, wenn wir es gekonnt hätten. Also, was ist mit dem Störsender los?«, fragte Pipe.

»Der Unbekannte hat ihn außer Gefecht gesetzt, und deshalb können wir jetzt reden.«

»Du meine Güte«, flüsterte Cora. Sie ging um das Bett herum auf Pipe zu. Sie legte einen Arm um seine Taille, während er sein Handy vor sie hielt, und sie hörten Stone zu.

»Wie auch immer, hör mal, dieser Grant? Er wird vom FBI gesucht. Unter anderem wegen mehrfachen Mordes. Er hat unzählige Aliasnamen. Er ist gefährlich, Pipe«, erklärte Stone unnötigerweise. »Er tut Frauen weh. Es macht ihn an. Und dann bringt er sie schließlich um. Ihr müsst sofort von dort verschwinden.«

Cora blinzelte überrascht. Der Charakterlose Gruseltyp war wirklich gruselig. Sie war irgendwie froh, dass ihr innerer Radar sie nicht im Stich gelassen hatte, aber die Erkenntnis kam ein wenig zu spät.

»Ich werde deine Hilfe brauchen, Stone«, bemerkte Pipe. »Du musst ein paar Erkundungen machen. Wir sind in einer Art Keller. Es gibt Fenster, aber sie sind klein. Zu klein für uns, um rauszukommen. Es gibt eine Tür zu dem Raum, in dem wir uns befinden, aber ich vermute, dass sie genauso verschlossen und verstärkt ist wie die im Obergeschoss. Ohne Hilfe kommen wir hier nicht raus.«

»Also, okay, ich steige über die Mauer und sehe mir das Grundstück an, mal sehen, was ich finde. Oh, verdammt!« Es raschelte, dann war es still.

Cora hielt den Atem an. Das war so nervenaufreibend. Es war leicht, die Sorge in Stones Tonfall zu hören.

»Was? Was ist denn los?«, fragte Pipe.

»Jemand kommt die Straße entlang«, flüsterte Stone. »Ich musste über die Begrenzungsmauer springen. Ich glaube, er hat mich nicht gesehen.«

»Versteck dich. Kannst du ihn sehen? Um wen handelt es sich?«

Die Sekunden zogen sich hin, während sie darauf warteten, dass Stone etwas sagte. Er flüsterte immer noch, als er antwortete.

»Das ist nicht Michaels. Dieser Typ ist stämmig. Blondes Haar. Groß. Er geht direkt auf den Jeep zu. Verdammt, er schlitzt die Reifen auf.«

Cora schloss die Augen, während sie sich an Pipe lehnte. Er war in diesem Moment ihr Fels. Mit jeder Minute, die verging, schien es schlimmer und schlimmer zu werden. Da der Wagen außer Gefecht gesetzt war, würden sie nicht so schnell aus dem Haus verschwinden können.

»Das ist Carter«, erklärte Pipe.

»Ja, das dachte ich mir«, entgegnete Stone.

»Was macht er denn jetzt?«

»Er hat ein Ablenkungsmanöver vorbereitet«, entgegnete Stone. »Er hat den Benzintank geöffnet und einen Lappen hineingestopft.«

»Er wird den Wagen in die Luft jagen«, stellte Pipe fest.

»Wahrscheinlich. Warte ... hm. Das ist interessant.«

»Was?«, fragte Pipe mit Ungeduld im Ton.

»Er tätigt einen Anruf. Glaubst du ... vielleicht weiß er nicht, dass der Störsender deaktiviert wurde. Wenn er hier draußen sein Handy benutzt, denkt er vielleicht, es würde im Haus nicht funktionieren.«

»Das kann sein«, stimmte Pipe zu.

Dann hörten sie alle ein Geräusch im Hintergrund, das Owl dazu veranlasste, den Kopf zu heben und auf Lara hinunterzustarren.

»Was ist das?«, rief Pipe.

»Das ist der Hubschrauber«, sagten Owl und Stone gleichzeitig.

»Das ist unser Weg hier raus«, erklärte Pipe entschlossen. »Du musst zu diesem Hubschrauber, Stone. Lara kann nicht laufen, also wird die Extraktion schwierig sein.«

Zum ersten Mal seit Beginn des Gesprächs wirkte Stone zuversichtlich. »Zehn Minuten«, erklärte er. »Ich werde auf euch warten. Owl?«

»Ich bin hier«, entgegnete er.

»Weißt du noch, was wir getan haben, als wir merkten, dass endlich Hilfe für uns gekommen war?«

Cora beobachtete, wie Owl sich auf dem Bett aufrichtete. »Ja.«

»Das ist dein Ausweg. Ich wünschte, ich könnte dir helfen, aber ich bin im Cockpit und warte auf dich als meine Verstärkung, okay?«

»Abgemacht«, erklärte Owl.

»Zehn Minuten«, wiederholte Stone. »Tu, was du tun musst, Pipe, um da rauszukommen. Wenn du es nicht tust …« Seine Stimme brach ab.

Cora sah zu Pipe auf. Seine Lippen waren fest aufeinandergepresst und er nickte. »Gut. Zehn Minuten.« Dann legte er auf und sah Owl an. »Wie lautet der Plan?«

Als Owl erklärte, wie ihre Rettung vor einigen Jahren abgelaufen war, war Cora sich nicht sicher, ob es funktionieren würde. Aber sie hatten buchstäblich keine andere Wahl.

»Bist du bereit, sie mitzunehmen?«, fragte Pipe und nickte Lara zu.

»Auf jeden Fall«, entgegnete Owl.

Cora beobachtete, wie Owl vorsichtig seine Hand aus Laras Hand nahm und sein Hemd auszog. Bevor sie fragen konnte, was er da tat, zog Owl die Decke zurück und begann vorsichtig, das Hemd über den Kopf ihrer Freundin zu ziehen.

»Hör mir zu, Liebes«, bat Pipe, packte Cora an den Schultern und drehte sie zu sich. »Egal was passiert, du sollst wissen, dass ich so glücklich wie schon lange nicht mehr war, als ich letzte Nacht mit dir zusammen war. Verstehst du das?«

Cora nickte.

»Und wenn alles gut geht, schenke ich dir die Familie, die du dir immer gewünscht hast. Hast du ein Problem damit?«

Hatte sie ein Problem damit, dass Pipe ihre Familie war? Auf keinen Fall. Sie schüttelte den Kopf.

»Gut. Dann wollen wir mal.«

Cora atmete tief durch, ging zur Tür und fing an, dagegen zu hämmern und aus vollem Halse zu schreien.

# KAPITEL ZWANZIG

Es musste funktionieren. Das *musste* es einfach. Wenn nicht, waren sie alle verloren.

Damit hatte Cora niemals gerechnet. Als sie beschlossen hatte, eine Verabredung mit einem der Besitzer der *Zuflucht* zu ersteigern, hätte sie nie erwartet, hier zu landen. Sie war nach New Mexico gereist, hatte sich sofort mit den Frauen dort angefreundet, war hier in Arizona mit Pipe, hatte den besten Sex ihres Lebens gehabt, sich verliebt, war mit Gas betäubt worden, hatte Lara lebendig vorgefunden – aber in viel schlimmerem Zustand, als sie sich vorgestellt hatte – und spielte nun die Rolle ihres Lebens.

Cora schrie, so laut sie konnte, und hämmerte so heftig gegen die Tür, dass sie wusste, sie würde blaue Flecke an den Händen bekommen. Sie mussten irgendwie herausfinden, was zum Teufel hier los war, bevor der Charakterlose Gruseltyp ihren Jeep in die Luft jagte. Sie mussten davon ausgehen, dass er dann Pipe und Owl töten und sich mit Lara und Cora in dem Durcheinander all der Feuerwehrautos und Polizeiautos davonstehlen würde, die mit Sicherheit massenhaft eintreffen würden.

Und sie hatte keinen Zweifel daran, dass der Gruseltyp sie und Lara tatsächlich mitnehmen würde. Er war ein Vergewaltiger und ein Mörder, und sie wollte sich nicht ausmalen, was er tun würde, wenn es ihm gelänge, sie beide zu entführen. Sie wussten zwar nicht, was er den Frauen, die er in der Vergangenheit getötet hatte, alles angetan hatte, aber Cora hatte eine sehr gute Vorstellungskraft, besonders nachdem sie Laras Zustand gesehen hatte.

Während sie gegen die Tür hämmerte und schrie, was das Zeug hielt, wurde ihr schließlich klar, dass es wahrscheinlich nicht Ridge war, der Lara etwas angetan hatte. Ja, es war möglich, dass er jeden Abend aus dem Stripklub nach Hause kam und sich an ihr verging, aber sie schätzte, dass es eher der Gruseltyp war, der sie regelmäßig missbrauchte. Vielleicht war er derjenige, der Ridge dazu überredet hatte, Lara nach Arizona zu bringen. Es machte sie krank, sich vorzustellen, dass diese Art von Missbrauch vorsätzlich begangen worden war.

Sie mussten aus diesem verdammten Raum verschwinden.

Cora sah zu Pipe hinüber, während sie weiterschrie. Er stand dort, wo die Tür sich öffnen würde, jeder Muskel angespannt und bereit zu handeln, um sie alle zu verteidigen. Sie hatten darüber gesprochen, wer auftauchen könnte, bevor sie mit ihrem Schauspiel begonnen hatte. Sie hofften, dass der zweite Leibwächter, Arlo Harvey, derjenige war, der kommen würde. Oder buchstäblich jeder andere, der im Haus arbeitete. Wenn derjenige nicht wüsste, was im Keller direkt vor seiner Nase passierte, wäre er nicht darauf vorbereitet, dass Pipe angreifen würde, sobald die Tür geöffnet wurde.

Aber wenn der Gruseltyp es zurück zum Haus schaffte und den Aufruhr hörte, würde *er* bereit sein.

Obwohl ihre Kehle schmerzte, hörte Cora nicht auf zu schreien. Sie würde sich heiser schreien, wenn es nötig wäre. Sie gab die Vorstellung ihres Lebens, und das war sie ja buchstäblich auch.

Endlich, nach einer gefühlten Ewigkeit, hörte sie das Kratzen des Riegels auf dem Stahl, als jemand begann, die Tür aufzusperren.

Ihr Herz schlug wie wild und sie sah Pipe an. Zu ihrem Erstaunen nickte er ihr beruhigend zu. Da stand er nun, im Begriff, denjenigen, der auf der anderen Seite der Tür stand, mit nichts als seinen bloßen Händen zu erledigen, und *er* beruhigte *sie*.

»Bitte! Lassen Sie mich raus! Meine Freundin braucht Hilfe! Ich glaube, sie liegt im Sterben!«, schrie Cora und wich zurück, um Pipe vor sich zu lassen. Seine Muskeln waren angespannt, während er konzentriert darauf wartete, dass die Tür sich öffnete.

Zu ihrer Überraschung wartete er nicht darauf, dass derjenige, der sich auf der anderen Seite befand, den Raum tatsächlich betrat, sondern stürzte sich, sobald die Öffnung weit genug war, nach vorn, streckte die Hand aus und zog den Typen in den Raum.

Cora wurde ganz flau im Magen, als sie sah, wie Pipe mit dem Gruseltypen kämpfte. Der einzige Mensch, auf den sie nicht treffen wollten.

Pipe und CG fielen mit einem Grunzen zu Boden und der Kampf war eröffnet. Cora wusste, dass Pipe gehofft hatte, denjenigen, der den Raum betrat, schnell überwältigen zu können, aber es war sofort klar, dass CG nicht so einfach aufgeben würde. Als sie sich einen Schlagabtausch lieferten, schien es tatsächlich so, als hätte er viel mehr Nahkampferfahrung als ein Durchschnittsmensch.

Für jeden Schlag, den Pipe landete, bekam er von dem

Gruseltypen ebenfalls einen verpasst. Cora hatte in der *Zuflucht* den Eindruck gewonnen, dass es nicht viele Männer gab, die es mit Pipe aufnehmen konnten, wenn es ums Kämpfen ging. Aber es kostete ihn all seine Konzentration, um nicht von einem Schlag in eine Niere überwältigt oder außer Gefecht gesetzt zu werden.

Owl beteiligte sich am Kampf und tat sein Bestes, um Pipe zu helfen, aber der Gruseltyp war ein Monster mit Muskeln. Er kämpfte gegen beide Männer, als sei es nichts. Cora schoss der Gedanke durch den Kopf, dass keine Frau eine Chance gegen diesen Kerl haben würde. Sie war sich sicher, dass er entweder einen militärischen Hintergrund oder eine Art Kampfsportausbildung hatte. Bei dem Gedanken, dass er Lara missbraucht hatte, biss Cora die Zähne zusammen und hätte sich am liebsten übergeben.

Die Männer grunzten alle, keiner von ihnen sprach, während sie buchstäblich um ihr Leben kämpften. Es war unheimlich. Und brutal. Pipe und Owl hielten sich nicht zurück, aber der Gruseltyp auch nicht. Sie kämpften alle auf schmutzige Art und Weise und taten alles, was sie konnten, um den anderen zu Fall zu bringen.

Cora schnappte nach Luft, als CG Pipe einen harten Schlag gegen den Kopf versetzte, der ihn zurücktaumeln ließ und ihn kurzzeitig betäubte. Dann trat er Owl in den Magen, der daraufhin über den Boden geschleudert wurde und hart auf seinem Hintern landete.

In Sekundenschnelle hatte er die Aufmerksamkeit auf sie gerichtet – und Cora blieb fast das Herz stehen. Der Ausdruck in seinen Augen war eiskalt.

Wenn er sie in die Finger bekäme, würde er Cora als Druckmittel benutzen, um Pipe und Owl zum Rückzug zu zwingen. Das wusste sie ohne jeden Zweifel.

Der Gruseltyp stürzte sich auf sie, bevor Pipe oder Owl

wieder aufstehen und erneut angreifen konnten. Coras Leben blitzte vor ihren Augen auf und sie tat das Einzige, das ihr einfiel ...

Sie duckte sich.

Überraschenderweise stolperte CG bei seinem Ausfallschritt an ihr vorbei.

Sie bewegte sich, ohne nachzudenken, und sprang auf seinen Rücken, als sei sie eine Art Wrestling-Champion.

Sie erinnerte sich daran, was Pipe ihr in der *Zuflucht* gesagt hatte ... vor zwei Tagen? Vor drei? Sie war sich nicht sicher, aber sein Ratschlag hallte in ihrem Kopf noch deutlich nach.

*Aber ich garantiere dir, dass jemand sofort von dir ablässt, wenn du ihm den Finger ins Auge steckst. So hast du Zeit, dich von ihm oder ihr zu entfernen und Hilfe zu holen. Das sollte dein Ziel sein – nicht dortzubleiben und zu kämpfen, sondern wegzukommen.*

Sie schrie, ein wilder Laut, der tief aus ihrer Seele kam, als sie mit einer Hand in sein Haar griff und ihre Beine um seine Taille schlang. Dann schwang sie ihre andere Hand herum und zielte mit dem Daumen auf sein rechtes Auge.

Bei dem Geräusch, das sein Auge machte, als sie seinen Augapfel mit ihrem Fingernagel durchbohrte, wurde ihr ganz übel. Ganz zu schweigen von der Art und Weise, wie es sich an ihrem Daumen anfühlte. Aber anstatt bei seinem Schmerzensschrei loszulassen, drückte Cora fester zu und drehte ihre Hand, nur um sicherzugehen.

Um diesen Dreckskerl so weit wie möglich außer Gefecht zu setzen, ließ sie sein Haar los und steckte ihm den Zeigefinger der anderen Hand in die Nase.

Das war eklig ... aber nicht so eklig wie die Flüssigkeit aus seinem Augapfel, die ihren Daumen bedeckte und ihr Handgelenk hinunterlief.

CG heulte auf und schlug vor Schmerzen um sich.

Zufriedenheit floss durch Coras Adern, aber es war nur ein kurzer Moment des Triumphs, denn CG griff hinter sich und packte eine Handvoll ihrer Haare. Er zog sie buchstäblich an den Haaren über seine Schulter und warf sie quer durch den Raum.

Es ging alles so schnell. Coras Kopf pochte an der Stelle, an der er ihr ein Stück ihres Haares ausgerissen hatte, aber sie registrierte das Gefühl kaum, bevor sie gegen die Wand schlug. Und zwar mit voller Wucht.

So stark, dass ihr für einen Moment schwarz vor Augen wurde und sie ein lautes Klingeln in den Ohren hatte, das alle anderen Geräusche ausblendete.

Sie lag zusammengekauert an der Wand und versuchte, sich zu orientieren. Verdammt. Sie hatte Schmerzen. Überall. Ihr Kopf, ihr Hintern, wo sie gelandet war, ihr Arm.

Sie bewegte sich leicht und keuchte vor Schmerz, als sie merkte, dass sie ihren rechten Arm nicht mehr bewegen konnte, ohne das Gefühl zu haben, ohnmächtig zu werden. Als sie nach unten sah, entdeckte sie eine große Beule in der Mitte ihres rechten Unterarms. Er war so deformiert, dass sie wusste, dass er gebrochen war. Cora hatte noch nie einen gebrochenen Knochen gehabt, aber sie hatte gesehen, wie ein Mann eine Treppe hinuntergefallen war, und sein Arm hatte so ähnlich ausgesehen wie ihrer.

Dann sah sie das Blut und die Blutspuren an ihrer Hand, die von dem Auge des Gruseltypen stammten. Bei diesem Anblick musste sie würgen.

Schließlich nahm sie ein Geräusch wahr und sie erkannte, dass es Owl war, der sie anschrie.

»Cora! Ist alles in Ordnung mit dir? Verdammt! Rede mit mir!«

Blinzelnd drehte Cora den Kopf in Richtung des Kampfes, der wieder aufgenommen worden war, nachdem CG sie quer durchs Zimmer geschleudert hatte. Owl und Pipe schlugen und traten beide immer wieder auf ihr Ziel ein, und zwar mit viel mehr Wut als vor ihrer Verletzung.

»Mir geht es gut«, versicherte sie ihm mit etwas schwacher Stimme.

Als sie zum Bett schaute, um nach Lara zu sehen, bemerkte sie, dass ihre Freundin immer noch bewusstlos zu sein schien. Sie hatte sich nicht bewegt, trotz des Lärms des Kampfes, der sich in ihrer Nähe abspielte. Cora runzelte besorgt die Stirn, aber ihre Gedanken wandten sich wieder dem Kampf zu, als sie ein seltsames Geräusch hörte.

Sie atmete scharf ein bei dem Anblick, der sich ihr bot.

Noch vor wenigen Sekunden war der Kampf in vollem Gange gewesen, die Männer hatten mit Händen und Füßen gekämpft und der Gruseltyp hatte versucht, sowohl Pipe als auch Owl abzuwehren. Jetzt hatte Pipe endlich die Oberhand gewonnen. Er kniete hinter CG und legte seinen Arm um seinen Hals, während Owl seine Arme festhielt, damit er sich nicht befreien konnte.

Das Geräusch, das sie gehört hatte, war das Rasseln von CGs Atem, als er verzweifelt versuchte, Luft in seine Lunge zu bekommen.

Cora hatte kurz den Gedanken, dass sie sich über die Szene vor ihr mehr aufregen sollte, als sie es tat, aber als sie Laras Zustand betrachtete, hoffte sie im Stillen, dass ihr Mann den Mistkerl umbrachte.

Blut rann über CGs Gesicht, wo sie versucht hatte, ihm das Auge auszustechen, und von dort, wo sie saß, sah es so aus, als hätte sie es geschafft. Gut so. Das geschah dem Perversen recht.

Im einen Moment kniete der Gruseltyp und im nächsten ließ Pipe seinen schlaffen Körper auf den Boden fallen.

Als Owl sich dem Bett zuwandte, um nach Lara zu sehen, erklärte Pipe: »Wir müssen von hier verschwinden.«

Wenn Cora gekonnt hätte, wäre sie auf der Stelle über Pipe hergefallen. Seine Haare standen ihm vom Kopf ab, sein T-Shirt war zerrissen, er atmete schwer, hatte Blut an den Armen – Cora hoffte wirklich, dass es das Blut von dem Gruseltypen war und nicht sein eigenes –, und seine Lippe war auch blutig und geschwollen, wo er mehrmals ins Gesicht geschlagen worden war. Aber er war buchstäblich der sexyeste Mann, den sie je in ihrem Leben gesehen hatte.

»Cora?«, fragte er, während er zwei Schritte auf sie zuging. Er kniete sich hin und ließ den Blick über ihren Körper gleiten, als könnte er durch ihre Kleidung hindurchsehen, um herauszufinden, ob sie verletzt war. Er atmete scharf ein, als er ihren Arm sah.

»Ich glaube, er ist gebrochen«, bemerkte sie und erkannte den Klang ihrer eigenen Stimme nicht.

Pipe streckte eine Hand aus und streichelte ihren Hinterkopf, bevor er seine Stirn so sanft an ihre legte, dass es aussah, als befänden sie sich auf einer romantischen Verabredung und nicht im Keller des Hauses eines Entführers, nachdem sie betäubt und verletzt worden waren.

»Verdammter Mist«, sagte er leise.

»Ich habe getan, was du mir gesagt hast«, flüsterte sie. »Ich habe mir die Weichteile vorgenommen.«

»Das hast du gut gemacht, Liebes«, erklärte er.

Diese Worte bedeuteten mehr, als Cora hätte ausdrücken können. Sie hatte halb erwartet, dass er wütend werden würde, weil sie sich in Gefahr begeben hatte und dabei verletzt worden war. Aber stattdessen war ihm klar, dass sie alle tief in der Klemme steckten und dass sie getan hatte, was sie tun musste, um ihm und Owl eine Chance zu geben, die Bedrohung zu überwinden.

»Ist er tot?«, flüsterte sie.

»Nein.«

Cora blinzelte daraufhin. »Warum nicht?«

Zu ihrer Überraschung wich Pipe zurück und sah sie mit ernster Miene an. »Weil ich im Gegensatz zu diesem Dreckskerl kein Mörder bin.«

»Aber wir können ihn nicht entkommen lassen«, protestierte sie.

»Wir werden so schnell wie möglich die Polizei rufen. Meine Hauptsorge ist jetzt, dich und Lara von hier weg und zu einem Arzt zu bringen.«

Dem konnte Cora nicht widersprechen. Zumindest der Teil, in dem es darum ging, dass Lara in Sicherheit war. Was sie selbst betraf, so mochte sie keine Ärzte. Hatte sie nie und würde sie nie.

»Apropos, es sind schon zwölf Minuten vergangen. Wir müssen gehen«, bemerkte Owl.

Pipe nickte, sah seinen Freund aber nicht an. Er stand auf, dann griff er nach Cora. Sie stand mit seiner Hilfe auf und schwankte prompt.

»Wo hast du Schmerzen?«, fragte Pipe eindringlich.

»Ähm ... überall?«, erwiderte Cora, ohne nachzudenken.

Zu ihrer Überraschung hob Pipe sie auf, als wöge sie nichts. Sie stieß einen Schrei aus und schlang ihren guten Arm um seinen Hals.

»Ich lasse dich nicht fallen«, beruhigte er sie. »Owl, kommst du mit ihr klar?«

Als Cora zum Bett hinüberschaute, sah sie, dass Owl Lara in seinen Armen hielt. Sie waren ungefähr gleich groß, sodass sie in seinen Armen etwas unbeholfen aussah, aber bei der Menge an Gewicht, die Lara offensichtlich verloren hatte, schien Owl sie ohne Probleme tragen zu können.

»Ja«, versicherte er Pipe knapp.

Ohne ein weiteres Wort ging Pipe auf die Tür zu. Sie befanden sich tatsächlich in einem Keller. Der Raum, in dem sie sich aufhielten, lag im hinteren Teil eines größeren Raumes. Der Rest des Kellers war mit unendlich vielen Kartons gefüllt. Kein Wunder, dass niemand wusste, dass Lara dort war, es sah so aus, als sei seit Ewigkeiten niemand mehr dort unten gewesen. Sie gingen eine Treppe hinauf und betraten einen Flur.

Es war unheimlich, dass sie niemandem begegneten. Im Haus war es völlig still und es war scheinbar leer.

Bis eine Frau mit einem echten Staubwedel in der Hand und einer Schürze vor ihnen aus einem Raum trat und stehen blieb. Sie starrte sie erstaunt an, den Mund vor Schreck offen. Es war die Bestätigung in Coras Augen, dass die meisten Angestellten wahrscheinlich im Unklaren darüber gelassen worden waren, was im Keller vor sich ging. Dass sie nicht wussten, dass Ridge Michaels und sein Leibwächter direkt vor ihrer Nase ihre Untaten begingen.

»Wo ist der Hubschrauberlandeplatz?«, fuhr Pipe die Frau in einem tiefen, gemeinen Ton an.

Die Frau zuckte angesichts der Drohung in seiner Stimme überrascht zusammen und wies den Flur hinunter.

Pipe ging an ihr vorbei. Coras Beine trafen sie fast im Gesicht, aber sie trat zurück in den Raum, den sie gerade verlassen hatte.

Als Cora über Pipes Schulter schaute, sah sie Owl ohne Hemd, der ihnen dicht auf den Fersen war. Laras nackte Beine wippten beim Gehen, und obwohl sein Hemd an ihrer Freundin groß war, war es nicht annähernd lang genug.

In Cora stieg wieder der Hass auf. Lara war durch die Hölle gegangen, und sie wusste nicht, ob sie den Gruseltypen oder Ridge Michaels deswegen mehr hasste.

»Verdammt noch mal«, fluchte Pipe.

Als Cora sich umdrehte, um nach vorn zu schauen, sah sie, was Pipe so aufgebracht hatte. Irgendwann zwischen ihrer Ankunft am Haus und jetzt war ein Sturm aufgezogen. Der Wind wehte so viel Sand umher, dass sie statt in Phoenix mitten in der Sahara hätten sein können.

»Kann Stone bei dem Unwetter fliegen?«, fragte Cora besorgt.

Es war nicht Pipe, der antwortete, sondern Owl von hinten. »Ein Kinderspiel. Komm schon, beweg dich.«

Pipe beugte sich hinunter und schaffte es, die Tür zu öffnen, ohne Cora fallen zu lassen, dann trat er hinaus in den Sturm.

Cora schloss sofort die Augen, denn der Sand schlug ihr wie kleine Glasscherben ins Gesicht. Sie kuschelte sich an Pipe, so gut sie konnte.

Über das Rauschen des Windes hinweg, das sie umgab, hörte sie das vertraute Geräusch der Hubschrauberrotoren. Sie verengte die Augen zu Schlitzen und war überrascht, den großen Hubschrauber so nahe zu sehen. Die Rotorblätter wirbelten noch mehr Sand um sie herum auf.

Ehe sie sichs versah, hatte Pipe sie im Inneren des Hubschraubers auf einem Rücksitz platziert und sprang dann scheinbar mühelos neben ihr auf. Er half ihr rüberzurutschen, bevor er sich wieder der Tür zuwandte. Er nahm Lara aus den Armen von Owl entgegen, damit sein Freund in den Hubschrauber springen konnte. Pipe setzte sich neben sie und stützte Lara so behutsam wie möglich auf dem verbleibenden Sitz zu seiner Rechten ab, schnallte sie an und legte einen Arm um sie, um sie zu stützen.

»Ihr seid spät dran!«, brüllte Stone vom Pilotensitz aus.

»Tut mir leid, wir hatten ein paar Probleme!«, rief Pipe zurück.

Owl drehte sich auf seinem Platz neben Stone um und starrte Lara einen Moment lang an, dann begegnete er Coras Blick.

»Sie wird wieder gesund«, erklärte er ihr nachdrücklich.

Er hatte das Gefühl, dass er noch mehr sagen wollte, aber Stone schrie ihn an, er solle »seinen Hintern in Bewegung setzen«, damit sie von dort verschwinden könnten.

Ohne ein weiteres Wort drehte Owl sich um und blickte nach vorn. Und vor ihren Augen verwandelte sich der Mann, der zuweilen so unsicher wirkte, in jemanden, den Cora noch nie gesehen hatte.

Selbst ohne Hemd strahlte er Selbstbewusstsein aus, als er sich einen Kopfhörer aufsetzte und begann, Schalter und Knöpfe zu betätigen.

»Haltet euch fest!«, rief Stone Pipe und Cora zu. »Das wird kein ruhiger Start!«

Eine Bewegung in ihrem Blickfeld sorgte dafür, dass Cora sich umdrehte. Sie sah mehrere Männer, die mit den Armen fuchtelten und etwas riefen, aber sie konnte sie nicht verstehen. Sie liefen aus dem Haus in Richtung des Hubschraubers.

Es war jedoch der Mann am Ende der Gruppe, den sie nicht aus den Augen lassen konnte.

Es war der Gruseltyp. Er schrie nicht. Er lief nicht auf sie zu. Er stand einfach an der Tür und starrte den Hubschrauber an, als könnte er ihn allein mit seinem Blick zum Absturz bringen und verbrennen.

Das Blut lief noch immer über sein Gesicht, aber seine Miene war ausdruckslos. Er war buchstäblich der kälteste und unheimlichste Mann, den Cora je in ihrem Leben gesehen hatte. Der Gedanke, dass er sich ihr oder Lara nähern könnte, ließ ihr das Blut in den Adern gefrieren. Kein Wunder, dass das FBI ihn auf der Liste der Meistgesuchten hatte. Er war eine Bedrohung für die Gesellschaft, und jede Frau, die das Pech hatte, mit ihm in Kontakt zu kommen, war in höchster Gefahr. Das wusste sie bis tief ins Mark.

»Los geht's!«, schrie Stone.

Der Hubschrauber hob schlingernd ab und Cora schrie auf, als sie nach etwas griff, an dem sie sich festhalten konnte. Sie fand Pipe.

»Du meine Güte, das Ding ist Mist«, erklärte Owl fast im Plauderton, während er sich bemühte, Stone beim Fliegen des Hubschraubers zu helfen.

»Wenn wir mit Brick über die Anschaffung eines Hubschraubers für *Die Zuflucht* sprechen, nehmen wir einen Bell. Vielleicht einen 505. Dieser R66 ist gut für ruhiges Wetter, aber Mist für Bedingungen wie diese«, antwortete Stone.

Pipe hatte ihr vor dem Start zu verstehen gegeben, dass sie sich Kopfhörer aufsetzen sollte, damit sie alle miteinander reden konnten, aber im Moment war Cora nicht sicher, ob sie hören wollte, was die ehemaligen Night Stalker noch zu sagen hatten.

Die beiden Männer lästerten weiter über den kleinen privaten Hubschrauber, den sie sich »geliehen« hatten, während sie gegen Wind und Sand ankämpften.

Pipe legte seinen freien Arm um sie und Cora war erleichtert. Ihn neben sich zu haben machte irgendwie alles ein bisschen weniger beängstigend. Cora hatte nur einen Arm, den sie benutzen konnte, und sie griff nach Pipes Hand auf ihrer Schulter, als der Hubschrauber schwankte. Sie hatte noch nie in einem Hubschrauber gesessen und dieser Flug war beängstigend. Sie hatte Vertrauen in Stone und Owl, sie hatte über die berühmten Night-Stalker-Piloten gelesen, als sie über *Die Zuflucht* recherchiert hatte, aber wie zum Teufel sie noch in der Luft waren, obwohl der Wind und der Sand so stark peitschten, war ihr ein Rätsel.

Als sie während des Aufstiegs zu dem Haus zurückblickte, aus dem sie gerade entkommen waren, war der Gruseltyp plötzlich nicht mehr da. Er war aus ihrem Blickfeld verschwunden – und ein Schauer durchlief sie.

Sie wünschte sich plötzlich, Pipe hätte ihn getötet. Hätte dafür gesorgt, dass er sie nie wieder heimsuchen würde.

Pipe lehnte sich leicht zu ihr hin und Cora drehte sich um, vergrub ihre Nase in seinem Nacken und atmete seinen vertrauten Duft ein. Es war so viel in so kurzer Zeit passiert, aber dieser Mann hatte sie noch nie im Stich gelassen. Als es am wichtigsten war, hatte er alles in seiner Macht Stehende getan, um für ihre Sicherheit zu sorgen. Das war mehr, als irgendjemand in ihrem ganzen Leben zuvor für sie getan hatte. Sie dachte, ein Psychologe würde sie mit Sicherheit warnen und ihr sagen, dass ihre Gefühle für Pipe eine Art Retterkomplex waren, weil sie als Kind keine Zuneigung erfahren hatte. Dass sie auf keinen Fall wirklich in ihn verliebt war ... aber er würde sich irren.

Ihr wurde schlecht, weil der Hubschrauber im Sturm schwankte und ruckelte, und sie kniff die Augen zusammen. Ihr Arm schrie vor Schmerzen, ihr Hintern tat weh, weil sie darauf gelandet war, und ihr Kopf pochte vom Aufprall gegen die Wand.

Aber sie war am Leben, und sie hatten Lara gefunden. Sie würde das alles noch einmal durchmachen, wenn sie dafür dort sein könnte, wo sie jetzt war. Zu Tode verängstigt, aber in Sicherheit.

Als könnte er ihre Gedanken lesen, sprach Pipe leise. Sie hörte ihn kaum, als Owl und Stone sich darüber unterhielten, wie sie es schaffen würden, nicht abzustürzen.

»Du bist in Sicherheit. Ich passe auf dich auf.«

Ja, das tat er. Sie war verletzt, Lara war offensichtlich traumatisiert, und sie könnten immer noch bei einem schrecklichen Hubschrauberabsturz ums Leben kommen, ganz zu schweigen davon, dass sie wegen des Diebstahls des Hubschraubers angeklagt werden könnten ... aber das war Cora egal. Mit den Folgen der letzten Stunden würden sie später fertigwerden. Im Moment war sie zufrieden, am Leben und mit dem Mann zusammen zu sein, den sie liebte.

# KAPITEL EINUNDZWANZIG

Cora saß auf der Dachterrasse von Pipes Hütte in der *Zuflucht*. Zu ihrer Überraschung hatte er kurz nach ihrer Rückkehr die beiden separaten Adirondack-Stühle durch einen gepolsterten Zweisitzer ersetzt. Er sagte, das sei besser so, damit er näher bei ihr sitzen könne. Das war reizend und rücksichtsvoll, und es war sogar ein bisschen schwer zu fassen. Cora hatte noch nie einen Mann gehabt, der an ihrer Seite sein wollte. Und es war schwer, sich daran zu gewöhnen, dass Pipe so lieb war.

Ihr Arm war eingegipst und sie hatte Schmerzmittel für ihr gebrochenes Steißbein bekommen. Sie hatte sich buchstäblich den Hintern gebrochen. Es war lächerlich. Aber Pipe hatte ihr ein Keilkissen besorgt, auf dem sie sitzen konnte, und die Medikamente linderten die Schmerzen erheblich.

Der Hubschrauberflug war furchterregend und schmerzhaft gewesen, aber noch furchterregender war es gewesen, nach der Landung in die Gewehrläufe von einem Dutzend Waffen zu starren. Owl und Stone hatten es geschafft, auf dem Hubschrauberlandeplatz eines örtlichen

Krankenhauses zu landen, aber da die Landung nicht genehmigt war und niemand wusste, wer sie waren und was vor sich ging, war die Polizei gerufen worden.

Es hatte fast eine Stunde gedauert, um alles zu klären – mit der Hilfe von Tex, Brick, Laras Eltern und sogar Owls und Stones ehemaligem Kommandanten –, aber schließlich durften sie das Krankenhaus betreten.

Cora wurde noch am selben Abend entlassen, nachdem sie geröntgt und ihr Arm eingegipst worden war, aber Lara war noch zwei Nächte geblieben. Owl wich nicht von ihrer Seite. Jedes Mal wenn er auch nur versuchte aufzustehen, flippte Lara aus. Aus irgendeinem Grund hatte sie sich an ihn geklammert, und wenn er nicht in ihrer Sichtweite war, wurde sie hysterisch.

Ihre Eltern waren ins Krankenhaus gekommen, und selbst ihre Anwesenheit hatte sie nicht sehr beruhigt. Sie waren offensichtlich froh, sie zu sehen und zu wissen, dass sie lebte, aber auch verzweifelt über alles, was passiert war. Sie waren voller Schuldgefühle, weil sie Coras Warnungen ignoriert hatten ... Schuldgefühle, die noch schlimmer wurden, als Lara anscheinend nicht wollte, dass sie blieben. Cora vermutete, dass es eine Weile dauern würde, bis ihre Beziehung sich erholen würde, wenn überhaupt jemals.

Owl ließ sich von Laras Bedürfnis, ihn an ihrer Seite zu haben, nicht aus der Ruhe bringen. Er hatte unendlich viel Geduld, hielt ihre Hand zwei Tage lang und ließ sie nur widerwillig los, wenn er auf die Toilette musste.

»Geht es dir gut?«, fragte Pipe.

Seit ihrer Tortur im Keller war noch keine Woche vergangen, und Cora schwor, dass Pipe ihr diese Frage mindestens zwanzigmal am Tag stellte, aber es machte ihr wirklich nichts aus. Dass er fragte, bedeutete, dass er sich sorgte, und das war die beste Medizin, die sie bekommen konnte.

»Ja. Ich denke nur nach«, erklärte sie ihm.

»Worüber?«

»Über ihn, den Gruseltypen.«

Pipe rutschte näher heran und legte seinen Arm um ihre Schultern. Mit ihrem gebrochenen Steißbein konnte er sie nicht auf seinen Schoß ziehen, aber er zögerte nicht, sie zu berühren, wann immer er konnte. »Sie werden ihn finden.«

Cora schätzte seine Zuversicht, aber sie war sich nicht so sicher. Schließlich hatte das FBI ihn schon einmal nicht finden können. Was war dieses Mal anders?

»Das werden sie«, beharrte Pipe, als könnte er ihre Gedanken lesen. »Jemand wie er? Jemand, der bis ins Innerste böse ist ... der wird einen Fehler machen.«

»Ich denke nur ... er wird eine andere Frau verletzen. Oder mehrere Frauen.«

Pipe seufzte. »Ja.«

Das war alles, was er sagte, aber so sehr Cora es auch hasste, dass er ihre schlimmsten Befürchtungen bestätigte, so sehr schätzte sie es, dass er ihre Bedenken nicht einfach abtat.

»Hat Tex keine weiteren Informationen bekommen können?«, fragte sie.

»Nein. Und er ist immer noch stinksauer, dass ein Unbekannter sich in seine Computer gehackt hat.«

Cora stieß einen amüsierten Seufzer aus.

»Du kennst ihn nicht. Er rühmt sich, der Beste der Besten zu sein, wenn es um technisches Zeug geht. Und diese anonyme Person hat nicht nur getan, was er nicht konnte – jetzt schon dreimal –, sondern sie hat sich auch in das System von Tex gehackt, um an Informationen zu kommen.«

»Aber der Kerl hat uns geholfen. Ich meine, er hat die Telefonsignale entstört, damit du mit Stone reden konntest. Und er hat herausgefunden, wer der Gruseltyp wirklich ist.«

»Ich weiß. Aber Tex ist trotzdem nicht glücklich.«

»Was glaubst du, um wen es sich handelt?«, fragte Cora.

»Ich habe keine Ahnung.«

»Nicht einmal eine Vermutung?«

Pipe seufzte. »Nicht wirklich. Ich habe mit den Jungs darüber geredet, und wir dachten bisher, es könnte jemand aus unserer Vergangenheit sein. Einer unserer alten Teamkameraden, ein Kommandant, jemand, mit dem wir zusammengearbeitet haben. Aber Stone hat einen ausgezeichneten Punkt angesprochen, den wir nicht von der Hand weisen können ... dass es eher jemand ist, der mit der *Zuflucht* in Verbindung steht.«

Cora schnappte nach Luft. »Wirklich? Wer zum Beispiel?«

»Es könnte jeder sein. Robert, Jess, Savannah, Ryan, Jason, Luna ... sogar einer der Männer oder Frauen, die Lebensmittel und Vorräte liefern. Jeder, der mitbekommen haben könnte, was mit Reese und dann mit Lara los war.«

»Ernsthaft? Du denkst, Robert ist ein heimlicher Hacker?«, fragte Cora mit einem kleinen Lachen.

»Jeder hat Dinge, die er nicht über sich selbst preisgibt. Aber ich denke, Stone hat recht. Es muss jemand sein, der weiß, was hier in der *Zuflucht* vor sich geht.«

»Bist du verrückt?«, fragte Cora.

Pipe zuckte mit den Schultern. »Ja und nein.«

»Der Gedanke, einen anonymen Wohltäter zu haben, der über uns wacht, gefällt mir irgendwie«, erklärte Cora, während sie sich zufrieden an Pipes Seite lehnte.

Sie hatten noch nicht darüber gesprochen, wie lange sie hier bei ihm bleiben würde, aber es näherte sich der Zeitpunkt, an dem sie über die Zukunft sprechen mussten. Sie wollte das eigentlich nicht, wollte sich der Realität nicht stellen. Aber sie war dabei, sich zu erholen, und sie musste einige Entscheidungen über ihren Job und ihr Leben in Washington treffen.

Erschwerend kam noch Lara hinzu. Sie war ein völlig anderer Mensch als der, der sie vor Arizona gewesen war. Cora nahm es ihr nicht übel, nicht im Geringsten. Sie hatte etwas Traumatisches durchgemacht und würde noch lange damit zu kämpfen haben. Cora würde alles tun, was nötig war, um ihr bei der Heilung zu helfen.

Aber bis jetzt heilte sie überhaupt nicht. Sie hatte Owls Hütte noch kein einziges Mal verlassen.

Als sie aus dem Krankenhaus entlassen worden war, war es nicht einmal eine Frage, dass sie mit ihnen zurück in *Die Zuflucht* kommen würde. Sie hatten sogar beschlossen, mit dem Wagen zu fahren, da Lara sich in der Nähe von Menschengruppen nicht wohlfühlte. Während der Fahrt sprach sie kein einziges Mal und geriet immer wieder in Panik, wenn Owl außer Sichtweite war.

Cora war nicht eifersüchtig. Wollte sie, dass Lara sich an sie anlehnte, weil sie beste Freundinnen waren? Ja, natürlich. Aber zu wissen, dass sie Owl als ihren sicheren Hafen betrachtete, war völlig in Ordnung, denn er war ein guter Mann. Und es lag etwas in seinen Augen, wenn er ihre Freundin ansah, das Cora sagte, dass er alles tun würde, um ihr zu helfen.

Sie wollte das für Lara. Cora war also nicht wütend, dass Owl derjenige war, der an ihrer Seite war. Sie war wütend, dass sie so kaputt war, dass sie nicht allein gelassen werden konnte. Traurig, dass sie das alles durchgemacht hatte. Aber nicht neidisch auf Owl.

»Erzählst du mir von den Ermittlungen?«, fragte sie Pipe.

»Ich bin mir nicht sicher, ob ich das will«, antwortete er schließlich.

»Ich weiß«, sagte Cora, und das tat sie auch. Pipe war ihr Beschützer. Er hatte es mehr als einmal bewiesen. Er wollte verhindern, dass sie etwas Beunruhigendes sah oder hörte. Aber sie hatte Zeit gehabt, das Geschehene zu verarbeiten, und musste alles wissen, was die Polizei und das FBI erfahren hatten.

Er seufzte. »Du weißt, dass Ridge Michaels tot in dem Haus aufgefunden wurde.«

»Ja. Ein Schuss in die Schläfe.«

»Es war kein Selbstmord«, fügte Pipe hinzu.

Cora keuchte und sah zu ihm auf. »Ach nein?«

»Nein. Der Winkel war falsch. Und der Schuss ging in seine linke Schläfe, und Michaels war Rechtshänder. Es gab ein paar Nachrichten darüber, aber gerade als die Publicity zunahm, wurde diese berühmte Schauspielerin in Hollywood entführt, und es gab diese vierstündige Verfolgungsjagd, um ihren Stalker davon abzuhalten, sie aus dem Staat zu bringen. Das hat die Nachrichten dominiert.«

»Ja«, entgegnete Cora mit einem Nicken und lehnte sich wieder an Pipe.

»Es wird angenommen, dass Grant ihn getötet hat, nachdem wir aufgetaucht waren. Um ihn vom Reden abzuhalten.«

»Das macht Sinn«, überlegte Cora.

»Wie wir schon angenommen hatten, wussten auch die anderen Angestellten des Hauses nicht, was direkt vor ihrer Nase geschah. Wenn sie es gewusst hätten, wären sie wohl auch alle tot. Ich nehme an, dass ein Teil ihrer Ignoranz darauf zurückzuführen ist, dass sie an die Eigenheiten der reichen Leute, für die sie arbeiteten, gewöhnt waren. Sie waren an Ridges Ruf gewöhnt, wussten, dass er in Stripklubs ging, wenn er zu Besuch war. Und sie hatten keinen Grund zu glauben, dass jemand im Keller versteckt war.«

»Und der Medienraum? Wussten sie, dass er benutzt wurde, um Leute bewusstlos zu machen, damit sie in den Kellerraum gebracht werden konnten, wo der Gruseltyp tun konnte, was er wollte?«, fragte Cora ein wenig verärgert.

»Sie behaupten, sie hätten keine Ahnung gehabt.«

»Aber was ist mit dem Gas? Ich meine, hat denn niemand etwas Seltsames *daran* bemerkt?«

»Nun, wie ich es mir schon gedacht hatte, war es Argon-Gas, das man legal kaufen kann. Es wird ständig beim Schweißen verwendet. Es ist also nicht so, dass die Flaschen in dem Schrank neben dem Medienraum Anlass zur Sorge gewesen wären.«

»Bryson Clark, wenn ich nach Hause käme und feststellen würde, dass du *zehn* Flaschen Argon-Gas in einem unserer Schränke aufbewahrst, dann würde ich mich bestimmt fragen, was zum Teufel das da zu suchen hat, vor allem weil du nicht schweißt«, entgegnete Cora ein wenig hitzig.

Er lachte, und das Geräusch brachte sie zum Lächeln, obwohl das Thema, über das sie sprachen, eigentlich alles andere als lustig war.

»Alles klar. Aber andererseits bin ich auch kein Milliardär und habe keine seltsamen Macken, die die Angestellten übersehen sollen. Und ... ich habe auch keine Angestellten.«

»Was auch immer«, murmelte Cora.

Aber sie lächelte, als Pipe sie auf die Schläfe küsste. Sie liebte das. Sie liebte es, hier auf der Terrasse zu sitzen, im Dunkeln, in der Kälte, an Pipe gekuschelt. Wenn sie ihn ansah, würde niemand auf die Idee kommen, dass er der Kuscheltyp war, aber sie konnte nicht anders, als es zu lieben, dass er es bei ihr definitiv war.

»Was war also das letzte Wort darüber, dass Ridge ihr Geld ausgibt? Er musste wissen, dass er erwischt werden würde. Ich meine, ernsthaft, keine Frau würde jemals so viel in einem Gentlemen's Klub ausgeben.«

»Alles ist reine Spekulation, weil er tot ist, aber die allgemeine Meinung ist, dass er einfach arrogant und verwöhnt genug war, um zu glauben, dass jemand die Transaktionen auf ihren Karten infrage stellen würde. Schließlich ist sie ja auch ziemlich reich. Wenn er nicht viel über ihr Ausgabeverhalten wüsste, hätte er annehmen können, dass sie genauso gern einkauft wie jedes andere reiche Mädchen. Und offenbar hatte sein Vater es satt, dass sein fauler Sohn nicht arbeitete und den Familiennamen beschämte. Er schränkte sein Vertrauen so weit ein, dass Ridge kein Geld mehr hatte, um für abendliche Lapdances und Stripperinnen, die ihm ihre Brüste ins Gesicht hielten, zu bezahlen. Wir wissen nicht, ob Grant ihm vorgeschlagen hat, Lara nach Arizona zu bringen, oder ob er das von sich aus getan hat.«

»Und er ... was? Dachte er einfach, Lara häkelt den ganzen Tag oder so? Wusste er wirklich nicht, dass sie mit Valium und Antidepressiva betäubt und in seinem eigenen Keller als Geisel gehalten wurde?«

»Wir werden es nie erfahren, aber ich vermute, dass er über alles Bescheid wusste, was vor sich ging. Grant arbeitete schon eine Weile mit ihm zusammen, und ich habe gehört, dass er Michaels tatsächlich einmal das Leben gerettet hat. Er war in einem üblen Viertel der Stadt, um Drogen zu kaufen, und als der Dealer ihn überfiel, erschoss Grant den Kerl.«

»Du meine Güte, wirklich? Und die Polizei hat nicht herausgefunden, wer er war? Das ist ja furchtbar.«

Pipe zuckte mit den Schultern. »Grant ist gut in dem, was er tut. Und es gab ein Überwachungsvideo, das beweist, dass Michaels angegriffen wurde und Grant aus Notwehr gehandelt hat.«

»So viele verpasste Gelegenheiten, diesen Dreckskerl von der Straße zu holen«, bemerkte Cora mit einem Seufzer.

»Ja. Das FBI und die örtlichen Behörden durchforsten das Grundstück und das Haus bis ins kleinste Detail. Sie haben bereits eine im Garten vergrabene Leiche gefunden und rechnen damit, noch weitere zu finden.«

»Mein Gott, das ist ja furchtbar. Ich fühle mich schrecklich für jede Frau, die das Pech hatte, mit dem Gruseltypen zu tun zu haben. Und er ist immer noch irgendwo da draußen«, flüsterte sie. »Was ist, wenn er sich rächen will? Ich habe ihn gesehen, als wir mit dem Hubschrauber abgeflogen sind, Pipe. Er war nicht glücklich. Er hatte diesen Gesichtsausdruck … er war so kalt. So entschlossen.«

»Er wird weder dir noch Lara ein Haar krümmen«, knurrte Pipe.

»Das weißt du nicht.«

»Ich weiß es«, betonte er. »Jeder hier in der *Zuflucht* weiß, was er getan hat und wozu er fähig ist. Brick hat sich mit der Polizei in Los Alamos getroffen, also wissen die Beamten über ihn Bescheid. Wir haben überall Kameras, und nach dem, was mit Alaska passiert ist, sind wir besser als früher darauf vorbereitet, dass jemand versucht, sich durch unseren Wald zu schleichen, um ins Resort zu gelangen. Und … wenn er sich hier blicken lässt und glaubt, er kann uns irgendwie überlisten? Dann wird er herausfinden, was für eine Ausbildung wir alle haben. Du und Lara seid in Sicherheit. Darauf gebe ich dir mein Wort.«

Cora seufzte. »Ich bin einfach so wütend, Pipe. So verdammt wütend auf ihn. Auf sie beide. Was gab diesem Gruseltypen das Recht, so viele Menschen zu verletzen und zu töten? Was ist in seiner Kindheit passiert, dass er so geworden ist? Eigentlich müsste *ich* wie er sein. Verbittert, wütend, bereit, andere zu verletzen, weil ich als Kind nicht geliebt wurde. Aber ich beschloss, meine Vergangenheit nicht über meine Zukunft bestimmen zu lassen. Obwohl ich zugeben muss, dass ich die Hoffnung, jemals jemanden zu finden, der mich lieben könnte, ziemlich aufgegeben hatte. Ich beschloss, dass etwas grundlegend falsch mit mir war, das mich nicht liebenswert machte.

Aber ich habe mich nicht dem Verbrechen zugewandt. Ich habe keine Menschen gejagt und gegen ihren Willen festgehalten, um sie dann zu töten. Und Ridge? Er hatte *alles*. Lara hätte alles für ihn getan. Und er hat sie ausgenutzt. Sie verändert. Ich weiß nicht, ob sie jemals wieder derselbe Mensch sein wird wie vorher.«

»Das wird sie nicht«, erklärte Pipe.

Cora sah ihn stirnrunzelnd an.

»Ich meine das nicht böse, aber das Leben verändert uns. Das Gute und das Schlechte. Sie kann nicht zurückgehen und das Geschehene ungeschehen machen, egal wie sehr sie es sich wünscht. Sie muss mit den Entscheidungen leben, die sie getroffen hat, und von da weitermachen. Das müssen wir alle. Egal was wir durchmachen, wir haben keine andere Wahl, als weiterzumachen. Grant hat die Entscheidung getroffen, seine kranken Fantasien auszuleben, und Michaels hat die Entscheidung getroffen, seine Moral über Bord zu werfen, um im Gegenzug Brüste und Hintern in diesem Striplub zu begaffen.«

»Es ist verdammter Mist«, murmelte Cora.

Pipe küsste erneut ihre Schläfe. »Ja. Aber Lara kommt wieder in Ordnung. Willst du wissen, woher ich das weiß?«

»Woher?«

»Weil sie dich hat. Der einzige Mensch, der darauf bestanden hat, dass etwas nicht stimmt. Der alles in seiner Macht Stehende getan hat, um Hilfe für sie zu bekommen. Der sich sozusagen in die Höhle des Löwen begeben hat, um sie zu retten. Irgendwann wird sie das begreifen. Im Moment hat sie mit den Auswirkungen des Drogenentzugs zu kämpfen und mit den Erinnerungen daran, was dieser kranke Mensch ihr angetan hat. Es wird einige Zeit dauern, aber sie wird es schaffen, denn sie hat ihre beste Freundin im Rücken und uns alle hier in der *Zuflucht*, die wir post-traumatische Belastungsstörungen verstehen. Die verstehen, was sie gerade durchmacht.«

Er holte tief Luft und fuhr dann fort: »Wir haben noch nicht darüber gesprochen, und es ist vielleicht nicht der beste Zeitpunkt, aber ich möchte, dass du bleibst, Liebes. Hier. Bei mir. Wir werden etwas für dich finden, das dir Spaß macht. Oder du kannst den ganzen Tag auf meiner Veranda sitzen. Das ist mir egal. Ich weiß nur, dass ich mit dir an meiner Seite ein besserer Mensch bin.«

Tränen stiegen in Coras Augen auf. »Pipe ...«, flüsterte sie.

»Und ich habe über meine nächste Tätowierung nach-gedacht. Wo ich *dich* am besten auf meine Haut tätowieren lassen kann.«

Sie drehte sich überrascht zu ihm um. »Was?«

»Ein Wolf, mit einem Generalschlüssel um den Hals. Stacheldraht umgibt ihn. Du bist der Schlüssel. Ich bin der Wolf. Du hast mir vertraut, dass ich dir helfe, als du es am meisten brauchtest. Und ich werde dieses Vertrauen mit meinem Leben beschützen. Der Stacheldraht, weil wir es irgendwie geschafft haben, all die Mauern zu überwinden, die wir beide errichtet haben, um uns die Menschen vom Leib zu halten, und dieser Draht wird auch das schützen, was wir in Zukunft aufbauen werden. Wir passen zusammen, Liebes. Und wenn du nicht hierbleiben willst, gehe ich mit dir zurück nach D. C. Ich weiß nur, dass ich will, dass es zwischen uns klappt. Mehr als ich jemals etwas in meinem Leben wollte.«

»Das will ich auch. Und ich will nicht zurück nach D. C. Ich meine, ich würde schon, wenn Lara beschließt, dass sie dort sein möchte ... aber es gibt dort nichts, woran ich hänge. Wenn ich diese Tussi Eleanor nie wiedersehe, ist es immer noch zu früh.«

Pipe lächelte, und es gefiel ihr, wie sich seine ganze Miene veränderte. »Können wir ihr ein Hochzeitsfoto schicken? Um ihr unter die Nase zu reiben, dass sie verloren hat?«

Cora erstarrte, als sie Pipe anstarrte. »Ein Hochzeitsfoto?«, flüsterte sie.

»Verdammter Mist. Das ist mir rausgerutscht. Aber es ist ja nicht so, dass wir nicht schon darüber gesprochen hätten«, erklärte Pipe grinsend. »Cora Rooney ... ich will dich heiraten. Vielleicht nicht heute. Vielleicht auch nicht morgen. Aber eines Tages, wenn du tief in deinem Herzen weißt, dass du darauf vertrauen kannst, dass ich immer hinter dir stehe und dich nie im Stich lasse.«

»Ja!«, rief Cora aus und rutschte auf seinen Schoß. Ihr Steißbein schrie aus Protest, aber sie ignorierte den Schmerz. Dies war zu wichtig.

Pipe legte seine Hände um ihre Taille und hielt sie fest, als wüsste er, dass sie Schmerzen hatte und alles tun wollte, um sie zu verhindern. »Ja?«, fragte er leise.

Hatte er Zweifel an ihrer Antwort? Das war inakzeptabel.

»Ja, Pipe. Ich vertraue dir bereits. Ich glaube, als ich dich auf der Bühne gesehen habe, habe ich gespürt, dass du mein Leben verändern könntest, aber ich habe es mir nicht zugetraut, weil, du weißt schon ... meine Vergangenheit. Ich verspreche, dass ich dich nicht enttäuschen werde. Ich werde die beste Freundin und Ehefrau sein. Du wirst es nicht bereuen, mit mir zusammen zu sein.«

»Natürlich nicht«, erklärte Pipe und runzelte verwirrt die Stirn. »Und ich weiß, dass du mich nicht im Stich lassen wirst. Das kannst du nicht.« Er streichelte sanft eine ihrer Wangen. »Weißt du, einen Moment lang, als es so aussah, als seien Owl und ich zusammen diesem Mistkerl nicht gewachsen, dachte ich ... das war's. Ich hätte dich enttäuscht. Und Lara. Aber als Nächstes sehe ich deinen Daumen in seinem Auge, und Blut tropft über sein Gesicht, und ich schwöre bei Gott, Frau, meine Liebe zu dir war so absolut, dass ich für einen Moment buchstäblich erstarrt war. Ich werde mir nie verzeihen, dass ich ihm die Gelegenheit gegeben habe, dich anzugreifen, aber zu wissen, dass du bereit warst zu kämpfen, dass du uns den Rücken gestärkt hast ... das bedeutete mir die Welt.«

»Danke, dass du mich nicht angeschrien hast. Mir gesagt hast, ich hätte mich von ihm fernhalten sollen. Ich hätte in Sicherheit bleiben sollen«, konterte Cora.

Pipe schnaubte. »Ja, genau. Dass du getan hast, was du tun musstest, um dich zu schützen, war sowohl beängstigend als auch verdammt sexy. Aber ich werde dir trotzdem mehr Nahkampf beibringen ... wenn du willst.«

»Ich will«, versicherte Cora ihm. Sie streichelte seine Wange und liebte es, wie er einen Moment seinen Kopf an sie schmiegte. »Ich will dich, Pipe. Für mich selbst. Ich hatte noch nie jemanden, der zu mir gehört.«

»Jetzt hast du jemanden. Und wir werden die Familie haben, die du dir immer gewünscht hast. Wir haben bereits fertige Tanten und Onkel, aber wir werden auch ein Dutzend Kinder haben, um sie verrückt zu machen.«

Cora lachte. »Ein Dutzend?«

Er lächelte. »Okay, vielleicht nicht so viele. Aber wie du möchte ich ältere Kinder betreuen. Sie adoptieren. Ihnen das Zuhause und die Familie geben, die du nie hattest.«

Erneut kamen ihr die Tränen. Dieser Mann. Er gab ihr alles, was sie sich jemals gewünscht hatte. Und sie konnte ihn nicht noch mehr lieben. »Ich liebe dich«, platzte sie heraus.

»Das ist gut so, denn ich liebe dich auch«, erklärte er ihr ruhig.

»Und ich will, dass du dich tätowieren lässt, aber nur, wenn ich auch eine Tätowierung bekommen kann.«

»Willst du immer noch ein Tattoo haben?«, fragte er erstaunt.

»Ja. Aber vielleicht nicht so groß wie das, das du für dich planst. Ich stehe nicht auf Schmerzen.«

Pipe lachte laut auf. »Genau.«

»Ich möchte ein Arschgeweih«, teilte sie ihm mit.

Pipe verdrehte die Augen.

»Direkt über meinem Po. Dort, wo du mich immer berührst, wenn wir zusammen irgendwohin gehen. Wo du es sehen kannst, wenn du mich von hinten nimmst. Und ich möchte, dass es zu deinem passt. Der Wolf mit dem Schlüssel.«

Sie spürte, wie sein Schwanz sich unter ihr verhärtete, und lächelte, erfreut über den Beweis, dass er die Idee liebte.

»Abgemacht«, murmelte er, während er mit einer Hand genau die Stelle abdeckte, an der sie das Tattoo haben wollte.

Cora ließ sich an ihm herab, verschränkte die Arme unter sich an seiner Brust und seufzte. So saßen sie etwa zehn Minuten, bevor Cora fröstelte.

Pipe bewegte sich sofort. »Du frierst«, stellte er fest. »Zeit, ins Haus zu gehen.«

»Aber mir gefällt es hier draußen«, beschwerte Cora sich.

»Und ich will, dass meine Verlobte kein Eiszapfen ist.«

Verlobte. Sie liebte das. Mehr als sie je gedacht hätte.

Sie ließ sich von ihm auf die Beine helfen und lächelte dann, als er sofort ihre Hand nahm und sie zur Treppe führte. Er hatte nicht gewollt, dass sie nach ihrer Rückkehr für eine Weile hier heraufkam, weil er befürchtete, dass es ihr Steißbein mehr als nötig belasten würde. Und obwohl es ein wenig schmerzhaft war, die Treppe zu benutzen, wollte sie mehr an ihrem Lieblingsplatz sein, als dass sie Unannehmlichkeiten vermeiden wollte.

Sie gingen langsam die Treppe hinunter, wobei Pipe vor ihr stand und darauf achtete, dass sie nicht stürzte.

Cora hatte keine Ahnung, was in der Zukunft auf sie zukommen würde. Sie hoffte und betete, dass die Beziehung zwischen ihr und Pipe funktionieren würde. Sie war sich bewusst, dass es ein Wirbelsturm gewesen war und dass ihre Gefühle füreinander sich ändern könnten, wenn alles wieder normal war und sie nicht mehr in Lebensgefahr schwebten. Aber das glaubte sie nicht.

Sie hatte sich schon im ersten Moment in Pipe verguckt, etwas, das sie bisher nur mit einer anderen Person in ihrem Leben erlebt hatte. Lara. Und man sehe nur, wie gut ihre Freundschaft den Test der Zeit überstanden hatte.

Der Gedanke an ihre beste Freundin machte Cora einmal mehr melancholisch. Sie wollte ihr helfen, aber sie wusste, dass es das Beste war, ihr Zeit und Raum zu geben, um zu heilen. Sie würde für sie da sein, wenn sie sich in ihrer Umgebung wohler fühlte.

In der Zwischenzeit würde sie die Männer und Frauen aus der *Zuflucht* weiter kennenlernen und, wenn sie Glück hatte, einen Weg finden, einen Beitrag zu diesem Ort der Heilung zu leisten.

# EPILOG

Pipe sah sich in der Scheune um und lächelte. Es war erstaunlich, wie zufrieden es ihn machte, Cora in seinem Leben, seiner Hütte, seinem Bett zu haben, viel mehr, als er es jemals gewesen war. Er sah sie in einer Ecke stehen, zusammen mit Alaska, Henley, Reese und den anderen Frauen, die in der *Zuflucht* arbeiteten. Alle hatten hart gearbeitet, um die Scheune für diesen Anlass zu schmücken.

Tonka und Henley waren heimlich nach Los Alamos gereist und hatten dort standesamtlich geheiratet, und um alle zu besänftigen, hatten sie zugestimmt, eine Hochzeitsfeier auszurichten.

Pipe hatte im letzten Jahr gelernt, dass es genauso wichtig war, die guten Zeiten im Leben zu feiern, wie zu arbeiten. Und wichtiger, als sich mit dem Mist zu beschäftigen, der in ihrer Vergangenheit passiert war.

Alaska hatte alles organisiert, und die Scheune sah ganz anders aus als sonst. Die Ställe waren mit Bändern und Schleifen geschmückt, alle Tiere hatten bunte Schleifen um den Hals, die schon ein wenig zerfleddert aussahen. Die Ziegen hatten ihre Schleifen sofort aufgefressen, und wenn eines der anderen Tiere nahe genug herankam, versuchten sie, auch deren Schleifen anzuknabbern.

Melba genoss die vielen Menschen und die Aufmerksamkeit. Die Pferde ignorierten alle, die Katzen versteckten sich hauptsächlich vor dem ganzen Trubel, die Hunde suchten nach jedem Stückchen Futter, das auf den Boden gefallen war, und Scarlet Pimpernickel, das Kalb, das Jasna getauft hatte – und das kein Kalb mehr war –, muhte laut und suchte nach jemandem, der ihr Aufmerksamkeit schenkte. Es war chaotisch, so wie es manchmal in der *Zuflucht* war. Aber Pipe wäre nirgendwo anders lieber gewesen.

Dann trennten sich die Frauen. Alaska ging zu einem Tisch und machte sich bereit, die Musik zu starten. Reese, der man ihre Schwangerschaft mittlerweile ein bisschen anmerkte, ging zu den Türen am Ende der Scheune. Ryan und Carly verteilten mit Sprite gefüllte Sektgläser, und Robert und Luna standen an einem Tisch, der voll mit Häppchen und Fingerfood war, bewachten ihn vor den umherstreifenden Tieren und waren bereit, beim Servieren zu helfen, sobald die Zeit reif war. Robert hatte sogar etwas von seinem kostbaren Vorrat an Weihnachtsbaumkuchen verwendet, um einen süßen Dip herzustellen. Das war die beste Bestätigung, die er Henley und Tonka hätte geben können.

»Darf ich um eure Aufmerksamkeit bitten«, sagte Brick laut, woraufhin alle sofort aufhörten zu reden und sich ihm zuwandten. Es war etwa eine Handvoll Gäste anwesend, aber hauptsächlich bestand die Gruppe, die sich versammelt hatte, aus der Familie der *Zuflucht*.

»Ich habe die große Ehre, euch Finn, Henley und Jasna Matlick vorzustellen!«, erklärte Brick, ohne den Moment hinauszuzögern. Reese öffnete das Scheunentor, und Tonka, Henley und Jasna gingen Hand in Hand hindurch.

Sie lächelten alle, obwohl Pipe auffiel, dass es Tonka ein wenig unangenehm war, im Mittelpunkt zu stehen. Allen war klar, dass er diese Situation nicht gerade toll fand, aber für seine Mädchen hätte er alles getan.

Hinter der neuen Familie trotteten ihre beiden geretteten Hunde her. Wally, ein schöner, geschmeidiger Pitbull-Mischling, und Beauty, ein kleiner Terrier-Mischling.

Die Familie ging zu der Stelle, an der ein kleines Podest errichtet worden war. Sie stiegen hinauf und Tonka legte sofort seinen Arm um die Taille seiner Frau und zog sie an seine Seite. Jasna war zu aufgeregt, um stillzustehen. Sie hatte ein breites Lächeln im Gesicht und schien die Aufmerksamkeit zu genießen.

In der Scheune waren alle leger gekleidet, worauf Tonka bestanden hatte. Jeans und T-Shirt waren die Norm. Es war März, und während vor der Scheune Schnee lag, war es drinnen angenehm warm.

Pipe ging zu Cora hinüber, die dort stand. Sie hielt ihr Telefon hoch und nahm die Zeremonie auf. Er legte einen Arm um ihre Taille und stützte sein Kinn auf ihre Schulter, während er sich hinter sie kuschelte. Sie drehte den Kopf und grinste ihn an, dann wandte sie die Aufmerksamkeit wieder ihrem Handy zu.

Als Pipe sich umschaute, sah er Brick bei Alaska am Tisch mit der Musik stehen. Sie war bereit, auf Play zu drücken, sobald die Reden beendet waren. Spike stand neben Reese und hielt ihre Hand. Stone und Tiny versuchten, die Ziegen für die paar Minuten zu bändigen, die es dauern würde, bis der »offizielle« Teil der Party beendet war.

Der Einzige, der fehlte, war Owl.

Jeder wusste, wo er war. Er war dort, wo er in den letzten paar Monaten gewesen war, seit Cora und Lara zu ihrer Zuflucht-Familie gestoßen waren. In seiner Hütte mit Lara.

Sie hatte schwer zu kämpfen, und das war für alle schmerzhaft. Es hatte eine Weile gedauert, bis sie ihre Abhängigkeit von den Schmerzmitteln, die sie in Arizona hatte nehmen müssen, überwunden hatte. Sie litt unter Depressionen und Angstzuständen und fand es immer noch schwierig, mit jemand anderem als Owl zusammen zu sein.

Er wusste, dass Cora am Boden zerstört war, weil sie ihrer Freundin nicht helfen konnte, dass Lara sich in ihrer Nähe immer noch unwohl fühlte, aber sie hatte sich geschworen, alles zu tun, was nötig war, um ihr bei der Heilung zu helfen. Deshalb war sie über FaceTime mit Owl verbunden, um dafür zu sorgen, dass sowohl er als auch Lara bei Tonkas und Henleys Feier dabei waren, auch wenn es nur virtuell und nicht persönlich war.

Der einzige Mensch, in dessen Nähe Lara sich wirklich wohlfühlte, war Owl. Er hatte sie an dem Tag, an dem sie nach New Mexico zurückgekehrt waren, in seine Hütte gebracht, und sie hatten die letzten kalten Monate zusammen dort verbracht. Lara war noch nicht bereit, mit Henley, der ansässigen Psychologin, zu sprechen, also gab die Frau Owl Hinweise und Tipps, damit er ihr so gut wie möglich helfen konnte.

Pipe hasste es, dass Lara sich so sehr abmühte. Und noch mehr hasste er die Nächte, in denen Cora in seinen Armen weinte, weil sie sich so hilflos fühlte. Sie war keine Heulsuse, aber der Gedanke, dass Lara leiden musste, brachte sie nahe an einen Zusammenbruch. Trotzdem weigerte Cora sich aufzugeben. Sie hatte die Hoffnung, dass Lara eines Tages in der Lage sein würde, die Blase der Angst zu durchbrechen, in der sie derzeit lebte. Bis dahin tat sie weiterhin alles, was sie konnte, um Lara das Gefühl zu geben, dass sie genauso ein Teil der *Zuflucht* war wie alle anderen.

Pipe liebte sie dafür umso mehr. Ihre Hartnäckigkeit war eines der Dinge, die er am meisten an ihr bewunderte.

»Danke, dass ihr alle gekommen seid«, sagte Tonka zu den Zuschauern. »Es fühlt sich richtig an, dies hier zu tun, umgeben von den Tieren, die meine Rettung waren, als ich sie am meisten brauchte. Bevor ich endlich zur Vernunft gekommen bin, als es um Henley ging, versteckte ich mich hier in der Scheune und hatte das Gefühl, dass die vierbeinigen Kreaturen der Welt mich besser verstehen, als es ein Mensch je könnte. Henley durchschaute meine raue Schale und machte mir mit ihrer Geduld und ihrem Verständnis klar, dass Verstecken meinen Schmerz nicht heilen würde. Sie teilte ihre Liebe und ihre Tochter und half mir zu verstehen, dass meine Vergangenheit niemals verschwinden würde. Sie wird immer da sein, auf der Lauer liegen und versuchen, mir die Freude zu rauben. Aber ich muss mir von ihr nicht meine Zukunft diktieren lassen. Und meine Zukunft ist hier. Mit meiner Frau, meiner Tochter, unseren Freunden ... und unserem Kind, das im Herbst zur Welt kommen wird.«

Tonka legte seine Hand sanft auf Henleys Bauch.

Alle schnappten nach Luft, dann klatschten sie begeistert.

»Wusstest du das?«, fragte Cora, als sie sich umdrehte und zu Pipe aufsah.

Er grinste sie an, antwortete aber nicht.

»Natürlich wusstest du es«, murmelte sie mit einem kleinen Lächeln und drehte sich wieder zu ihren Freunden um.

»Ja, ich bin schwanger«, erklärte Henley, als die Glück-
wünsche abgeklungen waren. »Wir hatten beschlossen, der
Natur ihren Lauf zu lassen, und Überraschung! Ich werde
mich jetzt kurz fassen, denn wenn ich es nicht tue, werden
die Ziegen Robert und Luna überwältigen und unser ganzes
Essen auffressen.«

Alle lachten, als sie in Richtung des Tisches blickten
und sahen, wie der Koch und seine Tochter ihr Bestes taten,
um ihn mit Besen zu beschützen, die sie schwangen, als
seien sie alte Ritter mit ihren Schwertern.

»Jedenfalls arbeite ich hier fast seit der Eröffnung der
*Zuflucht*, und ich wusste vom ersten Moment an, dass dieser
Ort das Leben so vieler Menschen verändern würde. Ich
hatte nur nicht damit gerechnet, dass ich eines dieser Leben
sein würde. Als das Schlimmste in meinem Leben passierte,
wart ihr alle für Jasna und mich da. Das ist es, was Familie
ausmacht. Und ich liebe euch alle so sehr.«

Sie schniefte, und Pipe lächelte, als Tonka sich herunter-
beugte und ihren Kopf küsste.

»Und ich bin so glücklich, eine große Schwester zu
werden!«, fügte Jasna aufgeregt hinzu.

Alle klatschten noch einmal, und als der Lärm sich
legte, bemühte sich Tonka, seinen Freunden und Miteigen-
tümern der *Zuflucht* in die Augen zu sehen. »Es ist nicht
mein Ding, Reden zu halten und im Mittelpunkt der
Aufmerksamkeit zu stehen, aber es gibt niemanden, mit
dem ich meine Hochzeit lieber feiern würde als mit euch
allen. Ich danke euch für eure Geduld mit mir. Für eure
Unterstützung. Dafür, dass ihr immer da seid, egal was
passiert.«

Pipe senkte den Kopf in Anerkennung der Worte seines
Freundes.

»Und jetzt ... lasst uns essen!«, rief Tonka aus.

Er beugte sich hinunter und küsste seine Frau. Jasna ignorierte ihre Eltern und sprang von dem kleinen Podest auf Scarlet zu, um ihr etwas Aufmerksamkeit zu schenken. Alle anderen machten sich auf den Weg zum Buffet, aber Pipe richtete die Aufmerksamkeit auf Cora.

Sie schaltete das Telefon aus und drehte sich dann zu ihm um. Sie lächelte ... aber er konnte sehen, dass sie traurig wegen Lara war.

»Sie wird wieder gesund«, erklärte er ihr. »Und vielleicht werden Tonkas Worte wahr. Dass die Vergangenheit nicht die Zukunft bestimmen muss.«

Cora seufzte. »Ich hoffe es. Ich ... ich habe so viele Gefühle, wenn es darum geht, was passiert ist. Ich kann nicht glauben, dass das FBI immer noch keine Ahnung hat, wo der Gruseltyp steckt.«

Pipes Lippen zuckten amüsiert, weil sie immer noch darauf bestand, ihn den Gruseltypen zu nennen, aber dann wurde er ernst. Er war auch nicht glücklich darüber, dass der Mann auf der Flucht war. »Sie werden ihn finden«, versicherte er ihr.

»Ich weiß. Aber ich glaube, Lara würde sich viel besser und sicherer fühlen, wenn er irgendwo hinter Gittern wäre. Sie hat Angst, dass er hinter ihr her sein könnte.«

Pipe nickte. Er und der Rest der Jungs waren nicht gerade begeistert von dieser Aussicht. Sie hatten ausführlich darüber gesprochen, und er wusste, dass sie alles in ihrer Macht Stehende tun würden, um das zu verhindern. Um wachsam zu bleiben. Und sie hatten auch lange darüber gesprochen, einen Hubschrauber für *Die Zuflucht* zu kaufen und einen Hubschrauberlandeplatz und einen kleinen Hangar einzurichten. Das würde bedeuten, dass sie andere Dinge, die sie auf dem Grundstück vorhatten, zumindest für eine Weile verschieben müssten, aber nachdem Stones erstaunliche Flugkünste sie sicher von dem Anwesen in Arizona weggebracht hatten, wurde ihnen allen klar, wie sehr die Dinge hätten schiefgehen können, hätte ihnen der Hubschrauber nicht zur Verfügung gestanden. Cora und Lara waren beide verletzt, und Grant war so schnell wieder bei Bewusstsein gewesen …

Es war nicht die schlechteste Idee, einen Hubschrauber in der *Zuflucht* zur Verfügung zu haben, nur für den Fall, dass sie evakuiert werden müssten.

»Sie wird wieder gesund werden«, betonte Pipe. »Es dauert nur eben seine Zeit.«

Cora seufzte. Dann nickte sie.

Das war ein weiterer Punkt in einer langen Reihe von Dingen, die Pipe an ihr liebte. Sie war unverwüstlich und vertraute ihm mit jeder Faser ihres Seins. Er schwor sich, sie niemals zu enttäuschen. Dieses Vertrauen war ein Geschenk. Er wusste das und wusste es zu schätzen.

Eine Woche nachdem sie aus Arizona zurückgekommen waren, hatte sie etwas gesagt, das ihm im Gedächtnis geblieben war. Sie hatten über Grant geredet und darüber, warum er so war, wie er war, und sie hatte gesagt, dass sie genauso hätte sein sollen wie er. Wütend und verbittert. Und vielleicht eine Kriminelle. Er konnte jetzt zugeben, dass es ein Wunder war, dass sie es nicht war. Sie war misstrauisch gegenüber Menschen, ja, aber das konnte Pipe ihr nicht verübeln. Und es gab Zeiten, in denen sie in alte Muster zurückverfiel und infrage stellte, warum er mit ihr zusammen war, aber im Großen und Ganzen war sie für jemanden mit ihrem Hintergrund bemerkenswert gut angepasst.

Er liebte sie. So sehr, dass es ihm manchmal fast Angst machte. Aber er nahm sie auch an, so wie sie war. Cora machte ihn zu einem besseren Menschen. Hielt seine

Dämonen in Schach. Das Zusammensein mit ihr öffnete ihm die Augen für die Schönheit, die ihn umgab. Für das Leben selbst.

»Weißt du noch, wie ich gestern mit Ryan, Alaska und Reese in die Stadt gefahren bin?«, fragte Cora ihn.

Pipe war froh, das Thema gewechselt zu haben. Er mochte es nicht, Cora traurig zu sehen. Dies war kein Abend für Traurigkeit. Es war ein Abend, um Henley, Tonka und Jasnas neues gemeinsames Leben zu feiern ... und das neue Baby, das unterwegs war. Die Dinge in der *Zuflucht* änderten sich, und Pipe war glücklich über die Richtung, in die sich alles entwickelte. »Ja?«, fragte er verspätet, als er merkte, dass Cora auf seine Antwort wartete.

»Nun, wir sind nicht nur in den Schokoladenladen gegangen, um dir diese britischen Pralinen zu besorgen, die du so sehr magst.«

»Ach nein?«, fragte er mit hochgezogener Augenbraue.

»Nein. Ich habe mich mit deinem Tätowierer getroffen.«

Pipe blinzelte überrascht. »Ehrlich?«

»Ja«, erklärte Cora mit einem kleinen Grinsen. »Und ... da er noch die Vorlage hatte, mit dem er dein neues Tattoo gestochen hat, habe ich ihn gebeten, auch meines zu stechen.«

Pipe erstarrte. »Was?«

»Ich habe das gleiche Tattoo wie du«, erklärte sie ihm. »Genau dort, wo ich es dir gesagt habe. Auf dem Rücken direkt über meinem Po. Es ist allerdings viel kleiner als deins, denn, verdammt noch mal, Pipe, das tut *weh*.«

Ohne ein Wort zu sagen, ergriff Pipe Coras Hand und zog sie zu den Türen der Scheune.

Cora lachte. »Pipe, warte, wir können nicht weg!«

»Wir können und wir werden. Du hättest damit warten sollen, mir zu sagen, dass du dich hast tätowieren lassen, wenn du nicht willst, dass ich dich direkt in unser Bett schleppe.«

Sie lachte wieder. Dann drehte sie den Kopf und rief: »Alaska! Wir verschwinden!«

»Du hast es ihm gesagt?«, fragte sie laut, woraufhin sich alle umdrehten und erst Cora und dann sie ansahen.

»Allerdings!«

»Viel Spaß!«, rief Alaska.

Ryan und Carly zeigten ihr beide die Daumen nach oben, und Reese lächelte nur.

Als sie aus der Scheune kamen, knurrte Pipe: »Ich kann nicht glauben, dass ihr es ohne mich gemacht habt.«

»Ich weiß, dass du dabei sein wolltest, und ich wollte das auch, aber ich dachte, es würde mehr Spaß machen, wenn es eine Überraschung wäre«, erklärte Cora.

Pipe stöhnte.

Er wollte sie unterstützen, wenn sie sich ihre erste Tätowierung machen ließ, aber es berührte ihn zutiefst, dass sie sich das gleiche Kunstwerk stechen ließ, das er sich aufs Schulterblatt hatte tätowieren lassen.

»Es ist immer noch rot«, warnte sie ihn, als er sie zu ihrer Hütte zog. »Es wird noch ganz schorfig und eklig werden.«

»Tätowierungen sind nicht eklig«, erklärte Pipe ihr.

»Du weißt, was ich meine«, murmelte sie.

Pipe sah nach unten und bemerkte, dass sie lächelte, als er sie viel zu schnell über das Gelände der *Zuflucht* führte. »Wie fühlt sich dein Arm an?«, fragte er.

»Gut.«

»Und dein Hintern?«

Als sie verstand, warum er fragte, wurde ihr Lächeln breiter. »Er ist in Ordnung.«

»Keine Schmerzen?«

»Nein. Nur ein Stechen hier und da. Aber im Moment tut es nicht weh«, erklärte sie schnell.

Pipe stöhnte. Es war schon lange her, dass er mit seiner Frau geschlafen hatte. Er hatte sie in den letzten Monaten ausgiebig geleckt. Er hatte sie mit seinen Fingern befriedigt, und sie hatte das Gleiche für ihn getan. Aber wegen ihres Arms und ihres heilenden Steißbeins hatte er nicht mit ihr schlafen wollen, um nicht zu riskieren, sie noch mehr zu verletzen. Aber nachdem er von der Tätowierung gehört hatte, konnte er sich nicht mehr zurückhalten, sie zu nehmen.

Kaum hatten sie die Hütte betreten, knurrte er: »Ab ins Bett.«

Cora lachte, als sie in Richtung ihres Schlafzimmers ging.

Pipe holte tief Luft und versuchte, sich zu beherrschen. Sein Schwanz pochte, als wüsste er, dass er nur noch wenige Augenblicke davon entfernt war, in Coras enge, feuchte Muschi zu stoßen.

Dann machte er sich auf die Suche nach der Frau, der er buchstäblich bis ans Ende der Welt folgen würde.

---

Zehn Minuten später starrte Pipe konzentriert auf die Tätowierung auf Coras Rücken, während er seinen Schwanz in ihre feuchte Muschi schob. Sie kniete auf allen vieren auf ihrem Bett, und er hatte sie bereits zu ihrem ersten Orgasmus geleckt. Sie war genauso erregt wie er und tropfnass, bevor er sie überhaupt berührt hatte.

Die Haut um ihre Tätowierung herum war ein wenig gerötet. Er kannte das Bild wie seine Westentasche, denn er hatte es mit dem Tätowierer entworfen, bis ins kleinste

Detail. Der Wolf, der Schlüssel um seinen Hals, der Stacheldraht. Es war perfekt.

Seine Frau liebte ihn so sehr, dass sie ihn auf ihren Körper tätowieren ließ.

Er liebte sie genauso sehr. So sehr, dass er es nicht in Worte fassen konnte. Also zeigte er es ihr stattdessen. Er nahm sie langsam und gleichmäßig und liebte es, wie feucht und heiß sie war. Wie ihr Körper sich jedes Mal an ihn presste, wenn er sich zurückzog, als wollte sie nicht, dass er ging.

Pipe versuchte, sanft zu sein. Obwohl sie geheilt war, wollte er nichts tun, was ihr Schmerzen bereiten könnte, aber Cora ließ das nicht zu. Sie begann zu wippen und schlug bei jedem Stoß mit ihrem Hintern gegen ihn.

Ihre Pobacken wackelten und die Tätowierung direkt vor seinem Gesicht brannte sich in seine Psyche ein. Er fuhr mit seinen Fingern über die zarte Stelle an ihrem Körper. Ein Schwall von Flüssigkeit sorgte dafür, dass sein Schwanz noch leichter in ihren Körper hinein- und wieder herausgleiten konnte.

»Verdammt noch mal«, murmelte er.

Cora lachte unter ihm, und er spürte es an seinem Schwanz. Diese Frau, sie war perfekt. In jeder Hinsicht. Und sie gehörte ihm. Seit jener Nacht auf der Dachterrasse hatten sie nicht mehr über das Heiraten gesprochen. Sie lernten sich auf eine Weise kennen, wie sie es in den ersten Tagen ihrer stürmischen Romanze nicht gekonnt hatten. Und alles, was er über seine Cora erfuhr, machte Pipe noch sicherer, dass er sie für den Rest seines Lebens haben wollte.

Sie war ihm ebenbürtig. Es hatte ihn über vierzig Jahre gekostet, sie zu finden, und beiden viel Herzschmerz bereitet, aber jetzt, da sie hier war, wollte er sie nicht mehr gehen lassen. Niemals. Ob mit oder ohne Ring am Finger, sie gehörte ihm, genauso wie er ihr gehörte.

»Pipe«, wimmerte sie unter ihm.

»Was, Liebes?«, fragte er.

»Schneller. Fester«, befahl sie.

»Ich will dir nicht wehtun«, erklärte er.

»Ich werde *dir* wehtun, wenn du es mir nicht richtig besorgst«, knurrte sie.

Pipe grinste. Er gab seinem nächsten Stoß etwas mehr Schwung und wurde durch Coras lustvolles Stöhnen belohnt. Er liebte die Geräusche, die sie machte. Er liebte alles an ihr.

Pipe konzentrierte sich noch einmal auf die Tätowierung auf ihrem Rücken und ließ sich schließlich gehen. Er liebte sie so, wie er es in den letzten drei Monaten gewollt hatte. Es war zu lange her, dass er die Wärme ihrer Muschi gespürt hatte. Er bewegte die Hüften schnell und schneller, und Cora kam jedem Stoß entgegen. Sie war wunderschön.

Pipe hatte den Gedanken, als sich ihre inneren Muskeln um ihn herum zusammenzogen, dass er sie nicht verdient hatte. Nach allem, was er getan hatte, nach allem, was er gesehen hatte, war er sich sicher, dass er nicht mit einer so wunderbaren Frau hätte belohnt werden dürfen. Aber er würde den Rest seines Lebens damit verbringen, sich ihrer Liebe würdig zu erweisen. Ihrer Loyalität. Ihres Vertrauens.

»Oh! Ich bin fast so weit!«, keuchte Cora.

Das brauchte sie ihm nicht zu sagen. Pipe wusste es. Er bewegte sich so, dass er unter sie greifen und ihre Klitoris streicheln konnte.

Sie zuckte unter seiner Hand zusammen, als sie begann, zum Höhepunkt zu kommen.

Schmunzelnd darüber, wie empfindlich sie war und dass

er genau wusste, wie er sie berühren musste, um sie zum Explodieren zu bringen, ergriff Pipe ihre Hüften und vögelte sie durch ihren Höhepunkt. Sie war enger, feuchter, und bevor er fertig war, spürte Pipe, wie seine Hoden kribbelten. Er stieß so weit wie möglich in ihre sich zusammenziehenden Muskeln und hielt still, als das Sperma aus seiner Schwanzspitze schoss.

Das Ausmaß der Lust, die er empfand, als er sich tief in ihr entlud, überraschte ihn, genau wie in ihrer ersten gemeinsamen Nacht in Phoenix. Ein Orgasmus war ein Orgasmus; zumindest hatte er das immer gedacht. Aber er hatte sich geirrt. Es hatte etwas so Elementares, in der Frau zu kommen, die er liebte. Etwas so Wunderbares.

Eines Tages würde er auf ihrem Rücken kommen, genau auf dieser Tätowierung.

Aber heute Nacht war nicht diese Nacht. Er wollte sie wieder und wieder ausfüllen, bis sie beide so erschöpft waren, dass sie sich nicht mehr bewegen konnten.

Sie bewegte sich unter ihm, und Pipe verzog das Gesicht, als er seinen Schwanz langsam aus ihr herauszog. Er wollte ihren Körper eigentlich nicht verlassen, aber er wollte nicht, dass sie vor ihm kniete und länger als nötig Druck auf ihren Arm oder ihr Steißbein ausübte.

Bevor er sie auf die Seite fallen ließ, hielt er sie ruhig. Er sah zu, wie sein Sperma aus ihren Falten floss. Es war erotischer als alles, was er je gesehen hatte, und Pipe spürte, wie sein Schwanz erneut zuckte. Verdammt, er war gerade gekommen und er wollte sie schon wieder.

Er warf einen letzten Blick auf ihre Tätowierung und legte sie sanft auf die Seite, dann legte er sich sofort zu ihr und nahm sie in die Arme.

Cora seufzte an seiner Brust. »Ich schätze, meine Überraschung hat dir gefallen.«

Pipe stieß einen amüsierten Seufzer aus. »Meinst du?«, fragte er.

Sie lachte und küsste seine Brust.

Ihm stockte der Atem. Ja, er hatte diese Frau definitiv nicht verdient.

»Ich liebe dich«, erklärte sie leise.

»Ich liebe dich auch«, erwiderte er.

Sie lagen ein paar Minuten so da, bevor Cora den Kopf hob, um ihm ins Gesicht zu sehen. »Pipe?«

»Ja, Liebes?«

»Danke.«

»Wofür?«

»Für alles. Dafür, dass du mich liebst, dass du mir geglaubt hast. Dafür, dass du kein Vollidiot bist. All das.«

Pipe lächelte. »Gern geschehen.«

Sie seufzte erneut und ließ den Kopf wieder auf seine Brust sinken. Einige Minuten vergingen, und gerade als Pipe seine Hand an ihrer Seite hinunterbewegte, um sie zu berühren, um die zweite Runde zu beginnen, stieß Cora ein leises Schnarchen aus.

Pipe lächelte breiter und seufzte. Seine Pläne für eine Marathonnacht mit Sex mussten warten. Seine Cora war erschöpft. Sie hatte Alaska und den anderen bei den Vorbereitungen für die Feier heute Abend geholfen und sich bei jeder sich bietenden Gelegenheit mit Lara getroffen. Pipe hatte das Gefühl, dass sie sich bei dem Versuch, den anderen zu helfen, einen Arm und ein Bein ausreißen würde. Sie hatte nichts zu beweisen, die anderen liebten sie bereits. Sie war wirklich ein Teil der *Zuflucht*. Das würde sie mit der Zeit lernen. Bis dahin würde er über sie wachen und dafür sorgen, dass sie sich ausruhte, wenn sie es brauchte.

Pipe zog die Decke um sie herum höher und schloss die Augen, während er die wertvollste und wunderbarste Frau aller Zeiten in seinen Armen hielt. Das Leben war voller Irrungen und Wirrungen, und obwohl er nicht verstanden hatte, warum er in der Vergangenheit diese Dinge hatte ertragen müssen, verstand er es jetzt. Er brauchte diese Erfahrungen, um der Mann zu sein, den seine Frau verdiente. Ohne seine Vergangenheit wäre er nicht der, der er heute war.

Er drehte den Kopf, küsste Coras Schläfe und lächelte, als sie leise vor sich hin murmelte und sich an ihn schmiegte. Der Mann zu sein, den Cora verdiente, war sein lebenslanges Ziel. Eines, das er genauso ernst nahm wie seinen militärischen Eid.

»Ich kann hören, wie du zu viel nachdenkst«, beschwerte sie sich murmelnd. »Hör auf damit. Ruh dich aus, Pipe.«

»Ja, Ma'am«, erklärte er mit einem weiteren Lächeln.

---

Lara kauerte in der Ecke von Owls Sofa und starrte ausdruckslos auf den Fernseher. Sie fühlte sich hohl. Taub. Vorhin hatte sie Coras FaceTime-Gespräch mit Owl verfolgt, ebenfalls ohne viel zu empfinden ... abgesehen von einem Anflug von Schuld, dass sie Owl davon abhielt, mit seinen Freunden zu feiern.

Sie wollte sich selbst aus dieser merkwürdigen Situation befreien, wusste aber nicht wie.

Sie ließ alle im Stich, aber das schien sie nicht zu kümmern.

Ihre Eltern waren gekommen, um sie im Krankenhaus in Phoenix zu besuchen, und obwohl sie alles Richtige gesagt hatten, wusste Lara, dass sie erleichtert waren, als beschlossen wurde, dass sie mit Cora in *Die Zuflucht* gehen würde. Sie riefen Owl an, um sich zu melden, aber Lara hatte seit ihrer Ankunft in New Mexico nicht mehr mit ihnen gesprochen.

Die Polizisten hatten sie gedrängt, ihnen zu sagen, was in dem Haus geschehen war. Lara konnte es nicht. Sie hatte ihnen nur das Wesentliche erzählt. Dass sie aus freien Stücken nach Arizona gefahren sei und es sich dort schnell anders überlegt habe. Aber Ridge hatte ihr das Handy abgenommen. Sie war fast von Anfang an im Keller festgehalten und nur gelegentlich herausgeholt worden, um den Schein zu wahren. Aber immer unter Drogen ... und dann hatte dieser Mann, der, den sie als Carter Grant kannte, ihr wehgetan.

Aber sie gab keine Details preis. Das konnte sie nicht. Was sie durchgemacht hatte, war peinlich, entsetzlich und unerträglich. Und darüber zu sprechen würde die Erinnerungen nur noch realer machen.

Sie schämte sich, dass sie jedes Mal, wenn er mit Pillen in der Hand aufgetaucht war, diese bereitwillig genommen hatte. Mit Freuden. Sie hatte sie gebraucht. Sie brauchte sie, um in diese schwebende Welt einzutauchen, in der sie kaum wusste, was geschah, und es nicht wehtat, wenn Carter sie berührte.

Jetzt, da sie das Haus verlassen hatte, sollte es ihr gut gehen. Sie sollte sich erleichtert fühlen. Sollte mit ihrem Leben weitermachen. Aber wie konnte sie das, wenn sie wusste, dass Carter immer noch da draußen war?

Die letzten Worte, die er jemals zu Lara gesagt hatte, hallten in ihrem Kopf wider.

*Du bist mein Liebling. Ich werde dich nie aufgeben. Du gehörst mir.*

Sie erschauderte.

»Ist dir kalt?«, fragte Owl, ohne ihre Antwort abzuwarten, und stand auf, um eine weitere Decke von der Lehne des Sofas zu holen. Ihr war ständig kalt. Owl hatte die Heizung in seiner Hütte hochgedreht, aber ihr wurde trotzdem nie warm.

Lara verstand Callen Kaufman nicht. Er war der erste Mensch, den sie nach ihrer Rettung gesehen hatte, und sie hatte sich an ihn geklammert wie ein Kleinkind mit Trennungsangst. Er bedeutete für sie sofort Sicherheit, und obwohl sie sich während der letzten Monate etwas gebessert hatte, geriet sie immer noch in Panik, wenn er nicht in der Nähe war.

Der Mann hatte etwas an sich, das ihr das Gefühl gab, beschützt zu werden. Behütet.

Und das war alles, was es *jemals* sein konnte. Sie war fertig mit der Liebe. Mit der Vorstellung von einem glücklichen Leben bis ans Ende ihrer Tage. Sie wünschte den Männern und Frauen, die so wunderbar gewesen waren und sie hier in der *Zuflucht* hatten bleiben lassen, nichts als Glück, aber ihr Wunsch, geliebt zu werden und eines Tages eine Familie zu haben, war einen spektakulären Tod gestorben.

So etwas wie »glücklich bis ans Ende ihrer Tage« gab es nicht. Disney- und Hallmark-Filme waren ein Schwindel. Liebesromane waren nichts als Fantasien.

Lara schwor sich, dass sie, sobald sie konnte, von hier weggehen und nach Alaska ziehen würde, um in einer dieser vollkommen abgelegenen Hütten zu leben. Sie würde ihre eigenen Nahrungsmittel anbauen, jagen und Kerzen als Licht benutzen. Das war besser, als immer wieder von Menschen verletzt zu werden. Von *Männern*.

Owl zog die flauschige Decke über sie, und Lara zwang sich, ihn anzuschauen und zu nicken.

»Ich habe es schon einmal gesagt, und ich werde es

wieder sagen. So oft, wie du es hören musst. Du bist hier in Sicherheit, Lara«, sagte Owl sanft zu ihr.

Lara blickte auf ihren Schoß. Es war offensichtlich, dass Owl glaubte, was er sagte, und obwohl sie ihm so viel vertraute, wie sie im Moment jemandem vertrauen konnte, und sie ihn definitiv als Stütze benutzte, wusste sie aus tiefster Seele, dass sie *nicht* sicher war.

Und jeder, der ihr nahestand, war es ebenso wenig.

Sie hatte Owl neulich an der Tür mit einem seiner Freunde – sie wusste nicht, mit wem – reden hören. Sie sprachen leise und versuchten, das Gespräch vor ihr zu verbergen, aber Lara hatte es gehört.

Carter war immer noch da draußen. Die Polizei hatte ihn nicht finden können. Ridge war tot, worüber sie ein klein wenig erleichtert war, aber die wirkliche Gefahr war Carter. Er war es schon immer gewesen. Und er war frei. Er würde sie holen.

Sie musste weg. Sich verstecken. Denn egal was passierte, Carter würde nicht eher ruhen, bis er sie zurückerobert hatte. Er hatte sie für sich beansprucht, ob sie es wollte oder nicht, und er würde sie dafür bezahlen lassen, dass sie aus seinem schrecklichen Kellergefängnis voller Demütigung und Schmerz entkommen war.

Lara würde lieber sterben, als wieder in seine Fänge zu geraten.

In der Zwischenzeit würde sie ihre Kräfte zurückgewinnen. Sie würde versuchen, wieder gesund zu werden und längere Zeit ohne Owl an ihrer Seite zu überstehen. Sobald sie dazu in der Lage war, würde sie verschwinden.

Cora würde es gut gehen. Sie hatte auch einen Beschützer gefunden, was Lara glücklich, aber auch traurig machte. Sie würde ihre Freundin vermissen. Aber sie würde sicherer sein, wenn Lara weg war.

Lara nahm einen tiefen Atemzug. Das Wichtigste zuerst – sie musste sich aus dem Loch der Verzweiflung befreien, in das sie gefallen war, zumindest äußerlich. Sie musste alle davon überzeugen, dass es ihr gut ging, damit sie verschwinden konnte. Sie wusste nicht, wo sie vor einem Monster wie Carter sicher sein würde, aber sie weigerte sich, andere in den Horror hineinzuziehen, der ihr Leben geworden war.

Sie sah zu Owl auf und lächelte zaghaft.

Er legte den Kopf schief, während er sie musterte.

»Können wir uns einen Film ansehen?«, fragte sie.

»Ja, auf jeden Fall«, antwortete Owl schnell.

Es war das erste Mal, dass sie um etwas gebeten hatte, und es war offensichtlich, dass Owl bereit war, ihr alles zu geben, was sie wollte. Es gefiel ihr nicht, ihn anzulügen, und indem sie so tat, als ginge es ihr besser, log sie. Aber es war nur zu seinem Besten. Er hatte sie beschützt, als sie es am meisten gebraucht hatte, und es war an der Zeit, dass sie sich revanchierte.

---

Owl ließ sich am anderen Ende des Sofas von Lara nieder und lenkte die Aufmerksamkeit immer wieder von dem Film auf die Frau, die nur einen Meter von ihm entfernt saß. In Wirklichkeit war sie meilenweit weg. Ja, sie hatte darum gebeten, einen Film zu sehen, es war das erste Mal, dass sie um etwas gebeten hatte, seit er sie nach ihrer Entlassung aus dem Krankenhaus in Phoenix in seine Hütte gebracht hatte.

Aber es ging ihr nicht gut. Sie hatte vielleicht darum gebeten, einen Film zu sehen, aber sie war nicht wirklich aufmerksam. Sie war in ihren Gedanken versunken, so wie sie es in den letzten Monaten meistens gewesen war.

Owl hatte alles Mögliche versucht, um ihr zu helfen, aber nichts schien zu funktionieren. Sie wollte nicht mit Henley sprechen, wollte nicht mit ihren Eltern sprechen, wenn diese anriefen. Selbst die regelmäßigen Besuche von Cora schienen nichts zu bewirken.

Also ja, dass sie die Initiative ergriff und um etwas so Einfaches wie einen Film bat, war ein großer Schritt ... aber es war kein echter. Lara hatte immer noch diesen gequälten Blick in den Augen. Sie war zutiefst traumatisiert von dem, was ihr in diesem Keller widerfahren war, und das tat ihm im Herzen weh.

Er wusste nicht, was ihm an der Frau so sehr unter die Haut gegangen war. Vielleicht war es der Ausdruck in ihrem Gesicht, als sie ihm in dem Keller kurz in die Augen gesehen hatte. Entsetzen. Hoffnungslosigkeit. Resignation.

So hatte er sich auch gefühlt, als er eine Geisel gewesen war. Jeder Tag brachte neue Schrecken, und er konnte sich des Gefühls nicht erwehren, dass er und Lara sich glichen wie ein Ei dem anderen.

Als er noch einmal zu ihr hinübersah, biss Owl die Zähne zusammen. Sie hatte etwas vor. Er wusste nicht was. Aber er konnte es spüren ... und er konnte nichts weiter tun, als ihr weiterhin zu versprechen, dass sie in Sicherheit war.

Diese Frau hatte mehr verdient, als nur knapp zu überleben. Mehr als ein Leben in Angst. Mehr als einen gebrochenen Hubschrauberpiloten wie ihn als Beschützer.

Owl würde alles in seiner Macht Stehende tun, um sie aus den Fängen der Ängste zu befreien, die tief in ihr wohnten. Dann würde er sie befreien, um das Glück zu finden, nach dem sie laut Cora ihr ganzes Leben lang gesucht hatte.

Owl selbst war kein Märchenprinz, nicht einmal annähernd. Aber wenn er dieser Frau helfen konnte, die Dämonen, die in ihrem Kopf lebten, zu vertreiben, dann konnte er vielleicht, nur vielleicht, einen Weg finden, auch die Dämonen in seinem Kopf loszuwerden.

---

Carter Grant, alias Carl Glick, alias Connor Smith alias Daniel West alias hundert andere Pseudonyme, saß in dem heruntergekommenen Motel an der Central Avenue in Albuquerque und schmiedete Pläne ...

Sein Auge pochte, und das machte ihn wütend. Es fiel ihm schwer, sich daran zu gewöhnen, dass er nur noch halb sehen konnte. Die Augenklappe über seinem zerstörten rechten Auge sorgte dafür, dass die Leute sich verdammt noch mal von ihm fernhielten, was ein kleiner Segen war. Aber sie erregte auch Aufmerksamkeit, was er hasste.

In den Monaten, seit sein bequemes Arrangement geplatzt war, hatte er ein paar Prostituierte aufgerissen, die in der Gegend verkehrten, hatte sie unter Drogen gesetzt und mit ihnen gemacht, was er wollte. Es war einigermaßen unterhaltsam gewesen.

Aber keine von ihnen war Lara gewesen.

Sie war perfekt. Blond, schön, zart. Und ihre Haut war so weich. Anders als die Mädchen auf der Straße. Sie hatten ein hartes Leben, und das sah man ihren Körpern an.

Nein. Lara war die Eine. Er wollte sie zurück. Und er würde sie auch kriegen. Er wusste, wo sie war. Oben in den Bergen bei Los Alamos. Aber er konnte nicht einfach in die schicke Hütte gehen, wo sie sich versteckt hielt, und sie zurückholen. Nicht bei der Art von Männern, die das Resort leiteten.

Sie waren Berufssoldaten gewesen, genau wie er. Er

wusste, womit er es zu tun hatte, weil er eine ähnliche Ausbildung genossen hatte. Die Männer, die im Keller des Michaels-Anwesens gegen ihn gekämpft hatten, waren gut gewesen. Wirklich gut. Aber er hätte sie beide besiegt, wenn die Schlampe ihm nicht auf den Rücken gesprungen wäre und ihm das Auge ausgestochen hätte.

Carter würde seine Rache bekommen. An ihr. An den Männern. Und er würde seine Lara zurückholen.

Sein Schwanz zuckte in der Hose, als er daran dachte, was er mit ihr machen würde, wenn sie wieder in seinem Bett war, wo sie hingehörte. Carter stand nicht auf Vergewaltigung. Das war zu einfach. Er sah gern die Angst in den Augen seiner Frauen. Er mochte es, sie zu berühren, ihnen wehzutun. Sie mit seinen Fäusten zu markieren ... mit seinem Samen, damit sie wussten, zu wem sie gehörten. Das war seine Vorliebe.

Und Lara war seine perfekte Frau. Seine perfekte Gefangene. Der Terror in ihren Augen war berauschend. Die Art und Weise, wie ihre blasse Haut blaue Flecke bekam ... wunderschön.

Er öffnete den Reißverschluss seiner Jeans, holte seinen Schwanz heraus und masturbierte zu den Bildern in seinem Kopf, die er in der jüngsten Vergangenheit gesehen hatte. Von seiner Lara.

Als er fertig war, säuberte Carter sich ungeduldig und schloss seine Hose.

Er hatte eine Menge zu planen. Er musste ein Versteck finden, einen Ort, an dem er mit Lara das Leben führen konnte, das er wollte. Er hatte Ridge Michaels während seiner Anstellung viel Geld gestohlen, bevor er ihm schließlich eine Kugel ins Gehirn gejagt hatte. Er hatte mehr als genug, um behaglich zu leben. Fernab von neugierigen Blicken. Aber bevor er sich verkroch, brauchte er seine Lara.

Er brauchte Rache an den Männern, die sie ihm wegge-
nommen hatten.

Ja, Carter hatte noch viel zu planen … aber am Ende
würde Lara wieder ihm gehören. Er konnte nicht mehr
warten.

———

Wie Sie sich denken können, haben wir Carter nicht zum
letzten Mal gesehen. Er wird zurückkehren … und Owl wird
alle seine Fähigkeiten, die er beim Militär gelernt hat,
einsetzen müssen, um Lara zu beschützen. Und selbst das
könnte nicht genug sein … Finden Sie in *Zuflucht für Lara*
heraus, wie es weitergeht.

# BÜCHER VON SUSAN STOKER

*Ein Beschützer für Brenae*
*Ein Beschützer für Sidney*
*Ein Beschützer für Piper*
*Ein Beschützer für Zoey (1 Sept)*
*Ein Beschützer für Avery (1 Dec)*
*Ein Beschützer für Kalee (1 Mar)*
*Ein Beschützer für Jane (1 Apr)*

## Die SEALs von Hawaii:

*Die Suche nach Elodie*
*Die Suche nach Lexie*
*Die Suche nach Kenna*
*Die Suche nach Monica*
*Die Suche nach Carly*
*Die Suche nach Ashlyn*
*Die Suche nach Jodelle*

## Delta Team Zwei

*Ein Held für Gillian*
*Ein Held für Kinley*
*Ein Held für Aspen*
*Ein Held für Jayme*
*Ein Held für Riley*
*Ein Held für Devyn*
*Ein Held für Ember*
*Ein Held für Sierra*

## Mountain Mercenaries:

*Die Befreiung von Allye*
*Die Befreiung von Chloe*
*Die Befreiung von Morgan*
*Die Befreiung von Harlow*
*Die Befreiung von Everly*

*Die Befreiung von Zara*
*Die Befreiung von Raven*

## Ace Security Reihe:

*Anspruch auf Grace*
*Anspruch auf Alexis*
*Anspruch auf Bailey*
*Anspruch auf Felicity*
*Anspruch auf Sarah*

## Die Delta Force Heroes:

*Die Rettung von Rayne*
*Die Rettung von Emily*
*Die Rettung von Harley*
*Die Hochzeit von Emily*
*Die Rettung von Kassie*
*Die Rettung von Bryn*
*Die Rettung von Casey*
*Die Rettung von Wendy*
*Die Rettung von Sadie*
*Die Rettung von Mary*
*Die Rettung von Macie*
*Die Rettung von Annie*

## SEALs of Protection:

*Schutz für Caroline*
*Schutz für Alabama*
*Schutz für Fiona*
*Die Hochzeit von Caroline*
*Schutz für Summer*
*Schutz für Cheyenne*
*Schutz für Jessyka*
*Schutz für Julie*

*Schutz für Melody*
*Schutz für die Zukunft*
*Schutz für Kiera*
*Schutz für Alabamas Kinder*
*Schutz für Dakota*

## <u>Eine Sammlung von Kurzgeschichten</u>
*Ein langer kurzer Augenblick*

# BIOGRAFIE

Susan Stoker ist die New York Times, USA Today und Wall Street Journal Bestsellerautorin der Buchreihen »Badge of Honor: Texas Heroes«, »SEAL of Protection«, »Die Delta Force Heroes« und einigen mehr. Stoker ist mit einem pensionierten Unteroffizier der US-Armee verheiratet und hat in ihrem Leben schon überall in den Vereinigten Staaten gelebt – von Missouri über Kalifornien bis hin zu Colorado. Zurzeit nennt sie die Region unter dem großen Himmel von Tennessee ihr Zuhause. Sie glaubt ganz und gar an Happy Ends und hat großen Spaß daran, Geschichten zu schreiben, in denen Romantik zu Liebe wird.

Besuchen Sie Susan im Netz!
www.stokeraces.com
facebook.com/authorsusanstoker
twitter.com/Susan_Stoker
bookbub.com/authors/susan-stoker

instagram.com/authorsusanstoker
Email: Susan@StokerAces.com